FOLIO SCIENCE-FICTION

Thomas Burnett Swann

La forêt d'Envers-Monde

suivi de

Les dieux demeurent

Traduit de l'américain
par Daniel Lemoine
Traduction révisée et augmentée
par André-François Ruaud

Gallimard

Titres originaux :

THE NOT-WORLD
THE GODS ABIDE
THE PAINTER

Thomas Burnett Swann nous a quittés en 1976 à l'âge de quarante-huit ans. Il laisse derrière lui une des œuvres les plus originales du merveilleux. Depuis *La trilogie du Minotaure* jusqu'au *Phénix vert* en passant par *Le manoir des roses*, nouvelle emblématique d'une certaine idée de la *fantasy*, et de nombreux autres romans encore inédits en France, Swann s'est fait le chantre de la magie ancienne. Son univers, d'une profonde sensualité, est celui des créatures mythologiques et d'une histoire plus ancienne que la mémoire des hommes.

LA FORÊT D'ENVERS-MONDE

« Hélène, ta beauté est pour moi comme ces barques nicéennes d'autrefois qui, sur une mer parfumée, portaient doucement le défait et las voyageur à son rivage natal. »

Stances à Hélène, EDGAR POE
Traduction de Stéphane Mallarmé

Prologue

La Bristol du XVIIIe siècle enfourchait la Avon aux mâts abondants et faisait face aux Colonies, de l'autre côté de l'océan. Ancré dans son port telle une Gorgone vigilante, le *Royal George* constituait un avertissement aux Français, aux pirates et aux colons trop agités. Des navires marchands partaient avec la marée pour Tripoli et Beyrouth, pour l'Inde et les Antilles ; revenaient avec du camelot et des tapis, de la cannelle et de l'indigo, du tabac, de l'opium et du sucre, ainsi que des cargaisons humaines en provenance d'Afrique et destinées aux Amériques. Des marins sujets au mal de terre, accoutumés aux ponts mouvants, arpentaient les rues en titubant, comme s'ils venaient de chanceler hors d'une taverne. Les appels stridents des vendeurs de poisson couvraient le tintement des clochettes de chevaux. Le bourdonnement des métiers à filer préfigurait les usines qui remplaceraient les ateliers où les femmes, assises devant leur machine, enroulaient patiemment la laine sur les fuseaux. Les enseignes annonçaient une multitude de professions : un jeune homme doré pour l'orfèvre, un pacha turc pour le mercier, une épée et une couronne pour le coutelier. Le premier ballon à hydrogène flottait dans le ciel comme un bouchon et les puritains terre à terre, aux rangs en cours de diminution depuis quelque temps, y voyaient le diable parti à la pêche aux âmes. Une grand-route résonnait des sabots des chevaux à la crinière enrubannée, à la queue ceinte de soie, grondait du bruit des grosses voitures de gros lords partis de Londres depuis deux jours.

Mais, du clocher de la cathédrale Sainte-Mary Redcliffe, on découvrait, au-delà des rues colorées et des vestiges de l'ancienne enceinte de la ville, les champs de houblon et les haies, aussi nettement dessinés qu'un patron de broderie pour vieille fille, s'arrêtant brusquement à l'orée de la forêt.

Il s'agissait d'une forêt de chênes et d'ifs, enchevêtrée de lierre et de vigne sauvage ; on les appelait les arbres attentifs, les lianes étouffantes. C'était une forêt celtique au siècle des Lumières ; et les habitants de Bristol, que ce fût le berger à la recherche d'un agneau égaré ou le bûcheron pour abattre un chêne, refusaient de s'aventurer dans son labyrinthe dépourvu de sentiers, parce qu'il n'appartenait pas au domaine de Dieu, mais à celui des dieux. La nuit venue, fermiers et bûcherons entendaient la plainte des Drusii, les suceurs de sang, dont les yeux luisaient comme d'inquiétantes étoiles dans un ciel de feuillage obscur. Ils entendaient également les chevaux aquatiques cannibales, qui hantaient les cours d'eau en hennissant leurs noires faims, ou bien se roulaient dans la boue et le limon. Était-ce véritablement des arbres et des lianes, des oiseaux et des animaux, ou bien s'agissait-il d'anciens dieux celtiques qui s'étaient métamorphosés à l'arrivée du Christ et retirés dans cette place forte inviolée, dépourvue d'hôtes angéliques ?

Bristol était le changement et le progrès, le soleil en plein midi ; Bristol, c'était aujourd'hui.

La forêt était la nuit, les rêves et, surtout, les cauchemars. La forêt, c'était autrefois.

CHAPITRE 1

« Comment s'appelle cette forêt ? demanda Deirdre. Elle semble... » Elle rejeta « inhospitalière » et chercha un mot simple, à l'intention de son matelot-devenu-cocher qu'elle supposait être, comme beaucoup d'individus de son état, un homme de peu d'instruction et de conversation salée mais limitée. « Elle semble... isolée. »

« Envers-Monde », répondit Dylan, comme on aurait dit : l'Hadès. Il avait servi dans la Flotte ; de fait, il portait encore sur ses cheveux rebelles le chapeau luisant, à large bord, ainsi que la courte veste bleue à douze boutons, la marinière et le pantalon blanc évasé, dont le bas était enfoncé dans des chaussettes rayées. Pourtant, la Flotte l'avait rejeté pour cause de fièvre. Rétabli, contre tout espoir, il espérait s'engager sur un navire marchand. En attendant, il conduisait un cabriolet et portait son uniforme faute de vêtements civils.

« Oh, elle est pire qu'isolée : elle est carrément inhospitalière !

— Puis-je vous demander pourquoi ? » Elle

l'avait traité avec condescendance. Elle ne commettrait pas deux fois la même erreur.

Deirdre, bien sûr, était la célèbre romancière invalide, maîtresse du roman gothique et d'un hôtel particulier à Londres, coqueluche des critiques et du public... Une célibataire de trente ans qui aurait échangé tous ses livres et sa demeure contre un mari capable de la réchauffer dans le brouillard de Londres, la soutenir lorsqu'elle ne pouvait marcher, lui donner des enfants qu'elle aurait pu réchauffer et consoler. Il s'agissait de son premier voyage à Bristol. Elle se déplaçait rarement : les mouvements aggravaient la douleur qui la torturait depuis l'enfance, à la suite d'une grave chute de cheval. Mais sa tante Adeline, la poétesse à la mode, avait écrit :

« Nous avons appris que la peste était arrivée à Londres. Bristol reste inviolée, sauf par les marins, fripons dont la démarche évoque la mer et les yeux la duplicité. » (Adeline aimait les marins. La plupart des grandes dames — et le père d'Adeline avait été un duc — ne les appréciaient qu'en temps de guerre.) « Il faut que tu réunisses tes forces et viennes te réfugier chez moi. Nous regarderons les vaisseaux hisser les voiles et partir pour les Antilles, tels des phénix jaillissant d'une mer de cendres. Peut-être un marin t'accordera-t-il le regard... »

« Les Cavales de la Nuit[1] », dit Dylan, baissant la voix et répondant enfin à la question.

1. *Nigthmare* est un mot anglais composé de *night*, signifiant nuit, et de *mare*, qui signifie à la fois jument et mauvais esprit (en français : « cauchemar », le coche fantôme). *(N.d.T.)*

« Je les connais », dit-elle. Elle n'expliqua pas que son médecin lui prescrivait du laudanum pour atténuer les douleurs de ses jambes et de son dos, qu'elle en avait dans une petite fiole d'ambre cachée dans la pointe de son éventail, que les rêves provoqués par le médicament étaient parfois euphoriques, parfois diaboliques, mettant en scène aussi bien des anges à la voix mélodieuse que des satyres aux pieds fourchus. (Elle préférait franchement les satyres et les orgies au clair de lune aux chœurs de harpistes célestes.)

« Ce sont de véritables chevaux, pas des rêves », fit Dylan. Son accent, mélange de ceux de Liverpool, Dublin, Édimbourg, et de celui des marins, était exceptionnellement doux chez un matelot qui, bien que convalescent d'une grave fièvre, paraissait musclé et puissant, avec une chevelure abondante que son chapeau ne parvenait pas à couvrir complètement et des mains qui semblaient assez grandes pour entourer la taille de Deirdre ou soulever celle-ci pour l'installer dans une voiture. « Oh non, ce ne sont pas des rêves ! À moins que les rêves soient capables de sortir des rivières, puis d'y entraîner un homme et de le noyer. Il y a aussi des nains qui portent cagoule et ont une queue qui ressemble à une liane. Pires que les Injuns. Et les Drusii. Je n'en ai jamais vu. Je pourrais les confondre avec Lucifer. Mais je sais ce qu'ils font aux hommes. Ou… » ajouta-t-il avec hésitation, guettant par-dessus son épaule l'expression de la jeune femme, « aux femmes.

— Et que savez-vous au juste ? À propos de ce qu'ils font aux femmes, j'entends.

— Vous ne me ferez pas jeter dans un cachot ?

— Absolument pas. J'ai l'habitude de la franchise. » Tante Adeline était franche. Elle était allée à Paris.

« Ils les prennent à califourchon. Puis ils leur sucent le sang et les jettent comme une outre vide. »

Les excentricités de son vocabulaire accentuaient la ferveur de son imagination. Elle aurait aimé le mettre dans un livre, mais il était trop plein de vie pour se laisser enchaîner par les mots et incarcérer entre des couvertures ; il ferait penser à un mutin attaché, battu et jeté dans la cale.

« J'aimerais les voir, sourit Deirdre. Je suis trop vieille pour le califourchon et je présume que mon sang est clair et dépourvu de goût. » Ses ancêtres étaient celtes, comme son nom. Pour quelle autre raison aurait-elle parlé de forêts inexplorées et non de jardins paysagers et d'arbres taillés ? De renards et de loups, plutôt que de topiaires en forme de chat ou de chien ? Il n'était pas dans la nature des Celtes de négliger l'invisible et d'expliquer l'inexplicable, même si elle vivait à une époque où les fantômes n'existaient que dans les histoires racontées au coin du feu, où les ruines gothiques faisaient frissonner les jeunes filles et les incitaient à la mélancolie, où les seuls dangers réels étaient — disait-on — les maraudeurs, les Français, la peste et un roi fou qui s'appelait George III.

Certain que les chevaux ne quitteraient pas la route, il se retourna et lui sourit.

« Vous êtes un peu celte, pas vrai, mademoiselle ?

— Autant que vous, je suppose, quelles que soient les mers que vous ayez sillonnées !

— Et un peu aventurière, aussi ?

— Une femme avec de nombreux amants ? demanda-t-elle, surprise.

— Aussi, pas le moindre doute. Mais je voulais dire : une femme au sang chaud, qui n'hésite pas à dire ce qu'elle pense. »

Une femme au sang chaud... Elle, si pâle à cause de l'isolement et de l'infirmité ! *De nombreux amants, pas le moindre doute...* Elle qui était encore vierge à trente ans ! Elle eut envie de le serrer dans ses bras.

Dylan fit claquer son fouet et le petit cabriolet, aussi vif que les chevaux à la queue enrubannée de rouge, les malles brinquebalant sur son toit, contourna la forêt et suivit le chemin bien dessiné de l'après-midi, avec les boutons-d'or éparpillés comme des doublons au bord de la route. Deirdre avait loué la voiture à Londres, ainsi que Dylan, qu'elle avait choisi parmi de nombreux postulants parce qu'il lui avait paru gentil, attentionné, et affamé. Elle n'aurait pas engagé un cocher qui eût brutalisé les chevaux, conduit sans attention ou dépensé les guinées de son salaire en grogs et en bière.

Ils avaient changé de chevaux à Bath, et le voyage était aussitôt devenu une aventure. L'imprévu roulait à ses côtés et venait à sa rencontre à chaque tournant de la route : dans les champs, où les meules de paille ressemblaient à des wigwams ; dans une diligence dont le cocher la salua d'un sourire et d'un « ho-hé » ; dans une subite éclaircie ensoleillée. Elle ne s'ennuyait pas de ses frères, restés à Londres, et n'était pas d'humeur à décrire des ruines gothiques. Elle oubliait presque la douleur provoquée par les cahots ; rouler suffisait à son plaisir.

Vraiment ? Envers-Monde, « inhospitalier », l'attirait avec l'hospitalité de l'étrange et du danger, des sous-bois sans sentiers et des arbres jamais escaladés.

Les chevaux exaucèrent son désir. Ils ne s'emballèrent pas, se contentant de glisser tranquillement parmi les arbres de la forêt, les ifs, les sorbiers et les chênes, comme s'ils avaient obéi au fouet d'un maître invisible et suivi des sentiers que les yeux humains ne pouvaient percevoir.

« Au diable ces chevaux ! » cria Dylan, qui ajouta aussitôt : « Avec mes excuses, mademoiselle », et se corrigea : « Par les nichons de la mère Carey ! » Il fit claquer son fouet au-dessus de la tête des animaux ; puis, manifestement à contrecœur, leur cingla légèrement l'échine. Les animaux n'étaient pas chrétiens, apparemment, car ils ne tinrent compte ni des menaces de damnation ni même du fouet. Quelques gouttes de sang ruisselèrent sur leur dos, mais ils caracolaient avec l'élégance de chevaux de cirque dans une arène londonienne et s'enfonçaient allègrement dans l'obscurité des feuillages.

Elle respira l'air entêtant de l'imprévu : parfum de feuilles, parfum d'écorce, parfum de bêtes.

Senteurs suaves et odeurs musquées. Péril et exploration. Elle qui avait lutté la moitié de sa vie durant contre le cauchemar de la douleur était plus curieuse que terrifiée par la perspective des Cavales de la Nuit. Si elle avait été un homme, elle eût trouvé le moyen de sortir du cabriolet, aurait rejoint Dylan et lui aurait crié à l'oreille :

« Laissez faire les chevaux ! Ils ont l'air de savoir où ils vont. »

Et la forêt se referma sur eux, telle une horde de loups verts ; le cabriolet soudain cahota, pencha, tangua. Des obstacles les frappèrent : pierres du sol, branches des arbres. Dylan dut résister de toutes ses forces à l'une d'elles pour maintenir son équilibre. Les roues se mirent à cogner au lieu de tourner régulièrement. Des branchages éraflèrent la fragile porte de cuir. Deirdre s'accrochait à son siège. Pour la première fois, elle goûta le lierre amer de la peur. Quel était cet adage d'Adeline ? « Ne forme pas un souhait si tu n'es pas prête à en accepter les conséquences. » Des aiguillons de douleur lui rappelèrent sans ménagement son invalidité ; l'accident semblait imminent et la mort avait à ses côtés pris la place de l'imprévu. Les romancières malades, confortablement installées dans leur lit ou sur un canapé de leur salon, ne sont guère préparées aux péripéties de leurs romans. Les mots délimitent des frontières, entourent et contrôlent ; les héroïnes de Deirdre échappaient toujours aux loups voraces et aux rapaces barons qui les menaçaient. Mais les dangers d'Envers-Monde n'obéissaient à aucune règle.

Elle fut plus effrayée que surprise lorsque les chevaux échappèrent à leurs harnais et disparurent parmi les arbres, d'un air décidé à rentrer chez eux envers et contre tout (*ils semblent savoir où ils vont*). Elle demeura assise dans la voiture, immobile, retenant son souffle et remerciant silencieusement Dylan d'avoir évité l'accident.

« Ça va, mademoiselle ? » demanda-t-il en écartant le cuir qui pendait de la porte. Pourtant simples, ses paroles trahissaient une véritable inquiétude. Vêtu de vert, il aurait pu être Robin des bois. (Mais en bleu, il lui plaisait. Il lui faisait penser à la mer.)

« Oh oui ! et vous ? Vous avez heurté une branche. Et votre veste est déchirée.

— Peu importe ! » Il haussa les épaules. « J'ai été mis aux fers et ai tâté du chat à neuf queues. J'ai pris un coup de tomahawk chez les Injuns de Virginie. J'en porte encore les cicatrices, sur le dos et sur… euh.

— Le postérieur ?

— Le mot m'échappait. Il faut plus qu'une simple branche pour impressionner Dylan. Mais je m'inquiète pour vous. Je dois sortir d'ici.

— Si vous m'aidez, dit-elle, je pourrai peut-être regagner la route. Ensuite, nous pourrons arrêter une voiture et nous faire conduire à Bristol.

— Ce ne sera pas facile. De plus, personne ne s'arrête sur la route. Les maraudeurs, comprenez-vous, et ce qui sort de la forêt.

— Je pourrais faire signe à une voiture. Elle s'arrêterait certainement, pour une femme.

— On vous prendra pour une catin. Probablement un appât. Son amant caché dans les buissons, un poignard à la main.

— Vous croyez vraiment que je pourrais passer pour une catin ? demanda-t-elle, rougissant de fierté. Ne suis-je pas… enfin, un peu trop âgée et, en apparence, digne de confiance ?

— Âgée ? persifla-t-il. Ce ne sont pas les années qui marquent une femme, c'est le chagrin.

— Et je n'ai pas l'air affligée ?

— Les traits un peu tirés, à Londres. Mais maintenant ! La différence entre le dimanche matin et le samedi soir. Oh, vous passeriez pour une catin, aucun doute là-dessus.

— Avec ces vêtements ? » Sa robe ample était une cloche verte de velours français. Ses cheveux, poudrés, bouclés et crêpés au sommet de la tête, de minces mèches s'échappant au-dessus des oreilles, étaient ornés de roses de chintz et de feuilles de satin.

« Vous auriez pu les voler à une dame.

— Alors qu'allons-nous faire ? » Le plaisir que lui avait fait le compliment de Dylan lui fit oublier la gravité de la situation. Il était agréable d'être comparée à une jeune fille. Et à une catin, donc ! Elle imagina des trafiquants et des bandits, du butin mal acquis et des tavernes empestant le tabac.

Il regarda le ciel, estimant la hauteur du soleil.

« La nuit va bientôt tomber. Le mieux, c'est de faire une reconnaissance. Trouver un endroit où dormir.

— Pourquoi pas la voiture ?

— C'est là qu'ils chercheront d'abord, si ce n'est déjà fait.

— Les Drusii ?

— Eux et leurs copains. Le coin n'est pas hospitalier. Allons, descendez. Je ne vous laisserai pas seule. Avez-vous des sabots, des galoches ?

— Je n'ai que mes pantoufles. Je n'avais pas prévu de visiter Envers-Monde.

— Si tu pars en voyage, sois prêt à rencontrer le diable. C'est ce qu'on dit dans la Flotte.

— Il vaut mieux rencontrer le diable que les Drusii, répondit Deirdre avec un sourire. Selon Milton, un poète que généralement je déteste, il est d'excellente compagnie. »

Il ne lui rendit pas son sourire mais lui tendit la main afin qu'elle pût s'y appuyer. Pour Dylan, qui connaissait le monde, celui-ci et l'Envers, leur aventure commençait apparemment par un faux pas. Elle se conforma à son humeur et accepta avec reconnaissance son soutien. Comme ses mains étaient grandes ! Elle fut heureuse de les avoir comme amies plutôt que sa canne.

« Si seulement nous pouvions retrouver les chevaux, fit-elle.

— Ici ?... Ils ne veulent pas être retrouvés.

— Ne pourriez-vous essayer quand même ? »

Il émit un puissant croassement, davantage destiné aux mouettes qu'aux chevaux. Comme presque tous les marins — qui n'ont pas le droit de siffler en mer —, il ignorait comment siffler à terre ; mais les chevaux l'auraient certainement entendu, s'ils l'avaient voulu.

« Oui, eh bien, nous voilà seuls ! » dit-elle, considérant pour la première fois la forêt comme une prison et non comme une hôtesse.

Ce n'était pas là une forêt sortie d'un de ses romans, pittoresque, dépourvue de sentiers et cependant tout à fait praticable, repaire de loups et de voleurs, mais également refuge d'héroïnes sentimentales et de héros convenables. Au lieu de perspectives de futaies, elle se trouva confrontée à une végétation chichement parsemée de buttes et de monticules, de vertes excroissances qui, selon la légende, cachaient les tunnels conduisant au monde souterrain. Au lieu d'une agréable mélancolie, elle ressentait une terreur indéfinissable. C'était beaucoup trop réel (ou irréel ?). L'expression exacte était peut-être « plein de ressentiment ». Des oiseaux chantaient dans presque tous les arbres — des merles, n'est-ce pas ? — mais leur chant se teintait d'une désagréable stridence. Les arbres paraissaient exceptionnellement hauts et robustes. Ils lui semblèrent humains ; non, divins. La légende voulait que, comme les oiseaux et les bêtes, ils fussent les dieux celtiques d'autrefois : Épona la Dame des chevaux, Ceridwen l'Enchanteresse, et puis Sul, Brigit, Lug et tout le reste du panthéon, en déguisement de bois afin d'échapper aux prêtres de Dieu. Elle prit conscience de sa faiblesse, de son infirmité, de son désespoir ; comme le jour où, au marché aux fleurs de Londres, un malandrin l'avait surprise au moment où elle descendait de sa voiture pour acheter un bouquet de jacinthes, l'avait précipitée sur le pavé et lui avait dérobé son sac de calicot. Pourquoi la forèt lui donnait-elle l'impression de la rejeter ? Deirdre était venue de son plein gré et avec émerveillement. Elle n'avait pas l'intention de chasser les animaux ou convertir les démons. Elle haussa les épaules avec tristesse. Peut-être était-elle trop civilisée. Les dieux l'avaient regardée, jugée, puis éliminée parce qu'elle était noble et chrétienne. Apparemment, au bout du compte, elle ne passerait pas pour une catin.

Quel soutien extraordinaire le bras d'un homme, celui de Dylan en tout cas, pouvait-il procurer à une invalide.

« Mon pauvre Dylan, dit-elle, à peine aviez-vous quitté votre lit d'hôpital qu'une étrangère vous emportait vers Bristol et cet accident dans la forêt.

— J'avais besoin des guinées », répondit-il. Ce n'était pas là une réponse galante ; mais l'heure n'était pas à la galanterie. Elle constata qu'il était tendu, attentif, que tous ses sens étaient en éveil, comme si son vaisseau eût fait voile contre les Français. Il scrutait les buissons luxuriants et hostiles ; il guettait les bruits que couvrait le chant des oiseaux ; il humait l'air.

Eh bien, elle aussi pouvait explorer. Si ses yeux étaient affaiblis à force de lire à la lumière d'une chandelle, son ouïe et son odorat étaient aussi aiguisés que ceux de Dylan ; elle perçut le murmure lointain d'un cours d'eau et un bruit qui faisait penser à la reptation d'un animal dans les flaques de boue (les Cavales de la Nuit ?). Elle sentit le gui dans les arbres, au-dessus d'elle, et se souvint d'une ancienne prière :

Seigneur,
Avec le gui, délivre-moi des spectres,
Avec l'ail des loups-garous,
Et, avec une épouse attentive, des esprits de la bouteille.

Mais la plante se trouvait beaucoup trop haute pour être cueillie. On eût dit que les dieux de la forêt en avaient saupoudré le sommet des arbres les plus hauts, talisman séduisant mais inaccessible, avaient malicieusement fait grossir les lianes au point qu'elles ressemblaient aux serpents des Antilles, avaient planté les arbres comme les poteaux d'une palissade. Deirdre avait très mal au dos, malgré le soutien de Dylan, et s'imaginait que chaque chant d'oiseau était le hennissement des Cavales. Oh, où était la réconfortante circonspection de ses romans ? Elle comprit pourquoi les hommes et les femmes d'action écrivent rarement des ouvrages importants. Ils meurent jeunes.

Elle ne fut pas surprise de découvrir les ruines. Des tempêtes ou des assaillants avaient transformé les murs d'enceinte en tas de pierres, tandis que les catapultes ou la foudre avaient éventré le manoir, ne lui laissant qu'une façade qu'on eût dite ravagée par la variole. À une époque reculée, apparemment, les Anglais avaient pénétré dans la forêt, remporté une brève victoire, conçu des projets, construit et planté ; mais, finalement, ils avaient perdu la guerre.

Il y avait eu des greniers, des écuries, des échoppes… Un jardin avec de la menthe et de l'oseille… Des vergers avec des néfliers et des poiriers… Les aboiements des chiens de chasse… Le meuglement d'une vache laitière… Autrefois, avant l'ultime bataille.

Un seul édifice avait échappé aux pillards inconnus : une chapelle, une sorte d'église. Il s'agissait d'une chapelle médiévale habituelle, simple, à un seul clocher, sans statues, construite par le seigneur du manoir. C'était un modèle réduit des cathédrales gothiques des grandes métropoles, telle Notre-Dame de Paris. Ses quatre flèches aiguës paraissaient défier le ciel. Des arcs-boutants, manifestement inutiles pour une si petite bâtisse, prenaient naissance aux hanches de sculptures grotesques, d'une variété surprenante mais arborant la même rapacité de bec, de gueule et d'yeux. Il y avait également des gargouilles, blanches sur le noir de la pierre antique. Et même, sur un des clochers, l'une d'elles logée dans une niche crachait encore de l'eau ! Elles semblaient posséder l'endroit (ou le garder pour le compte d'autres propriétaires ?). Cependant, c'était bien une chapelle, la maison de Dieu, un refuge ; et, si ces ancêtres avaient construit de manière grotesque, ils avaient aussi construit solidement.

« On va passer la nuit ici, fit Dylan. Voyez-vous cet orme, près de la chapelle ? C'est un arbre de bonne fortune. Doux comme une fille, fort comme un bosco.

— Vous en parlez comme d'un être humain.

— Pas humain. Mais pas moins. Différent. J'en ai vu, en Virginie. Mieux vaut être en bons termes avec eux. Presque tous les arbres, ici, ressemblent à une chauve-souris sur un pieu.

— Voulez-vous essayer d'appeler encore une fois les chevaux ?

— Avez-vous déjà vu un tronc aussi lisse ? » murmura-t-il, ignorant sa requête.

Et elle, à haute voix :

« Je pourrais peut-être les siffler. » Elle savait siffler les chevaux ; enfant, elle avait chassé à courre avant sa chute.

« Vous risquez d'attirer d'autre bêtes.

— Laissez-moi essayer, juste une fois. » Elle émit le son plaintif grâce auquel, durant l'été précédant son accident, elle persuadait son poney, Alexandre, de manger du sucre dans sa main. Les nombreux oiseaux, merles, mais aussi corneilles et corbeaux, sur leurs perchoirs secrets, se moquèrent d'elle. Le soleil avait disparu derrière les arbres, dévoré semblait-il par les « loups verts ».

« Il faudrait un ballon, dit Dylan, très sérieux. Un de mes amis en possède un, près de Bristol. À hydrogène, comprenez-vous ? Il nous permettrait de nous sortir d'ici.

— Mais comme nous n'avons ni ballon, ni hydrogène, ni air chaud, rien…

— Presque le crépuscule. Venez, mademoiselle. La chapelle a l'air sûre, malgré ces espèces d'oiseaux sur le toit.

— Des gargouilles.

— Des goules, avez-vous dit ? Perchées sur la

maison de Dieu comme des mouettes !... Il ne faut s'étonner de rien, *ici.* »

Elle s'arrêta devant le portail d'ouest et, appuyée sur sa canne, considéra la Vierge, sculptée dans un grès rouge et luminescent, qui se dressait au-dessus d'elle. Son auréole de pierre était un inextricable enchevêtrement de lierre et ses pieds étaient également couverts de lierre. Cette enjôleuse était-elle la Marie Immaculée des Écritures ? Sa couleur et ses yeux, surtout, faisaient penser à un animal. Un chevreuil. Deirdre aimait les chevreuils mais il lui semblait inconvenant, non, impertinent, que la Vierge appartînt à la forêt et non au Ciel. Elle aurait dû regarder les cieux, ou bien l'Enfant Jésus dans ses bras. Toutefois, elle avait choisi (et son regard exprimait la volonté de choisir) de regarder, derrière Deirdre, la ligne d'arbres, telle une biche attendant son mâle.

La nef était grande, froide et dépourvue de prie-Dieu, une forêt de pierre dont les animaux regardaient par les yeux des saints. La grille qui cachait autrefois l'autel gisait en morceaux empoussiérés. Mais l'abside formait une sorte de nid, une petite conque dont le sol était tapissé de feuilles mortes, entrées par une fenêtre brisée.

« Voici votre lit », fit Dylan.

Deirdre le regarda empiler des feuilles pour former une couche, choisissant les plus douces pour l'oreiller. Elle s'efforça de ne pas regarder les effigies de pierre de saints inconnus, enrobées de lierre, qui la fixaient depuis les murs ; tous, malgré le crépuscule, à cause du crépuscule, possédaient ce même regard animal que la Vierge. Un renard, un ours, un loup…

« Prenez plutôt les feuilles, vous, dit-elle à Dylan. Ma jupe de velours atténuera la dureté du sol, sans parler de mes jupons. Et mes cheveux me serviront d'oreiller.

— Dois-je… Dois-je… ? » Il hésitait. Elle devina qu'il allait lui demander s'il devait se retirer dans une autre partie de la chapelle ; ce n'est pas que l'époque eût été portée sur la moralité, mais c'était une ère où la fortune en tenait lieu, chez les riches et les nobles. Manifestement, il trouvait inconvenant qu'un marin partage une abside avec une dame, quelles que fussent les circonstances. Toutefois, elle ne tenait pas à être séparée de lui, fût-ce par la longueur de la chapelle. Elle aurait eu l'impression de fêter Noël sans bûche. Ne s'étant jamais considérée comme désirable, elle le rassura aussitôt.

« Bien entendu, vous resterez ici, près de moi. C'est vous qui avez fait mon lit.

— Ce n'est pas de la soie. Mais je crois que c'est plus doux qu'un hamac. » Il eut son large sourire ingénu, découvrant les dents parfaites d'un marin aux gencives durcies par le biscuit, puis sortit de sa veste une bouteille bleue de verre vénitien.

« Si nous devons passer la nuit ici, le xérès sera notre hôte. Ma pipe elle-même ne me manquera pas. » Le xérès était un vin espagnol extrêmement fort. Deirdre ne connaissait que la camomille, le thé ou le chocolat chaud à la crème. Elle se souvint de l'effet que produisait l'alcool sur ses amis de Londres. Les hommes étaient enclins à se chamailler pour des riens, les femmes à dire oui lorsqu'elles auraient dû dire non. Dylan ne paraissant pas préoccupé de futilités et ne lui ayant pas posé de question, elle décida d'ingurgiter ce breuvage.

Il essuya le goulot avec un mouchoir parfaitement propre, d'un rouge qui eût tout à fait convenu à un pirate, puis lui offrit l'« hôte ».

« Délicieux », hoqueta-t-elle tandis qu'un charbon ardent semblait tomber dans son estomac, qui se mua bientôt en une agréable chaleur. « Ou bien dois-je vous complimenter sur la cuvée ?

— Le xérès, il faut le boire, pas le complimenter. Encore ?

— Après vous, Dylan. »

Il but et sourit.

« C'est bon, pas vrai ? C'est le seul produit espagnol que je supporte.

— Je suis en ébullition, fit-elle. Cette nuit, je n'aurai même pas besoin d'une couverture.

— Si seulement nous avions du poisson et des frites ! dit-il. Enfin !... » Et soudain il devint poétique :

Ce n'est pas le manger mais la joie
Qui procure le bonheur chez soi.

« Robert Herrick ! s'écria-t-elle. Mais il est complètement oublié, à cette époque outrageusement civilisée de strophes héroïques sans héros et de dictionnaires aussi pesants que des chaises d'acajou !

— Mon ancêtre », fit Dylan, que la sortie de la jeune femme ne troubla pas.

« Mais il n'a pas été marié ! Vous souvenez-vous de ce qu'il disait du mariage ?

— Parfaitement. Il exprimait ma propre opinion :

Méfiance, querelles et mécontentement
Suivent les épousailles immanquablement.

« Mais il avait une gouvernante qui s'appelait Prudence.

— Ah, je vois ! Prudence a été imprudente. Enfin, il vaut mieux être le descendant illégitime de Herrick que le descendant légitime de Milton.

— Exactement mon avis. »

Elle constata soudain : « Malgré la douleur, ce soir je pourrai m'endormir sans laudanum.

— C'est un véritable somnifère », murmura Dylan en s'appuyant contre elle…

CHAPITRE 2

« Vous ne devez pas dormir », fit une voix au-dessus d'eux. Un jeune homme — non, ce n'était qu'un jeune garçon, assez grand pour son âge — brandit une lanterne de roseaux au-dessus de leurs têtes et les examina avec un mélange de méfiance et d'inquiétude. Sauf pour sa taille, il ressemblait à un écolier londonien : courte blouse bleue et longues chaussettes jaunes, au cou une médaille en forme de dauphin. Mais ses vêtements étaient trop petits et effilochés aux ourlets ; ses chaussures de cuir, fendues, laissaient voir ses orteils.

Dylan se leva, inquisiteur mais courtois.

« Que voudrais-tu que nous fassions, jeune homme ?

— Êtes-vous bons marcheurs ? Nous pourrons peut-être gagner la grand-route de Bristol avant… Avant leur arrivée.

— Non, avoua Deirdre. C'est à peine si je puis marcher, sans mon ami et ma cannc. Et puis-je vous demander qui sont ces *Ils* ?

— Vous êtes Deirdre ! s'écria-t-il sans répondre

à la question. J'ai vu votre portrait et je vous reconnais. »

Sir Joshua Reynolds connaissait son frère aîné ; il s'était rendu à sa maison de Londres et, malgré ses protestations, avait fait son portrait à l'aquarelle. Elle avait refusé de poser pour un portrait à l'huile. Néanmoins, elle était exposée au British Museum : *La dame verte.* « J'ai lu vos livres, tous. Meilleurs que Walpole. Mais sont-ils conformes à la réalité ? À mon avis, les forêts ne sont pas telles que vous les décrivez.

— Et comment sont-elles ? » Elle ne se vexa pas. Elle était lasse des compliments des critiques et de ses amis.

« Impénétrables. » Il ne développa pas sa réponse. Il se tut et examina la situation. « Il nous faudra passer la nuit ici. Ils sont habitués à moi. Mais vous… je ne saurais dire. J'ai bien fait de cueillir un peu de gui en venant. » Il s'agenouilla près d'elle et dit avec une extrême gravité : « Vous devriez fermer les yeux, Madame. »

Avec sa robe tachée et sa coiffure privée de ses roses, elle avait espéré passer pour une fille facile ; démasquée, elle ne voulut pas échapper à la vérité.

« Réellement ?

— Oui. Et il ne faut pas parler. » Malgré la faible lumière de la lanterne, elle remarqua son orgueil : des yeux âgés dans un visage juvénile.

Elle comprit qu'il n'exagérait pas la menace. Elle décelait toujours les mensonges, bien qu'on la crût naïve parce qu'elle menait une existence retirée, et qu'on essayât parfois de lui cacher la vérité.

(Lorsque ses deux cousins préférés s'étaient noyés dans la Manche au cours d'une tempête, ses frères avaient toussé et dit : « Ils ont été retenus à Paris. »)

« Tout d'abord, voulez-vous me dire qui vous êtes ? Vous m'avez reconnue, et voici mon ami Dylan, de Londres.

— Thomas Chatterton, de Bristol.

— Et quelle est votre profession, maître Tommy ? demanda Dylan.

— Thomas, je vous prie. Un poète ne peut se nommer Tommy.

— Alors vous êtes poète ?

— Oui, dit-il. Tragédies, sonnets, ballades et le reste. Toutefois, ajouta-t-il d'un air entendu, je suis actuellement apprenti chez John Lamber, le notaire. Maintenant, silence ! Ils vont arriver.

— *Ils*, avez-vous dit ? » demanda Deirdre, qui aimait les poètes et avait à Londres un notaire, mais trouvait que le jeune homme transcendait les deux professions, peut-être parce qu'il semblait lié à l'énigmatique forêt, qu'il paraissait être à la charnière de deux mondes. Bristol lui avait donné le jour, mais Bristol l'avait perdu. « Les Drusii ?

— Oui, répondit-il. Vous verrez vous-mêmes... »

Leur arrivée était, perversement, comme un nuage qui en passant découvre les étoiles, mais des étoiles capables de brûler et de blesser. Des paires d'étoiles. Des yeux.

Dans la voûte qui nous surplombe, tel un immense éventail de pierre aux nervures délicates, massive et élégante. Des coins et des fissures, des murs aux fenêtres brisées. Nous encerclant jusque dans notre nid. Jaillissant et descendant avec célérité. Nous les avions cherchés dans les bois, mais n'avions vu que merles et corbeaux. Ils n'avaient pas eu besoin de nous chercher. Nous étions entrés dans leur ciel. Où est le soleil, seul capable de guérir leur morsure mortelle ?

« Ce ne sont que des chouettes, n'est-ce pas ? » souffla-t-elle à Thomas. Des chouettes dans une chapelle sylvestre. Désagréable, mais pas étonnant. Il y en avait dans le lierre de sa demeure londonienne. Elles voletaient autour des mâts des navires, sur la Tamise. Elles plongeaient sur les dames de la noblesse, qui levaient les mains pour protéger leurs cheveux et s'évanouissaient avec grâce dans les bras attentifs des gentlemen.

Deirdre ne les aimait guère, mais ne s'évanouissait pas.

« Pas seulement des chouettes », répondit-il. Sans se hâter mais avec une détermination extrême, il enflamma une allumette, tige de bois et de soufre, à la flamme vacillante des roseaux ; il s'agenouilla et embrasa les feuilles. Lorsque son feu eut pris, il jeta dans les flammes son rameau de gui. L'air devint légèrement âcre lorsque les feuilles pointues craquèrent et se recroquevillèrent.

Les chouettes n'avaient pas peur du feu. En fait, il semblait même les séduire et les attirer, mais seulement dans une certaine mesure : sa chaleur et son rayonnement, non son parfum. Elles encerclèrent complètement les trois personnes accroupies, puis ondulèrent, montant et descendant, comme une auréole conçue pour un géant. Elles semblaient intimidées. En adoration. Adorant le feu, craignant le gui, supportant le jeune garçon, la femme, l'homme, parce qu'ils avaient apporté le feu et le gui ; le premier pour qu'elles l'adorent, le second pour qu'elles le craignent. Certaines étaient grosses comme un petit fox-terrier. D'autres avaient la taille d'un rat. Leurs yeux aux paupières mobiles étaient un vacillement d'ambre, un éclair d'obscurité. De nombreuses variétés d'une même espèce : chouettes, hiboux, grands-ducs, effraies, chats-huants. Leurs plumes étaient hérissées et courbes. Leurs serres labouraient l'air, leurs ailes faisaient naître des brises fraîches qui inclinaient les flammes. Elles sentaient mauvais : tombes secrètes éventrées par la charrue du fermier, os et linceuls empestant la chair pourrie.

Deirdre sentit autour de ses épaules le bras de Dylan ; chaleur, puissance, courage donnés par celui qui pouvait en céder à celle qui pouvait à peine respirer. C'est la vie qui m'entoure, se dit-elle. C'est la mort qui me surplombe.

Ton bras est le filin qu'on lance à l'homme qui se noie ; ton dos est le mât d'un navire.

« Tout va bien, mademoiselle », souffla-t-il.

Et c'était vrai...

La voix de Thomas était frêle et lasse ; ses yeux semblaient rouges, ses mouvements étaient lents.

« Maintenant nous pouvons dormir, dit-il presque dans un souffle. Je crois qu'ils ne reviendront pas.

— Je jurerais qu'ils adoraient le feu. Ils paraissaient… intelligents.

— Démoniaques, dit Dylan. Des démons avec du sang dans les yeux.

— Pas démoniaques, corrigea Thomas. Furieux seulement, jusqu'au moment où ils ont senti le gui. Ensuite, ils ont eu peur.

— Pourquoi ? Nous ne leur avons fait aucun mal.

— Je ne sais pas au juste, bien que je sois venu une douzaine de fois dans cette forêt. Je crois que c'est à cause de l'église. Voyez-vous, la forêt leur appartient. Autrefois, elle était plus étendue, plus dense et plus haute. Puis sont arrivés les Celtes, qui les adoraient. Ensuite ce furent les Romains, qui ne s'occupèrent pas d'eux, et les Saxons qui les intégrèrent à leurs contes de fées. Et puis — et je suppose que c'est ce qui les a mis en colère — est arrivé celui qui a construit la chapelle. À moins qu'il ne l'ait construite pour eux et non pour Dieu, et que nous…

— Nous sommes entrés dans leur demeure. Des chrétiens. Des importuns.

— Dormez, maintenant, Madame. »

Dylan retira son bras.

« Un marin ne peut pas faire un bon oreiller. »

Deirdre s'accrocha à cette chaleur protectrice.

« Je vous en prie, dit-elle. Vous faites un excellent oreiller. Et aussi une couverture parfaite. Le feu est presque mort et il fait très froid. »

Joyeusement, il s'allongea près d'elle, l'enveloppant et la réchauffant comme une épaisse étole de fourrure russe. Elle rêva d'un voyage aux Indes occidentales, d'un capitaine aux mains puissantes et douces, au sourire ouvert ; d'un garçon de cabine aux yeux gris et âgés, avec un certain don pour la rime.

Ce fut Thomas qui, en la secouant, interrompit son rêve.

« Non ! » Elle voulut crier : « Je ne veux pas perdre mon navire ! » Mais les doigts roses de l'aube avaient atteint les fenêtres et Dylan se libérait silencieusement de ses bras.

« Je vais vous conduire à la grand-route », dit Thomas. Ses yeux gris étaient indéchiffrables. Il lui semblait adopter diverses formes : un vieillard au corps juvénile ; un jeune dieu de bronze pêché dans une mer antique ; un être tissé de rêves et exilé dans la lumière. « Ensuite, j'irai à Bristol et reviendrai avec une voiture. Mais...

— Il vous faut quelques guinées pour louer la voiture. » Elle sourit. « Il y en a plus qu'il n'en faut dans le bout de mon éventail. » Elle voulut ajouter : « Et assez pour que vous puissiez acheter un costume décent à la place de ce pauvre uniforme déchiré qui date de votre séjour à l'école. »

Il prit les guinées à contrecœur.

« Mais c'est une fortune !

— Les voitures sont chères, mon ami. En outre, il vous faudra déjeuner en chemin.

— Je vais louer un cabriolet ; cela vous fera économiser quelques livres. »

Elle se tut et le dévisagea, souhaitant qu'il pût être son fils. (Mais de tels souhaits exhalaient un âcre relent d'égoïsme. N'avait-elle pas sa profession et sa renommée ?)

« Thomas, vous nous avez sauvé la vie.

— Peut-être. Mais vous êtes mes amis. » Il semblait tristement maigre, avec sa veste bleue usée et ses chaussettes jaunes ; pâle, mais blême n'était cependant pas le mot qui convenait ; il était d'albâtre, mais sans une rose. Une intelligence d'homme, un corps de jeune garçon, un cœur d'enfant, friand de surprise — un cheval, un arbre de mai, une bûche de Noël.

« Nous sommes extrêmement honorés d'être vos amis, mon cher. Qui ne rechercherait pas l'amitié d'un jeune homme aussi brave ? »

Il la dévisagea, comme pour jauger sa sincérité ; comme si, dans le passé, il avait été exploité, trompé, méprisé. Le formalisme, telle une cape, chut à ses pieds.

« Je n'ai jamais connu de grande dame. Ma mère et ma sœur sont des êtres simples. Je les aime de tout mon cœur. Mais vous êtes comme la reine d'un immense manoir d'autrefois. À l'époque des croisades, peut-être. Je vous imagine dans la grande salle, près d'une fenêtre, et la lumière confère à vos cheveux des reflets magnifiques. Votre robe est de soie et de petit-gris d'Orient. Vous jouez du rebec et chantez un doux air d'autrefois :

L'été est de retour
Et chante le coucou...

Deirdre le serra dans ses bras, s'appuyant contre lui ; elle serra sa jeunesse et sa pauvreté. (*Si j'avais un fils, il serait tel que toi. Si j'avais un fils...*)

Il la prit à son tour dans ses bras maigres et l'embrassa sur la joue ; comme un petit garçon qui, perdu dans la foule de Londres, voit sa mère descendre d'une voiture tirée par un cheval, lui ouvre les bras et entre dans l'univers merveilleux de son étreinte. Sous sa veste, elle perçut sa maigreur. Le bleu était passé ; les ourlets requéraient les services de l'aiguille et du fil.

« J'aimerais pouvoir réaliser ton rêve, dit-elle avec un sourire. Mais je ne suis plus jeune et n'ai jamais été belle. Je n'ai pas tenu de maison, sauf celle de mes frères. Je n'ai pas porté d'enfant. Mes livres eux-mêmes ne me survivront probablement pas. »

La colère et l'orgueil brillaient dans ses yeux. Dans la plupart des cas, le gris était l'absence de couleur ; en ce qui concernait Thomas, des feux secrets y brûlaient.

« Je ne vous permettrai pas de parler ainsi. Ne vous regardez-vous jamais dans un miroir ?

— J'y suis bien obligée, parfois.

— Alors, il est certainement fendu. Venez, nous allons regagner la route.

— Elle ne peut pas être loin, fit Dylan. Allons-nous suivre les traces de la voiture ? »

Thomas hocha la tête.

« Si nous pouvons les retrouver. »

Le sous-bois était un lacis de lianes et de roseaux, dense et d'un vert d'ombre. Par endroits, les arbres semblaient avoir englouti le soleil. Il n'y avait aucun orme amical.

« Pouvons-nous nous guider sur le soleil ? » s'enquit Dylan, marin hors de son élément. « Le soleil est à l'ouest. Nous sommes venus du nord, n'est-ce pas ?

— Allez droit au nord et vous trouverez une rivière que je ne vous conseillerais pas de traverser.

— Eh bien, jeune homme, si vous voulez bien prendre la peine de nous guider.

— Si vous pouvez marcher », dit Thomas en prenant Deirdre par le bras.

Elle se souvint du labyrinthe crétois et pensa au Minotaure. Ne lui restait plus qu'un espoir : que Thomas-Thésée suivît un fil secret. Elle s'efforça de dissimuler sa fatigue ; mais ni sa canne ni le bras de Thomas ne pouvaient atténuer la lourdeur grandissante de ses jambes, la douleur de son dos.

« Mais notre entrée a été beaucoup plus rapide, dit-elle.

— Parce que les chevaux étaient bienvenus.

— Et notre départ ne l'est pas ?

— Non. Il vous est *permis* de partir parce que vous êtes avec moi. C'est-à-dire si nous évitons certains gardiens. »

Les arbres semblaient être davantage que des arbres ; plus hauts, plus denses, plus élevés, presque… intelligents. Les plus sombres étaient presque noirs. Leur âge, leur feuillage obscur, faisaient penser à une armée d'inquisiteurs espagnols, en robe noire, contraignant à l'aveu par la torture et la prison. Des ronces s'accrochèrent à sa robe ; elle prit une liane pour un serpent et étouffa un cri. Les plantes elles-mêmes, le foisonnement du lierre, le bourgeonnement des mûres, ne semblaient pas être de simples végétaux. Ce sont les laquais des arbres, se dit-elle, les bourreaux nains qui œuvrent pour l'Inquisition.

« Ce n'est plus très loin, dit Thomas. Attention, maintenant, Madame. Vous aussi, Dylan, mon ami…

— Un arc-en-ciel ! s'écria Deirdre. Mais sur le sol. Est-il possible que ce soit… ?

— La route, fit Dylan. Plus douce que le vent au navire immobile.

— La fin du voyage », dit Thomas, rougissant de fierté et de soulagement. (Apparemment, il n'était pas très sûr du fil.) « Madame, vous serez bientôt à Bristol !

— Mais, bien entendu, mon cher, vous avez été notre guide.

— J'ai également des ennemis, dans la forêt. Reposez-vous maintenant. *De l'autre côté de la route.* Je vais aller chercher une voiture à Bristol. »

Elle s'assit auprès de Dylan, sur l'autre bord de cette route rassurante, face à la forêt hostile. Les jonquilles formaient un coussin — les séparant de la terre humide et dure —, toison dorée qui chérissait le soleil.

« Tout sera bientôt terminé », dit-elle, contrariée par ces jonquilles, souhaitant un autre voyage, une autre chapelle, un nid de feuilles et un bras capable de la protéger du froid, un ami pour veiller sur elle et la guider.

« Oui, fit Dylan, détournant les yeux.

— Thomas nous manquera, n'est-ce pas, lorsqu'il sera parti pour Londres ?

— C'est bien vrai, mademoiselle.

— Quel jeune homme splendide !

— Oui. »

Elle ne comprenait pas la raison de son silence.

« Avez-vous à nouveau de la fièvre ?

— Non, mademoiselle.

— Cela n'aurait rien de surprenant. Cette église était pleine de courants d'air. J'ai d'ailleurs pris froid.

— Elle n'avait pas de prie-Dieu, mais elle possédait… un contenu.

— C'est vrai, n'est-ce pas ? Malgré les Drusii. Mais, maintenant, je présume que vous allez retourner à Londres, comme Thomas. Avez-vous une épouse, là-bas, Dylan ?

— Non. » Sa réponse fut plus que sèche ; elle fut carrément bourrue. Peut-être une Indienne à la peau mate, de l'autre côté de l'Océan…

« Je suppose que vous allez bientôt embarquer sur un navire… pour Neptune sait quelle destination.

— Sans doute.

— Votre navire vous a-t-il manqué, Dylan ? La mer vous a-t-elle manqué ?

— On ne gagne pas seulement des guinées lorsqu'on conduit une voiture », dit-il, les yeux fixés sur ses mains. Quel frère humain robuste et puissant ! Ses propres frères, marchands londoniens qui commerçaient avec les Antilles, étaient minces et pâles ; oui, pincés. Ils n'avaient jamais lu ses romans.

Dylan avait vécu un livre. Sans une chute de cheval, peut-être aurait-elle aussi vécu un livre…

Juste après ses parents, ses frères et Adeline, corpulente et triste, elle aimait son cheval, Alexandre le Grand ; il descendait des chevaux à la crinière rousse et aux yeux verts des Celtes. Les envahisseurs romains, saxons et vikings n'avaient pas interrompu la lignée. Fidèle à son sang celtique, il aimait et haïssait avec une égale vigueur ; il était instable et irascible ; parfois, il semblait voir plus loin que la forêt qui se dressait devant lui, que le champ qui s'étendait à l'horizon, au-delà ou en deçà des années. Les domestiques le trouvaient fou et se méfiaient de sa morsure ; ses parents le toléraient parce que, aristocrate vieillissant, avec des ancêtres auxquels ils ne pouvaient comparer les leurs, il trottait comme dans un tonnerre de timbales, secouait la crinière et se prenait pour le plus beau cheval du monde. Elle lui avait donné le nom de son héros antique préféré et n'imaginait pas qu'un jour viendrait où il ne répondrait pas à son appel et ne lèverait pas le nez pour recevoir ses caresses…

L'été était chaud, étouffant, humide, à cause des nuages qui couvraient le pays comme la peau d'un animal.

Ses parents ne se querellaient jamais ; son père décidait, sa mère acceptait.

« Alexandre doit partir. Aujourd'hui, il a mordu le recteur.

— Était-ce une morsure grave, mon chéri ?

— Au postérieur.

— Seigneur ! Bien sûr, il faut qu'il parte. Nous devons à tout prix protéger notre foi. » Sa mère n'était pas celte.

Deirdre, quinze ans et forte comme un garçon, les terrassa sous un déluge de paroles.

« Vous ne le toucherez pas ! Il ne vous a jamais mordus. Il ne mord que parce qu'il voudrait être un grand destrier, comme Bucéphale, et non un petit cheval ; en outre, il ne mord que les gens qui ont peur de lui. »

Sa mère quitta sa chaise cannée et lui prit la main.

« Deidre, mon trésor, il effraie tout le monde, sauf toi, et maintenant il est vieux et devient aveugle. Je crains qu'il ne me prenne pour une meule de foin et se mette à brouter. Et le recteur a été mordu *deux fois*… Une fois à chaque, euh, jambes.

— Le recteur est un vieux puritain parfaitement détestable. Il prétend que les animaux n'ont pas d'âme. Je sais qu'ils en ont une. Alexandre me l'a dit.

— Deirdre, Deirdre, parles-tu encore aux animaux ? Et crois-tu toujours qu'ils comprennent ? Tu es beaucoup trop âgée pour te laisser aller encore à de tels enfantillages.

— C'est un don qui m'est personnel. On n'est jamais trop âgé pour un don. En fait, l'âge ne peut que l'améliorer. Si je prie Épona, déesse des chevaux. »

Son père fit la moue et prit un air grave.

« Nous ne reviendrons pas sur ce sujet. Injurier le recteur ! Prier une déesse celtique ! Aux yeux de tes ancêtres, tu serais passée pour une sorcière… »

Un box vide, la paille en bottes bien nettes et intactes, l'odeur de la cendre et de la chaux…

« Nous l'avons vendu, dit son père.

— Vous l'avez fait abattre, n'est-ce pas ? »

Son père lui adressa son sourire paternel le plus doux.

« Je t'ai acheté un nouveau cheval, un bon. Tu peux le baptiser Bucéphale et chasser à courre avec lui. Tu étais devenue trop grande pour ce pauvre Alexandre.

— Je vous déteste ! hurla-t-elle. Vous avez assassiné mon ami le plus cher et je voudrais que vous soyez mort ; et Mère également, parce qu'elle s'est rangée à vos côtés. »

Elle quitta la maison en courant et sella son nouveau cheval : Bucéphale. Elle ne lui parla pas, ne chercha pas à gagner sa confiance ; elle lui enfonça les éperons dans ses flancs.

Il ne lui voulait pas de mal, elle en était sûre ; mais il était farouche et timide. Elle l'éperonna pour lui faire sauter un échalier et il tomba sur les genoux, la coinçant sous lui, de sorte qu'elle se brisa les deux jambes.

Ses frères se montrèrent pleins de sollicitude. Ils lui offrirent un magnifique pot de géraniums rouges afin d'égayer sa chambre, qu'elle ne quitterait pas pendant un an. Les os parurent se ressouder, mais marcher demeura extrêmement douloureux. Ses frères la conduisirent à Bath, dont les eaux avaient des vertus curatives : elles guérirent leur goutte, mais pas ses jambes à elle. Ils toussèrent, s'entretinrent à voix basse, puis dirent :

« Tu dois choisir une activité qui te permettra de rester à la maison. Brode au tambour ; fais du canevas ; apprends l'épinette. »

Les longues années devinrent une mosaïque de pierres, presque toutes grises et unies (l'une d'elles verte et lisse : son écriture) ; mais où conduisaient-elles, quel dessin formaient-elles ? Elle s'efforça de ne pas deviner ; peut-être était-ce un chemin bien rectiligne, bordé d'arbres soigneusement taillés, conduisant à une clôture dépourvue de porte.

Puis elle eut trente ans, vieille fille résignée et romancière célèbre. Combien de pierres encore, combien d'arbres avant le bout du chemin ?

Personne n'avait tenté de briser cette mosaïque ou d'y ajouter quelque pierre multicolore.

Jusqu'au jour où…

« Cher Dylan, vous reverrai-je jamais ?

— Ah ! fit Dylan. Triton seul le sait. Vos amis me trouveraient bien mal élevé.

— Alors ce ne sont pas mes amis.

— Les belles dames et les seigneurs à la perruque poudrée ?

— Leur seule raison d'être, dit-elle avec l'amertume de l'expérience, est de faire de l'oisiveté un art. L'intelligence passe pour de la sagesse. L'hôtesse la plus populaire est celle qui connaît beaucoup de secrets et les divulgue avec élégance.

Quelle comtesse s'est compromise avec quel valet, quel duc a été cocufié par quelle duchesse.

— Voici Tommy, mademoiselle Deirdre, qui arrive avec la voiture aussi vite que le Nordé... !

— Vite ! » cria Thomas, sans quitter son perchoir, tandis que la voiture frémissait en raison de la brusquerie de l'arrêt. « Ces juments me paraissent obéissantes, mais il est toujours possible que la forêt les appelle. »

À Bristol, dans une demeure aussi vaste qu'un manoir de campagne, une fois Deirdre installée dans un grand lit à baldaquin, tante Adeline lui fit respirer des sels afin de lui déboucher le nez et calmer sa toux, puis lui fit boire une potion épicée destinée à lui rendre des forces. Deirdre se souvint alors de la nuit dans l'Envers-Monde, au début comme on se rappelle un rêve, d'une manière décousue ; désireuse tout d'abord de dormir et de retrouver des couleurs plus vives que celles des bois et des ciels du monde ordinaire, elle acquit peu à peu la certitude que ce rêve était en fait une réalité, devenue inaccessible ; elle eut l'impression d'être Cendrillon qui, après avoir assisté à un bal princier, est obligée de nettoyer la cheminée pour le restant de ses jours.

Elle ne put se résoudre à parler de Dylan ; elle supposa, avec une tristesse d'autant plus grande qu'elle était inexplicable, qu'il avait repris la mer. Il ne pouvait non plus être question d'évoquer les Drusii.

Six jours plus tard, toutefois, la fièvre était tombée, la laissant faible mais d'humeur à bavarder ; elle décrivit alors le jeune garçon en veste bleue.

« Grand, avec d'intenses yeux gris. Des vêtements d'écolier, déchirés, mais une allure d'homme du monde et un langage châtié, précis. Il semblait très mûr pour son âge. Il a dit qu'il s'appelait…

— Thomas Chatterton ! » Tante Adeline, corpulente et poudrée, se définissait comme une aventurière de fauteuil. Poétesse au talent limité mais à l'ample lectorat, elle avait poussé sa nièce à devenir romancière et l'avait même introduite chez son éditeur. (« Donne-leur de la séduction, et ils feront la queue devant les rayons. Un viol, et ils prendront la librairie d'assaut. ») Chatterton était manifestement un nom qui émoustillait son sens de l'aventure.

« Alors, tu le connais, tante Adeline ?

— Très bien », glousssa-t-elle, prenant un bonbon dans une boîte monogrammée. « Sa mère est une veuve qui s'occupe d'une garderie pour les petits enfants. Le soir, elle brode. Tommy était apprenti chez Lambert, le notaire. Il y a quelques mois, il a rompu son contrat, menaçant de se suicider si Lambert refusait de le libérer, et est allé chercher fortune à Londres. Un garçon étrange, toujours à grimper sur les églises pour examiner les inscriptions. Ou bien à traîner dans les bois. Il écrit, également. De la poésie, je crois. Trop plongé dans les livres. Orgueilleux comme un comte. Mais bien élevé et plein d'entrain. » Ses trois mentons frémirent, tel un flan à la vanille. Étant enfant, Deirdre l'avait surnommée le cochon rose. « Je le croyais toujours à Londres. Comment se fait-il qu'il se soit trouvé dans cette forêt ?

— Il est probablement retourné à Londres, maintenant. Je pourrais peut-être lui écrire. S'il est pauvre, je pourrais lui envoyer un costume, ou au moins un manteau. » Elle l'imagina seul, frissonnant, dans les rues glacées de Londres. (Dylan avait-il trouvé un navire ? Peut-être faisait-il route au sud, vers les Antilles chaudes et accueillantes ? Vers une femme à la peau sombre...)

« Tommy est trop fier, il n'acceptera pas, marmonna-t-elle.

— Mais je peux toujours écrire... Cher Thomas, commença Deirdre, parfois, j'ai l'impression de vous avoir rêvé... »

Elle envoya la lettre chez un fabricant de sacs du 39 Brook Street, adresse qu'Adeline avait obtenue de la mère de Thomas, et reçut une réponse dont la précision semblait néanmoins cacher quelque chose. Ou bien il avait très vite connu un grand succès, ou bien il voulait dissimuler la réalité.

« Quand vous rentrerez à Londres, nous pourrons nous promener ensemble sur le Strand. Les choses progressent rapidement. Hier, lord Manville m'a invité à prendre le thé... Une ode paraît dans le prochain numéro de *Town and Country*... »

Troublée, elle le félicita de son succès et accepta son invitation à visiter le Strand. Sa réponse fut brève et terrifiante :

« Si vous êtes réellement mon amie, je vous supplie de retourner à notre chapelle d'Envers-Monde. *Ne croyez pas à la nouvelle de ma mort.* »

« Pauvre petit ! » dit Adeline en rentrant du marché — elle ignorait l'existence de la lettre de

Deirdre. « Je l'ai su par sa mère, qui l'a appris ce matin par la poste. Personne ne voulait publier ses poèmes ou lui donner du travail. Il s'est suicidé à l'arsenic dans une mansarde.

— Et Mme Chatterton ? souffla Deirdre. Va-t-elle réclamer le corps de l'enfant ?

— Elle s'est complètement effondrée en apprenant la nouvelle. Sa fille est obligée de la soigner et personne ne le réclamera.

— Alors, il sera enterré dans la fosse commune », dit Deirdre, s'enfonçant sous les couvertures, cherchant frénétiquement une bonne raison de quitter Bristol. « Avec les ivrognes, les souteneurs et les vagabonds. Ce beau jeune homme si fier ! Tante Adeline, il faut que je retourne à Londres. Veux-tu me trouver un cocher ?

— Dans l'état où tu es ? Réfléchis, ma chérie. Non seulement tu es une invalide, mais tu es une invalide convalescente.

— Je me ferai accompagner par Xérès.

— Je ne connais pas ce monsieur. Mais, si tu tiens absolument à te lancer dans cette folle entreprise, je te suggère ce jeune cocher à l'allure de marin qui t'a conduite ici.

— Mais il s'est certainement embarqué ! Ce n'était pas un véritable cocher, vois-tu. C'était réellement un marin.

— Je l'ai vu ce matin même, en sortant de la maison. Je jurerais qu'il surveillait la porte.

— Surveiller la porte ? Et pourquoi donc ?

— Pour te voir, évidemment. »

CHAPITRE 3

Dylan considéra la porte familière, la fenêtre, puis à nouveau la porte ; il soupira à cette inévitable absence. Mais il était Dylan, et ne renonça pourtant pas à l'espoir de voir se manifester la présence bien-aimée. Chaque matin il venait attendre devant la demeure de tante Adeline, majestueuse bâtisse de pierre sur un soubassement de métal, avec des balustrades d'acier et des porte-flambeaux, ornée d'un portique soutenu par des colonnes doriques, aux fenêtres de verre soufflé étincelant de mille feux.

L'après-midi, il visitait les navires du port, à la recherche d'un emploi. (« Attention au trois-mâts, mon vieux ! Les rats y sont plus nombreux que les hommes d'équipage… » « Un bon navire, celui-là, mais un mauvais capitaine. Il dort avec le chat à neuf queues… ») Le soir, il allait dans les tavernes du front de mer et buvait de la bière avec Squirrel, son ami l'aéronaute ; il pensait à Tommy, le jeune poète, et lui souhaitait d'avoir réussi, à Londres. Enfin, momentanément un peu moins mélancolique, il regagnait sa chambre, sous le toit de l'Auberge du Dauphin, où il fumait un long moment avant de connaître un sommeil haché. Puis, le lendemain matin, il revenait devant la porte de Deirdre. Il avait payé d'avance une semaine de loyer, mais il ne restait dans sa bourse que dix shillings. Il lui faudrait bientôt reprendre la mer. Bientôt, mais pas aujourd'hui. S'il renonçait à la bière, le surlendemain peut-être.

Il n'envisagea jamais de soulever, à la porte close, le gros heurtoir de cuivre suspendu à la gueule d'un chien ; il ne s'approcha jamais de cette porte, de peur que la bonne ne le prît pour un cambrioleur venu en reconnaissance. Dans Envers-Monde, serrer dans ses bras une romancière célèbre afin de la protéger du froid et de l'attaque des Drusii n'avait rien d'extraordinaire. Dans une ville telle que Bristol, les marins et les dames de la noblesse habitaient des univers différents : le front de mer et la vieille ville, les tavernes et les salons. Lorsque, inévitablement mais rarement, les deux univers coïncidaient et qu'un marin rencontrait une dame, il levait sa casquette, détournait le regard et se hâtait en direction de son navire. Elle, pour sa part, sortait sa bouteille de parfum et souhaitait le voir partir pour la Virginie, ou bien en guerre contre les Français. Oh, Deirdre le recevrait avec gentillesse, Dylan n'en doutait pas ; parce qu'elle n'était pas seulement une dame, c'était également une femme au cœur généreux. Néanmoins, sa présence l'embarrasserait certainement vis-à-vis de ses amis et des domestiques.

Mais elle était souffrante, la cuisinière le lui avait confié, sur le chemin du marché, de sorte qu'il était inquiet. (Et, oui, elle lui manquait, tout simplement ; elle lui manquait, par la mère Carey !)

Le vingtième jour, il aperçut sous le portique une femme corpulente et poudrée et supposa qu'il s'agissait d'Adeline, la tante de Deirdre. Il n'aurait pas été surpris de voir un essaim de guêpes sortir de son chapeau ; non, cela s'appelait une coiffure, objet à plusieurs étages qui faisait quelque peu penser à un nid. Sa robe de velours et de broderie était monumentale et il pensa qu'elle ne la remplissait pas complètement. Lui souriant, elle lui adressa d'une voix tonitruante un message par-dessus la circulation : coureurs portant des dames dans des chaises aux rideaux tirés, mendiants demandant une pièce pour boire un verre, prédicateurs itinérants promettant le paradis aux généreux et l'enfer aux avares.

« Elle est presque guérie ! »

Nonobstant son élégance, elle avait un sourire d'entremetteuse ; il avait rencontré des tantes Adeline dans tous les ports. Dans la Flotte, on les appelait « beddies[1] ». Il les aimait bien en tant que femmes, mais n'approuvait pas leur activité. Il pouvait courir les filles pour son compte et éviter de s'engager pour plus d'une nuit. Le fait qu'Adeline parût mentalement lui destiner sa nièce, une grande dame, lui semblait non seulement indélicat, mais également insupportable. Deirdre méritait un prince ou du moins un duc ; un homme de talent, pas un marin sans le sou et instable, qui ne touchait un port que pour s'embarquer sur un autre navire.

1. *Bed* : lit ; *bad* : mauvais ; *biddy* : poulet. *(N.d.T.)*

Il s'engagea sur un vaisseau qui allait partir avec la marée du lendemain, chargé de laine et de conserves à destination des colonies (il évitait comme la peste les navires d'esclaves). Il alla une dernière fois contempler la maison et regarda tristement la vérité en face.

Depuis dix ans, soit l'âge de quinze ans, son cœur était comme une maison fermée aux visiteurs ; du moins aux femmes. Moineaux gelés et loirs affamés y entraient parfois et dînaient de miettes de gâteau au coin du feu : le mendiant unijambiste, avec ses béquilles, victime des obus français ; l'esclave venu de l'Afrique au climat torride et destiné aux froidures de la Virginie ; son ami Squirrel, l'homme au ballon ; le garçon prénommé Tommy. Mais des femmes, non, vraiment pas ; et plus leurs chevilles étaient fines, plus leur sourire était engageant, plus il faisait désespérément la sourde oreille à leurs avances. En fait, sa règle essentielle était : « Le lit, pas la bague. » Ce n'était pas la première fois qu'une jeune femme frappait à sa porte ; marchandes de poisson, filles de joie, paysannes — et même une comtesse française — avaient déjà tambouriné ; mais c'était véritablement la première fois qu'il était tenté d'ouvrir.

Dylan, mon vieux, se dit-il, heureusement que tu prends la mer ! La porte pourrait s'entrouvrir, et alors…

Le passé jaillit en lui, la douleur, telle la piqûre d'un essaim d'abeilles, s'empara de son cerveau. Il se souvint…

À quinze ans, il était fort comme un taurillon,

avec une épaisse chevelure, noire comme le chaume de la ferme de son père, dans un petit village proche de Bath. C'était un garçon pauvre mais aimable. Il obéissait à ses parents — mère irlandaise et père anglais. Il était poli mais se tenait à l'écart des filles, dont les yeux aguichants l'effrayaient.

La veuve Arachne Dobbin avait demandé un seau quotidien du lait des vaches de son père ; et Dylan, qui n'avait ni frère ni sœur, fut chargé de la livraison. C'était une femme d'âge mûr.

« Une vieille femme, gloussaient les filles, vingt-cinq ans au moins, et elle veut un mari, aussi sûr que la vache veut un taureau. »

Mais, dans l'esprit de Dylan, l'âge présentait des avantages. Il aimait l'opulence, que les jeunes filles confondaient avec les années, les hanches larges, les seins frémissants qui faisaient penser à de jeunes gorets pressés de quitter la porcherie. Ses cheveux étaient dorés comme le maïs jaune des colonies ; sa peau rose n'était marquée ni par les rides ni par la variole. Et, surtout, elle connaissait le monde, les gens, les réceptions... Dylan était un rêveur ; Arachne aimait les faits.

« Ce sont les racines, sous la terre, disait-il, qui se hissent vers le soleil.

— Non. » Elle souriait. « Ce sont les sabots de ton père. Tu es resté trop longtemps absent de chez toi. »

« C'est une fourmi sur la tige d'un roseau. Ses pattes font une sorte de murmure.

— Non, ce sont les mauvaises langues du village qui détruisent une réputation. »

Sa mère, qui était couturière, se plaignait que cette femme fût aussi imprévisible que le temps — parfois tout soleil, parfois furieuse, et ne se préoccupant absolument pas de ceux qui étaient en son pouvoir.

« Elle veut sa robe *aujourd'hui*, bien qu'elle en ait une douzaine. Elle promet une guinée et paie une livre. Agrandissez le décolleté, qu'elle dit, la garce ! Serrez la taille ! Elle croit que je lis ses pensées. »

En général, il livrait son lait avant que le soleil ne soit levé au-dessus des collines ; avant qu'Arachne Dobbin ne fût levée, dans la maison de brique rouge couverte de vigne vierge où chantaient les moineaux, que son mari lui avait laissée en succombant, l'année précédente, à une attaque. Un matin, toutefois, alors qu'il faisait très froid pour la saison, il s'arrêta quelques instants devant la maison, se frottant les mains pour les réchauffer car l'anse du seau était glacée. Arachne ouvrit la porte, lui sourit, et son sourire fut comme le soleil levant. Un feu rougeoyait dans l'âtre, derrière elle, projetant des reflets cuivrés sur ses bras et ses pieds, des bras nus, des pieds glissés dans des pantoufles de chintz rouge. Il n'avait jamais vu de femme, même sa mère, aussi légèrement vêtue, car les vieilles coutumes puritaines, qui n'étaient plus à Londres qu'un arrière-goût amer, survivaient dans les campagnes ; le péché était fustigé dans toutes les églises et on enseignait l'enfer aux enfants avant de leur parler du paradis.

« Dylan, mon garçon, dit-elle, viens près du feu.

J'ai fait une boisson contre le froid : cannelle, muscade, rhum…

— Je ne bois pas de rhum, madame, bredouilla-t-il.

— Je m'appelle Arachne, dit-elle avec un sourire. Garde le *madame* pour ta mère. Le rhum te fait peur, mon trésor ? Mais ses cousins : le vin, le cognac et le reste, comme lui, sont des cadeaux du grand Bacchus. »

Il savait que Bacchus était un membre du panthéon païen voué à l'enfer. Un individu perfide, comme Belzébuth. Mais il faisait froid et Arachne semblait gentille.

« Je ne peux pas rester longtemps », dit-il. Il resta cependant une heure, lui demanda de parler des dieux païens, puis écouta, captivé et un peu embarrassé. Elle lui parla de Vénus, adultère, prise dans un filet en compagnie de Mars, et de Jupiter qui prit l'apparence d'un taureau pour séduire Europe. Elle cita des vers de son propre ancêtre, Robert Herrick :

Lorsque ma Julia va, comme dans les soieries,
Alors il me semble qu'avec douceur frémit
Cette liquéfaction de ses plus beaux habits.

Puis, lorsque je tourne les yeux et vois
Cette vibration splendide dans son éclat,
Oh, comme ce scintillement me met en joie !

« Scintillement ?

— Robe d'anniversaire.

— Je ne comprends pas, mademoiselle.

— Nue comme au jour de sa naissance ! »

Son père lui demanda où il avait passé cette heure et il fit son premier mensonge :

« J'ai rencontré Charlie en passant devant Sweet-briar House. Sa mère m'a offert une tasse de lait chaud. » Son père le crut, mais le corrigea pour le punir de sa paresse.

Le lendemain matin, il se leva avant le coq, quitta la maison en cachette et se dirigea, en hâte mais furtivement, vers la maison de brique rouge. Arachne Dobbin l'attendait sur le seuil.

« Je donnais à manger aux moineaux, dit-elle. Leur chant me rend joyeuse. Maintenant, j'ai un homme à nourrir. Je t'ai préparé un bol de lait caillé. »

Tout en buvant le lait caillé, il regarda Arachne et pensa aux colonies, aux Sept Villes d'Or et aux Antilles torrides, « opulentes comme un arbre-flamme en fleur ». Elle marchait comme une reine d'Espagne ; elle était élégante en tout : lorsqu'elle bougeait la main, lorsqu'elle prenait une tasse d'étain ou si elle arrangeait des asphodèles dans un vase afin d'adoucir l'appui de la fenêtre. Il était jeune, et maladroit de surcroît ; mais il devina bientôt la vérité : elle n'éprouvait pas le moindre sentiment de culpabilité. Grâce à ses parents, il se considérait comme un pécheur, sinon comme un damné. Paresse, débauche, orgueil... Il pouvait énumérer les vices comme un fermier les vertus d'une génisse primée ; et il avait l'impression de se rendre coupable, à un moment ou un autre, de tous les péchés de la liste, en pensée sinon en actes.

« Travaille, prie et repens-toi le jour, disait sa mère. Dors la nuit. Le démon fait travailler les mains oisives. » Pour Arachne, le péché n'existait pas.

« Seul compte l'instant, disait-elle avec un sourire. Polis-le comme une guinée et serre-le entre tes mains. »

Le désir s'empara de lui tel un feu de fougères ; l'amour s'immisça en lui comme la chaleur d'un feu de cheminée. Mais il en ignorait tout.

« Ton corps est plus précieux que la plus belle église. Ne le porte jamais comme un manteau encombrant. Ce n'est pas un vêtement, c'est toi. Sers-t'en avec adresse, sers-t'en avec force, sers-t'en avec art, déclara-t-elle.

— Mais je ne suis guère favorisé, bredouilla-t-il. Tu es d'ambre et d'or. Mais regarde ma chevelure ! Les corbeaux sont-ils aussi noirs ? »

Elle rit et passa la main dans ses boucles broussailleuses.

« Si tu avais vécu à l'époque de Cromwell, on t'aurait tondu comme un pasteur. Tête ronde, voilà comme je t'aurais appelé ! Mais aujourd'hui… As-tu déjà vu le soleil sur l'aile d'un corbeau, lorsqu'il plane ? Le noir est une couleur étrange ; elle contient tous les feux, si l'on sait regarder. »

Elle ouvrit un placard qui contenait ses dieux domestiques : de petites statues de terre cuite représentant des hommes et des femmes nus.

« Regarde ! J'ai fait une image de toi. Tu es digne d'entrer dans mon panthéon. »

Elle avait sculpté avec soin ; elle l'avait figé dans la glaise, dans toute sa nudité. Étrange, se dit-il, que je n'aie jamais vu son dos. Réserve-t-elle l'intégralité d'elle-même à un homme plus âgé ? Ou bien a-t-elle un défaut, une blessure, la cicatrice d'un fouet puritain… ?

Il l'aimait depuis presque un mois, le jour où elle ne répondit pas lorsqu'il frappa à sa porte. (Un mois… Ou un jour ? Les instants, comme des hirondelles, avaient battu des ailes, s'étaient élevés et envolés.) Il martela le vantail, qui pivota sur ses gonds rouillés… Un feu éteint dans la cheminée. Un appui de fenêtre sans jonquilles. Un vide tangible dans toutes les pièces.

« Elle est sur la place du village », dit sa mère, vêtue de sévère tissu marron, lorsqu'il rentra chez lui.

« Mais pourquoi ? Elle va prendre froid. »

Des pensées secrètes faisaient étinceler les yeux de sa mère. Il lui avait déjà vu cette expression lorsqu'elle parlait de flammes et de pécheurs. Elle avait été jolie, c'est du moins ce qu'on lui avait dit ; mais elle avait tant froncé les sourcils que son front était ridé et ses lèvres avaient oublié leur sourire. Une goutte de salive coula sur son menton.

« C'est peu probable. Arachne Dobbin est une sorcière. Elle a tué son mari avec une formule magique. Elle a fait mourir les troupeaux de ses voisins. Elle a vendu le sien très cher. C'est pour cela qu'elle est riche. C'est pour cela qu'elle est attachée au poteau.

— Mais on ne brûle plus les sorcières, même aux colonies !

— On brûle les assassins. »

Sourd aux cris de sa mère, aveugle à sa douleur, il courut jusqu'à la place du village. Arachne, bizarrement, était attachée à un arbre de mai, entourée de fagots qui formaient comme une palissade autour d'elle ; et, tout autour des fagots, il y avait des gens qui semblaient attentifs, pressés, prêts à assister au spectacle ; ce n'étaient plus ses voisins.

Un fermier, un grand gaillard, tenta de l'arrêter. Il le frappa à l'estomac et se fraya un chemin jusqu'à Arachne.

« Est-ce vrai, Arachne ? » bredouilla-t-il.

Elle lui adressa son sourire tendre et archaïque, bien qu'on eût déchiré sa robe et profondément griffé son épaule ; il y avait des taches de sang sur ses manches. Sa chevelure de lumière était en désordre. Un halo mutilé... ? Les feux de l'enfer... ?

« J'ai bien peur que oui, Dylan, mon petit.

— On dit que tu as tué ton mari !

— Avec des baies de lierre et des champignons mélangés à la lumière d'une lune rousse. Il a cru qu'il mangeait du pâté de mouton ! C'était un homme détestable. Il m'obligeait à prier pendant des heures, jusqu'à ce que j'aie mal aux genoux. Il me traitait de putain de Babylone lorsque je me regardais dans un miroir, et me battait lorsque je souriais à un jeune garçon tel que toi.

— Mais dans ces conditions, il le méritait, le pâté ! Je vais couper tes liens et obliger les autres à écouter ; les anciens du village, celui qui t'a condamné sans procès !

— C'est ton père, mon petit. Mais j'ai eu ma vengeance. Je lui ai pris son fils. Il dit que je t'ai ensorcelé et il a raison. Tu ne pourras pas m'oublier, vois-tu. Je suis marquée dans ton cœur comme le A au fer rouge de la femme adultère. Quoique sorcière et meurtrière, je t'ai aimé ; et ce que je t'ai enseigné te rendra à jamais insatisfait des autres femmes. Cache-toi où tu veux, cherche où tu veux, Arachne te retrouvera. Et, quant à moi, j'emporterai la sensation de ce corps jeune et beau, de tes cheveux rêches sous la main, dans l'enfer où j'irai. Souviens-toi de moi, et la douleur te rendra fort. Souviens-toi de moi parce qu'il le faut. »

Elle sourit lorsque les flammes, tels des amants, l'embrasèrent. Lorsque sa robe fut tombée en cendres, que son corps fut de la couleur du bronze antique, il vit une queue de renard, preuve de sorcellerie.

C'est à cette époque qu'il s'engagea comme mousse et prit la mer. Ses parents moururent de la peste ; il vendit leur ferme et avec l'argent affranchit quelques esclaves ; et jamais il ne retourna à la ferme de brique rouge d'Arachne, la sorcière qui lui avait enseigné l'amour.

À peine était-il arrivé près de la maison, prenant soin comme toujours de passer pour un rien, une ombre, un fantôme, du moins le croyait-il, qu'Adeline ouvrit la porte : éléphante de mer couverte de perles, elle s'adressa à lui d'une voix de stentor.

« Vous êtes Dylan, le gars de la marine, dit-elle. Je n'ignore rien de vous, mon cher garçon, et je dois dire que je vous trouve une splendide allure de pirate. Le foulard rouge, la casquette en forme de bol retourné… Tout cela me fait penser à notre illustre ancêtre, sir Francis Drake, prêt à hisser les voiles.

— Mlle Deirdre vous a raconté, M… Madame ? »

Les grandes dames le faisaient bégayer, même lorsqu'elles ressemblaient à une entremetteuse. Ou bien elles vous ignoraient, ou bien elles vous traitaient avec condescendance, et elles souriaient avec indulgence à votre accent du front de mer, vos vêtements, votre démarche chaloupée ; bien que de nombreuses duchesses connussent moins de grammaire que Dylan, quoique vêtues de dentelle et de chintz, empestant le parfum pour cacher l'odeur d'un corps qu'elles lavaient rarement, et se missent au lit avec un grog à la main.

Tante Adeline, apparemment, était une exception (sauf, supposa-t-il, en ce qui concernait le grog). Au lieu de le traiter avec condescendance, elle conspira avec lui.

« Sur mon âme, elle ne m'a presque rien dit. Mais je sais interpréter les silences de ma chère nièce. Mon talent de poète, comprenez-vous. Et je vous ai observé, tandis que vous guettiez devant la maison. Je dois vous annoncer une nouvelle si prodigieusement importante que les mots me manquent. *Elle va vous recevoir dans sa chambre.* »

Il s'accrocha au lampadaire pour ne pas tomber. Seules les dames s'évanouissent. Les marins sont censés tenir debout sur un pont en mouvement.

« Allons, mon garçon ! Prenez mon bras. Adeline comprend le cœur nautique. »

C'est à peine s'il vit l'imposant escalier en spirale et sa rampe métallique, le lustre en forme de montgolfière, s'il sentit l'odeur de thym qui s'échappait de la cuisine, le parfum de pin des chandelles. Puis il fut devant la porte de la chambre de Deirdre ; puis il se trouva debout près de son lit, tandis qu'Adeline se retirait en souriant.

« Mon cher Dylan ! s'écria Deirdre. Hier encore je vous croyais parti en mer ! » Elle avait mauvaise mine, ses cheveux roux n'étaient ni peignés ni coiffés ; mais ses yeux lumineux, surpris par la joie, étaient extraordinairement beaux. Verts comme une feuille de sorbier, se dit-il.

Il n'était plus seulement un marin pauvre s'adressant à une dame, toléré mais tenu à distance en temps de guerre, rejeté en temps de paix ; il était son ami ; ils avaient partagé la même aventure.

« Vous laisser alors que vous êtes malade et alitée ? demanda-t-il avec indignation.

— Je suis presque guérie. En vérité, je me sens presque assez bien pour me lever et danser à la vue de mon ami ; et je me lèverais pour vous saluer si je n'étais pas aussi légèrement vêtue. »

Elle ne parlait pas ainsi, dans la forêt. Conversa-

tion mondaine. Je l'obligerais à y renoncer, si j'en avais l'occasion.

« Mais, Dylan, il y a un absent. Je crois que Thomas, notre ami bien-aimé, a désespérément besoin de notre aide. »

Elle lui raconta la lettre, la requête et la nouvelle de son suicide, telle que l'avait rapportée Adeline.

« Le pauvre petit gentleman, dit-il. Affamé à Londres. Sans amis. Personne pour acheter ses poéteries. » Il savait ce que c'était, d'être pauvre et sans amis à Londres, ville au visage de duchesse marquée par la variole et à l'âme de malandrin. Dylan s'était trouvé dans cette situation, après sa maladie, après la perte de son navire, de sa carrière dans la Flotte, avant que Deirdre lui eût demandé de conduire sa voiture.

« Mais comprenez-vous, Dylan, dit-elle, pourquoi il nous a demandé de le rejoindre dans Envers-Monde ?

— Il y a des esprits, dit-il, réfléchissant. La sorcière d'Endor a rendu la vie au vieux Samuel, pas vrai ? Tommy a mis fin à ses jours, d'après Adeline ? Il a été enterré dans la fosse commune ? Son âme ne peut ni monter ni descendre. Elle est obligée de vagabonder. Pourquoi pas dans la forêt ?

— Vous le croyez vraiment mort ? Je l'avais pris au mot. Souvenez-vous, il connaissait les plantes, le gui et les autres. Certaines tuent, d'autres permettent de simuler la mort. Peut-être a-t-il feint de se suicider pour échapper à ses créanciers. Ensuite, il est sorti de son cercueil. Non, étant pauvre et s'étant suicidé, il n'a pas eu de cercueil, seulement un linceul... et a regagné la forêt. Les cochers transportent souvent gratuitement les jeunes garçons qui acceptent de les aider à changer de chevaux et de voyager sur le siège extérieur.

— Envers-Monde », murmura-t-il, se souvenant d'un lit de feuilles, d'une gorgée de xérès, de la femme la plus douce qu'il eût jamais tenue dans ses bras, se souvenant également des yeux jaunes et fixes des Drusii, du battement de leurs ailes parcheminées. « Vous avez peut-être raison. »

Les joues pâles de Deirdre rougirent de plaisir : « M'accompagnerez-vous dans la forêt ? »

Il n'en crut pas ses oreilles. Parfois, au cours d'une longue traversée, les marins prenaient le bruit des vagues pour le chant des sirènes. Il attendit qu'elle répète sa question.

« M'y accompagnerez-vous ?

— Où ça, mademoiselle ?

— Dans Envers-Monde.

— Mais il faut que vous vous reposiez, protesta-t-il. Promenez-vous dans ces bois et vous rejoindrez Tommy, pour sûr !

— Oh, j'attendrai, un jour ou deux, d'avoir repris des forces. Ensuite, d'une manière ou d'une autre, je suis résolue à chercher Thomas. »

Il secoua la tête, cherchant frénétiquement des arguments susceptibles de l'en dissuader, espérant frénétiquement qu'*elle* le convaincrait.

« Nous ne pouvons pas y aller à pied depuis Bristol, sûr.

— Nous pourrions suivre en voiture la route qui

longe la forêt. Puis entrer dans les bois à pied et y chercher la chapelle.

— Nous ne pouvons pas faire confiance aux chevaux, dans un endroit pareil. Ils pourraient refuser de s'arrêter. Ils pourraient provoquer un accident, comme la dernière fois. Ils pourraient pour ainsi dire nous inviter pour le dîner. Je ne sais pas leur parler comme Tommy, moi.

— Alors, fit-elle avec un sourire, pourquoi ne volerions-nous pas ? »

Sa maladie, apparemment, lui avait dérangé l'esprit. Elle parlait comme une pensionnaire de Sainte-Anne. *Par la queue écailleuse de Triton, elle nous prend pour des anges ! Ce n'est pas faux en ce qui la concerne, mais moi…*

Il dit, aussi poliment que possible :

« Où trouverons-nous les ailes ?

— Nous n'aurons pas besoin d'ailes, mon cher ; il nous faut un ballon, le ballon de votre ami Squirrel. »

Au moins fut-il rassuré sur son équilibre mental. Il pourrait en appeler à sa logique et à son ignorance des problèmes spécifiques aux ballons.

« Il ne se risque à voler que de nuit. Il a failli prendre une fourche dans les tripes en atterrissant dans un champ de houblon. Le fermier a cru qu'il était Lucifer, tombant pour la deuxième fois des cieux.

— Mais nous atterrirons dans la forêt. Je n'ai pas la moindre intention de prendre une fourche dans les tripes ; vous non plus, d'ailleurs, je suppose. »

Bravo, mademoiselle ! C'est bien, de laisser tomber les manières de la ville.

« Il faut des quantités d'argent pour louer un ballon. Il n'y en a qu'un à Bristol et même, pour ce que j'en sais, dans toute l'Angleterre.

— Mon dernier livre, *Les mystères de Laverna*, m'a rapporté assez pour acheter une douzaine de ballons. Si vous ne voulez pas piloter pour moi, j'engagerai votre ami. Et, s'il refuse, je piloterai moi-même et tante Adeline servira de lest. »

Convalescente, boiteuse, alitée, elle parvenait à exprimer la détermination de Cléopâtre s'embarquant sur son bateau alors qu'Antoine l'attendait au prochain port.

« Envers-Monde est une grande forêt, dit-il. Le diable seul sait combien de lieues. Il s'y cache des choses pires que les Injuns. Vous les avez vues. On ne peut pas poser un ballon exactement à côté de la chapelle. Il se posera peut-être dans un arbre. Il dépassera peut-être la forêt pour se poser à Piccadilly Square !

— Du lest, fit-elle remarquer. Cela devrait nous fournir une certaine marge de manœuvre. Et je suppose qu'il y a des ailes mobiles, au-dessus de la nacelle. »

On ne peut contester la vérité : s'il refusait de l'accompagner, elle n'éprouverait aucun scrupule à engager son ami. Il admirait son courage, mais déplorait sa méthode. Thomas leur avait sauvé la vie. Ils avaient contracté une dette à son égard. En outre, le garçon lui plaisait.

« Dylan, je vous en prie ! »

Son regard suppliant franchit ses douves, fit une brèche dans ses murailles, enleva son donjon. Bien que peu encline à pleurer ou à s'évanouir, elle semblait attachée au chevalet de torture. Arachne et elle, semblables dans le rire, semblables dans le courage, différaient par la pitié. Arachne n'était pas compatissante. Passionnée, oui ; terrassée par la douleur, tandis qu'on la brûlait, en dépit de son sourire. Triste, hésitante, inquiète, jamais. Elle donnait à manger aux moineaux parce que leur chant la rendait joyeuse, pas parce qu'elle avait faim et froid. Elle s'était moquée de la douleur qu'il éprouvait ; et, au dernier moment, elle n'avait pensé qu'à sa vengeance.

Il acquiesça sans conviction, tiraillé entre la satisfaction et le malaise.

« Je verrai Squirrel, peut-être… »

Elle lui saisit la main et l'attira près du lit… dessus-de-lit en soie, oreillers de satin, parfums de rose, de réséda et de *femme*.

« Oui, Dylan ?

— Il vaut mieux que j'y aille *tout de suite.* »

Il quitta la chambre en toute hâte.

CHAPITRE 4

Ils étaient rassemblés devant un vieux manoir, entre Bristol, la forêt et un mur ; ancien mais exempt de toute brèche, il rejetait les fermiers curieux ou les nobles installés à la campagne aussi sûrement qu'il avait autrefois repoussé les puritains, tandis que les chevaliers de la maison échangeaient leurs épouses et se divertissaient avec des filles. Le ballon, presque plein d'hydrogène, lequel était contenu dans de gros barils de bois et injecté grâce à des tubes de caoutchouc, dépassait le sommet du mur, comme la tête du Cyclope guettant Ulysse.

« Il est magnifique », déclara Deirdre, qui portait une simple robe de chintz et de calicot (pas de robe à cloche pour monter en ballon) et un grand chapeau de paille destiné à la protéger du soleil. Elle avait sa canne d'acajou ; mais, si elle souffrait, la douleur n'assombrissait pas son visage. Radieuse et impatiente, elle faisait penser à une petite Londonienne en visite à Bath. Bien entendu, elle n'était pas petite ; mais elle paraissait extraordinairement jeune, prête à tous les miracles. Qu'il soit damné s'il ne s'était pas mis à l'apprécier sans même s'en rendre compte ! C'était la tentatrice la plus cruelle, celle qui, inconsciente de son pouvoir de séduction, considère l'homme comme un frère et conçoit le lit comme un endroit destiné au repos et au sommeil.

« Parfaitement magnifique », dit-il, regardant le globe gonflé et se demandant comment un fin taffetas enduit de gomme élastique pouvait prendre des proportions aussi nobles.

« Vingt-sept pieds de diamètre », précisa l'inventeur, jeune homme au visage pincé que l'on surnommait Squirrel[1] parce qu'il collectionnait les faits comme l'écureuil les noisettes. Il aimait les statistiques ; il se trompait rarement et pensait qu'elles répondaient à toutes les questions : religieuses, philosophiques, esthétiques ou bien, dans ce cas, physiques. *Le monde a été créé en 4004 avant Jésus-Christ… David, à l'apogée de sa puissance, avait neuf épouses et dix-huit concubines… Les champs qui entourent Bristol rencontrent Envers-Monde à exactement deux miles et demi du manoir…* « Maintenant, il nous faut calculer le poids qu'il devra transporter. » (Le ballon avait été baptisé *La catin céleste* sur proposition d'Adeline, « parce que, pour ainsi dire, il va s'envoyer en l'air ».) « Et toi, Dylan, combien pèses-tu ?

— Je mesure six pieds. Cent soixante-dix livres. »

Dylan, qui traitait sa chevelure comme un vol de corbeaux que son chapeau devait emprisonner et

1. Écureuil.

ne se regardait jamais dans un miroir, était extrêmement fier de sa taille. Depuis sa liaison avec Arachne, son corps trapu s'était affiné.

« Je ne t'ai pas demandé ta taille. Tu ne risques pas de te cogner la tête, puisque la nacelle n'est pas couverte. » Squirrel n'aimait pas les statistiques inutiles, tout comme son homonyme de la gent animale n'appréciait pas les pierres mélangées aux noisettes. « Et vous, mademoiselle Deirdre ?

— Cent dix.

— Un peu d'embonpoint ne lui ferait pas de mal, remarqua Dylan. Je lui ferai goûter mon rata. Il met de la viande sur les os.

— Voudrais-tu avoir la gentillesse de renoncer à tes *non sequitur* jusqu'à la fin de mes calculs ? Et vous, Madame, euh, Mademoiselle ?

— Cent trente », répondit Adeline en regardant furtivement Dylan. « Enfin, plus ou moins. »

Elle ressemble vraiment à un cochon. Mais elle est propre. Le genre qui peut dormir avec les enfants.

« Vaut mieux se donner un peu de marge, souffla-t-il à Squirrel.

— Je me donne une marge d'une cinquantaine de livres », répondit Squirrel de sa voix éraillée.

« Notre poids convient-il ? » demanda Deirdre avant que sa tante ait eu le temps de se vexer.

« Eh bien, selon mes calculs, il vous faudra... Voyons... Cent livres de ballast. Ces sacs de sable pèsent dix livres chacun. Si vous perdez de l'altitude, jetez-les par-dessus bord un par un, jusqu'au moment où vous recommencerez à monter.

— Et si nous ne remontons pas ? » s'enquit Adeline, se donnant des forces avec un bonbon qui apparut comme par miracle entre ses mains dodues. Comme un cochon à la recherche de truffes, elle avait flairé la vérité à propos de Thomas et tenu à se joindre à l'expédition. (« Un homme et une femme, seuls, en l'air ? Sur mon âme, le mal leur tiendrait compagnie ! ») Toutefois, Dylan aurait juré qu'elle n'avait l'intention d'empêcher le mal que dans l'espoir d'aboutir à un mariage. Comme elle aimait autant le romanesque que les bonbons, elle ne semblait pas avoir compris que les dames de la noblesse, également disposées au mariage et à la marine, épousaient parfois des amiraux, rarement des capitaines et jamais des marins.

« Alors, Madame, il faudra qu'un passager se sacrifie pour sauver les autres. Comme Dylan est responsable du pilotage et que vous représentez beaucoup plus de lest que votre nièce, je suggère que ce soit vous », dit Squirrel.

Adeline, posant la main sur son front poudré, prit une attitude de martyre.

« C'est à cela que servent les tantes », répliqua-t-elle, avalant un autre bonbon comme si elle avait été Socrate absorbant la ciguë. « À se sacrifier pour ceux qu'elles aiment. » (« Ajoute encore une livre à son actif », souffla Dylan à Squirrel.) Elle respira une petite bouteille gravée qu'elle sortit de son manchon, et le parfum des sels emplit l'air.

« Allons, il est temps de partir. Le soleil devrait être encore haut lorsque vous atterrirez dans cette forêt impie. » Squirrel n'approuvait pas ce vol. Pour la dernière fois, il demanda : « Au cas où vous échapperiez aux Drusii — et comme votre groupe comprend deux femmes, je suis persuadé qu'ils tenteront le pire —, comment ferez-vous sortir mon ballon de la forêt ? Il n'y a pas de barils d'hydrogène dans Envers-Monde.

— Nous couperons de l'herbe et emplirons le ballon de fumée », répondit Dylan ; il se souvenait que Squirrel ne s'était converti à l'hydrogène qu'après avoir mesuré l'ascension d'une vessie de veau gonflée d'abord avec de la fumée et ensuite avec du gaz.

— En fait, ajouta Deirdre, si nous retrouvons Thomas, il nous guidera jusqu'à la lisière de la forêt et nous vous donnerons assez d'argent pour construire une flotte de ballons. » Le loyer se montait à vingt livres, dix shillings et six pence par jour.

« Et si vous ne revenez pas du tout ?

— Vous recevrez une note de ma banque. »

Dylan la regarda se désintéresser des chicaneries de Squirrel pour se tourner vers sa création, avec un visage qui exprimait à la fois l'émerveillement et la compréhension. Elle percevait la magie de cette invention nouvelle ; elle en comprenait le fonctionnement : un globe elliptique en taffetas, enfermé dans un filet, avec un anneau soutenant une crémaillère, laquelle, à son tour, supportait la nacelle ; un parachute ouvert, entre le globe et la nacelle, destiné à ralentir la descente ; des ailes mobiles, actionnées de l'intérieur de la nacelle et permettant de changer de direction, de prendre ou d'éviter le vent. Pour Squirrel de simples statistiques, pour Deirdre toute une aventure.

« Dylan, dit-elle, savez-vous que ce sera la deuxième grande aventure de ma vie ? La première m'a donné mes deux plus chers amis. La seconde, j'espère, nous permettra de retrouver l'ami que nous avons perdu.

— Nous ferons de notre mieux, pas vrai, Tantine ? » fit Dylan, se tournant vers Adeline. Cette incorrigible femme refusait de répondre à « Madame » ou « Mademoiselle ». Ils s'étaient entendus sur Tantine, compromis entre la politesse et la familiarité. Bizarrement, cela ne lui semblait pas impertinent. Il lui suffisait de l'imaginer dans une maison de plaisir, accouplant telle fille avec tel marin, telle autre fille avec tel milicien, avec autant de soin que l'agriculteur qui accouple un taureau primé avec une génisse engageante. Il la trouvait sympathique, mais n'aimait pas être considéré comme le taureau destiné à sa nièce. *Du beau bétail sur pied.*

Il aida Deirdre et Adeline à gravir l'échelle de la nacelle, fit asseoir Adeline sur un tabouret recouvert de velours et Deirdre sur une chaise à dossier de bambou, puis gagna l'avant de la nacelle. En dépit de son nom, la nacelle était également une pièce.

« Il faut que ce soit confortable, avait dit Adeline.

— Il faut que le pilote et les passagères s'y sentent à l'aise », avait ajouté Deirdre. Les deux dames avaient caché les minces parois de vannerie par des broderies représentant des scènes de la mythologie classique : Icare, muni de ses ailes, exécutant un saut périlleux aérien, Phaéton filant vers le Soleil. Outre le tabouret et la chaise, fixés au plancher par des vis, le mobilier se composait d'une table sculptée aux pieds en forme de pattes de dragon, d'une caisse contenant des vêtements de rechange pour les passagers, depuis un châle de dentelle pour Deirdre jusqu'à un foulard rouge pour Dylan ; et trois hamacs, soigneusement pliés et rangés sous la table pour la durée du vol, mais qui seraient suspendus entre les parois de la nacelle lorsque celle-ci, ayant atterri dans la forêt, deviendrait un refuge et une maison. Il y avait également des provisions provenant du garde-manger d'Adeline : pain d'avoine, fromage, asperges et du cidre du Hereford ; six boîtes de bonbons français, trois gâteaux au gingembre et une tarte fourrée, présents destinés aux indigènes. Il n'y avait malheureusement ni tabac ni pipe pour Dylan. Adeline n'aimait pas la fumée. (« Laissez donc cela aux Injuns. Cela servira notre cause, aux colonies. Les calumets de la paix, vous connaissez ? »)

« Détache-le, mon vieux, cria Dylan. Prêt à voguer avec la marée !

— Voler, pas voguer », rectifia Squirrel, qui détestait la licence poétique et ne croyait ni aux sirènes ni aux pieuvres géantes parce qu'il n'en avait jamais vu ; mais il croyait fermement aux Cavales de la Nuit et aux Drusii, qu'il avait entendus, faute de les avoir vus. D'un geste brusque, il desserra les cordes d'amarrage. « Ne t'ai-je pas un peu appris à piloter ce ballon ? Et es-tu obligé de porter ce foulard rouge au cou ? Tu ressembles à un pirate.

— Tu m'as appris qu'il ne faut pas toucher au donjon quand on joue au Frenchy », répondit Dylan en riant. Puis ils furent libres, montèrent, montèrent comme Pégase, le vent passant d'abord au-dessous d'eux, puis les projetant vers le soleil !

« Et pourquoi ne te coupes-tu pas les cheveux ? » cria Squirrel, qui paraissait de plus en plus petit et dont la voix n'était plus que le chant d'un criquet.

En dépit d'une ascension antérieure, Dylan eut l'impression d'être dans une petite barque soulevée par une vague tumultueuse… un crabe violoniste dans son estomac, une épinoche dans sa gorge, une question insistante et merveilleuse dans la tête : que vais-je découvrir, une fois au sommet de la vague ?

Deirdre lui prit la main et il oublia ses propres sensations, ses craintes, ses rêves. L'aventure était à elle ; avec l'aide de Triton, il avait l'intention de retrouver son ami et, ce faisant, lui donner la joie de sa vie.

Il passa un bras massif autour de ses épaules. (Comme ses os étaient menus… comme s'ils allaient se briser au moindre contact !)

« Maintenant, mademoiselle…

— Je m'appelle Deirdre », dit-elle avec un sourire. « Peut-être cela ne me convient-il pas — elle était reine et très belle —, mais j'aime mon nom. »

S'adresser à une déesse en termes aussi familiers ? Cela lui parut impie ; il crut qu'il allait être frappé de la foudre.

« Eh bien, D... Deirdre, il ne faut pas avoir peur.

— Mais je n'ai pas peur, mon cher ! C'est le voyage le plus passionnant de ma vie. Regardez en bas. La ville est... » Pour une fois, son éloquence de romancière se trouva prise en défaut.

Il regarda les bâtiments rouges et les navires bruns ; les clochers de Sainte-Mary Redcliffe pointaient vers le ciel, comme pour leur montrer le chemin (ou bien pour les ramener, humblement, à la terre ?) ; le *Royal George* tel un alcyon posé sur une mer d'huile. Il regarda les poneys éparpillés sur la bruyère de la lande ; les champs verts, nettement délimités par les haies et parsemés de fermes ; le paysage qui l'avait emprisonné, enfant, se trouvait réduit à des dimensions abordables.

« Enchantée, dit-il.

— Oui, enchantée. C'est le mot qui convient. Nous ne la reconnaissons plus, car un magicien l'a réduite afin de nous préparer à d'autres enchantements. »

L'enchantement est dans cette nacelle, se dit-il. Personne ne vous ressemble, dans l'Autre Monde. Les yeux, courtisés par le soleil, en dépit du grand chapeau de paille, incroyablement grands et verts. Des yeux qui donnent, et qui désirent aussi. Quoi ? Retrouver Tommy. Marcher comme une femme normale, sans avoir mal.

Mais ses yeux étaient à la fois ouverts et trompeurs ; ils contenaient encore des secrets qu'il ne pouvait lire.

« Envers-Monde », dit Adeline, savourant les syllabes comme si elle eût dit : mariage, mari ou amant. Elle fit disparaître la tarte avec le zèle d'un puritain faisant disparaître une sorcière.

« S'il n'y avait pas Thomas, dit Deirdre, je voudrais ne jamais me poser. Je voudrais me lier d'amitié avec les mouettes puis voler jusqu'en Virginie ou en Floride. Explorer les sept mers. Comme vous, mon cher.

— Nous n'avons pas le choix », dit Dylan soudainement et non sans brusquerie. « Nous avons atteint le sommet de la courbe et… »

Le ballon commençait à descendre ; l'odeur du gaz qui s'échappait lui rappela qu'il fallait jeter le premier sac de sable.

« Un, comptèrent-ils en chœur.

— Deux.

— Trois.

— Nous descendons toujours, cria-t-il. Jetez la bonbonne de cidre du Hereford. (Malgré les protestations d'Adeline.)

— Quatre.

— Cinq, six, sept…

— Nous tombons trop vite. Il va falloir jeter la table.

— Non, geignit Adeline. Sur quoi dînerons-nous ?

— C'est la table ou vous. Alors ? » s'enquit Dylan d'une voix rude.

« Eh bien, la table », soupira-t-elle, en s'empressant de rassembler les cadeaux destinés aux indigènes.

La table bénéficia d'un sursis inattendu. Sous eux s'étendait la grande forêt verte et énigmatique d'Envers-Monde ; quels jeunes gens égarés et affamés contenait-elle, quelles Cavales de la Nuit faudrait-il y combattre ou y éviter ? Ils tombaient toujours ; leur descente n'était cependant plus une chute brutale, mais une approche progressive. Dylan manœuvrait les ailes, semblables à des rames, avec la compétence d'un marin luttant contre la tempête dans une barque.

« Quelle machine ! » s'écria-t-il en regardant, au-dessus de lui, le globe capricieux.

Adeline, qui avait mal entendu, le rejoignit à l'avant de la nacelle.

« Flouff, flouff, flouff » faisaient les ailes dans le vent.

« Nous allons toucher cet arbre, cria Dylan. Si vous vouliez bien prendre la peine de… »

Tantine appuya de tout son poids sur la rame.

« Nous allons toucher ces rochers. »

Tantine récupéra son tabouret.

« Mon nom est *lest* », haleta-t-elle.

Ils murmurèrent au-dessus d'un chêne, heurtèrent un monticule, reprirent de l'altitude, s'arrêtèrent finalement au milieu d'un taillis ; le ballon était prisonnier des branches qui les surplombaient et la nacelle se trouvait à deux bonnes brasses au-dessus du sol.

Les branches gémirent, puis le silence se fit.

« Eh bien », fit Dylan, lorsqu'ils eurent cessé de se balancer, « nous voilà arrivés.

— Je n'en ai jamais douté, fit Deirdre. Puisque vous teniez la barre. *La catin céleste* est devenue *La catin rustique*. Et toi, tante Adeline ! Tu as été magnifique ! Sans toi, la nacelle ne serait pas restée aussi parfaitement en équilibre… »

Adeline fit une moue satisfaite.

« Cela n'a pas été sans mal, n'est-ce pas ? Enfin, il faut beaucoup de volonté à une femme voluptueuse telle que moi pour se déplacer avec autant de souplesse dans un véhicule aussi bizarre. Maintenant, je me considère comme une aéronaute expérimentée. Vos petites dames de Londres ne peuvent pas en dire autant, n'est-ce pas, Deirdre ? »

Deirdre regarda Adeline, puis le sol, et enfin, Dylan.

« Mais comment allons-nous descendre ?

— Il nous faut attendre un peu », fit Dylan.

Il avait aperçu les nains encapuchonnés.

CHAPITRE 5

Mais Dylan est auprès de moi…

De plus en plus souvent, elle combattait la peur et l'épuisement avec l'image d'une casquette s'efforçant de contenir un maelström de cheveux, un foulard de pirate sous un visage angélique et une veste bleue qui avait grand besoin du fil et de l'aiguille d'une femme. Dans le passé, elle avait souffert d'une surabondance de frères; mais cette addition récente faisait de «fraternel» un synonyme de « cher » et non de « durable ». Une douleur dans le dos ? Une caresse de Dylan la calmait mieux qu'un emplâtre. La crainte de ne pas retrouver Thomas? Elle était convaincue que Dylan pourrait retrouver le Saint-Graal. Partir à l'aventure avec lui équivalait à marcher sans canne, à dormir sans médicament.

Mais les nains firent naître dans sa colonne vertébrale une douleur que cette présence elle-même ne put chasser. La petitesse devrait être aimable, pittoresque, charmante… Qu'avait écrit Herrick ? (Dylan saurait.)

À petit pain, petite huche,
À petite tête petite couronne,
Et à ma petite maison ses petits objets.

Mais les araignées, également, sont petites ; les serpents, les poignards, les balles, les fioles de poison…

Elle ne pouvait deviner les intentions des nains. Hauts comme des petits garçons, ce n'étaient pourtant pas des enfants ; leurs yeux étaient grands et âgés, d'un jaune brumeux, un peu comme ceux de cette pierre semi-précieuse que l'on nomme œil-de-chat. Le reste de leur corps, à l'exception des mains et des pieds, faisant penser à des ramifications pâles de la liane principale, était recouvert d'une cape verte et sale, la *paenula*, qui s'élargissait sur les épaules et tombait presque jusqu'au sol en un ourlet maladroitement cousu. Ils avaient un aspect malpropre qui lui rappela les enfants des pires taudis de Londres, ces gringalets hâves au visage pincé et aux mains baladeuses, voleurs à neuf ans, souteneurs, prostituées, trafiquants et même assassins avant d'avoir atteint l'âge adulte. Mais le plus désespérant, dans le cas de ces enfants des taudis, était l'impression qu'ils auraient pu être sauvés ; leurs rires froids et leurs regards calculateurs cachaient néanmoins quelque chose d'enfantin, de vulnérable, de virginal. De l'amour, des conseils, une nourriture suffisante : voilà ce dont ils avaient été privés, et cela les avait rendus durs. Les nains étaient dans le même cas.

Elle comprit qu'il s'agissait des *Genii Cucullati*, que les légions romaines, incapables de les vaincre, avaient baptisés « les encapuchonnés ».

Ils faisaient cercle sous la nacelle et gesticulaient en direction du ballon, qui semblait les fasciner tel un jouet mystérieux et éléphantesque. Les trois aéronautes retenaient également leur attention, surtout Adeline. L'un des Genii écarta les bras, comme pour donner la mesure de son périmètre, mais il était aussi impossible de savoir s'il se moquait ou admirait que de deviner les intentions du groupe…

« Dylan », dit Deirdre. (Lorsque tu doutes, il faut toujours demander à Dylan.) « Croyez-vous que nous devions leur offrir quelques-uns de nos présents ? »

Son visage l'inquiéta ; sa peau, ordinairement rose, avait perdu toute couleur. Elle y vit les signes manifestes de la peur. Cet homme aventureux, intelligent et plein de ressource était effrayé, mais pas pour lui-même : pour *elle*. Il lui serra la main avec une chaleur rassurante et lui adressa son irrésistible sourire.

« Bonne idée, mademoiselle Deirdre. Tantine, croyez-vous que notre tarte leur plairait ? »

Le visage d'Adeline resta indéchiffrable et Deirdre examina les provisions.

À l'exception de quelques produits de première nécessité, les provisions semblaient avoir subi une attaque de sauterelles. Disparu, le pain d'avoine ; disparus les trois gâteaux au gingembre, les six boîtes de bonbons français, la tarte…

« Oh, tante Adeline ! s'écria Deirdre. Tu n'as pas…

— C'est à cause de la turbulence », affirma Tante Adeline avec aplomb. « La rapidité de notre descente a tout fait tomber. » Du bout de la langue, elle chassa rapidement une miette accusatrice collée au coin de sa bouche. « Je suppose que les étourneaux ont eu droit à un festin.

— Plutôt une grosse laie, dit Dylan.

— Puisque les bonbons ont disparu, demanda Deirdre, que diriez-vous de quelques paroles sucrées, Dylan ? Si quelqu'un peut se renseigner sur leurs intentions, c'est vous, grâce à votre éloquence de marin. S'ils parlent anglais, bien entendu. Il est tout à fait possible qu'ils parlent celte, latin ou saxon. Je présume que de nombreux maîtres ont gouverné ce pays.

— Hé, là-bas ! cria Dylan, avec son meilleur accent du front de mer, vous me comprenez ?

— Passablement », répondit un nain qui, plus grand et plus sale que ses compagnons, semblait leur inspirer de la crainte et, dans une certaine mesure, leur tenir lieu de chef. Il portait une ceinture d'or terni, à laquelle étaient suspendus une sarbacane et un sac de fléchettes à pointe métallique. Ses pieds noueux et décolorés ressemblaient à des souches couvertes de mousse. Son costume lui seyait… Il faisait penser à un modèle réduit de bourreau.

« Il ne m'inspire pas confiance, souffla Deirdre. Mais celui qui se tient près de lui… Ses pieds n'ont pas l'air couverts de mousse et ses yeux ont une sorte de douceur espiègle. Et avez-vous remarqué qu'il n'est pas armé ?

— Inutile il est que je vous inspire confiance », dit le chef dont les oreilles, bien que cachées sous sa capuche, étaient extraordinairement sensibles. L'anglais n'était apparemment pas sa langue maternelle. Les mots étaient précis, mais en désordre. Ses dents étaient pointues et nombreuses, des dents de requin. « Vous n'avez pas vraiment le choix, pas vrai ? Mais nous ne voulons à vous aucun mal. »

Les Genii parlèrent entre eux et un nouveau venu alla dans la forêt chercher une échelle, un mol assemblage de lianes avec des barreaux de chanvre. Deirdre reconnut le latin, mais sous une forme commune que César et Cicéron auraient eu bien du mal à comprendre.

« Une de vos amarres lancez-nous, ordonna Pieds-couverts-de-mousse. Nous l'attacherons à cette échelle.

— Il vaut mieux obéir, suggéra Dylan. Il faut que nous descendions. Sous peine de mourir de faim », ajouta-t-il en lançant un coup d'œil à Adeline.

Avec l'aisance et l'adresse de son métier, il fixa l'échelle au plat-bord de la nacelle.

« Mademoiselle Deirdre, vous et Tantine, restez dans la nacelle. Je vais descendre voir à quoi ressemble ce pays, pour ainsi dire. J'ai parlé aux Injuns. Je suppose que je peux parler à des nains.

— Apparemment, ils ne se contenteront pas d'un *wampoun* », observa Deirdre, fière de se souvenir d'un mot indien. « Et s'ils attaquaient, au lieu de palabrer ?

— Petits comme ils sont ? » Il haussa les épaules. La bravade ne pouvait lui cacher sa peur, sa peur pour elle.

« J'ai entendu dire que les Pygmées d'Afrique sont extrêmement dangereux.

— Exact. Sarbacane et venin de vipère. Un jour, j'ai pris une fléchette dans le bras.

— Je suppose que vous chassiez des esclaves, affirma Adeline sur un ton guilleret, vexée sans doute de sa malencontreuse métaphore à propos du goinfre.

— Non. Nous cherchions le trésor de Salomon.

— Et qu'avez-vous trouvé, je vous prie ?

— Des anneaux nasaux.

— En vérité, quelle aventure ridicule pour un homme de bien !

— J'aurais dû en garder un pour vous.

— Tante Adeline, veux-tu bien te taire ? Dylan est sur le point de risquer sa vie pour nous et tu parles de l'Afrique. Ne vois-tu pas que ces nains sont beaucoup plus dangereux que tous les Pygmées du monde ? Ils sont à la fois intelligents et sournois.

— Et ils écoutent tout ce que nous disons. Maintenant, mesdames, tenez-vous tranquilles. »

Les barreaux de l'échelle, inaccoutumés au poids d'un marin vigoureux, plièrent sous ses pieds, mais ne cassèrent pas. Les Genii s'agglutinèrent dangereusement autour de lui lorsqu'il mit pied à terre. Ou bien curieusement ? C'était difficile à dire. L'un d'entre eux se dressa sur la pointe des pieds et lui toucha les cheveux. Celui qui avait un visage joyeux lui toucha les fesses, comme pour y chercher une queue.

« Pas touche ! » aboya Dylan, et le Genius pâlit, comme un petit garçon pris sur le fait alors qu'il volait une tarte aux fraises.

Pieds-couverts-de-mousse s'adressa à lui d'une voix lugubre.

« Je m'appelle Telchin. Nous souhaitons la bienvenue à vous. Votre mission, puis-je demander ? Il est rare que ceux du Peuple Tour viennent dans cette région.

— Nous sommes à la recherche, répondit Dylan, craignant qu'on ne tente encore de le tripoter, d'un jeune homme qui s'appelle Tommy.

— Thomas, cria Deirdre depuis la nacelle. C'est ainsi qu'il se nomme lui-même. Thomas Chatterton, le poète.

— Notre ami, précisa Dylan. Il nous a fait dire de le chercher ici.

— Je ne le connais pas.

— Dylan ! cria Deirdre. Je descends également.

— Attendez, mademoiselle… »

Soutenue par Adeline, elle enjamba le plat-bord et posa le pied sur le premier barreau de l'échelle. Sa descente faillit se terminer en désastre. Elle tomba, mais la puissance de ses bras compensa la faiblesse de ses jambes et elle descendit les barreaux un par un jusqu'au moment où Dylan, toujours prêt, la prit dans ses bras et la posa sur le sol.

Un nain pointa un doigt minuscule sur Adeline.

« Et la dame rose ? Elle, nous voudrions voir de près. Elle est… Comment dit-on… grassouillette. »

Tante Adeline, penchée sur le plat-bord afin de laisser tomber la canne de Deirdre, et croyant manifestement que le nain avait dit « mignonnette », exprima son plaisir par un frémissement de bajoues.

« Je suis obligée de refuser votre charmante invitation. Votre échelle est faite pour les maigres. Pas pour les femmes opulentes telles que moi.

— Vous avez réussi, mademoiselle Deirdre !

— Bien sûr, mon cher. Vous m'attendiez. » Puis elle se tourna vers les Genii. « Mais vous avez certainement déjà vu Thomas. Il a fait de nombreux séjours dans Envers-Monde. L'église du manoir en ruine… Ne l'avez-vous jamais vu à cet endroit ? » Elle parlait avec fermeté pour cacher sa peur.

Au lieu de répondre, Telchin tripota la sarbacane attachée à sa ceinture.

« Vous connaissez certainement cet endroit. L'église avec les gargouilles.

— Le manoir, comme vous l'avez dit, en ruine est. Dans les églises nous n'adorons pas. Non, nous ne l'avons pas vu. »

Elle écouta attentivement, afin de saisir ses paroles claires mais en désordre. En même temps, elle regarda furtivement ses pieds. Des pieds végétaux.

« Eh bien, il faudra que nous allions le chercher nous-mêmes. »

Il mérite de tels pieds, se dit-elle. En dépit de son mode de locomotion, il n'est pas plus humain qu'un plant de céleri. Il lui arrivait rarement de détester. Elle ne détestait pratiquement jamais à la première rencontre, car elle savait que beaucoup d'hommes doux et effacés, beaucoup de femmes admirables cachent leur cœur aux étrangers et même à leurs relations. Lorsque les gens qu'elle rencontrait renonçaient enfin à leur masque et se montraient avec toutes leurs faiblesses humaines, elle continuait généralement à les aimer parce qu'elle comprenait les forces qui avaient modelé leur existence : pauvreté, maladie, chute de cheval… Elle ne détestait que les individus véritablement méchants : l'avare, l'impie, le cruel. Telchin s'était montré passablement correct, lui avait prêté une échelle et avait répondu à ses questions ; mais au fond de ses yeux elle décelait le goût de la torture et du viol. Elle ne voulait pas se laisser impressionner.

« L'église est loin.

— Loin comment ? »

Il regarda sa canne.

« Pour vous, deux ou trois jours de marche. Si de la chance vous avez.

— Voulez-vous nous guider ?

— Non.

— Existe-t-il un moyen de vous convaincre ? Nous avons encore quelques meubles rares, dans la nacelle. Nous pourrions peut-être nous arranger.

— La dame rose, commença Telchin.

— Vous ne voulez certainement pas parler de ma tante !

— Qui d'autre ? Elle a… Comment dire… Des rondeurs séduisantes.

— Je voulais parler d'une chaise ou d'un tabouret, pas d'une parente. »

(« Nous *avions* une tarte », se dit Dylan, davantage avec nostalgie qu'avec rancœur.)

« Les meubles ne sont pas acceptés. L'église interdite est. Grand est le danger. »

Puis, après la plus discrète des révérences, les Genii tournèrent les talons et disparurent dans la forêt.

« Ils ne nous ont rien appris, affirma Dylan. Il faut les poursuivre. Mademoiselle Deirdre, restez ici et gardez le fort, si j'ose dire. Je vais vous aider à remonter dans la nacelle.

— Les poursuivre serait une folie, dit-elle. Ce ne sont pas nos amis. En réalité, nous pourrons remercier votre Triton s'ils ne deviennent pas nos ennemis. Nous devons chercher Thomas par nous-mêmes, mais pas avant le matin. Il fait presque noir.

— Vous savez ce que vous voulez, n'est-ce pas ? Je n'ai connu qu'une femme comparable à vous, et il valait mieux ignorer ce qu'elle voulait.

— Une catin y est bien obligée », répondit-elle ironiquement avec un sourire. « Pour se protéger. Si seulement vous connaissiez mes frères ! Serviables, tous autant qu'ils sont, mais trop enclins à organiser ma vie à ma place ; allant même jusqu'à suggérer divers maris fortunés, prêts à accepter mon infirmité en raison de ma célébrité. Je sais depuis longtemps qu'il me faut répondre non.

— Vous avez bien raison, mademoiselle Deirdre. Tenez, asseyez-vous sur la mousse et reposez-vous.

Voici ce que je pense. Au niveau du sol, vous ne serez en sécurité nulle part dans cette forêt. Votre tante et vous, vous remonterez l'échelle et vous dormirez dans la nacelle. Dylan dormira dans l'arbre, au-dessus de vous. J'installerai mon hamac entre deux branches. J'y suis habitué. J'ai déjà dormi dans un arbre, avec les singes, à Bornéo. Il y avait des chasseurs de têtes partout. Ils ne m'ont pas trouvé. Ma tête leur aurait rapporté beaucoup d'argent. Elle est grosse, comprenez-vous. Avec beaucoup de cheveux.

— Mais vous pouvez dormir avec nous, dans la nacelle !

— Il n'y a pas assez de place.

— Qu'entendez-vous par : pas assez de place ? » cria Adeline depuis la nacelle. « Il n'est pas question d'atteinte aux bonnes mœurs, puisque je suis là pour vous chaperonner ; et je n'ai pas peur de dire que je sais flairer le mal.

— Aucun doute ! » marmonna Dylan. « Elle ne s'est pas contentée de flairer, ou bien je suis une pieuvre sans tentacules. » Puis, plus haut : « Cela ne serait pas convenable. Deux dames et un marin, *fesses contre fesses*, pour ainsi dire. »

Deirdre sourit et lui prit la main.

« Fesses contre fesses ou autrement, je ne m'y serais pas opposée. Mais il faut que vous fassiez selon votre volonté.

— Ainsi, poursuivit-il, vous ne risquerez pas d'être attaquées par les branches. Et puis, ajouta-t-il, vous pourrez utiliser les *commodités.* » Ils avaient emporté un grand pot de chambre monté sur des pieds d'albâtre et décoré d'une frise de Cupidons roses.

« Je crois qu'on vient dans notre direction », fit Deirdre.

Un sifflement discret sortit du sous-bois et le sommet d'une capuche apparut au milieu du lierre et des lianes sauvages.

C'était le Genius au regard espiègle ; mais l'appréhension avait remplacé la gaieté.

« Tu veux nous parler, petit bonhomme ?

— Hadreus, mon nom est. » À l'exception de son visage crasseux et de sa cape usée jusqu'à la corde, il ne ressemblait guère à ses compagnons. Il avait des yeux de daim, pas de chat. Ses mains et ses pieds étaient roses, non pâles et décolorés. Cousin de Puck, il aurait pu sortir d'un poème de Robert Herrick. Ses yeux eux-mêmes paraissaient juvéniles. Si Telchin avait le goût du meurtre et du viol, Hadreus aimait certainement les danses folkloriques et les épouvantails couverts de guirlandes de chèvrefeuille.

« J'ai perçu votre Thomas, dit-il à voix basse.

— Où ? » s'écria Deirdre.

Il posa prudemment le doigt sur les lèvres.

« Pour aller à la chapelle, suivez la rivière. »

Soudain, il fut impossible de distinguer sa cape verte du sous-bois. Son départ fut moins affaire de partir que de disparaître.

« Hadreus », appela Deirdre, se lançant en boitillant à sa poursuite. « Attendez-moi ! Tommy est-il en bonne santé ? Est-il toujours dans la chapelle ? »

Dylan l'empêcha d'aller plus loin.

« Non, mademoiselle Deirdre. Vous allez le mettre dans l'embarras vis-à-vis de Telchin.

— Bien sûr, vous avez raison. Telchin nous a menti et Hadreus a pris des risques afin de nous dire la vérité. Enfin, nous savons que Thomas est dans la forêt.

— Mais est-il vivant ?

— Oui, répondit-elle. Je le sens dans mes os.

— Ah ! fit Dylan. C'est la Celte, en vous, qui parle. Je l'espère pour lui et pour nous. Nous ne pourrons pas sortir de la forêt sans lui.

— Effectivement. Notre véhicule étant suspendu dans un arbre, nous avons grand besoin d'un guide.

— Plus que cela. D'une assurance, pour ainsi dire. La forêt veut nous garder.

— À vous entendre, on pourrait croire qu'elle a une volonté propre.

— N'est-ce pas le cas, mademoiselle Deirdre ? »

CHAPITRE 6

« Mais c'est Adeline et moi qui devrions vous servir », dit Deirdre, se laissant tomber dans le hamac que lui avait installé Dylan. Il lui avait fait un oreiller de son grand foulard rempli de mousse ; et le spectacle de sa gorge nue, blanche plutôt que rubiconde, lui était indiciblement cher. Elle savait qu'il tenait à son foulard ; davantage encore qu'à son chapeau, qu'à sa veste ou même qu'à sa pipe. C'était le symbole de son métier. En outre, il aimait l'allure de pirate qu'il lui donnait parce que, comme beaucoup d'hommes doux, il préférait avoir l'air féroce (mais ne parvenait à ressembler qu'à un ours aimable et ébouriffé). « Chez lui, l'homme doit être choyé et dorloté, et la nacelle de *La catin rustique* n'est-elle pas devenue notre maison ? Ne vous laissez pas attendrir par ma canne. Je ne suis pas aussi faible que vous croyez. »

Adeline, gavée, ronflait à grand bruit dans le hamac voisin ; celui-ci gémissait, se balançait, et les fesses de Tantine effleuraient le plancher. Beaucoup trop ample pour se suffire d'un couvre-pieds, elle portait une chemise de nuit d'un rose de chérubin, ornée de broderies et de dentelles. Elle ressemblait à un gros paquet de Noël contenant un cheval à bascule, une maison de poupée, un jeu de croquet, ou encore tout autre cadeau de taille respectable. Bénie soit son âme, elle était grasse, vaine et souvent stupide ; mais Deirdre l'aimait comme une sœur.

« Les marins savent tout faire », expliqua Dylan avant que Deirdre n'ait eu le temps de lui proposer de laver ses chaussettes ou encore de cirer ses bottes. « Repriser leur marinière, laver le pont, celui d'un navire ou celui d'un ballon, se procurer de la nourriture sur un rivage étranger. Menacé par les Injuns, par les bêtes aussi.

— Vous avez beaucoup de ressource, puisque vous êtes allé nous chercher des mûres et un seau d'eau. Alors que la forêt est pleine de nains et la rivière de Cavales de la Nuit.

— Il fallait bien quelque chose pour faire passer le fromage et les asperges. » Elle devina qu'un palais marin rangeait les asperges dans la catégorie des biscuits de mer et autres aliments non comestibles. « C'est qu'il ne faut pas lui en promettre, à Tantine.

— Croiriez-vous qu'elle était autrefois très belle et la coqueluche de la bonne société londonienne ?

— Oh, mademoiselle Deirdre ! Vous vous moquez de moi !

— Pas du tout, mon cher. Lorsque j'étais petite, les galants passaient la nuit devant sa porte et croisaient le fer pour son sourire. Un de ses prétendants la demanda en mariage dans des couplets héroïques. Mais son fiancé, homme martial qui vous ressemblait un peu, a été tué pendant la guerre contre les Français. La tristesse fait dépérir certaines femmes. D'autres se laissent mourir de faim. Tantine mangea.

— Et mangea.

— Et je suppose qu'elle ne cessera jamais. Elle agit comme si elle avait peur de s'accorder une nouvelle occasion d'être aimée… Et blessée. »

Le regard de Dylan la décontenança… Ses yeux bleus lisent dans mon cœur, se dit-elle ; ce n'est pas un homme simple, mon Dylan. Puis, pour alléger la conversation, il donna sa version d'une vieille épigramme : « "Si tu ne peux pas transformer une oreille de truie en bourse, sois assuré que tu ne pourras transformer une truie en porcelet."

— "Mais si tu regardes attentivement, tu verras tout de même le porcelet sous toutes ces livres."

— Mes yeux ne sont pas assez perçants.

— Et vous êtes marin ? Oh, Dylan, je devrais vous assener des coups de canne. Je sais que Tante Adeline n'est pas toujours facile… Toujours à faire des projets pour les autres. Mais…

— Toujours à manger autant qu'une truie.

— Mais c'est par affection, pas par malice.

— C'est vrai. Comme elle n'a pas de mari, elle aime les provisions.

— Dylan, vous devriez avoir honte !

— Mais je l'aime bien, mademoiselle Deirdre. Autrefois, j'ai eu un cochon qui s'appelait Chloé. Un cochon domestique. Il dormait sous mon lit. Il m'accompagnait à l'église, le dimanche. De tous les membres de ma famille, c'était mon préféré. Il mangeait moins que Tantine, quand même, à la réflexion.

— Quel coquin vous faites ! » Elle sourit. « J'entreprends de vous sermonner et vous me présentez votre cochon domestique pour me faire rire. Vous êtes incorrigible, Dylan. » Les plaisanteries innocentes étaient les bienvenues, à cette heure. Elle ne craignait pas de froisser Adeline, que seules pouvaient réveiller des crampes d'estomac.

« Eh bien, je crois que je vais aller dans mon hamac », dit Dylan, qui semblait cependant espérer qu'une tâche quelconque pourrait lui permettre de rester encore un peu dans la nacelle. « Le voyez-vous, tout là-haut, parmi les branches, mademoiselle ? Il se balance au vent, telle la proue d'une barque. Vous êtes inaccessible depuis le sol ; mais si vous entendez le moindre bruit en bas, appelez Dylan et il dévalera l'échelle plus rapidement qu'un rat sur une amarre. »

Elle lui prit la main et la posa sur sa joue.

« Je n'ai jamais été plus en sécurité, en dépit de la forêt.

— Restez tout de même méfiante, mademoiselle Deirdre, déclara-t-il. C'est par surprise qu'on se fait prendre. La forêt est subtile. Elle observe continuellement. C'est comme d'être dans un cercle. On ne peut aller que jusqu'à une certaine limite. Puis bang… On se heurte au mur vert. »

Sans le moindre avertissement, il s'agenouilla et lui embrassa légèrement la joue.

« Je vous demande pardon, mademoiselle », dit-il, se relevant aussitôt et rougissant de confusion. « Je me suis oublié pendant quelques instants. »

Comment un baiser aussi chaste aurait-il pu l'outrager ? Il sentait les fougères et les baies. Les parfums de la forêt lui allaient aussi bien que ceux de la mer.

« Très cher Dylan, pourrais-je vous reprocher un baiser fraternel ? Mes frères empestent le tabac et leurs favoris m'égratignent les joues. Votre baiser était agréable. Bonne nuit, mon cher. Puissiez-vous faire les rêves que vous méritez ! »

Elle crut l'entendre marmonner :

« Pas besoin de dormir pour ça. »

Il marmonnait souvent et c'était agaçant. Elle ne saisissait pas tout ce qu'il disait. Cette manie provenait certainement de l'habitude des longs quarts solitaires en mer, sans autre compagnie qu'une mouette, ou les sirènes qui aiment suivre les navires ; la première prompte à s'approprier une casquette ou une croûte de pain, la seconde battant de la queue et mendiant un souverain pour rehausser son collier de perles.

Elle le regarda gravir l'échelle, ferma discrètement les yeux lorsqu'il quitta sa chemise et se lava dans une coupe d'eau laborieusement rapportée de la rivière et les ouvrit lorsqu'il se glissa dans son hamac. Il n'a pas de commodités, se dit-elle, mais les hommes ne sont pas difficiles à accommoder, n'est-ce pas ?

Il ne ronfla pas, ne soupira pas, ne se balança pas. Il s'endormit, tout simplement, comme les marins accoutumés à des horaires irréguliers sur des mers imprévisibles. Déjà lui manquaient son énergie et sa volonté ; sa carrure aussi, qui le faisait marcher en bottes plutôt que glisser en pantoufles silencieuses. Elle eut envie de l'appeler, simplement pour le voir bondir hors de son hamac, descendre l'échelle et se pencher affectueusement sur elle.

La solitude ne lui était pas étrangère. Plus d'une nuit, alors que ses frères étaient en voyage d'affaires, elle n'avait partagé sa maison de Londres qu'avec sa femme de chambre et son portier, écrivant à la lumière d'une bougie jusqu'à l'aube. Mais elle avait mal dans les os des jambes et du dos, et Dylan, son cataplasme ambulant, n'était pas disponible. Je vais rester éveillée jusqu'au matin, se dit-elle ; et, demain, je vais avoir les paupières lourdes, bâiller et m'appuyer sur ma canne. Le laudanum me calmerait (elle en avait emporté un flacon), mais je dois apprendre à supporter une nuit de douleur pour profiter d'une journée de surprises.

« Deirdre. »

La voix était basse, mais immédiatement identifiable. Elle perçut la chaleur de son corps, entendit sa respiration profonde et régulière. Il avait lu dans ses pensées. Il avait répondu au désir qu'elle n'avait pas osé exprimer.

« Dylan, s'écria-t-elle, vous m'avez fait peur.

— Vraiment, jeune fille ? Ce n'était pas mon intention. Je me suis dit que vous vous sentiez peut-être un peu seule. Que vous auriez peut-être envie de parler. » Il s'exprimait d'une manière légèrement différente ; pas dans les mots, mais dans l'intonation. Intimité sans respect, était-ce là la différence ? Eh bien, elle lui avait demandé de l'appeler Deirdre. Néanmoins, il y a diverses manières de prononcer un nom.

Il s'assit au bord du hamac, puis son corps chaud et musclé se pressa contre elle.

« Ce n'est rien. » Elle haussa les épaules, se souvenant de la nuit où, dans la chapelle, elle avait accueilli sa chaleur avec joie, se demandant pourquoi soudain il lui faisait peur, alors qu'elle avait souhaité sa présence. « Les événements de la journée m'ont épuisée. Mais je suis heureuse que vous soyez venu parler avec moi. » (Non ! J'ai menti ! Je voudrais qu'il retourne dans son arbre.)

Sans même dire : « Avec votre permission », il se glissa dans le hamac.

Deirdre n'était pas prude ; les nombreuses convenances de sa classe et de son époque, vantées en public et bafouées dans l'intimité, lui semblaient aussi ridicules que dénuées de sens. Elle ne refusait pas qu'un marin partage son hamac. Elle préférait Dylan à un amiral. *S'il venait en ami.*

« J'avais assez chaud avec mon seul couvre-pieds », fit-elle d'une voix glaciale. « Nous ne sommes pas en janvier, savez-vous ? » (Je mériterais qu'on me coupe la langue ! J'ai mal interprété le geste d'un ami. Quand un homme, surtout un homme doux et robuste tel que Dylan, s'est-il montré trop familier avec moi, une invalide de trente ans ? Pas depuis mon enfance. Pas depuis le jour où, avant mon accident, le garçon d'écurie qui sellait mon cheval m'a volé un baiser. Existe-t-il un homme qui ait lu mes livres ? Ce sont des jeunes femmes ignorant tout de la vie qui lisent mes histoires d'héroïnes impossibles et de forêts imaginaires.)

« Deirdre. » Curieusement, dans sa bouche, son nom eut un côté… Insinuant ? Comme s'ils eussent été sur le point de partager un secret, une fredaine.

« Oui, Dylan », dit-elle, contrôlant sévèrement sa voix.

« Vous êtes diablement belle. Bon sang, on peut le dire ! »

Un jour, il l'avait comparée à une catin, et elle en avait rougi de fierté. Mais il ne l'avait jamais traitée comme telle. Que devait-elle faire ? Peut-être l'ironie serait-elle la meilleure défense. Il ne fallait à aucun prix qu'elle perde son calme et l'incite à des avances plus précises.

« Et vous avez descendu cette longue échelle simplement pour blaguer avec moi ? Eh bien, vous ressemblez à un vieux beau de Londres cherchant à séduire une héritière.

— Ne vous moquez pas de moi, coupa-t-il. Sous cette chose duveteuse que vous appelez une chemise de nuit, il y a une femme, et quelle femme ! Des seins comme des noix de coco des Antilles. Ronds, mûrs, bons à cueillir !

— Vous savez que je suis une invalide, s'écria-t-elle. Mon corps est pâle, mou, informe, dépourvu de tout attrait ; et mes seins ne font pas la moitié de ceux de Tante Adeline. »

Elle avait parlé avec sincérité et sans passion ; néanmoins elle dissimulait la vérité. Si elle était pâle, elle ne l'était pas davantage que la majorité des dames d'Angleterre, qui accentuaient leur pâleur en poudrant leur perruque et leurs joues. Elle n'était ni molle ni informe ; ses seins, bien que plus petits que ceux d'Adeline, étaient parfaitement proportionnés au reste de son corps.

« Faites voir, jeune fille », dit-il d'une voix grasse, écartant le couvre-pieds.

Elle était beaucoup trop effrayée pour bouger, et se crispa soudain. Elle pouvait affronter des nains, mais pas un mâle amoureux. Si Dylan et elle avaient absorbé des boissons alcoolisées, elle aurait pu admettre ses avances (mais le xérès, dans la chapelle, l'avait rendu jovial et non « soûl comme un lord »).

« Les nœuds sont la spécialité des marins », dit-il, glissant les mains sous elle et s'attaquant à la dentelle fragile de sa chemise. « Qu'il s'agisse de les faire ou de les défaire. »

L'indignation chassa la peur. Elle lui prit les mains et les écarta vigoureusement.

« Dylan, regagnez *immédiatement* votre hamac. Je suis choquée au-delà de toute expression par votre… votre indélicatesse.

— Vous avez dit que je pouvais dormir près de vous dans la nacelle.

— Mais pas dans mon hamac !

— Ah, vous faites la grande dame, pas vrai ? Vous croyez que je n'ai pas remarqué les yeux doux que vous faites à ce vieux Dylan ? Vous aimeriez bien vous rouler dans la paille, pas vrai ?

Mais c'est mieux dans un hamac. Vous verrez, quand il se balancera. »

Elle se débattit, dans l'espoir de lui échapper, mais il resserra son étreinte et lui écrasa les lèvres sous les siennes. Il ne sentait ni la forêt ni la mer. Il sentait le musc, parfum entêtant, enivrant puis, finalement, écœurant.

« Inutile d'essayer d'appeler votre tante. Elle dort comme un éléphant de mer. Vous l'entendez ronfler ?

— Non, non, non ! » Elle avait envie de pleurer. « J'aimais votre tendresse, pas votre désir. Je vous aimais, mais comme un frère. »

Elle entendit au creux de son oreille une voix insidieuse, qui n'était pas celle de Dylan.

« Comme un frère ? De qui vous moquez-vous, chérie ? »

L'honnêteté de Deirdre lui interdisait de fuir plus longtemps la vérité. *Je l'aime depuis que je l'ai engagé à Londres pour conduire ma voiture. C'était sa manière de porter sa casquette et son foulard, sans le sou mais fier ; fier mais pas arrogant. C'était le déferlement amusant de ses cheveux cherchant à échapper à sa casquette. C'était parce qu'il avait besoin de moi et comprenait que j'avais besoin de lui. Les grandes choses et les petites, toutes infiniment, également, précieuses. Cette merveille de Dieu ou de Triton, Dylan le voyageur, le vagabond.*

Mais elle ne pouvait aimer son œil lubrique et sa lèvre paillarde. Lui ayant échappé, elle le frappa au visage. Ses bras étaient vigoureux ; elle frappa avec force. Il porta la main à sa joue, la regarda avec étonnement, et aussi une sorte de respect.

Il ne gravit pas l'échelle ; il ne sauta pas sur le sol. Il parut se fondre dans le crépuscule.

La vérité était évidente. C'était un rêve ; non, c'était un Drusius. Ce n'était pas Dylan. Elle maudit la forêt et ses fourberies nocturnes. Elle regretta le confort de son lit à baldaquin, aux rideaux tirés, avec la femme de chambre derrière la porte et la cuisinière dans la cuisine. Le plus grave était que, maintenant, tout innocent et fidèle qu'il fût, Dylan lui faisait peur. Son visiteur était un imposteur ; et pourtant il l'avait contrainte à regarder en face une vérité fort désagréable concernant l'amour « fraternel ».

Des douleurs aiguës, semblables à des aiguilles de porc-épic, assaillirent son dos. Une nuit sans sommeil... Une nuit sans fin... Elle allait se tordre de douleur, et...

Ses oreilles exercées perçurent au-dessus d'elle des bruits nettement audibles. Le spectacle était presque invisible, dans le noir où parmi les arbres des rayons de lune flottaient comme des papillons soyeux ; puis les branches parurent bouger d'elles-mêmes, cachant et révélant alternativement des secrets que seuls les dryades, les druides et les chouettes sont censés connaître.

Quelqu'un ou quelque chose, manifestement pas un rêve, parlait avec Dylan. Elle tendit l'oreille et perçut une voix douce, insinuante. Elle scruta l'obscurité et vit, ou crut voir, une femme.

NUE.

CHAPITRE 7

Aucun rossignol, ce voleur mélancolique d'âmes, ne sifflait son chant de beauté et de mort. Aucune Cavale de la Nuit ne se roulait dans les roseaux des hauts-fonds. Le hamac de Dylan se balançait en silence, barque amarrée à une jetée. Je ne suis pas en mer, se souvint-il avec satisfaction, j'ai regagné le port. Il était allongé, fatigué par les tâches de la journée, mais ne dormait pas encore, bien tranquille au sommet de l'arbre, car les nains voleurs ne pouvaient en escalader le tronc, satisfait parce que Deirdre ne risquait rien, dans la nacelle du ballon.

Deirdre… Ah, son nom était comme les harmonies du vent dans les salles légendaires de Tara ; mais il n'avait pas besoin d'évoquer la dame des légendes, la reine des larmes. Il aimait une Deirdre heureuse, pressée de retrouver Tommy, oubliant la douleur dans l'attente et la quête. Deirdre… Chère… Chérie…

Étant devenue vieille alors qu'elle était enfant, à cause de son accident, elle semblait retrouver sa jeunesse auprès de lui. Homme du commun, du fait qu'il avait vu le jour dans la ferme de son père, il avait l'impression de devenir hors du commun grâce à elle…

« Dylan. »

Une femme prononça son nom. Probablement un rêve, conclut-il. Le sommeil est l'ami du marin. Il lui apporte ceux qu'il aime. Il évoqua l'image de Deirdre.

« Dylan, mon garçon, ouvre les yeux. »

Ouvrir les yeux ? Pour qu'elle s'évanouisse en fumée ? J'aime autant aller au bout de mon rêve.

« Pourquoi m'obliges-tu à t'appeler plusieurs fois ? » La voix était basse et pourtant familière. Importune.

Il battit des paupières, afin de concentrer son regard et scruter la demi-obscurité d'un croissant de lune ; et ce qu'il découvrit n'était pas un rêve.

« J'ai des hallucinations, un point c'est tout. » Il soupira. Car il avait reconnu son interlocutrice.

Malgré l'obscurité, il reconnut les cheveux blonds, la bouche semblable à une tranche fraîche de grenade. On aurait dit qu'elle descendait de la Lune, vêtue de ses rayons. Les rayons, en fait, étaient ses seuls vêtements. Ni vair, ni velours, ni soie ne venaient atténuer son scintillement. En un mot, elle le séduisit. Il soupira, non parce qu'il était terriblement surpris, mais parce qu'il avait un pressentiment. Après tout, elle lui avait jeté un sort avant de mourir et, par le passé, elle avait souvent visité ses hallucinations… en mer, dans une forêt, toujours dans des endroits étranges, à des moments imprévus, Deirdre l'en avait libéré ;

il avait osé croire que, s'il n'avait pas définitivement échappé à Arachne, il avait tout au moins réussi à écarter un pan de sa toile soyeuse. Mais non ! Elle l'avait suivi dans l'inconnu le plus impénétrable et était venue sans honte, comme la dame sans pudeur de Herrick.

« Tu devrais mettre une robe, dit-il. Ou *quelque chose*. Tu vas prendre froid.

— Certainement pas. Je suis accoutumée à la nuit. Tu n'embrasses pas Arachne, la sorcière ? »

Elle se pencha sur lui et il comprit la vérité : ce n'était pas une hallucination. Elle était beaucoup trop nue pour être tissée de rêve. Dans son nuage de nudité, il n'était pas aisé de distinguer ses traits. *Les bras un peu plus dodus ? La poitrine un peu moins opulente ? Changée, pour ainsi dire.*

Ce n'était pas le moment d'épiloguer. Il émanait d'elle des odeurs animales d'herbe et de musc.

« Mais comment… bégaya-t-il.

— Je sais. Tu les as vus me brûler au poteau. Mais je suis celte, mon cher. Je suis venue t'attendre ici. Mais cela a été effroyablement long ! Dix ans… Ou bien cent ? On perd le compte, dans la forêt. Me trouves-tu changée ? La peau molle, la sève tarie ?

— L'or est toujours là », soupira-t-il. (« Mais légèrement terni. »)

« Que dis-tu, mon doux ami ?

— Il a été poli, ajouterai-je.

— Et la sève ?

— Toujours aussi vive.

— Parle plus fort, mon garçon. Tu es un homme, maintenant. Ne sois plus ce jeune Tête ronde timide qui marmonne par monosyllabes. Tu as mis ma patience à rude épreuve, sais-tu. Il m'a fallu une semaine pour te faire entrer dans mon lit. Mais comme tu as grandi ! » (Ce compliment relatif à sa taille le fit rougir contre son gré.) « Tu es devenu un vrai costaud. Tu as peut-être rencontré une fille plus effrontée, depuis que tu as perdu ton Arachne. Tu es peut-être devenu un vrai Français. Tu as peut-être pris ton plaisir avec des princesses indiennes et des concubines mauresques. Abattu des tipis et pillé des harems. »

Entre les phrases, elle se glissa dans le hamac, près de lui. Et le filet délicat se balança sous l'effet de son poids, de sorte qu'elle tomba dans ses bras ; et elle s'y installa pour la nuit.

« Tiens-moi, gros balourd, sinon je vais tomber sur ma queue. »

Il considéra sa queue de renard avec une horreur délicieuse. Longue et reptilienne, elle semblait avoir été longuement et soigneusement peignée, brossée, coiffée ; une queue apprêtée, pouvait-on dire ; le couronnement de sa toilette, non, le « derrièrement » de sa toilette. Elle avait la même couleur que ses cheveux. Il éprouva brièvement un sentiment de satisfaction : au moins son or était-il réel et ne provenait pas, comme celui de certaines femmes, dames ou filles, d'une bouteille achetée chez l'apothicaire.

Elle se rendit compte qu'il l'examinait.

« Une sorcière est une sorcière. » Ellc haussa les épaules. « Je n'ai plus la moindre raison de cacher la marque de ma race. Et, incidemment, je suis une descendante de Lilith. Tu n'as certainement pas l'intention de me brûler. Ou bien serais-tu devenu puritain, depuis nos fredaines ? » Elle prit sa queue dans la main et l'agita dans sa direction, tel un chat à neuf queues. Des plumes chaudes, cependant, et non du cuir dur. Il eut l'impression que des papillons tiédis par le soleil lui caressaient le visage.

« Le diable tente le puritain », dit-il. En fait, la queue était irrésistible ; il lui fallait la capturer. Comme un adroit chasseur de papillons, il tendit prestement la main. « Je l'ai !

— Voilà, mon Dylan. Tu as appris de nouveaux tours ! »

C'était son Arachne ; elle qui lui avait ouvert sa porte, lui avait offert un feu et du rhum ; elle qui, d'un jeune garçon timide et gauche, avait fait un homme. Elle que le village, conduit par son père, avait impitoyablement brûlée au poteau. Il était prêt à pardonner le sort ultime qu'elle lui avait jeté.

« Ah, Dylan, Dylan, comme ton corps m'a manqué ! D'abord pendant ma longue errance entre le paradis et l'enfer. Pire que l'enfer, à mon avis. Un pays de nulle part. Sans paroles, sans toucher, sans goût, des collines grises sur un sol désolé. Un brouillard qui ne se levait jamais, un fardeau qui ne faisait que s'alourdir. J'en ai presque oublié le soleil. Et tu sais comme j'aime le toucher, le goût, les baisers, les caresses, les contacts ! Les esprits étaient mes seuls compagnons. Muets comme moi. Ils n'osaient pas me regarder dans les yeux, de peur de se souvenir du désir, de la grâce, de la beauté. Puis, enfin, parce que je suis celte, j'ai suivi une voix lointaine, semblable à une corne de brume ; et elle m'a conduite ici. Et je t'attends depuis très longtemps.

— Il y a dix jours, j'ignorais encore que je viendrais.

— La forêt me l'a dit, répondit-elle.

— La forêt ?

— Tu comprendras, le moment venu.

— Connais-tu un jeune homme du nom de Tommy ? »

Des rides de colère plissèrent son front.

« Pourquoi m'intéresserais-je aux jeunes gens ? J'ai trouvé un homme.

— Tu avais bien raison, dit-il. En disant que je n'aimerais personne.

— Allons, allons. Un marin du roi ?

— Oh, bien sûr, j'ai couché. » (Il négligea d'ajouter « avec quelques centaines de filles ».) « J'en ai désiré quelques-unes. Je les ai oubliées le lendemain matin. » Il ne mentionna pas Deirdre, l'inoubliable Deirdre. Son nom était aussi sacro-saint que celui de Triton. « Tu m'as bien jeté un sort, sûr.

— Mais c'est mon métier ! Tu ne crois tout de même pas que je suis une de ces sorcières *blanches*, n'est-ce pas ? Comme je déteste ces bonnes âmes ennuyeuses qui font tant de mal à notre profession ! Elles essayent continuellement de nous contrer. Ce ne sont quc des chrétiennes déguisées. »

J'en connais une, se dit-il. Elle jette des sorts

comparables aux tiens. Elle ne le sait même pas, et c'est le plus drôle.

Mais il perçut dans son hamac le parfum d'une sorcière noire : une odeur forte et capiteuse de femme au naturel. Il admira ce visage et ce corps qui défiaient les années (enfin, presque), qui avaient vaincu la mort. Son esprit résista ; son corps hurla :

« Abaisse le pont-levis, lève la herse ! »

Les mains d'Arachne explorèrent son corps, comme pour prendre à nouveau possession d'un territoire. Puis, sûres et adroites, elles attaquèrent les fortifications extérieures de son pantalon. Catapultes, béliers, poix en fusion.

« Comment te sens-tu, mon doux ami ?

— Le château brûle.

— Veux-tu que j'éteigne l'incendie ?

— J'aimerais mieux pas.

— Alors, que faut-il faire ?

— Raviver les braises.

— Voilà. Et maintenant, comment te sens-tu ?

— Il y a une brèche dans mes fortifications, voilà tout.

— Cher Dylan », souffla-t-elle de sa voix la plus douce. « Cher, cher petit. »

Repoussant ses mains avec une hâte discourtoise, il se leva et s'immobilisa, soudain intraitable, près du hamac. Le pont-levis était levé, la herse était baissée, les archers avaient pris position aux créneaux.

« Dylan, que se passe-t-il ? s'écria-t-elle. Qu'ai-je fait ?

— Rien, répondit-il. Rien du tout. Je suppose que c'est la faute d'une sorcière blanche. »

La fureur déforma son visage. Elle faisait son âge. Qu'avait donc dit sa mère, âme puritaine et morne, dans un moment de lucidité ? Primitive comme le temps. Son sourire est le soleil, sa tristesse un jour de pluie.

Arachne le menaça de la foudre. Il boutonna son pantalon et, fouillant sous le hamac, chercha sa marinière et sa veste.

« Garde le hamac, dit-il, magnanime. J'ai un tabouret. Nous pourrons parler comme autrefois. Réciter des poèmes, hein, Arachne ? Lorsque ma Julia va, comme dans les soieries…

— Parler ? explosa-t-elle. Réciter ? Pour quoi me prends-tu, un bas-bleu ?

— Une sorcière. *Noire.*

— Mais tu aimes le noir. As-tu oublié ce que je t'ai appris, dans ma maison ?

— Les temps changent. Dylan aussi.

— La mer t'aurait-elle pris ta virilité ? On dirait que tu vas à une revue d'uniforme. La seule chose qui te manque, c'est ton foulard.

— J'en ai fait un oreiller.

— Je suis certaine qu'il est jaune.

— Aussi rouge que le derrière d'un babouin. Inutile de discuter. Le feu est éteint, un point c'est tout. »

Arachne regarda, tout en bas, la nacelle du ballon, la silhouette de Deirdre, dont le visage apaisé par le sommeil était magnifié par le clair de lune.

« Deirdre a également reçu une visite. Un de mes

amis, en fait. Tu peux être certain que son sommeil n'est plus innocent.

— Tu devrais te laver la bouche avec de la cendre et de la soude.

— Tu as donné ton cœur à une vieille femme incapable de marcher sans canne. Une sorcière blanche, tu parles ! Quel âge a donc ta précieuse demi-vierge ? Trente ans ? Trente-cinq ans ?

— Je ne sais pas, dit-il sèchement. En tout cas, elle plus jeune que moi. Et je n'ai pas couché avec elle. Une grande dame comme elle ? C'est mon *amie* ; et, en cela, j'ai une chance prodigieuse.

— Tu es devenu aussi pincé que tes parents. Mais ne crois pas que tu ne me verras plus. Et ne me crois pas incapable de venir à bout de la petite baudruche étiolée de la nacelle. Un sort, une incantation, une pincée de morelle noire. Arachne a tout ! » Elle libéra le hamac, telle une grande dame quittant sa loge à l'opéra, et descendit vers son tabouret. L'ayant fait lever, elle l'embrassa passionnément sur la bouche. Il serra hermétiquement les lèvres et la repoussa.

« Tu devrais mettre quelque chose. Au moins un jupon.

— Tête ronde ! Voilà ce que tu es ! Mais prends garde, Dylan, il arrive que la grâce abandonne les têtes rondes. Souviens-toi de ce qui est arrivé après la mort de Cromwell. J'aurai ton corps, quoi que tu fasses, sorcière blanche ou pas. Maintenant, je suis la main qui tient le fouet. Tu es dans ma forêt.

— Je croyais qu'elle appartenait aux oiseaux », dit-il avec une politesse glacée. « Je vais dérouler l'échelle. » *Comment était-elle montée jusqu'à lui, sur ce tronc dépourvu de branches ?*

Elle dédaigna l'échelle.

« C'est pour les invalides et les vieilles tantes grasses. »

Il ne la vit pas quitter l'arbre. Il échangea avec elle des regards meurtriers (et il n'était pas novice en la matière ; en mer, un marin ne peut pas se permettre d'être mou) ; puis, soudain, il n'y eut plus que la nuit noire et intangible. Au-dessus de lui, une grosse chouette blanche volait en cercles irréguliers. Elle plongea dans sa direction, décidée à saisir sa chevelure entre ses serres, puis disparut parmi les arbres voisins. Il n'avait jamais vu d'oiseau aussi incandescent. Ses ailes semblaient couvertes de poussière de lune. Ses grands yeux fixes étaient des guinées d'or. Mais ses serres étaient longues, courbes et cruelles. Elles lui avaient arraché une boucle.

« Ah », soupira-t-il, comprenant avec tristesse. « Un d'entre *eux*. Je me demandais où ils étaient. » Il retourna dans son hamac et tira le couvre-pieds sur sa tête, mais le remords chassa le sommeil. Il avait failli coucher avec une Drusius ; surtout, il avait failli coucher avec Arachne, la sorcière des bois. Il avait été sur le point de trahir son amie la plus chère.

« Dylan ? » Il ne pouvait se tromper sur cette voix. « Je crois que j'ai entendu quelqu'un, près de vous, dans l'arbre.

— J'ai sans doute parlé dans mon sommeil », répondit-il, quittant le hamac.

« Il m'a semblé que vous *batifoliez* avec quelqu'un.

— Le clair de lune. Il joue des tours. Comme le soleil sur la vague. Le marin croit que c'est la chevelure d'une sirène. » Ayant descendu précipitamment l'échelle, il s'immobilisa près du hamac de Deirdre et s'agenouilla.

« J'étais inquiète », dit-elle, lui caressant la tête. « La forêt... Il y a de si nombreuses créatures que nous n'avons pas encore vues. Celle que j'ai vue... cru voir... semblait *nue*.

— Le clair de lune », répéta-t-il. La confession n'était pas envisageable. Les sorcières sont difficiles à expliquer ; plus difficile encore le fait qu'il avait presque été ensorcelé. « Peur pour moi, mademoiselle Deirdre ? C'est très gentil à vous.

— Oh, ne soyez pas stupide ! » s'écria-t-elle avec une véhémence surprenante. « Bien sûr, j'avais peur pour vous ! N'êtes-vous pas mon ami le plus cher ?

— C'est vrai ! » répondit-il. *Elle en a vu davantage qu'elle ne le prétend. Bien davantage. Paroles prononcées dans le sommeil et le clair de lune ! Ce ne sont pas des mensonges dignes d'un marin.*

« Resterez-vous dans la nacelle jusqu'au matin ? L'inquiétude m'empêcherait de dormir. Mon hamac vous fera une sorte de toit. »

Il s'allongea sous son hamac et sentit la chaleur de son corps qui traversait le filet ; respira son odeur : fruits et fleurs, sans la moindre trace de laudanum. Il aimait se l'imaginer marchant dans un jardin campagnard, un chapeau de paille sur la tête, un panier à la main, cueillant des pommes et des roses.

« Prenez mon chapeau pour oreiller.

— Je l'écraserais. Grosse tête, comprenez-vous. Grosse et laide.

— Grosse, oui ; laide, non. Pas avec cette magnifique chevelure d'ébène. Je ne vous laisserai pas vous dénigrer.

— Chevelure d'ébène… » C'était une expression séduisante. Il aurait dit : aile-de-corbeau.

« Et couvrez-vous avec ma robe.

— Je ne prends jamais froid », mentit-il.

« Je pense que cette femme nue ne peut en dire autant. J'espère qu'elle gèlera, à se promener ainsi dans cette tenue ! »

Ce doit être l'âge, se dit-il. J'entends des choses. Tous ces voyages. Les oreilles sont les premières à s'affaiblir.

« Que dites-vous, mademoiselle Deirdre ?

— J'ai dit : ne prenez pas froid comme moi. J'ai une mauvaise circulation. Dormez bien, mon cher ami. »

À voix basse, il marmonna :

« Je ne fermerai pas l'œil. Une sorcière noire dans l'arbre. Une sorcière blanche dans la nacelle. Pourquoi les femmes ne me laissent-elles pas tranquille, alors que je ne suis qu'un pauvre type maladroit ? Ou bien pourquoi ne sont-elles pas comme Tantine ? »

Adeline, incidemment, avait dormi à poings fermés pendant toute la scène, les visites, les altercations et tout le reste.

« Dylan ? »

Encore ? Il poussa un ronflement discret qui fut couvert par un reniflement sonore d'Adeline.

« Oui, mademoiselle Deirdre ?

— Pardonnez-moi de vous avoir parlé sèchement. Je n'avais pas la moindre raison de vous en vouloir.

— Quand cela, mademoiselle ?

— Lorsque vous m'avez demandé si j'avais peur pour vous, j'ai répondu avec une véhémence injustifiée.

— N'y pensez plus.

— Mais je suis réellement inquiète, vous savez. Mes véritables frères sont beaucoup plus âgés que vous. Vous êtes mon *petit* frère. Pardonnez les excentricités d'une vieille fille, mais je veux prendre soin de vous. Vous cajoler. Vous protéger. »

Il posa une oreille sur le plancher de la nacelle et couvrit l'autre avec le chapeau de Deirdre, qui sentait la pomme et la rose.

Malheureusement, ni le plancher ni le chapeau ne l'empêchèrent d'entendre la conclusion :

« Surtout contre les femmes nues qui rendent visite aux messieurs lorsqu'il n'y a aucune dame auprès d'eux. »

Les premières lueurs de l'aube scintillèrent au sommet des arbres comme d'innombrables papillons roses.

Toutefois, il guetta les chouettes.

CHAPITRE 8

Seule Adeline parut reposée après une bonne nuit de sommeil, qui semblait même lui avoir été roborative. Dylan se sentait comme s'il venait d'assurer un quart de huit heures durant une tempête ; Deirdre, pour sa part, avait perdu sa fraîcheur et son enthousiasme. La robe qu'elle avait choisie ne lui allait pas. Marron et non plus verte, sans forme, lui cachant les chevilles, elle semblait absorber la luminosité de ses cheveux roux ; et le chapeau de paille, qui ornait gaiement sa tête au début du voyage, paraissait lui cacher le visage et lui creuser les yeux. Elle faisait penser à un arbre d'hiver, beau mais dénudé. *Et moi ? se dit-il. Un mât sans voile, voilà ce que je suis !*

La morosité, quoi qu'il en soit, ne devait pas retarder leur quête. Il était temps de suivre la rivière, de chercher la chapelle et le jeune homme égaré.

Auparavant, bien entendu, il fallait prendre le petit déjeuner. À l'aide d'un silex et d'une boîte de poudre, Dylan bâtit un feu qui ressemblait à un wigwam des colonies.

« Ce sont les Injuns qui m'ont appris », dit-il. Il s'agissait de ses premiers mots de la journée.

Adeline supervisa le ravitaillement. Après de brèves recherches dans le sous-bois, Dylan avait trouvé quelques racines comestibles et ramassé une casquette de baies ainsi que des œufs de coq de bruyère et de perdrix.

« Ma parole, je n'ai jamais vu un repas aussi léger ! » protesta Adeline lorsque Dylan proposa les œufs au petit déjeuner. « Nous n'avons pas le moyen de les faire à la coque. Je suppose que nous allons être obligés de les faire sur le plat.

— Donnez », dit Deirdre, prenant le poêlon des mains de Dylan. « Je sais comment Tante Adeline les aime. » Elle s'accroupit près du feu et cassa les œufs sans endommager le jaune.

« Entiers et *nombreux* », précisa Tantine. Bientôt, ils mangèrent dans les assiettes d'étain, utilisant des morceaux de pain en guise de couverts. Des considérations de charge les avaient empêchés d'emporter dans *La catin rustique* ce que Tantine appelait « les agréments de l'existence ». Le poids de Tantine les avait en outre privés de quelques autres nécessités (*pipe, tabac, xérès, rhum…*).

Tantine ne remarqua apparemment pas la gêne qui s'était installée entre Dylan et Deirdre. *Si nous avions couché ensemble, elle ne s'en serait pas davantage aperçue. Elle fait un joli chaperon !*

« Rien ne vaut une bonne nuit de sommeil et un excellent petit déjeuner… Enfin un petit déjeuner correct, disons, avant de se mettre en route. J'ai l'impression que je pourrais aller jusqu'à la chapelle sans me restaurer.

— Selon Telchin, cela prendra un jour ou deux, rappela Deirdre. Il a pu mentir, néanmoins.

— Dans ce cas, une petite sieste avant le départ... »

Mais Dylan avait déjà ramassé les assiettes afin de les rincer dans le cours d'eau tout proche, la Nocticula, que Hadreus considérait comme une rivière, probablement parce que sa perspective était celle d'un nain.

« Restez ici si vous voulez, Tantine. Mademoiselle Deirdre et moi sommes prêts à hisser les voiles, pour ainsi dire. Il faut que nous partions avec la marée.

— Rester seule ici ? s'écria-t-elle. Dans ces bois pleins de nains concupiscents ? Avez-vous vu comme ils m'ont regardée ? Je préférerais me retrouver en compagnie des dragons. »

Elle a plutôt peur des crampes d'estomac, à mon humble avis. Personne n'ira lui chercher à manger si elle reste dans la nacelle.

Comme il n'y avait pas de chemin, il ne leur restait plus qu'à suivre le ruisseau, lequel semblait être une erreur géographique. Alors que l'on compare parfois les cours d'eau à des serpents à cause de leurs méandres, la Nocticula ressemblait à une mue de serpent, un serpent qui aurait changé d'avis et serait revenu sur ses pas avant d'abandonner définitivement son ancienne peau. L'eau était paresseuse et boueuse ; elle semblait absorber les rayons du soleil comme autant de poissons rouges ; elle ne reflétait ni les arbres, ni les plantes grimpantes, ni les visages. On ne pouvait dans un tel milieu concevoir une hutte de castors ou un banc de poissons ; toutefois, cette eau convenait peut-être aux duels et aux noyades des Cavales de la Nuit. Les arbres eux-mêmes, sur les rives, semblaient préférer une autre partie de la forêt, sinon une autre forêt. Il s'agissait de saules pleureurs qui, contrairement à leurs frères civilisés, penchaient du côté opposé à l'eau, comme de mélancoliques jeunes filles craignant de mouiller leur jupe.

La progression elle-même était aisée ; les buissons, près du cours d'eau, se faisaient rares et anémiques ; le temps et les crues avaient poli les rochers. Deirdre n'était pas un fardeau, comme l'avait craint Dylan. Sa canne d'une main, l'autre main sur son épaule, elle marchait avec une rapidité surprenante. Le seul obstacle digne de ce nom, à son avis, était l'ombre presque tangible qui émanait du cours d'eau ; elle tombait, telle une brume, du sommet des arbres et s'étendait sous leurs pieds comme un tapis moisi. La forêt lui fit penser à une femme autrefois belle que la peste aurait défigurée et qui porterait un voile épais. Les aiderait-elle à trouver Thomas, ou bien serrerait-elle jalousement le jeune homme sur son sein rabougri ?

Pourriture grise et triste. C'est le printemps, mais où sont le chant des oiseaux et les bourgeons ? Je préfère les forêts du Tennessee, pleines d'Injuns. Du calme, Dylan ! Les remords, voilà ce qui te tenaille. La forêt est grise et tu la rends triste. Tu as failli trahir ta déesse, pas vrai ? Tu as failli ranimer le charme.

« Tu ne l'as pas fait ! voulut-il crier.

— Presque.

— Le charme est rompu.

— Vraiment ? Ou bien il a pris un nouveau tour. Autorisé à l'aimer. Fait pour l'aimer… Mais elle est inaccessible.

— Dylan, fit Deirdre, puis-je vous demander ce que vous marmonnez ?

— Rien d'intéressant, mademoiselle. Des bêtises de marin, c'est tout.

— Je crois que la nuit dernière a été déconcertante pour nous deux. Mais nous ne sommes pas responsables des choses qui sortent de la nuit.

— Tout dépend de ce qui sort.

— L'Envers-Monde n'est pas facile. Mais si nous retrouvons notre Thomas, au terme de ce semblant de rivière désolée, quelle importance cela pourra-t-il avoir ? » Le cours d'eau, en fait, était insensiblement mais réellement devenu une rivière. « En outre, nous faisons notre devoir. Amis, nous suivons la seule piste susceptible de nous conduire à un ami.

— C'est très gentil de votre part, mademoiselle, mais… » Il fut tenté de « faire des choses un tiroir propre », comme l'on disait dans la Flotte, et de lui parler de la visite d'Arachne. *Du calme, mon vieux ! Bien sûr, elle a vu Arachne, mais elle l'a peut-être prise pour un rêve ; ou bien elle n'a peut être pas vu à quel point tu allais devenir familier. Il ne faut pas attrister les dames avec de sales affaires de marin.*

Elle lui serra la main.

« Vous êtes la meilleure béquille du monde. Vous êtes le meilleur ami du monde. »

Il la regarda dans les yeux et y vit une inquiétude et une contrition si douloureuses qu'il eût aimé sculpter son visage sur la proue d'un navire. Malgré sa robe incolore, la marche (l'aventure, leur conversation ?) lui avait rendu sa beauté. Elle aimait à dire de sa chevelure qu'elle était « terne comme la fourrure d'une souris des champs tapie dans une tranchée ». Toutefois, le roux n'est pas le châtain ; et les feux qu'elle contenait faisaient penser à la fourrure lisse d'un écureuil au soleil. Et par Davy Jones, ces yeux ! La forêt scintillait en eux ; des nouveaux mondes plutôt que des envers-mondes. Telle Marianne guettant le son du cor de Robin, la belle Marianne se dirigeant, vêtue d'une tunique, jambes libres et cuisses dorées, vers l'homme qu'elle aime.

Deirdre l'arrêta soudain (et arrêta son rêve avant qu'il ait pu devenir Robin).

« Que se passe-t-il, mademoiselle ? Quelque chose dans le cours d'eau ?

— Nous avons perdu Adeline, dit-elle, plus étonnée qu'inquiète.

— Je suppose qu'elle s'est assise sur un rocher pendant quelques instants. Elle traîne beaucoup de poids, vous savez. » *Ou bien elle avait besoin de commodités et n'a pas osé le dire devant un marin. Les entremetteuses elles-mêmes aiment passer pour des dames.*

« Elle nous aurait certainement prévenus.

— Trop grosse pour être perdue. Égarée, peut-être.

— Eh bien, il va nous falloir retourner sur nos pas et la chercher.

— Hé, je crois que j'entends quelque chose, un peu à l'écart du cours d'eau. On dirait qu'on batifole, là-bas, pas vrai ? »

Aucun oiseau ne peut imiter les accents de la bombarde ; les grondements du cours d'eau paresseux, bien qu'il eût adroitement cessé d'être un ruisseau, ne pouvaient évoquer le battement des timbales. Il y avait de la bagatelle dans l'air.

« Franchement, on croirait une orgie ! Tante Adeline ne participerait jamais à une telle activité.

— On l'a peut-être droguée », suggéra-t-il, soucieux de pudeur. *Je parie que c'est elle qui a commencé. Elle ne s'est certainement pas privée d'orgies dans sa jeunesse, ou bien je suis un monstre marin.* « Je veux parler des Genii. Vous souvenez-vous comme elle leur a plu, hier ? Peut-être qu'ils sont…

— Cannibales, souffla Deirdre.

— Exactement. Et qu'ils font des provisions pour l'été, l'automne, l'hiver, le printemps et… »

Deirdre donna un violent coup de canne à un tronc.

« Vous voyez ? Elle est pratiquement incassable. Et vous avez votre poignard. Nous allons, comme on dit, croiser le fer avec les ravisseurs d'Adeline. »

Il était vraiment devenu Robin. Son poignard n'avait coupé aucune gorge ; mais, pour Deirdre, il serait une véritable Excalibur. C'est à peine s'il percevait le poids du bras de Deirdre autour de son épaule. Aussi inséparables que les deux parties d'un centaure, ils coururent ; oui, ils volèrent au secours d'Adeline prisonnière. Deirdre perdit une pantoufle, Dylan faillit perdre son foulard. Les ronces s'accrochaient à eux, les pierres meurtrissaient leurs pieds, les mûriers étaient surtout des pièges pleins d'épines ; mais des sabots semblaient avoir remplacé leurs talons. Rien ne pouvait les arrêter, ni la crainte d'une embuscade ni les éléments naturels.

« Arrêtons-nous, mademoiselle Deirdre, fit Dylan. Maintenant, il faut être discret.

— Oui », souffla-t-elle, d'accord avec lui. « Discrètement. Marchons comme des Mohicans sur leurs mocassins silencieux. »

Ce qu'ils découvrirent dans la clairière justifiait davantage la stupéfaction que la discrétion…

Un tel lieu convenait à la pleine lune et à une nuit sans oiseaux. Le soleil en avait chassé la magie, mais non la malice. Les impudiques Genii avaient quitté leurs robes, les jetant sur l'herbe ou les accrochant aux arbres ; et, semblables à des gamins qui auraient possédé une queue en tire-bouchon, s'agitaient en une sorte de mêlée que l'on pouvait, à la rigueur, considérer comme une danse.

Tante Adeline, attachée à un poteau autour duquel ils se démenaient, semblait être leur prisonnière. Non, elle était attachée à un mât de mai plutôt qu'à un pieu. Ou en fait, non : elle n'était pas attachée. Paresseusement appuyée contre le pilier, elle recevait sa cour. Les Genii déposaient des lianes feuillues sur son immensité rose. Car

Adeline était nue. Apparemment – et cela n'avait rien de surprenant –, les nains l'avaient prise pour une déesse, une mère terrestre venue se faire couronner. Des montagnes, des collines et même une forêt mystérieuse : un microcosme de la Terre. Curieusement toutefois, ils chantaient en anglais, avec une syntaxe et des rimes approximatives. Peut-être Adeline, la poétesse, avait-elle écrit leur chanson :

La fleur et la montagne vont s'unissant,
La grappe et le plant, la grappe et le plant.
(Adeline, personnification de la Terre.)

Pour les collines, la colombine,
Pour la forêt, l'églantine.
(Adeline, personnification de la Terre.)

« La pauvre femme a perdu la tête, s'écria Deirdre. Ils l'ont manifestement droguée et attachée à ce poteau en forme de…

— Racine mâle », proposa Dylan, faute d'une expression susceptible de mieux convenir aux oreilles d'une dame. « Ou bien », ajouta-t-il après avoir examiné plus attentivement les Genii, dont certains avaient le corps verdâtre et d'autres la peau blanche comme le ventre d'un poisson – à l'exception d'Hadreus, le plus jeune, qui était plutôt rose, « c'est peut-être simplement une métaphore. Derrière, ils ont un petit morceau de queue qui ressemble à une liane. Devant… Inutile d'en parler. »

La métrique changea, le pas s'accéléra au rythme des bombardes et des timbales ; les voix s'élevèrent avec une puissance surprenante, compte tenu de la taille des gorges :

Adeline, dont la stature
Représente la Terre, notre mère,
Riche de moissons, grosse de nourriture,
Aux formes opulentes et fières.
(La fleur et le plant,
La fleur et le plant.
La fleur et le plant.
Adeline,
Adeline...)

Et Adeline elle-même joignit sa voix au chant :

Entourez la montagne médiane,
Puis les collines roses de vos lianes...

« Tante Adeline ! hurla Deirdre. As-tu perdu la tête ? Dénudée devant tous ces étrangers ?

— Pas dénudée, *nue* », répondit Adeline, imperturbable. « Comme Aphrodite sortant des flots. Aurais-tu imaginé que ta tante serait un jour le hors-d'œuvre d'une orgie ?

— Le plat de résistance serait plus juste, fit Dylan. Elle est de votre famille, mademoiselle Deirdre. À votre place, je la tirerais des griffes de ces païens avant qu'ils n'aient sérieusement commencé leur orgie. Je crois qu'elle ne sait pas ce qui l'attend. Faites confiance à un marin qui connaît l'Afrique ; une orgie ne peut se terminer que d'une seule manière. Tous ces petits types semblent être des mâles, bien qu'on ne puisse pas vraiment juger sur pièces. Et c'est la seule femelle disponible. Il faudra peut-être qu'ils s'y mettent tous pour réussir le pire, mais ils vont s'y employer. Comme aurait dit ce bon vieux Robert Herrick :

Ce n'est pas la taille mais le contenu
Qui rend l'instrument réjouissant.

« Tante Adeline, ramasse immédiatement tes jupons, ordonna Deirdre. Ta vertu est en jeu.

— Mais je leur plais ! L'invitée d'honneur ne doit jamais mettre un terme à une orgie. Cela ne se fait pas.

— Dylan, je vous en prie, faites quelque chose. Comment pourrais-je exposer à ma tante les réalités de l'existence ? Elle croit qu'une orgie est une fête de printemps.

— Elle sait diablement bien ce qu'elle fait, si vous voulez mon avis. Mais je vais essayer. » Puis, d'une voix aussi impérieuse que s'il hélait un marin sur un autre navire : « Ho ! hé ! Tantine. Savez-vous pourquoi vous leur plaisez ?

— Parce que je suis mignonnette, mon cher ami.

— Grassouillette ; ce n'est pas tout à fait pareil.

— Que dites-vous ? Il faut que vous parliez plus fort. Avec la fête et tout le reste, c'est à peine si je vous entends.

— Elle n'a certainement pas entendu ce qu'ils chantent. *Grassouillette, grassouillette !* Mettez-vous une pomme dans la bouche et vous aurez l'air d'un porcelet. En fait, d'une porcherie tout entière. »

Dylan aurait voulu se mordre la langue. Les années parurent glisser sur elle, la laissant désemparée et diminuée. Elle faisait penser à une jeune fille grasse qui, lors de son premier bal, aurait fait tapisserie toute la soirée.

Elle se tassa contre l'arbre de mai et s'essuya le front avec une poignée de feuilles. Quelques Genii, dont le désagréable Telchin, se précipitèrent afin de soutenir le poteau.

« Grasse, répéta-t-elle, incrédule. Et je leur ai appris cette chanson moi-même. J'ai prononcé distinctement : mignonnette.

— Oh, Dylan, souffla Deirdre, nous lui avons brisé le cœur ! Avant, elle ne voulait pas admettre la vérité.

— Il le fallait pour qu'elle revienne, dit-il. Nous avons besoin d'elle pour retrouver Thomas. » *Ils avaient besoin d'elle comme de l'Hadès ! Toutefois, il l'aimait bien. Il y avait chez elle tant à aimer !*

« Je sais, fit Deirdre, je sais. Mais elle a perdu son illusion la plus chère.

— Parfois, il faut perdre pour trouver, répliqua Dylan. C'est un marin qui me l'a dit, aux Antilles. C'était un vrai philosophe. Heureusement.

— Pourquoi ? » demanda Deirdre, soucieuse d'être rassurée.

« Les cannibales l'ont eu. » Il comprit à son expression qu'il n'avait pas réussi à la rassurer. Enfer et damnation, il n'était pas philosophe ;

c'était un homme d'action ; il fonça au milieu de l'orgie et ramassa une multitude de vêtements. Un corset à lacets, trois jupons, une jupe, un bustier, un corsage… Adeline prit les vêtements comme s'ils allaient lui brûler les mains et, à contrecœur, en couvrit son corps. Les Genii, après avoir consolidé leur poteau, se rassemblèrent et regardèrent les intrus avec colère. Le viol brillait dans les yeux de Telchin, et l'outrage dans ceux de ses compagnons.

« Dépêchez-vous, Tantine. Je crois que nous ne sommes pas les bienvenus !

— Eh bien voilà », dit-elle à Deirdre, ignorant ostensiblement Dylan, « je suis à nouveau ta respectable vieille tante, prête à faire une promenade en voiture sur le Strand. Es-tu satisfaite ? Quant à moi, je préfère la compagnie des Genii à celle des plus séduisants bellâtres de Londres. Ce sont des garçons tout à fait attachants. » Elle regarda Dylan d'un air accusateur. « Sauf que je leur plaisais parce que je suis… Parce que je suis *grasse*. »

Un Genius tira Deirdre par la manche. C'était Hadreus, rhabillé en hâte.

« Venez, dit-il, dans mon moulin nous allons. Mes amis furieux sont. »

Derrière eux, le chant reprit, mais pas avec les paroles d'Adeline :

Voleurs de déesse grassouillette,
Que la maladie soit sur eux ! Aux oubliettes !

CHAPITRE 9

Le sauvetage d'Adeline n'avait pas seulement épuisé Deirdre ; elle avait tellement mal dans le dos qu'elle accepta avec joie quand Hadreus les invita à se reposer et à reprendre des forces dans son moulin. C'était un hôte agréable.

« Rares sont les célibataires qui peuvent se vanter d'être aussi bien installés », fit remarquer Adeline. « Sans épouse, presque tous les hommes se mettent à boire, à jouer, à courir les filles, sans parler de divers autres vices ; et maison devient synonyme de tanière.

— J'ai une épouse », dit Hadreus dont la syntaxe fut pour une fois extrêmement claire.

« Divorcé ? » s'enquit Adeline, à voix basse, mais pleine d'espoir. En Angleterre, au dix-huitième siècle, le divorce était rare, et en général scandaleux.

« Séparés. Dans la forêt elle vit. » Il prit une expression qui signifiait : « À vos risques et périls, posez d'autres questions ! »

« Et le moulin ? » demanda Dylan, changeant

diplomatiquement de sujet. « Le faites-vous fonctionner seul ?

— Autrefois, chaque Genius avait un métier. Bûcheron, tailleur, tanneur. Autrefois, j'ai dit. Maintenant, tout le monde paresseux est. Leur métier ils oublient. Ils ne pensent qu'à eux-mêmes. Pas Hadreus. Comme son père, il moud le grain et la farine fait. L'eau de la rivière, par un canal, dans le bief du moulin vient. Elle tombe du bief sur la roue du moulin. La roue, en tournant, fait tourner la meule. La meule moud le grain…

— Je vous en prie, mon cher, épargnez-nous les détails techniques », souffla Adeline, qui semblait sur le point de s'évanouir. L'impolitesse n'était pas dans son caractère. Elle était manifestement torturée, mais personne n'aurait pu dire si c'était par la faim ou par sa conscience. Elle n'avait ni soupé ni déjeuné depuis l'orgie du matin ; elle ne s'était même pas autorisé une collation.

« Adeline veut dire, expliqua Deirdre, que nous pensons tellement à retrouver Thomas que nos esprits sont incapables d'assimiler vos explications, malgré leur clarté.

— Thomas pourra attendre, dit Hadreus.

— Que voulez-vous donc dire ? s'écria Deirdre. À vous entendre, on croirait que Thomas est enfermé dans une cave !

— Parler est dangereux. Reposez-vous, puis cherchez. »

Il était agréable de se reposer dans un endroit aussi charmant. Les pierres du moulin, dont la couleur était celle du bronze ancien, semblaient avoir été taillées par les Romains. Elles paraissaient aussi durables qu'une voie romaine, et leur antiquité évoquait la beauté, pas le pourrissement. En un mot, elles ne semblaient pas appartenir à la forêt.

Une île, se dit Deirdre, menacée par la mer.

Imperceptiblement, les jours s'accumulèrent en une semaine, tandis que Deirdre reprenait des forces. Le septième jour, assise entre la fenêtre et la cheminée, confectionnant une tunique pour Dylan, elle montra l'extérieur.

« Hadreus, votre jardin évoque le songe d'une nuit d'été.

— Vous voulez dire : d'un après-midi de printemps ? » s'enquit Hadreus, dont le visage rose, sous sa capuche verte, faisait penser à un bourgeon parmi les feuilles. « Le soleil n'est pas encore couché. » Sa taille était celle d'un petit garçon ; ses traits ceux d'un jeune homme joyeux, espiègle à l'occasion, mais ils n'avaient ni la méchanceté ni la perfidie démoniaque qui déformaient le visage de Telchin. Il n'avait rien du Pan au pied fourchu, qui séduit les vierges et à la vue duquel le voyageur est pris d'une peur « panique ». C'était, comme son homonyme grec, un bon esprit de la campagne, capable de fredaines mais essentiellement bon.

« Je veux dire que c'est un enchantement en miniature. Comme Thomas l'aimerait ! *L'aimera*, car je sais que nous le retrouverons près de la chapelle. » Les carottes alternaient avec les choux de Bruxelles. Un mûrier chinois, plein de vers à soie qui enroulaient activement leurs filaments laiteux, abritait une grange, de la taille d'un appentis, de l'ombre de ses feuilles irrégulières. De nombreux coqs nains se pavanaient dans les haies, à la recherche de poules complaisantes.

« Et, à l'intérieur, confortable comme un nid de rat », dit Dylan, qui l'entendait sans doute comme un compliment. Bien que construite en fonction des dimensions modestes de Hadreus, et tout juste assez haute pour que Dylan pût s'y tenir debout, la maison alliait intelligemment le désordre au confort. Le rez-de-chaussée contenait la machinerie, poignées, axes, meules, qui transmettait le mouvement de la roue et écrasait le grain ; et, même lorsqu'il n'y avait pas de grain à moudre, la meule tournait et chantait, tournait et chantait, telle une grande mouette argentée aux ailes couvertes d'écume. Au premier étage, il y avait une sorte de petit salon médiéval. La cheminée était proche de la fenêtre ; les poutres du plafond, refuge de prédilection des souris, surplombaient les murs aux lambris vert mousse, rehaussés de légumes jaunes : citrouilles, radis, asperges, rhubarbe… Sur l'appui de la fenêtre, des roses dans un vase. Un arbre japonais, dans un pot, réfléchissait la lumière de la fenêtre sur des feuilles pas plus grandes que des ailes de mouche.

« Et quelle diversité dans l'ameublement ! » fit remarquer Adeline depuis son fauteuil à bascule. Elle approuvait même le garde-manger, qui contenait des baies et non des melons, des coqs de bruyère et non des faisans. Depuis sa sortie du premier jour, elle débordait de louanges. « Il ridiculise celui de mon hôtel particulier. Je gage que ce luth, sur le mur, date du Moyen Âge. Il me semble que j'entends les accents de :

Seigneur, que mon aimée soit dans mes bras,
Et que je retrouve mon lit ! »

Les fauteuils à bascule (six en tout, petits mais capables d'accueillir même des tantes), une table d'acajou, un métier à tisser, un tabouret de goutteux, un lit à roulettes et une rôtissoire côtoyaient une multitude d'objets plus petits que l'on ne pouvait définir que comme le nécessaire du paradis d'un rat. Un placard ouvert, sorte de boîte de Pandore, regorgeait de rouleaux, de crayons, d'outils, de manuscrits, de sarbacanes, de fléchettes, de sandales, dans un fouillis indescriptible (Deirdre s'était approprié les sandales). Sur la table, mise pour le dîner, il y avait de la ratatouille (contribution de Dylan) ainsi qu'une soupe de violettes, de pâquerettes et de colombine ; une salade de boutons de primevère et de fenouil rouge ; des sandwiches au cresson et une tarte aux asperges. Le tabouret à goutte, étant donné que personne n'avait la goutte, soutenait un manuscrit dont le titre latin correspondait approximativement à : *Le génie des Genii.* La crémaillère, lorsqu'elle ne servait pas à la cuisine, tenait lieu de portemanteau. Des lampes de terre cuite, en forme de mouettes, diffusaient dans la pièce le parfum agréable de l'huile ; et un brûle-parfum de porcelaine blanche, représentant une ferme au toit en pagode, mêlait une odeur acidulée à celle de l'huile.

« En vérité, vous allez ressembler à Robin des bois », dit Deirdre en soumettant la tunique terminée à l'approbation de Dylan. « Serez-vous à l'aise, sans votre uniforme ? » (Ensuite, elle confectionnerait un carquois pour les flèches qu'il avait taillées dans des branches de pin.) Elle ne s'abusait plus sur les sentiments qu'elle éprouvait pour lui. Elle l'aimait comme un homme et non comme un ami ou un frère ; pour la première fois, elle était passionnément et irrésistiblement amoureuse d'un homme. Il lui fallait toutefois continuer de jouer le rôle d'une sœur et dissimuler sa passion. Un Robin des bois tel que Dylan méritait une compagne jeune et vigoureuse comme Marianne, pas une invalide d'âge mûr dont les talents domestiques n'allaient pas au-delà de la couture. Il lui suffisait qu'il la considère avec amitié. Elle se contentait de vivre la même aventure que lui. C'est du moins ce dont elle voulait se persuader, dans le tréfonds de son esprit. *Bizarre comme des mots archaïques chantaient dans sa tête ! C'était à cause de la forêt. Toutes les époques coexistaient : on y trouvait un manuscrit médiéval et un fauteuil du dix-huitième. Toutes les régions y voisinaient : le mûrier chinois y côtoyait le chêne anglais.*

« L'uniforme est serré, répondit-il avec gentillesse. La tunique donne de l'aisance. De toute manière, j'ai toujours admiré ce vieux Robin. Un bon gars ! J'aurais été un homme des bois, si je n'avais pas pris la mer. Ou bien, ajouta-t-il, un vagabond. Et puis vous me faites penser à la belle Marianne, prête à gambader. »

Adeline, qui employait quinze domestiques dans sa demeure de Bristol et qui, à ce qu'en savait Deirdre, se salissait rarement les mains, sauf pour se poudrer le visage ou engloutir une friandise, avait confectionné une robe verte à l'intention de sa nièce ; la taille était fine, les manches bouffantes et l'empiècement s'ornait de fleurs de lys ; de plus, au lieu de construire un chignon compliqué, elle avait noué les cheveux de Deirdre sur la nuque et les avait fixés avec un unique papillon de jade.

« Et maintenant, il me faudrait une belle plume pour votre casquette, poursuivit Deirdre. Je suis sûre que Marianne saurait en trouver une. » Les matériaux avaient été fournis par Hadreus qui, privé de l'aide de ses compagnons irresponsables, confectionnait lui-même ses tuniques, faisait son jardin et élevait ses poulets.

Hadreus, quittant des yeux le pot de terre où Dylan et lui brassaient de la bière, dit de sa voix d'enfant de chœur ;

« Une plume de *chouette* exactement l'affaire ferait. » Il avait l'oreille fine et comprenait parfaitement l'anglais, mais il associait toujours les mots comme les pièces d'une couverture en patchwork.

« Arrachée à la queue d'un quelconque Drusius, ajouta Deirdre.

— La bière sera-t-elle bientôt prête ? » s'enquit Adeline. Elle ne couvrait plus son visage de rose et de poudre dans l'espoir de cacher les ravages des boutons et des années. La semaine passée dans la forêt avait eu sur sa peau des résultats meilleurs que les bains de boue et les eaux réputées. Deirdre aurait juré qu'elle avait perdu au moins un menton.

« Le moment est venu », annonça Dylan avec un orgueil tout paternel. « Hadreus, allume les lampes. Le soleil est couché et le crépuscule est propice au divertissement. Il y a sept jours pleins, pas vrai ?

— Je ne compte jamais, répliqua le Genius.

— Il faut compter lorsqu'on brasse. La bière pourrait devenir amère, comprends-tu ? » Il entreprit de composer quelques vers pour marquer l'occasion. Comme presque tous les marins, il aimait chanter et avait le goût des rimes.

« Casse un pot et gâche le malt, commença-t-il.

— Pourquoi casser le pot ? intervient Hadreus. Le malt de se répandre risque.

— Jargon de marin, expliqua Dylan. Ça signifie : ouvrir.

— Mais pourquoi gâcher le malt ? Le troubler, comme mes phrases ?

— Encore du vocabulaire maritime : mélanger.

— L'anglais une langue bizarre est », avoua Hadreus.

La voix de Dylan était à peu près aussi mélodieuse qu'une corne de brume :

Du sucre, un peu de levure, de l'eau,
Du sel et, jusqu'aux coudes, bats.
Attends
Au moins sept bons jours.
Penche le pot

Au-dessus du broc
Yahoo, et de bière bois un coup.

Les mots glissaient sur sa langue comme les souverains hors de la bourse d'un malandrin.

Puis va-t'en voir les filles,
Foulard rouge et veste bleue,
Et la bière comme les filles,
Prends.
Jette-les sur un lit de satin,
Une si tu veux…

Il s'arrêta à la fin de ce vers et chercha une rime : feu… creux… cheveux… ? Finalement, il secoua la tête :

« Il faudrait que Tommy soit là pour m'aider.

— *Deux, c'est mieux* », suggéra Adeline, la poétesse à la mode.

« *Yo ho ho et la chérie d'un marin !* » termina Deirdre, insistant sur le singulier de la donzelle.

« Cela rime », dit Hadreus, d'une voix qui aurait pu convenir à « Cela sent mauvais ». Il n'aimait pas les vers et détestait les rimes.

« C'est fait exprès », répondit Dylan, défendant sa composition avec beaucoup de bonne humeur, et avec une finesse qu'il n'avait pu apprendre que chez Robert Herrick. « Tu remarqueras que *prends*, dans la seconde strophe, rime avec *attends* dans la première. C'est loin. C'est discret.

— C'est vrai », dit Hadreus avec l'expression

d'un petit garçon têtu prêt à risquer une fessée. « Mais pot et broc trop proches sont.

— Contente-toi de faire fonctionner ton moulin, mon petit, je me charge des rimes. Maintenant, il faut goûter. Chanter et trinquer vont ensemble, comme la sirène et le triton. »

Avec précaution, Hadreus remplit quatre bols pas plus grands que des tasses à chocolat, raretés minuscules, de laque noire et rouge, avec des anses en forme de queue de dragon. Elles avaient un côté oriental ; elles rappelaient que les Genii, qui s'appelaient alors les Telesphori, avaient quitté l'Orient pour la Grèce classique, puis l'Italie, et enfin la Grande-Bretagne.

« Savez-vous que je n'ai jamais bu de bière ? » fit Deirdre, regardant le breuvage avec fascination comme si elle eût été sur le point de partir pour les Antilles. « Est-ce aussi fort que le xérès ?

— Différent, répondit Dylan. On peut en boire davantage tout en gardant la tête sur les épaules.

— Est-ce que cela a... du bouquet, s'agit-il du mot correct ?

— C'est fait avec du malt, pas avec des fleurs. »

Deirdre trempa une langue audacieuse dans le liquide brun et opaque ; puis, ayant goûté, elle vida son bol et s'écria avec satisfaction et — espérait-elle — un ton vigoureux :

« Bon sang, c'est diablement bon ! Le thé et le chocolat, c'est bon pour les Français !

— Ça fait grossir, Tantine », dit Dylan comme Adelinc s'empressait de suivre l'exemple de Deirdre. Ses mains tremblaient comme sous l'effet du manque ; un peu de bière déborda du bol en route vers sa bouche ouverte. Avec un soupir, elle rendit la boisson à Hadreus.

« Il ne faut pas croire, cher petit, que je n'apprécie pas votre hospitalité. Mais je surveille ma ligne, voyez-vous. Il y a un moment où l'opulence devient de l'obésité. Je veux être belle pour le début de la saison de Londres. » Elle n'allait plus aux réceptions, aux bals masqués, à l'Opéra, depuis la perte de son fiancé et celle consécutive de sa ligne ; elle n'était même pas allée à Londres, sauf pour rendre visite à sa nièce. Toutefois, les faits ne prenaient jamais le pas sur son imagination.

« Vous êtes déjà mieux, dit Dylan. Vous êtes moins rembourrée.

— Si tu perds encore du poids, affirma Deirdre, tu auras à nouveau des évanouissements.

— Je la préférais grosse, marmonna Hadreus.

— S'évanouir est très à la mode, tu sais. Sois assurée qu'on ne laissera pas ta Tante Adeline tomber par terre. C'est à son aptitude à se trouver là lorsqu'une dame a envie de s'évanouir que l'on reconnaît un véritable gentleman. »

Adeline tira un mouchoir d'entre ses seins, collines et non plus montagnes, et essuya la bière qui avait eu la mauvaise idée de lui mouiller les doigts.

« Eh bien, ne faites pas attention à nous, Tantine », fit Dylan, tendant son bol vide à Hadreus. « Encore, mon petit, s'il te plaît. Deirdre ?

— Je vais également en prendre un autre. Je crois que j'ai appris à tenir l'alcool. »

En hôte attentionné, Hadreus ne pouvait laisser

ses invités boire davantage que lui. Et, comme il était petit, il eut bientôt atteint sa limite. Louchant, sa capuche rejetée en arrière, révélant une abondante chevelure rousse, il se mit à chanter en latin.

« Je vous en prie, Hadreus, ils n'en comprennent pas un mot », dit Deirdre, qui avait compris plusieurs mots susceptibles de faire rougir même un marin. Elle le fit asseoir sur le tabouret, près du *Génie des Genii.* « Pourquoi pas la chanson de Dylan ?

— Casse un pot et malte du… Ajou… chanta-t-il.

— Non, fit Dylan. Comme ceci. Tout le monde :

Casse un pot et gâche le malt,
Du sucre, un peu de levure, de l'eau,
Du sel, et jusqu'au coude bats.
Attends
Au moins sept bons jours.
Penche le pot
Au-dessus du broc
Yahoo, et de bière bois un coup !

Puis va-t'en voir les filles,
Foulard rouge et veste bleue,
Et la bière comme les filles,
Prends.
Jette-les sur un lit de satin,
Une si tu veux,
Mais deux c'est mieux,
Yahoo, comme on l'aime, son marin ! »

Ils essayèrent de chanter en chœur, mais une voix couvrit les autres, comme une sterne rose au-dessus d'un vol d'oies sauvages. Avec étonnement et une bouffée d'orgueil, Deirdre reconnut sa propre voix : elle ne ressemblait pas du tout à ce qu'elle appelait sa voix d'église, celle qui accompagnait ses frères au cours des services religieux qu'ils organisaient dans son hôtel particulier. Là, elle chantait avec…

« Les tripes », dit Dylan, complétant sa pensée. « C'est le seul mot qui convienne, mademoiselle Deirdre. Ça vous prend là. » Il montra son abdomen.

« Une véritable chanteuse », murmura-t-elle, appréciant le compliment. Elle imagina une taverne pleine de fumée de tabac des colonies, dans la faible lumière des bougies ; les serveuses se glissent adroitement entre les tables et servent de la bière, du xérès et du rhum. Une claque sur les fesses. Un cri, dans le brouhaha :

« Hé, Molly, remplis-moi ça ! »

Un coin avec une seule table, un marin solitaire… Dylan, qui d'autre ?… qui attend ; elle, Deirdre, traverse la salle, se dirigeant vers lui… Son homme.

Lorsque le dernier mot du dernier vers résonna sous les poutres, il lui passa autour des épaules un bras tendre et pas importun ; tout à fait différent de celui du Drusius qui l'avait trompée, dans la nacelle. C'était un bras terriblement rassurant.

« Mademoiselle Deirdre, la bière vous est-elle montée à la tête ?

— Oui, et je veux qu'elle y reste. J'ai l'impression d'être Jésus marchant sur les eaux. Et ne m'appelez plus *jamais* mademoiselle ! Nous sommes de vieux copains de taverne, désormais !

— Très bien, ma fille. Vous êtes vraiment quelqu'un !

— Une catin ?

— Mieux, répondit-il. Une catin avec de la classe. Marianne, vous savez, n'était pas une dame. Robin l'avait rencontrée dans une taverne. Il l'a emmenée dans les bois et elle n'a jamais regardé en arrière. »

Soudain, Deirdre se mit à trembler et à sangloter. Les larmes jaillirent de ses yeux, couvrant de diamants ses joues, malgré ses efforts désespérés pour les cacher sous son mouchoir.

« Des larmes ? protesta-t-il. Faut pas pleurer, mon vieux copain ! La bière rend joyeux.

— Mais je suis joyeuse, dit-elle. Je *sais* que nous allons retrouver Thomas. Et ce n'est pas tout. Je suis merveilleusement heureuse. C'est tellement… inattendu !

— Ce n'est pas obligé. » Il était terriblement sérieux et manifestement sobre.

Elle attendit que ses paroles aient pénétré ses sens en désarroi. Pourquoi n'était-il pas obligé que son bonheur soit inattendu, c'est-à-dire exceptionnellement rare ? C'était une disposition d'esprit qu'elle n'avait jamais connue à Londres. La satisfaction, oui, parfois. À la fin d'un roman. Après avoir fait anonymement le bien. En enveloppant les cadeaux de Noël destinés à ses frères… Une bouffarde, une blague à tabac, une veste de chasse.

En recevant des grognements de reconnaissance gênés. Mais le bonheur ! Un feu de la Saint-Jean au lieu d'un brasero. Était-elle prête pour une telle explosion ?

« Que voulez-vous dire, Dylan ?

— Il n'était pas obligé que vous restiez malheureuse, comme je l'ai dit.

— Oh, je ne crois pas être malheureuse. J'ai mes livres. J'ai ma maison. J'ai mes frères qui prennent soin de moi. M'avez-vous déjà entendue me plaindre ?

— Vous devriez, dit-il.

— Me plaindre ?

— Vous plaindre, jurer, taper des pieds !

— Mais après qui, Dylan, après qui ? On ne m'a jamais fait le moindre mal.

— Après Dieu, Davy Jones, le diable. Les choses ! Ce que vous voulez ! Peu importe. Vous devriez jeter votre canne contre le mur. Elle se casserait peut-être, vous savez.

— Mais comment ferais-je pour marcher ? » s'écria-t-elle avec consternation.

La gravité lui allait aussi bien que le sourire. Bien qu'il fût un peu brutal avec elle, elle ne cessa pas de le percevoir comme Robin des bois, avec son chapeau vert surmonté d'une plume d'aigle. Il l'avait appelée Belle Marianne… Cruel, cruel ! Sa gentillesse elle-même lui fit l'effet d'un coup de poignard.

« Vous n'avez peut-être pas besoin de canne. Vous abandonnez toujours, pas vrai ? Quand un homme vous dit que vous êtes diablement belle, vous le rembarrez. Vous dites : Non, je suis vieille, infirme. Je ne vaux rien, sauf pour mes livres. Au diable les livres ! En fait, en fait... Oh, mademoiselle Deirdre, Deirdre, ne prêtez pas attention à Dylan. Je ne sais pas parler. Voulez-vous que je vous dise ? Je suis ivre. Et ce n'est pas une bonne compagnie pour une dame telle que vous. Je ne connais pas la grammaire. Ni les bonnes manières. Vous, vous êtes vraiment une noble dame, aucun doute !

— Peut-être trop noble ? » C'était la voix d'Adeline. Celle-ci n'avait jamais été moins porcine et plus auguste. C'est parce qu'elle se tenait très droite. C'était dans sa manière de parler, sans élever la voix, mais avec l'autorité des années et de l'expérience. (C'était aussi parce qu'elle avait perdu du poids, en une semaine.) « Ce que Dylan explique, ma chère, c'est que tu es tellement accoutumée à ton infirmité que tu as cessé de la combattre. Tu crois que la résignation est une vertu. C'est parfois le cas. À d'autres moments, c'est un moyen de renoncer à agir. Souviens-toi de tes ancêtres celtes. Comment leur reine, Boadicée, les a lancés contre la puissante Rome. La défaite était certaine. La mort ou l'esclavage ! Et pourtant ils ont combattu.

— Et perdu.

— Vraiment, ma chère ?

— Mais Milton a dit : Il est utile aussi, celui qui attend.

— Zut à Milton et à tous les écrivains que tu aimes citer, sauf Robert Herrick ; et zut aussi à tes livres ! Écoute Herrick. Il savait de quoi il parlait :

Ramasse tes boutons de rose pendant que tu le peux... Tu n'en as pas ramassé suffisamment pour remplir un des bols d'Hadreus ! Tu portes ta résignation comme un vêtement ; rassurant et scintillant, bien sûr, mais... semblable à une prison. Tu crois que tu acceptes la volonté de Dieu. Le sous-estimerais-tu ? Tu as effectivement entrepris ce voyage, et cela exigeait du courage. Beaucoup de courage. C'est pourquoi je t'admire davantage que toutes les femmes que j'ai connues. Mais ton voyage n'est pas terminé. »

Était-ce l'Adeline que l'on avait autrefois affectueusement surnommée le Cochon rose ? Elle dont la conversation se limitait le plus souvent à un gloussement d'émerveillement ou à un grognement de désapprobation ? Personne n'avait encore reproché à Deirdre d'être trop soumise. En fait, ses frères lui répétaient continuellement :

« Tu nous le dois... Tu te le dois... Tu dois ceci à la mémoire de nos parents... Ménage ta santé... Écris tes livres (même si nous ne les lisons pas)... Sois l'hôtesse de notre demeure londonienne. Accepte, résigne-toi, renonce...

— Mais, comme tu le dis, j'ai entrepris ce voyage. Combien de boutons de rose puis-je cueillir ? Et à mon âge ? Je ne ressemble guère aux filles de Herrick.

— À ton âge... Tu recommences ! Tu es toujours vierge, à moins que mon œil sagace n'ait été abusé. Tu es toujours extraordinairement belle ; et la semaine qui vient de s'écouler n'a fait qu'améliorer les choses. Tu devrais t'entendre avec ton miroir. Tu comprendrais alors que tu es toujours éminemment désirable. J'ai dix bonnes années de plus que toi… » (C'était plus proche de vingt…) « Et je n'ai pas terminé de remplir mon panier de boutons de rose.

— Je crois que je ne prendrai plus de bière, dit Deirdre. Elle m'est montée à la tête. Je suis troublée. J'ai l'impression que nous avons eu une terrible dispute ; mais tout ce que vous avez dit, Dylan et toi, vous l'avez dit pour mon bien.

— S'il vous plaît, dit Hadreus. Le silence voulez-vous faire ? Quelque chose manque. »

Le silence s'abattit sur la pièce, comme l'ombre d'un vol de corbeaux. Ils guettèrent en vain le chant soyeux de la roue du moulin. Dans l'âtre, une bûche tomba. Une souris regagna son nid, entre les poutres. Un oiseau nocturne chanta dans un arbre, au loin.

Mais la roue avait cessé de tourner.

CHAPITRE 10

« Que cela signifie-t-il, mon petit ? demanda Dylan.

— L'axe coincé peut-être s'est. Ou bien quelque chose dedans coincé se trouve.

— Quoi, par exemple ? De la rouille ? De la poussière ? Il me semble que le moulin est parfaitement entretenu, bien que la maison soit un peu… Enfin, en désordre. » (Deirdre était trop préoccupée pour s'enquérir de ce qui arrivait à la roue. Elle avait l'impression que quelque chose de bien plus grave allait se briser en elle.)

« Les Cavales de la Nuit ne l'aiment pas. Elles croient que je vole l'eau de leur rivière.

— Ont-elles déjà arrêté la roue ?

— Non. De mes amis et de leurs fléchettes elles ont peur.

— Alors c'est nous, dit Dylan. Elles sont prêtes à risquer les fléchettes pour nous capturer.

— Seigneur ! s'écria Adeline. Peuvent-elles briser les verrous ? »

Hadreus secoua la tête.

« Qui sait ? Les loups ne peuvent pas. » Le rose

de sa peau était altéré par la peur. Il serra la ceinture qui fermait sa cape puis fouilla son coffre à la recherche d'une sarbacane et de fléchettes. « Attendez. »

Les oiseaux nocturnes ne chantaient plus. La rivière frayait son chemin parmi les arbres.

« La forêt, dit Deirdre, n'est pas vraiment endormie, n'est-ce pas ?

— Elle fait semblant, répondit Dylan. Le mal est en marche. Comme les Injuns. On ne s'aperçoit qu'ils sont là qu'au moment où on se fait scalper.

— Je suis morte de peur, dit Adeline. Le simple fait d'attendre a dû me faire perdre vingt livres ! » Elle ne tendit pas la main vers les bonbons.

Puis il y eut une sorte de slap-slap-slap... Un sabot ? Une aile ? Une nageoire ?... Contre la porte. Éprouvant sa résistance, aucun doute. Éprouvant la résistance de ceux qui se croyaient à l'abri derrière son armature incertaine de bois et de clous.

Deirdre regardait fixement la casquette de Dylan. Comme un marin d'eau douce sur un navire qui avait pris de la gîte, elle avait besoin d'un point de référence, fixe et inébranlable. Il se dirigea vers elle et elle tendit une main consentante. *Dépêche-toi, mon aimé ! Tu es ma protection et ma foi. Que peut la nuit contre le soleil de ton jour ?*

La porte se désintégra soudain sous l'effet d'un coup unique. Des éclats de bois, des clous, de la poussière se répandirent dans la pièce, comme projetés par un boulet de canon.

Dylan s'immobilisa, au milieu de l'éternité qui semblait nécessaire à la traversée de la pièce, chercha son poignard.

Hadreus parut disparaître sous sa cape. Adeline, malgré son opulence, parut se transformer en fantôme.

Deirdre fixa la créature qui se contorsionnait sur le seuil, la fixant sans pouvoir échapper à son regard sinistre, hypnotique.

La tête et le corps évoquaient un cheval, les nageoires un phoque ; mais ces deux animaux, charmants en eux-mêmes, se mêlaient avec une sorte de perversité végétale pour en former un autre ; une sorte de marécage mobile, un de ces marais saumâtres du sud de Bristol… aux odeurs nauséabondes et aux sables mouvants perfides. Sa peau avait l'apparence de racines décolorées et pourries ; elle était mouillée, luisait et répandait dans la pièce une odeur de feuilles se désagrégeant dans l'eau. Ses yeux dépourvus de paupières avaient la couleur du limon. Ils brillaient, prenaient une expression méchante, et leur fixité était paralysante ; on y lisait le désir d'étouffer et de noyer. La méchanceté exprimait l'impatience. La méchanceté exprimait la mort.

Un coup de vent, surgi par la porte, éteignit les lampes. L'obscurité s'abattit sur la pièce, tel un énorme corbeau noir. Pourtant, curieusement, ces ténèbres furent un soulagement ; le souvenir de l'horreur est moins terrible que l'horreur révélée. Les yeux l'avaient hypnotisée. Dans le noir, elle put parler.

« Dylan ! » Son nom était une amulette contre le désespoir.

« J'arrive, ma fille. Parlez-moi. Dans le noir, je ne vois pas où je vais !

— Ici, Dylan. Je suis ici. Et je crois qu'Adeline est près de moi. »

Elle se dirigea vers l'endroit où elle l'avait vu pour la dernière fois, mais donna un coup de pied dans le feu, éparpillant les braises. Elle ne portait que des sandales. *Les braises doivent me brûler les pieds, mais je ne sens rien.*

« Dylan, aidez-moi ! » Il ne l'avait jamais abandonnée ; elle tendit les mains vers ses bras rassurants avec la confiance d'un enfant persuadé que toutes les promesses sont tenues, toutes les injustices réparées et transformées en cadeau.

Il ne vint pas ; il ne répondit pas… Il était blessé, elle fut certaine qu'il était blessé ; sinon, il serait certainement venu jusqu'à elle. Elle battit des bras dans le noir, cherchant sa canne, un soutien, un guide, une sécurité, tout ce qui pourrait lui permettre d'aller jusqu'à lui. Il fallait qu'elle le retrouve ; maintenant, c'est lui qui avait besoin de son aide.

La flamme d'une lampe reprit vie, éclairant faiblement la pièce. L'intimité du désordre était devenue un chaos : fauteuils à bascule renversés, restes du dîner mêlés aux fragments de bois, la tunique de Dylan, couverte de limon, mince ruisseau vert disparaissant dans le noir.

Adeline, assise, avait le manuscrit sur les genoux. Elle paraissait plus stupéfaite qu'effrayée. Elle n'était pas peureuse. Le choc était la conséquence naturelle de l'intrusion de la nuit.

En hâte, Hadreus alluma une seconde lampe et se précipita vers la porte béante avec la table et des chaises.

« Non, s'écria Deirdre. Ne comprenez-vous pas ce qui est arrivé ? Ils ont emporté Dylan ! »

Hadreus s'arrêta sur le seuil ; il contempla les débris de la porte comme s'ils eussent été responsables de l'intrusion ; il aurait voulu pouvoir leur accorder une seconde chance.

« À l'épreuve des loups », soupira-t-il.

Adeline s'était débarrassée du manuscrit.

« Ma parole, pourquoi Dylan et pas nous, les dames ? Après tout, ils m'ont déjà capturée une fois... Enfin, les Genii. Pourquoi pas aussi les Cavales de la Nuit ?

— Parce que, dit Deirdre, parce que... » Non, elle ne leur raconterait pas ce qu'elle avait vu, au sommet de l'arbre : la silhouette nue et blanche, de substance ou de rêve. « Cela n'a aucune importance. Seule sa disparition compte. Maintenant, il faut que nous le retrouvions.

— Pas avant le matin », déclara Hadreus. Ses lèvres enfantines exprimaient la fermeté. « L'obscurité aime les Cavales de la Nuit. Sur nous elles ont l'avantage. »

Saisissant sa canne, elle se dirigea en boitant — non : d'un pas assuré — vers la porte. Ses actes n'étaient pas rationnels ; Hadreus connaissait la forêt et savait qu'il est impossible de retrouver quelqu'un dans une obscurité infestée de créatures dont le nom suffit à évoquer la cruauté et la période qui convient le mieux à leurs crimes.

Néanmoins, elle ne renonça pas à son projet, ne répondit pas aux gémissements désespérés d'Adeline.

Hadreus s'accrocha à sa jupe.

« Je vous en prie, écoutez-moi. »

Elle se dégagea comme on se libère d'un petit chien.

« Cher petit ami », dit-elle, regrettant de s'être montrée rude avec un être qui l'avait traitée avec douceur, mais se tenant à sa décision : « Chacun fait son devoir. Dylan, voyez-vous, est mon homme. Que feriez-vous si une Cavale de la Nuit menaçait votre épouse ?

— Je l'aiderais. Mais, avec vous et votre homme, c'est différent ; je vois.

— Priez pour moi Triton, le dieu de Dylan. » Courant presque, elle suivit la dérivation du moulin jusqu'à la rivière, espérant, contre toute logique bien entendu, mais espérant tout de même trouver trace de Dylan sur la rive : de l'herbe piétinée, une ride sur l'eau.

La rivière serpentait, lisse, sous les étoiles. L'enchevêtrement des taillis ne portait ni empreinte ni limon.

L'impuissance, le désespoir la frappèrent en plein visage comme une branche mouillée. Comment suivre une piste invisible ? De rage et de douleur, elle jeta sa canne contre un arbre, puis tomba à genoux au bord de la rivière.

« Dylan, Dylan, comment puis-je vous aider, mon aimé ? Vous étiez une frégate voguant contre les Français. Les boulets de canon ont abattu vos mâts, vous ont mutilée, coulée peut-être. Quel port êtes-vous encore en mesure de gagner ? »

Non !

Les regrets appartenaient au passé. Il fallait agir. Que ferait une catin, qu'a donc fait Marianne de Sherwood lorsque Robin, enchaîné par le shérif, a été conduit en ville pour y être pendu ? A-t-elle pleuré, s'est-elle tordu les mains, s'est-elle apitoyée en métaphores extravagantes peuplées de frégates et de Français ?

Elle glisse un poignard entre ses seins, se cache dans la foule rassemblée autour de l'échafaud. Puis des cris s'élèvent :

« Il sort de la prison ! »

« A-t-on déjà vu un bandit en un tel équipage ? »

« Regardez comme il porte sa casquette ! Comme sa plume est haute et droite ! »

Vite, vite, l'argent donné aux gardiens, la corde coupée, le cheval qui attend…

« Que vais-je choisir ? » Elle fut obligée de se poser la question. « La dame à la mode, qui s'évanouit lorsqu'elle se pique le doigt ? Ou bien Marianne, *la catin qui a de la classe* ? »

Il n'y avait pas de chemin, mais il lui était toujours possible de suivre les méandres nocturnes de la rivière. Selon Hadreus, les Cavales de la Nuit préféraient l'eau à la terre ferme ; mais elles avaient des poumons, pas des branchies, et habitaient des cavernes proches de la rive.

En hâte, elle ramassa sa canne ; rapidement, mais avec soin, elle se prépara en vue de sa quête. Elle quitta sa jupe et son corsage, ne gardant que son jupon et regrettant qu'il ne s'agît pas d'une tunique qui aurait permis à ses jambes de marcher, de courir, de poursuivre. Ses jambes n'étaient guère vigoureuses ; néanmoins, il ne servait à rien de leur imposer des entraves inutiles. Elle conserva le jupon parce qu'il la protégerait un peu des ronces et des pierres. Ses bras tout au moins étaient libérés de leurs manches encombrantes, et ils étaient aussi forts que ses jambes étaient faibles. Les sandales prises dans le placard d'Hadreus étaient appréciables.

Ah, les racines donnaient l'impression d'être des serres ! Elles lui saisissaient les chevilles, déchiraient son jupon. Elle était convaincue qu'elles avaient fait alliance avec son ennemi. Elle donnait des coups de pied, tirait, se libérait en trébuchant, pataugeait parmi des roseaux de la taille d'un homme, rugueux au toucher comme du métal rouillé. La boue et l'eau produisaient entre ses orteils un bruit de succion. Elle marcha sur des choses molles (crapauds, anguilles, salamandres ?) ; des poissons lui caressèrent les chevilles, plus curieux qu'effrayés. Des racines et des roseaux, des racines et des roseaux, et toujours la rivière ; la rivière interminable, démoniaque, semblable à un labyrinthe.

« Triton, ne m'abandonne pas ! » supplia-t-elle. Peut-être le dieu de Dylan exerçait-il son pouvoir sur la rivière aussi bien que sur les mers. Une silhouette à queue de poisson, armée d'un trident et d'un filet, s'imposa à son esprit, mais il portait une marinière et une casquette luisante sur son abondante chevelure.

Elle s'aventura dans l'eau, qui ressemblait à du sang. Elle faisait penser à du sang dans l'obscurité sans lune des étoiles. La Cavale de la Nuit l'a tué, se dit-elle. Ce doit être leur habitude. Avec leurs nageoires, elles maintiennent leurs victimes sous l'eau jusqu'à ce que celles-ci suffoquent et se noient.

« Dylan, répondez ! »

Finalement, ce ne fut ni Dylan ni Triton qui répondit.

Cavale de la Nuit !

Il souleva Deirdre avec une telle aisance que celle-ci ne s'en rendit compte qu'au moment où l'eau glissa le long de ses jambes. Elle lâcha sa canne. Elle serra les bras autour de son cou.

Elle retint son souffle lorsqu'il plongea. Les poumons de Deirdre étaient puissants ; elle constata qu'elle était en réalité vigoureuse, sauf en ce qui concernait les jambes. *Il peut m'immerger cent fois. Il peut me cogner contre les branches d'un arbre en surplomb.* Je refuse de me noyer.

Comme une flèche, ils jaillirent hors de l'eau et filèrent en zigzag entre les rives. Mais elle s'accrochait à lui, respirant profondément en prévision du plongeon suivant. Mais il ne plongea pas. *Il ?* Les Cavales de la Nuit devaient être des femelles… du moins à en juger par leur nom. Et pourtant… Pourtant quelque chose, une évocation, un souvenir, frémit dans son esprit, comme une graine dans la terre.

« Allons, allons, mon petit, lui dit-elle. Tu ne pourras pas m'effrayer, tu sais. J'ai eu un cheval tel que toi. J'aime les chevaux. Aide-moi à retrouver mon ami. »

Elle perçut le frémissement de ses flancs.

« Je l'avais appelé Alexandre, comme un grand héros qui aimait son cheval, Bucéphale, comme un ami. »

Les nageoires battirent l'eau ; la tête énorme se tourna vers elle. C'était son don, semblait-il, oublié pendant de nombreuses années. Parler aux chevaux. Quelques hommes le possédaient ; quelques rares femmes aussi. Elle était l'une de celles-là. Il aurait pu la noyer. Il aurait pu lui faire heurter une branche et, en dépit de ses protestations, la contraindre à lâcher prise. Mais il toléra sa présence sur son dos ; elle sembla presque lui faire plaisir. Avec douceur, elle lui caressa le flanc ; elle ne sentit pas le limon de son congénère, l'intrus, le ravisseur de Dylan (son assassin ?). Elle sentit le flanc d'un ami oublié, doux par lui-même et non à cause de l'eau ou du limon.

Elle prononça son nom avec émerveillement — et pourtant, en fait, sans surprise :

« Alexandre. »

Puis il l'emporta au royaume de la peur. Était-il toujours son ami, ou bien lui en voulait-il à cause du fusil de son père ?

CHAPITRE 11

Dylan devait la rejoindre. Seulement Deirdre. Adeline, heureusement, était indestructible. Hadreus connaissait la forêt et savait probablement comment échapper à une Cavale de la Nuit dans sa propre maison. Mais Deirdre l'avait appelé. C'était sa femme, c'était sa compagne.

Si la Cavale est venue festoyer, il faudra qu'elle se contente de moi. Ou d'Adeline, si elle aime les gros pâtés à la viande.

La colère lui brûla la bouche comme de la jusquiame. La forêt les avait piégés.

Nous cherchions Tommy, nous ne vous voulions pas de mal. Apparemment, vous nous avez acceptés. Installés dans ce petit coin bien confortable, au-dessus du moulin. Avec un hôte agréable (sauf en ce qui concerne les asperges). Des femmes pour me confectionner une tunique comme celle de Robin. Une femme qu'un marin puisse cajoler et protéger. A-t-elle faim ? Ce vieux Dylan saura bien faire un ragoût. A-t-elle peur ? Ce vieux Dylan la rassurera.

Privé du reste, il ne pouvait que rester debout. Le noir fut son premier ennemi. Il lui fallut se souvenir de la disposition de la pièce : placard, chaises, cheminée, tendre les bras, avancer à l'aveuglette, écouter. Puis une gerbe d'étincelles ; la silhouette de Deirdre se découpant dans la faible lumière, les mains tendues vers lui, avec impatience mais aussi avec une totale confiance.

« Dylan, aidez-moi ! »

Il aurait traversé la Manche à la nage pour répondre à son appel, combattu les Français d'Azincourt à Paris. Pourrait-il traverser une simple pièce devant cette abomination, l'obscurité précipitée sur eux par la rivière et la nuit ?

Dans la pièce, la lumière mourut. Il aurait pu mourir également, pour tout le bien qu'il fit à Deirdre. Quelque chose le frappa en plein visage : mouillé, lourd et froid.

Les nageoires, assurément.

Il fut suspendu par les pieds et une nageoire s'écrasa sur sa bouche. C'était comme si les Français l'avaient plongé dans un tonneau de vin, leur torture préférée pour arracher des secrets aux Anglais.

Je vais me noyer. Triton, prends soin de ma garce !

Puis un coup…

Lentement, il se tira de l'insondable afin de reprendre connaissance.

Maintenant, on me sort du tonneau.

Il aspira ; l'air, dans ses poumons, lui fit le même effet que de la fumée. Il toussa, cracha et vomit de l'eau.

Cette fois, l'eau est réelle. La rivière, probablement. Retiens ton souffle, Dylan. Nous allons encore plonger.

Il ne se noya pas. Il n'était pas destiné à se noyer. Retrouvant la surface, il battit des paupières dans l'aube opalescente.

Des opales, Enfer ! Le monde est à l'envers. Plat. Colomb s'est trompé. Je ne suis plus sur le dos de la tortue.

Il s'efforça de lever la tête ; le monde se réorganisa suivant sa disposition familière : l'aube en haut et la rivière en bas.

À nouveau sur la tortue. Du calme, maintenant.

Le monde, toutefois, n'était pas en cause. La réalité était toute simple. La Cavale de la Nuit, tout en nageant dans le courant, le transportait dans sa gueule, comme un chien le fait d'un poisson. Les nageoires immenses battaient l'eau comme des roues à aubes ; le museau énorme montait et descendait, montait et descendait ; chaque fois qu'il descendait, Dylan était immergé. Entre les immersions, les quintes de toux, les vomissements, il battait des paupières et tentait de voir la rive, où les arbres évoquaient des paysans vêtus de robes noires, venus acclamer le bourreau.

Elle m'emporte chez elle. Une Cavale de la Nuit, une femelle, comme elles le sont toutes, elle m'emporte chez elle pour nourrir ses petits.

La demeure de la Cavale était une caverne qui donnait sur la rivière, au-delà d'un rideau de roseaux que son corps pesant avait aplatis, de sorte qu'il n'en restait plus que des tiges brunes et mortes. Chichement éclairée par son entrée, la caverne contenait un grand nid de roseaux tressés, décoré avec des morceaux de tissu, des clous rouillés, une trompe de chasse (tordue), des pierres, des racines, ainsi que d'autres bricoles. Les roseaux étaient serrés et consolidés avec de la boue séchée ; le nid, semblable à une tourelle grossièrement ronde, dénotait une intelligence primitive mais indéniable. Il y avait une sorte de couchette, matelas de mousse et de feuilles, une sorte de garde-manger, coffre de bois sans couvercle, plein d'eau, contenant des anguilles et des poissons vivants, une sorte de nursery occupée par trois œufs tachetés, de la taille d'une noix de coco, où une petite pouliche nerveuse et maussade jouait avec une poupée de chiffon qu'elle avait déshabillée et décapitée. Les vêtements n'étaient plus que des boules mouillées, et elle mâchonnait la tête, devenue informe. La pouliche posa sur Dylan des yeux pleins de convoitise et battit des nageoires.

Triton, viens-nous en aide ! Humaine, ce serait une sale gosse.

La mère eut un sourire approbateur… Ou bien impatient ? Son sourire se manifesta par un plissement des yeux et une exhibition de dents.

« Tu n'es plus de première jeunesse, ma vieille. Trop âgée pour être une bonne maman. Tu pourris ta fille comme une duègne espagnole », déclara Dylan.

La mère le frappa sur la bouche. La fille hennit et flaira le col de sa marinière.

« Arrête, petite ! Ça me coûte des boutons. Et il faudra que je me mette à la couture. »

La mère le retourna par les pieds tandis que la fille, hennissant de plaisir, le délestait de ses chaussettes et de sa marinière ; elle les déchira avec les dents, mit le tissu en lambeaux et examina le corps de Dylan. Il regretta sincèrement sa veste aux huit boutons de cuivre.

Une diversion, pour ainsi dire. Pour qu'elle n'ait pas le temps de penser à ma viande.

Manifestement, sa chevelure l'intriguait. Elle pourrait faire de nombreuses balles mouillées. Non, elle gardait la chevelure pour la fin (ou bien pour juste avant la fin, avant la tête). Elle s'attaqua à son pantalon.

« En voilà assez ! » cria-t-il. Comme il était la tête en bas, son cri ne fut qu'un gémissement. La mère le lâcha et il tomba sur le crâne. Tordant le cou et constatant avec satisfaction qu'il fonctionnait, il marmonna :

« Je n'ai rien sous mon pantalon. Et vos bonnes manières, petite ? »

Son pantalon lui tombait sur les genoux lorsqu'il perçut un bruit, assourdi mais parfaitement identifiable, en provenance de la rivière. Un bateau, une barque sans doute, car le fond plat battait l'eau, s'arrêtait. Couché par terre, meurtri, il ne pouvait voir au-dessus du bord du nid de la Cavale.

Une voix de paysan, rauque, cria depuis l'entrée de la caverne :

« Faites-le sortir ! »

La Cavale de la Nuit calma précipitamment sa pouliche puis remonta le pantalon de Dylan afin que celui-ci soit présentable. Puis elle le fit lever. Son museau était mouillé, dur et péremptoire.

Tenant d'une main le pantalon déchiré et dépourvu de bouton à sa taille, Dylan se leva, s'aidant de l'autre main, et regarda par-dessus le bord du nid. Pareillement penchée sur le bastingage de la barge se tenait une dame mûre et délicieuse, dont la chevelure d'or se trouvait surmontée d'un chapeau vert orné d'un long foulard rouge qui flottait au vent telle une bannière. Soie rouge comme le pavot, bouche assortie, elle était vêtue pour le bal ou la séduction.

« J'aurais dû me douter que c'était toi. Tu ne manques jamais de toiles, pas vrai, Arachne ? »

Arachne l'ignora et adressa un sourire de reconnaissance à la Cavale.

« Regarde, j'ai apporté un cadeau pour la petite Épona. Quand ses sœurs seront écloses, je serai leur marraine. » Elle tendit à la mère une grande poupée figurant un marin, avec une veste de laine comprenant même les boutons de cuivre, et un chapeau rond sur une chevelure abondante. La Cavale prit le cadeau entre les dents et l'offrit délicatement à la petite Épona qui, craignant de perdre une autre poupée, s'empressa de décapiter celle-ci.

Puis elle se tourna vers Dylan :

« Viens, mon doux ami, tu m'as fait attendre beaucoup trop longtemps. Cette fois-ci, tu ne peux me repousser. Regrettes-tu l'accueil que tu m'as réservé dans l'arbre ? Pudique comme une vierge, malgré mes dix ans d'attente, je suis venue chercher mon marin. Et qu'a-t-il fait ? Il m'a traitée comme une vieille fille invalide de trente ans !

— Vierge, hein, Arachne ? Je suis sûr que tu es née sans virginité. Ou alors tu l'as perdue au berceau.

— Pour être précise, je l'ai perdue à l'âge de neuf ans pour un fils de pêcheur, dont l'appât me plaisait. Mais tu n'as jamais été du genre à engranger des virginités. Timide comme un singe, voilà ce que tu étais. Et un singe doit être dressé avant qu'il vaille quelque chose.

— Désolé, Arachne, ton sort a fait long feu. J'ai rencontré une sorcière blanche, pour tout dire. »

Elle saisit sa main et le tira brusquement. Il chuta contre le plat-bord et, entraîné en arrière par la Cavale, parvint malgré tout à grimper dans la barge, les jambes emmêlées dans celles de son pantalon. Quatre rameurs revêches, vêtus du noir des bourreaux avant une pendaison, commencèrent à propulser l'embarcation loin de la rive.

« Tu dégoutelles de boue », fit-elle remarquer. La barge formait une chambre sans toit, tapissée de coussins écarlates, ses parois drapées de soie afin de ressembler à des murs, ses tables chargées de poires, de bols de crème et tartes aux baies de sureau, ainsi que d'outres de vin sinueuses comme des serpents.

« Mais une bonne boue bien propre est acceptable chez un homme. Cela lui va mieux que la soie. »

Elle le contempla de la tête aux pieds, le déshabilla du regard (non pas qu'il portât grand-chose de toute manière ; son pantalon pendait en équilibre à mi-mât).

« Hmm, tu as un peu grandi, n'est-ce pas ? Mais je n'ai jamais apprécié ces petits aristocrates maigrichons. Que l'on me donne plutôt un bel ours d'homme !

— Un ours dénudé, hein, Arachne ?

— Laisse-moi te regarder de la proue à la poupe.

— Tu t'es donné tout ce mal pour rien. Ces parties-là sont intimes.

— Exactement. Attends donc de voir ma toile. »

La soi-disant toile d'Arachne n'était autre que le manoir proche de la chapelle. Cette construction, qui était apparue à Dylan comme une ruine inhabitée lors de son premier séjour dans la forêt, faisait l'objet de travaux de rénovation. Ce qu'il découvrit était plus petit qu'un château, mais plus grand qu'une maison ordinaire ; des pignons et non des tourelles ; des fenêtres et non des meurtrières ; mais malgré tout bel et bien un bastion en brique pour décourager les lépreux et les brigands. Les briques étaient très rares, à cette époque… Le treizième siècle, estima-t-il, avec le savoir de ceux qui ont vécu près de la terre et de la mer. Les Romains aimaient la brique. Les Anglo-Saxons préféraient le bois. Les Normands utilisaient la pierre et le mortier. Progressivement, la brique était revenue à la mode et le manoir d'Arachne avait joué un rôle dans ce retour, jugea-t-il. Vieillies, les briques se couvraient de lichen, mais des ouvriers les nettoyaient avec des brosses énormes, pourvues d'un manche de la taille d'un homme ; ou bien, montés sur des échelles, avec le marteau et le burin, ils délogeaient les incrustations végétales aux endroits où la muraille rejoignait le toit. Minces, délicates, assemblées avec soin, ces briques ; leurs diverses couleurs apparaissaient, lumineuses, brillantes, après nettoyage ; jaune, rouge, noir, gris et brun ; les couleurs des araignées des jardins ; toile en forme de manoir pour une sorcière aux cheveux d'or et le marin qu'elle avait capturé dans ses filets.

« Nous nettoyons le manoir, dit Arachne, afin qu'il soit prêt à recevoir mon homme.

— Pas question ! » jura-t-il ; mais elle n'y prêta pas attention.

Les ouvriers s'inclinèrent en silence devant la maîtresse, puis se remirent au travail. Comme des insectes pris dans une toile, vidés de leur substance, semblables à des enveloppes vides. Muets, désespérés, sales, ils manquaient manifestement de soleil et d'eau. Tuniques déchirées, sandales aux bandes cassées, peau marbrée. Des Drusii, bien entendu. Des créatures de la nuit. Le jour les rendait simplement stupides.

Il leur faut attendre la nuit pour faire le mal. C'est leur unique plaisir. Sucer le sang, jouer de mauvais tours et toutes ces sortes de choses.

L'or d'Arachne lui-même exigeait la nuit. Le soleil le rendait presque blanc. Le soleil ne lui convenait pas.

Elle fait son âge. Pas exactement vieille : usée. Elle a bourlingué, comme on dit dans la Flotte. Elle a tout vu, en a fait davantage. Enfin, c'est tout de même une femme prodigieusement belle, mais pas pour Dylan. Elle devrait diriger une maison close.

Les sept péchés capitaux étincelaient dans ses yeux aux innombrables facettes.

« Lorsqu'ils auront terminé, les douves seront nettoyées, le mur d'enceinte restauré et crénelé. En cas d'attaque, comprends-tu. Les Genii, ces petits bandits sournois… On ne sait jamais ce qu'ils vont faire, qui ils serviront, à l'exception d'eux-mêmes. Les Cavales de la Nuit, il faut les acheter avec des cadeaux pour leurs petits. Ce n'est plus comme autrefois. Alors, tout le monde servait…

— Quelque chose me tracasse, Arachne.

— Vraiment ?

— Comment les Cavales de la Nuit font-elles pour avoir des petits ? Les font-elles toutes seules ? Par elles-mêmes, pour ainsi dire ?

— Les étalons de la forêt gagnent les rives de la rivière et leur proposent leurs services. Ceux de ta voiture, par exemple, ont été d'excellents reproducteurs. Ils ont flairé les Cavales de la Nuit depuis la route.

— Des reproducteurs. C'est le mot. C'est bien ce qui me tracasse. Dylan sera-t-il ton reproducteur permanent, Arachne ?

— Je préférerais avoir ton assentiment, mon petit.

— Comme je vois les choses, tu ne pourras m'obliger à rien. C'est difficile d'avoir du plaisir avec un homme, quand il ne participe pas. Il y a autre chose qui me tracasse.

— Tu t'inquiètes beaucoup trop, mon petit chéri.

— Où est Tommy ? »

Beaucoup trop vite, elle répondit :

« Je ne connais personne de ce nom.

— Alors Thomas… Je parie que tu l'as enfermé dans ta maison. Tu lui as appris à jouer les reproducteurs au lieu d'écrire des poèmes.

— Et voici, bien exposé au soleil, mon jardin d'aromates. Romarin, marjolaine, thym, violette, oseille et menthe. Que dirais-tu d'un cochon de lait avec une sauce aromatisée de ces herbes ?

— Pas de sauge, Arachne ?

— Les rosiers grimpants commencent à fleurir. Regarde ces roses, au-dessus de toi. On les appelle Feux de l'Enfer.

— Trop d'épines. Personnellement, je préfère les jonquilles.

— Et mes poiriers sont couverts de fruits couleur de safran. Déesses de la fertilité aux seins innombrables.

— J'en ai vu en Afrique.

— Et voici… la grande salle. »

Des griffons de pierre, impassibles, gardaient les énormes portes de chêne de l'entrée. Arachne et Dylan gravirent l'escalier ; Arachne frappa dans ses mains ; les portes s'ouvrirent sur des gonds silencieux.

Les trappes du nid de l'araignée. Elles s'ouvrent pour me laisser entrer. Mais comment sortir ?

Le fardeau du temps pesait lourdement sur les bancs de cèdre et les boucliers suspendus aux murs, l'armoire ou le coffre, dont les flancs s'ornaient de visages de fer forgé. Mais ces splendeurs antiques étaient couvertes de rouille et de poussière.

« Grande, effectivement, reconnut-il. Je parie que cette cheminée brûle en un hiver autant de bois qu'il en faut pour construire une frégate. Avec des chaises aussi lourdes que des stalles d'église.

— Mais regarde les appuis de fenêtre », fit-elle avec empressement parce qu'il avait parlé d'église. « Mes laquais les ont déjà nettoyés à la potasse. Chauds, parfumés, intimes... c'est près d'eux que je préfère me tenir. Une pipe pour mon homme. Du tabac venu directement de Virginie.

— Par la mère Carey ! s'écria-t-il. Les vitres de ces fenêtres sont comme un arc-en-ciel en pleine mer ! Viennent-elles de la Terre sainte ? » Il admirait les vitres pour ne pas admirer la pipe... Fourneau d'acajou, tuyau courbe en forme de cou de cygne. Le désir parut emplir sa bouche. *Elle sait ce qui fait plaisir à un homme. Il vaut mieux une bonne pipe qu'une mauvaise fille.*

« La Terre sainte, vraiment ! Les obscénités n'ont pas leur place ici. J'avais mes souffleurs de verre, à cette époque. Et regarde les carreaux rouges et jaunes du sol. L'histoire qu'ils racontent.

— Des Cyclopes, pas vrai ? Ce vieux borgne ! Je n'en ai jamais rencontré en chair et en os.

— Il garde ses moutons.

— Des loups déguisés en moutons, plutôt. Leurs dents les trahissent. Et les siennes sont encore pires. Sais-tu fabriquer des carreaux, Arachne ? Creuser les motifs dans la terre rouge, passer le jaune comme une pâte ? Cuire dans un petit four en forme de ruche ? J'ai fabriqué des carreaux quand j'étais enfant. Pour *l'église*.

— Épargne-moi les détails de ton enfance dégradante. As-tu la prétention de me raconter l'histoire de mon propre manoir ?

— Je me disais qu'il pourrait peut-être plaire à quelqu'un d'autre, sauf les loups et le borgne. Elle préfère les chevaux, et pas ceux qui ont des nageoires. Une vraie dame, celle-là. »

— Doutes-tu de ma réalité, mon petit ? L'enfer lui-même ne pourrait m'abattre. » Elle posa les mains sur son pantalon à l'équilibre précaire.

« Retire tes mains, Arachne. Tu n'es pas mieux élevée que la petite Épona. » L'avait-il véritablement aimée lorsqu'il était enfant ? Avait-il porté son charme comme un moine son cilice pendant les années écoulées ?

Vulnérable, voilà ce qu'elle est. Elle a succombé aux flammes, autrefois. Cela pourrait se reproduire. Deirdre a rompu le charme qu'elle m'avait jeté.

« N'as-tu donc rien appris au cours de tes voyages ? Des trucs injuns ? Le comportement du brave avec sa squaw ?

— Toi, Arachne, une squaw ? Alors, retourne dans ton tipi. Le brave ne veut pas de toi. »

Elle traversa la pièce, s'immobilisa et prit la pose devant la lumière flatteuse du feu, qui fit ressortir son corps opulent, ses seins généreux sous le coquelicot cramoisi de sa robe, brunir sa chevelure emprisonnée dans les enchevêtrements soyeux de son chapeau pointu, orné d'un foulard qui tenait lieu de plumet.

« Faut-il qu'Arachne tisse ? » L'espièglerie ne lui convenait guère.

« Le fil est cassé. Je l'ai déjà dit. Tu es sourde ou quoi ? »

Des éclairs brillèrent dans ses yeux.

« Petit marin de rien du tout ! Crois-tu que je m'intéresse à autre chose qu'à ton corps ? L'amour ? Il ne permet ni d'acheter des manoirs ni de s'assurer les services des Cavales de la Nuit. Le respect ? Garde ça pour le diable. Crois-tu que je n'aurai pas ton corps ? Eh bien, il me suffit de mettre cette poétesse…

— Romancière. La poétesse, c'est Tantine. Ne lirais-tu que des romans français ?

— La mettre à la torture. L'attacher au chevalet, le faut-il ? À ce moment-là, tu feras n'importe quoi pour Arachne. Sinon, un autre tour de vis.

— Salope ! »

Ce mot fut jeté depuis la porte comme un gant de défi. *Triton, viens-nous en aide ; c'est Deirdre qui s'est prise dans la toile ! Et en jupon… Mes oreilles m'ont trompé. Elle doit avoir crié : Sorcière.*

« Salope, qu'as-tu fait à mon homme ? »

Levant la branche tordue qui lui servait de canne, Deirdre se dirigea vers le centre de la pièce, frégate armée de canons fonçant sur les Français.

CHAPITRE 12

Et Arachne, scintillante d'or et de pourpre, un rire doré au fond de la gorge, Arachne, reine du manoir, de déclarer :

« Bienvenue, ma chère. Nous vous attendions, Dylan et moi. En fait, je vous ai fait quérir. »

Deirdre tendit sa canne à Dylan.

« Je n'en ai pas besoin. J'ai l'impression d'être une jeune pouliche… Tout en jambes. En fait, je peux marcher. Je n'ai plus mal. »

Par les poulets de la mère Carey, marcher sans canne ! Mais combattre une sorcière ? Pas plus de chances qu'un marin contre une sirène… Elle le mangera. Éparpillera ses os sur la plage.

« Du calme, Deirdre, dit-il. Il faut se méfier de celle-là. Laissez-la-moi. » *Par les couilles de Triton, comment pourrai-je m'occuper d'une sorcière et tenir mon pantalon en même temps ? Il faut que quelque chose cède.*

« Très cher Dylan. Vous avez combattu en homme. Mon homme. Maintenant, il faut que vous me laissiez faire. » Sa voix était douce, mais son regard était d'acier. « C'est un combat qu'il me faut gagner. »

Puis elle se tourna vers Arachne :

« Appelez vos valets, quand vous voudrez. Enfin, si vous avez besoin d'eux. Ou bien jetez un de vos sorts. Mais n'oubliez pas que j'en ai peut-être quelques-uns, moi aussi.

— Des valets, vraiment ! Contre une romancière naïve et décatie ? Vous n'auriez jamais dû quitter votre hôtel particulier de Londres, vos livres et votre canne d'acajou. Ceux qui n'ont jamais vécu font de merveilleux écrivains. Ils inventent des mensonges qu'ils confondent avec la vérité. Cependant, lorsqu'on démasque le mensonge, ils s'effondrent comme des épouvantails soumis à la torche. »

Mais la résolution de Deirdre n'était pas faite de paille. Son bras possédait la vigueur d'une épée. D'un coup de pointe, elle délogea le haut chapeau pointu d'Arachne. Et pas seulement le chapeau. Les abondantes boucles blondes tombèrent comme les guirlandes d'un sapin de Noël.

« La sorcière a perdu son or ! » s'écria Dylan, prêt à aider sa compagne si elle le lui demandait, fier de la voir debout. Pensif également ; il avait été heureux qu'elle ait eu besoin de lui. Là, pendant cet ultime affrontement, elle pouvait se passer de son aide. Elle était fière. (Était-il sa fierté ? C'était présomptueux, néanmoins, il était l'*homme* de Deirdre. Cela sonnait comme : *roi.*)

Nue, à en juger par sa honte, Arachne leva les mains afin de cacher son crâne. Une Godiva sans la moindre chevelure.

« Je ne peux pas vous atteindre, avec toute cette soie, fit Deirdre. Il faut que le corset disparaisse. » Ses mains entrèrent en action, telle une cisaille de jardinier. Snip, snip, snip ! Les pétales tombèrent ; Arachne fut déflorée de sa pourpre. Jupons après jupons s'effondrèrent. Les robes étaient des armures, les robes pouvaient mentir. Le cramoisi avait menti. Les bras d'Arachne étaient pansus et d'une blancheur de limace. Le ventre, sans soutien, ressemblait à une moitié de citrouille ; les fesses, correspondant à l'autre moitié, s'ornaient d'une queue de renard grise. Les seins opulents étaient des mouchoirs roulés en boule, cousus à l'intérieur du corset. La vérité était tout autre.

Dylan se moqua d'elle :

« Les années t'ont tout volé, Arachne. De la viande aux mauvais endroits. Il n'y a même pas de quoi séduire un singe. Mes yeux m'ont trompé, dans l'arbre. Je suppose que j'avais pris un coup de lune. » Arachne oublia son orgueil. Puissante en dépit des années, en dépit de ses bras bouffis, elle donna un coup de genou dans le ventre de Deirdre.

« Tu m'as déshabillée devant mon homme ! » Elle martela la tête penchée. « Dans ma propre maison ! »

Deirdre supporta les coups sans un cri, puis releva la tête.

Entêtée, cette fille. En ai-je jamais connu de plus dévouée ?

Deirdre joignit les mains et fit de ses bras un anneau dans lequel elle emprisonna le cou d'Arachne. La force d'une femme qui ne faisait pas confiance à des jambes qu'elle n'utilisait pas. Les jambes avaient de la bonne volonté, elles apprendraient. Il fallait que ses mains fissent le travail. Tel un garrot, elles serrèrent le cou d'Arachne jusqu'au moment où le visage de celle-ci devint livide, sous le maquillage.

Cependant Arachne parvint à marcher sur le pied de Deirdre. Ce fut un coup sans vigueur. Son ultime résistance. Deirdre la lâcha et elle tomba, sorcière recroquevillée sur le dallage rouge et jaune représentant le vieux borgne et sa horde de loups. Abondance de fesses et de taille, absence de cheveux et de poitrine. Une ruine.

Dans les flammes, elle avait gardé sa dignité. Elle a souri lorsqu'elles ont léché sa robe. Plus maintenant. Une sorcière vaincue par une femme. Ma femme. C'est toute la différence.

Mais cela ne suffit pas. Les Drusii entrèrent dans la salle, semblables à des ombres avides. Ils paraissaient immatériels ; secs en fait, avec des bras faits pour étrangler les filles. Presque une vingtaine et armés d'outils : marteaux, burins et brosses.

Dylan frappa un Drusius de son poing dur comme un tonneau. L'un d'eux s'accrocha à son dos comme le Vieil Homme de la Mer ; un, deux, trois autres se jetèrent sur ses jambes comme les barracudas sur la baleine. Quelqu'un lui jeta une tenture sur la tête. Pris, il donna des coups de pied et se débattit pour trouver la sortie ; des cordes de soie avaient emprisonné ses chevilles et ses poignets. Deirdre était également attachée, ficelée comme une sirène de cirque, un mouchoir enfoncé dans la bouche — *une partie de la poitrine d'Arachne ?*

Le regard de Deirdre exprimait la honte et le désappointement.

« Raté.

— Mais non ! Vous avez marché sans canne et combattu pour Dylan. Si ce n'est pas un sort…

— Les sorts sont faits pour emprisonner, protesta Arachne. Les cœurs, les mains, les cous.

— Tricheuse ! » dit Deirdre, crachant le mouchoir. « Nous devions nous battre seules. Tu as appelé de l'aide.

— Les promesses sont faites pour n'être pas tenues. Sinon, où serait le bénéfice ? » Arachne, remettant en place sa poitrine, régnait sur la salle comme une reine de France. « Assez discuté. Conduisez-la près de l'arbre des pendus. Et l'ours couvert de fourrure aussi. Il regardera. »

Elle avait remis sur sa tête sa chevelure récalcitrante, son corset et sa jupe pourpres, bien qu'ils fussent froissés, et recouvré son arrogance.

Néanmoins, ils avaient vu la vérité, Dylan et Deirdre. Ils avaient contemplé la ruine.

L'arbre des pendus était l'orme proche de la chapelle, enchevêtrement indistinct de branches, de feuilles et de soleil, refuge d'oiseaux dont le chant restait en écho après leur départ. Ni les nœuds, ni les rugosités, ni les trous des piverts ne pouvaient enlaidir ce tronc puissant mais ombrageux. Il connaissait cet arbre depuis la nuit de la chapelle, la nuit des Drusii. Était-il possible qu'un être aussi élevé servît une sorcière ? Ses yeux de marin répondirent *oui.*

Le tronc comme un mât. On peut pendre une femme à la branche la plus basse, la bôme, ses pieds ne toucheront pas le sol.

Les Drusii avaient appris à sourire, discrètement, sans montrer les dents. Vêtus pour la pendaison, ils étaient venus pendre. L'un d'eux, un des rameurs de la barque, fit une boucle avec une corde de soie (nœud de marin... nœud de bourreau). Arachne frappa dans ses mains et, d'une voix basse et sifflante, donna un ordre. Derrière le rideau d'arbres, les eaux frémirent. Des bruissements s'élevèrent dans le taillis. Cavale de la Nuit. La mère d'Épona ? Petite, pour une Cavale ; plutôt comme un gros poney avec des nageoires. Pas couverte de limon, *celle-ci.* Mais quelle importance ? On ne juge pas un bourreau sur son élégance.

« Arachne », supplia-t-il. Et combien lui était difficile de supplier !

« Oui, mon petit ?

— Je ferai toutes les singeries que tu voudras. Libère seulement cette fille. Je ferai des singeries, d'un bout de l'année à l'autre, jusqu'à ce que tu cries : Assez ! »

Arachne le dévisagea d'un œil critique. Un boucher jugeant un jeune bœuf, se dit-il. Un pêcheur, une corne de narval. Une marchandise, voila ce que je suis.

« Non », souffla-t-elle dans un murmure qui n'était destiné qu'à lui. « Deirdre m'a ridiculisée.

Je ne peux pas la libérer. Même pour toi, bien que je te convoite. » Puis, plus fort : « Allons, maintenant, mettez-la sur Méduse. »

Un nom de Gorgone. J'en ai vu une, en Méditerranée. Elle avait des yeux féroces. Les cheveux comme un nid de serpents. Cela ne lui va pas.

Une convergence de Drusii ; des mains impatientes de saisir, de soulever, de maintenir Deirdre sur le dos de la Cavale.

Il leva ses mains liées et, d'un vaste mouvement circulaire, balança le plus proche Drusius dans le terreau, se traîna vers Deirdre et faillit l'atteindre. Le coup qu'il reçut sur la tête fut aussi violent que celui d'une bôme poussée par le vent. Seule sa chevelure lui évita d'avoir le crâne brisé. Il s'assit à terre et, stupidement, s'efforça de remettre de l'ordre dans ses idées. *Mon esprit est une bourse déchirée. Une guinée par-ci, un penny par-là. Les voleurs ont pris le reste.*

En connaisseur de la mort, Arachne savourait l'instant comme un vin français extrêmement rare. Elle humait le bouquet, le goûtait, le faisait rouler sur sa langue.

« Ma première exécution depuis bien longtemps, sauf bien sûr la mienne. J'en organisais autrefois pour mes vassaux turbulents. C'est mieux que les danses de l'arbre de mai ou que colin-maillard. D'abord la pendaison, ensuite le festin. J'avais même importé un bourreau de France ; la variété, comprenez-vous. Le style. Adroit comme un bûcheron fendant un tronc. Un seul coup. La tête roulait comme une balle de caoutchouc des Indes.

— Bavardage, bavardage », grogna Dylan, toujours à terre. « Autrefois par-ci, autrefois par-là. » *Arrange-toi pour qu'elle continue ; retarde la pendaison jusqu'à ce qu'il se passe quelque chose.* « Tu as été reine ou quoi ?

— Seulement une épouse soumise, répondit-elle, si l'on excepte un ou deux chevaliers, et un page pour le piment. Jusqu'au jour où mon mari, en revenant des croisades, mit à sac un château hongrois et ramena une fille à la peau couleur de petit-lait. Elle prit place près de lui, à ma table. Elle dormit dans mon lit. Il m'envoya coucher avec mes suivantes, dans une tour pleine de courants d'air. La ciguë, mes amis. La soupe à midi, le prêtre le soir, comme on dit. Il était temps de changer de territoire. Je gagnai Envers-Monde avec mes serfs, les Drusii, tous chrétiens (mais celtes autrefois et vampires également). Fis bâtir le manoir. La chapelle aussi, avec l'aide du peuple de la forêt, les Genii. Vous avez peut-être remarqué que mes saints et ma Vierge ressemblent un peu à des animaux. Renard, daim, loup. Cela ne me gênait pas, les animaux m'écoutent, les loups du moins. Mais telle fut la duplicité des Genii, petit peuple sournois et païen. Je leur ai demandé de sculpter la Vierge à mon image. Et qu'ai-je obtenu ? Une idiote aux yeux de biche. Ils croyaient que la forêt leur appartenait. Ils pensaient que je ne connaissais pas leurs dieux : Épona, Ceridwen et le reste. Ne pas les connaître ? Je leur préférais une autre foi. Le christianisme, à mon sens, promettait davantage. Arachne, me disais-je, vis avec ton temps.

N'oublie pas de prier et de payer la dîme. Je les ai fouettés, ces païens, pour les forcer à venir à l'église. J'en ai crucifié un ou deux. J'ai cru que j'avais gagné ma place en paradis.

« Les Genii m'ont attendue à l'église. Capes vertes, noires dans l'obscurité. Le peuple de la forêt parmi ses saints animaux. Ils m'ont attaquée alors que, à genoux, je promettais une nef à saint Pierre, en échange d'une place parmi les Élus. J'ai été touchée au cou par une de leurs fléchettes. Ils ont également tué mes laquais, mes fidèles Drusii. Une pièce de cuivre pour les saints chrétiens. Je maudis saint Pierre avant que le poison eût atteint mon cerveau, le maudis en pensée lorsque mes lèvres s'engourdirent.

« Je me retrouvai en l'autre endroit. En bonne compagnie. J'ai rencontré de vieux amis, en ai connu de nouveaux. Mais il n'y avait pas assez de place. Je ne supportais pas la chaleur. J'ai séduit le diable pour qu'il me laisse partir. J'ai promis d'agir suivant sa volonté. J'ai agi également suivant la mienne. Je ne vous ennuierai pas avec le récit de ma vie, les cours sur lesquelles j'ai régné, les rois que j'ai séduits. Croyez-moi, il n'y a pas pire sorcière qu'une chrétienne bafouée.

« J'ai empoisonné un duc (le rustre !) et sa femme s'en est formalisée. Il me fallait une retraite, un endroit tranquille. J'ai épousé un homme fortuné d'un petit village minable, proche de Bath. Un fermier mais propriétaire de nombreux cochons, de grain et d'une maison semblable à un recoin d'enfer, mais sans la chaleur et la foule. Je l'ai empoisonné avec ma potion : baies de lierre et champignons mélangés au clair de lune. Les cochons n'étaient pas d'agréables compagnons. J'ai cherché un jeune homme pour réchauffer mon lit. Qui d'autre que Dylan, qui avait peur des filles mais pas de moi ? Je n'ai jamais eu d'élève plus doué.

« J'étais presque satisfaite de cette existence rustique, voyez-vous. Cela aurait pu continuer un an, ou davantage. Mais les puritains m'ont eue... Le père et ses amis. Trop vieux pour brûler eux-mêmes, ils m'ont attachée au poteau et m'ont brûlée devant le garçon. Ombres. Le Pays de Nulle Part. Le Pays d'En Bas. J'ai réussi à regagner la forêt. Ma forêt. J'ai retrouvé mes domestiques d'autrefois, les Drusii, qui étaient parvenus à quitter l'enfer en promettant de vampiriser une vierge chaque mois (une sainte compte pour deux). Individus pleins de vanité ! Je les ai autorisés à sculpter leurs visages sur la chapelle... Les gargouilles. C'est ainsi qu'ils sont, la nuit. En échange, ils m'ont enseigné ce qui avait changé. Voler, et les festins. Des trucs qu'une sorcière doit savoir.

« Je me suis assuré les services des Cavales de la Nuit avec des cadeaux de pacotille. J'ai également effrayé les Genii qui, privés de chef, n'osèrent pas s'attaquer à moi en dépit de leurs fléchettes. J'ai habité la grande salle du manoir. Devant mon métier, j'ai tissé mes fils d'or et ourdi le péché. La maison était presque complètement en ruine. Le jardin était une jungle et les murailles de Jéricho après le passage d'Osée. Cela me plaisait. J'aime le chaos aussi longtemps que je règne sur lui. La poussière est mon élément ; les toiles d'araignées et la poussière. Puis cet attelage s'est égaré dans la forêt. Dylan, qui d'autre ? Et quel homme ! Un accident ? Un sort me l'a apporté, si vous voulez mon avis. J'ai essayé de lui créer un foyer... nettoyé le manoir, élagué le jardin. Non, il préférait son amie invalide. Le charme n'agissait plus, d'après lui.

« Vraiment, mon cher ? Le moment des réjouissances est arrivé », annonça Arachne.

Aiguillonnée, Méduse se traîna sous la branche. Une fois Deirdre sous la boucle, Arachne lui passa la corde au cou.

« Voilà, mon élégante amie. De la soie, pas du chanvre. Elle ne meurtrira pas ce joli cou comme une corde de marin. Sois reconnaissante. Moi, on m'a brûlée. Cela fait diablement mal, et je suis bien placée pour le savoir. »

Deirdre regarda attentivement Dylan.

« Si seulement je pouvais être sûre qu'elle ne vous fera plus de mal, je serais soulagée. J'ai mes bonnes pensées, où que j'aille. Pas au paradis. Autrefois celte, jamais chrétienne, quoi qu'en pense Arachne. Les Celtes aiment les questions ; les chrétiens préfèrent les réponses. Une forêt, c'est ce qui me conviendrait le mieux. Sans Arachne et sans Drusii. M'y rejoindrez-vous, le moment venu ? En attendant, les pensées sont amies. J'en ai eu plus que ma part. J'ai eu mon festin. »

Il secoua vigoureusement la tête.

« Non, ce n'est pas vrai. Vous méritez un lord. Pas un pauvre marin comme moi. »

Elle leva les bras, comme si elle eût pu se

prendre la tête entre les mains. Ses mains étaient évidemment attachées ; et, apparemment, il serait éternellement séparé d'elle. Mais elle lui apparaissait comme la chaleur d'un bon feu. Le soleil, au travers des arbres, faisait miroiter ses cheveux ; de feu et d'ombre. La forêt aurait pu envier le vert de ses yeux ; ses joues avaient pris le rose immaculé du dessous de l'aube. Ses bras lisses et vigoureux, comme ils avaient combattu pour lui ! Plus que la soie et le vair, son jupon faisait d'elle une reine.

« Plus que mon marin, plus que mon Dylan ? Il n'y a pas, en Floride, de fleur plus rare. Mais quel rapport y a-t-il entre les fleurs et vous, mon Robin, mon chêne, mon mât contre la tempête ? La tunique que j'ai cousue, elle ne vous allait pas très bien. Mais elle était pleine de mes pensées. Les regrets sont pour vous, mon chéri. Il vous faut attendre. Je ne serai pas seule dans le noir.

— Méfie-toi des voyages », dit Arachne avec un sourire. « Tu découvriras peut-être qui tu es. Trop tard. »

Dylan, Dylan, Dylan... La voix résonna dans sa tête. Une voix végétale. Grains de seigle sortant du sommeil de l'hiver. Jonquille appelant l'abeille.

Dylan, mon étranger, Dylan, mon homme merveilleux, te souviens-tu de moi ? Tronc a-t-il jamais été aussi lisse ? *Ce sont tes propres paroles.* Des feuilles comme de la dentelle. *Telle était ta pensée.* « Orme », souffla-t-il. Les paroles peuvent être entendues. *Orme*, pensa-t-il. *Toi, le plus bel arbre des bois. Deirdre est ma femme. Tu n'es pas jaloux, n'est-ce pas ?*

Si ! Que les piverts la percent de part en part ! répondit l'orme.

Je t'aurais choisi. (Que Triton lui pardonne ce mensonge. Il n'avait jamais été amoureux des arbres, même d'un orme de belle stature. Il les aimait bien, mais ne les aimait pas tout court.) *C'est-à-dire si je t'avais rencontré avant. Mais c'est Deirdre que j'ai rencontrée. Tu ne voudrais pas que je triche, n'est-ce pas ? Tu ne voudrais pas d'un tricheur.*

Non ! Emphatique et indiscutable.

Lui seul pouvait entendre l'orme. Personne ne peut entendre les pensées.

Arachne leva la main. Elle faisait penser à un échafaud attendant un cou.

« Ho, Méduse », cria-t-elle. Puis elle frappa le flanc de la Cavale.

La soi-disant Méduse refusa de bouger ; ses naseaux ne frémirent pas, sa queue elle-même resta immobile. Elle donnait l'impression de brouter dans une prairie sans être importunée par les mouches ; du trèfle à manger en rêvant d'étalons.

(Dylan communiait avec son arbre.)

« Méduse, qu'est-ce qui te prend ? As-tu oublié mes présents ? »

Elle frappa plus fort.

Je n'ai jamais vu de tronc plus lisse, Un feuillage comme de la dentelle espagnole. Mais puissant. La glace ne peut pas briser ces branches, pas vrai, ma vieille ?

Entêtée comme l'ânesse de Balaam, Méduse enfonça ses sabots dans l'herbe, ancres qui l'immobilisaient. La perversité brillait dans ses yeux.

Dylan émergea de sa conversation amoureuse; Deirdre souffla :

« Alexandre, mon vieil ami ! N'aie pas de remords. Qui peut résister à une sorcière ? Je n'ai pas pu. »

Le tonnerre gronda dans la voix d'Arachne.

« Toi, là, avec la brosse ! » Le manche était aussi grand qu'un homme, l'extrémité était en aiguilles de porc-épic. « J'en ai besoin, *tout de suite* ! »

Une Cavale elle-même ne pouvait résister à un tel coup. Méduse tomba à genoux, amortit sa chute avec ses nageoires mais chut néanmoins. Deirdre était pendue.

Suspendue par le cou, elle se balança au bout de la corde.

Puis lentement, délibérément sembla-t-il, la branche descendit en direction du sol; la boucle s'abaissa jusqu'au moment où les pieds de Deirdre touchèrent les feuilles. Indemne, elle se retrouva sur la terre ferme.

Dylan se leva. Il se dirigea vers Deirdre. *Le pont penche, c'est le vent du nord. Mais essayez donc de m'arrêter !*

Ils mêlèrent leurs bras attachés, maladroitement, désespérément, dans une accolade meurtrie.

Arachne, l'orage, ordonna :

« Trouvez un autre arbre ! Trouvez une autre Cavale ! Cet orme nourrira ma cheminée, cette Cavale mes chiens ! »

Son explosion éparpilla les mignons. Ils emprisonnèrent la Cavale dans un harnais de soie.

« En garde ! »

La voix était puissante comme la sonnerie d'une conque sur l'océan.

« En garde, chiens sans scrupule ! Lâchez ma nièce ! »

Adeline, bénie soit-elle, flanquée d'Hadreus, suivie de Telchin et des Genii, était venue à l'exécution ; cent sarbacanes se tenaient levées et prêtes à tirer.

« Allons, allons, ma chérie, croyais-tu que ta tante Adeline t'abandonnerait à ton triste sort ? Lorsque tu as quitté le moulin, je t'ai suivie, pauvre folle amoureuse. Mais pas seule, car telle fut ton erreur. Adeline est plus âgée et plus sage. Adeline n'est pas amoureuse. Elle a levé une armée, voilà ce qu'elle a fait, comme Boadicée contre les Romains.

— Mais comment, tante Adeline ? Comment as-tu persuadé les Genii de te suivre ? Ils ne nous aimaient pas, sauf Hadreus.

— Hadreus a marchandé adroitement. Mais que pouvait-il offrir ? C'est tombé sur moi.

— Oui ?

— Je me suis sacrifiée. »

— Mais qu'as-tu donné ? Tu as laissé tes bijoux à Bristol.

— Mon bijou le plus précieux, ma perle inestimable.

— Tu veux dire…

— Exactement. Je plaisais, tu t'en souviens, à Telchin, bénie soit sa petite âme gourmande. J'ai convaincu Hadreus d'organiser une orgie dans son moulin. De fournir les guirlandes et le vin. J'étais, pour ainsi dire, *la pièce de résistance.* »

La perle doit être un peu ternie, maintenant, je suppose. Enfin, elle a joué son rôle.

« Ça vous a fait le plus grand bien, Tantine, dit Dylan. Vous avez perdu encore quelques livres. Vous avez l'air vraiment…

— Grassouillette ?

— Mignonnette. »

C'était vrai. La grosse tante était devenue un été indien de femme, mûre mais pas trop, avec l'opulence des récoltes de sa saison : raisin, citrouilles et maïs.

« Et nous sommes à nouveau réunis, dit Deirdre, sauf… »

Hadreus avait pris dans ses bras l'arbre des pendus. Ses lèvres remuaient en silence.

« Le petit gars la connaît, expliqua Dylan. C'est bien ce que je pensais. J'ai vu sa queue, vous en souvenez-vous ? Elle ressemblait à une liane, pas à de la chair.

— Hadreus, qui est ton amie ? Elle m'a sauvé la vie.

— Mon épouse », répondit-il avec un sourire reconnaissant. « Nous sommes réconciliés.

— Quel était le problème, ami ? » demanda Dylan.

« J'ai fait la cour à un chêne. Ceridwen furieuse était. De ses faveurs m'a privé. Hadreus furieux était. Maintenant elle m'a pardonné. Maintenant, je l'ai pardonnée. » Il regarda attentivement Dylan. « Mais vous lui plaisez. Si je recommence, elle dit qu'elle se mettra en ménage avec vous ; et tant pis pour vous et votre femme. »

Dylan caressa le tronc de Ceridwen.

« L'attirance est mutuelle. C'est sûr. Je serais fier d'être à toi, si je n'avais pas déjà une femme.

— Mais, tante Adeline, protesta Deirdre, si les Genii prennent leur plaisir avec les arbres…

— Comment se fait-il que je leur plaise ? Ils *épousent* les arbres. Par de douces paroles, ils les persuadent de porter des fruits. Les arbres trouvent cela agréable, sans aucun doute ; mais pour les Genii cela ne concerne que la reproduction. Pour le plaisir, comme tous les hommes, malgré leur queue en forme de liane et leurs yeux d'animaux, les Genii préfèrent une vraie femme. »

Elle se tourna vers Dylan et changea de ton ; grave et non plus didactique :

« Mon garçon, dit-elle, j'ai participé à l'orgie et donné ce que j'avais de plus précieux, mais pour une cause admirable : recruter des mercenaires afin de secourir ma nièce et vous-même. Dans d'autres circonstances, un monsieur sans pantalon, devant des dames, a de grandes chances d'être considéré comme un rustre. En fait, je suis tentée de m'évanouir. »

Il ne se rappelait plus quand il avait perdu ce dernier vestige de son uniforme. Son visage était rouge, d'autres endroits l'étaient également, sans doute ; il se réfugia derrière sa politesse de naguère :

« Mademoiselle Deirdre, pardonnez-moi. Je n'ai jamais été un gentleman. Je n'étais pas non plus un Injun tout nu, du moins je le pensais.

— Vous pardonner quoi, mon chéri, à part le *mademoiselle* ?

— Le cul-nu.

— C'est le premier qu'il me soit donné de voir. Les frères ne comptent pas. Tout ce que je puis dire, c'est que cela vous va mieux encore que le pantalon à pattes d'éléphant. Je crois que je vais recommander cet uniforme à la Flotte.

— Et vous êtes une dame ? ironisa-t-il.

— Vous savez ce que je suis. Vous le savez depuis le début.

— Pas du tout. Je me suis trompé. Les catins, c'est bien, mais où est la pudeur ? Les dames, c'est bien, mais où est le plaisir ? Vous avez ce qu'il y a de mieux dans les deux cas. On appelle ça une femme.

— S'il vous plaît, monsieur. »

Un jeune homme, vêtu d'une tunique d'un vert de mousse, serrée à la taille par une ceinture, verte également, s'était glissé parmi eux aussi silencieusement qu'un loir dans le nid du pivert.

— Thomas !

— Tommy !

Il secoua la tête et eut un sourire incertain.

« Mais mon véritable nom n'est ni Thomas ni Tommy. Il y a tellement longtemps que je ne me souviens plus… »

Dylan le serra dans ses bras, Deirdre l'embrassa sur la joue, comme font les parents avec le fils prodigue.

« Tout a commencé il y a bien longtemps », dit-il, battant des paupières sur ses grands yeux gris pleins de sommeil. « Au temps des Celtes. J'habitais la forêt avec mes amis : Sul, Épona, Brigit et Ceridwen. Les arbres et les animaux également. Et même les Cavales de la Nuit, mais alors, elles savaient se tenir. Nous ne faisions qu'un. Des étrangers sont arrivés : Genii, Romains, Saxons, Vikings. Ils me laissèrent en paix, ils aimaient mes amis. Puis *elle* est arrivée, Arachne, la sorcière. Mes amis furent obligés de fuir, de se cacher ou de changer de forme. Elle en captura quelques-uns dans un filet et les crucifia, ou bien les fit rôtir à la broche. Elle s'empara des Genii et en fit ses esclaves. Elle leur fit construire une chapelle sans dieu. Elle vola leurs terres pour les donner aux Drusii.

« Je partis pour un long voyage et tombai dans un rêve. Villages, villes, métropoles. J'ai semé des récoltes, commandé des navires, guéri des membres brisés. Puis, à la fin du rêve, le pire et le meilleur. J'habitais une ferme près d'une haute église. Je gagnai Londres et habitai un grenier au-dessus d'une boucherie. Je suivis un appel qui me conduisit dans la forêt. Pas celui d'Arachne. Des échos, il me semble. J'y rencontrai une belle dame au sourire triste et un marin à la chevelure abondante.

— Mais pourquoi Arachne nous a-t-elle laissés partir ? Elle voulait Dylan. Elle aurait pu s'emparer de lui, la nuit de la chapelle. »

Arachne, accroupie dans le taillis, faisait penser à une araignée privée de sa toile.

« Les sorcières elles-mêmes se reposent, grogna-t-elle. J'ai ordonné à mes Drusii de vous capturer dans la chapelle. Puis je me suis endormie du sommeil des damnés, profond et sans rêves. Il n'y avait pas le moindre risque. Demain, le festin ! À mon réveil, vous étiez partis. Le gui ! Il avait fait fuir mes laquais, les avait éparpillés dans la nuit. C'est un poison, comprenez-vous. Aengus, dieu de l'amour, lui a jeté un sort parce que les Drusii écrasaient ses baies pour en faire un philtre capable de faire naître le désir. C'était *son* travail ! Pas de philtre pour lui ! Ses baisers, à ce que l'on dit, deviennent des cygnes. Mais tout cela est de l'histoire ancienne.

— En effet », dit Thomas, qui reprit aussitôt son récit : « Dylan et Deirdre regagnèrent Bristol. Moi, je retournai à Londres. Sans ami, affamé et poursuivi par les créanciers. Je feignis de prendre de l'arsenic. Je pris du laudanum. Je dormis. On me crut mort. Je regagnai la forêt.

— Cette fois, c'est moi qui l'avais appelé, précisa Arachne. Un appât pour ses amis.

— Puis je me suis éveillé et j'ai compris que j'étais chez moi. Mais elle… » Arachne ne protesta pas, sourit, semblable à une araignée effrayée par le balai… « Elle me fit enfermer dans une tour avec un livre, une bougie et un morceau de fromage. Je lus le livre, mangeai le fromage et brisai la serrure. Le couloir n'était pas gardé. La maison était vide. Je me suis dirigé vers les voix et suis arrivé ici. Êtes-vous la dame du rêve ? Deirdre, tel était votre nom. Mais vous n'êtes plus triste. Et voici Dylan le marin, votre ami. Et le mien aussi.

— Envers-Monde », fit Deirdre avec un sourire. « Existe-t-il vraiment un tel endroit ?

— C'est bien cela, dit Thomas… *Tommy ?*
— Quoi donc, jeune homme ?
— L'endroit qu'elle vient de mentionner. C'est mon nom. Je n'étais Thomas que dans le rêve. »

Arachne avait été réparée, mais pas reconstruite ; un peu comme les statuettes de porcelaine représentant un berger jouant de la flûte ou une bergère avec sa houlette… La femme de chambre la fait tomber, la maîtresse fait recoller les morceaux ; les traces ne sont visibles qu'en plein soleil. Sa beauté était indéniable ; en dépit du réseau de rides sous le maquillage, des bras dodus que la dentelle ne pouvait contenir, de la perruque. Son pouvoir était réel mais, dans le monde de Dylan, guère irrésistible.

Flanquée de ses valets, debout sur la berge de la rivière, elle se préparait à monter dans sa barque.

« Cette époque ne convient pas aux sorcières », dit-elle d'une voix triste, avec un sourire morne. « Elle manque de grandeur ; elle n'a plus cette splendeur du péché qui illuminait le passé, comme la torche de Néron qui a embrasé Rome. Élisabeth ! Voilà une époque propice aux sorcières ! Elle en connaissait l'art. Complots, intrigues, sorts ! Qui a dressé la tempête contre l'orgueil de l'Espagne ? Après sa mort, nous l'avons pleurée comme une mère. James et Charles étaient des faibles ; Cromwell un despote. Les puritains se sont imposés, et la mesquinerie aussi. Mais, amis, épargnez-moi vos larmes. Arachne attend.

« Deirdre, ma fille, je te croyais digne d'être méprisée. Un toutou, pouponné et mou. J'ai vu une lionne. J'attendais une plainte et j'ai eu un rugissement. Tu as mon respect. Et mon homme.

« Dylan, mon marin, mon ours ébouriffé ; c'est toi que j'ai le plus aimé. Dans toutes mes nombreuses vies — j'ai oublié combien, une douzaine sans doute. Plus que le roi ou l'empoisonneur, le pirate ou le général. Satan lui-même doit être jaloux de ton corps. Sans *elle*, crois-tu que je te laisserais partir ?

« Assez de regrets. La ciguë est répandue, n'est-ce pas ? Il faut moudre l'arsenic ! »

Puis, s'adressant à ses laquais :

« Larguez les amarres. Abaissez les rames. Les barques sont faites pour naviguer. Nous allons donner à la ville un aperçu des arts de la nuit. Et nous instruire par la même occasion, hein, mes garçons ? Londres la nuit. Rues noires. Jeunes filles savoureuses endormies sous leur édredon ! Marins ivres regagnant leur navire. Allons, que cette pensée soit un appât ! À nous les péchés que peut offrir cet âge mesquin ! »

« Arachne », fit Dylan, levant la main par habitude pour retirer sa casquette, bien que celle-ci fût restée dans la caverne de la Cavale de la Nuit. « Tu ne reviendras pas, pas vrai ?

— Sauf si tu m'appelles, mon petit. Si tu te lasses de cette fille.

— Cela ne peut arriver, n'est-ce pas ? dit Deirdre, lui prenant la taille.

— Deirdre, ma fille, dit-il, Dylan peut dire ce qu'il a à dire. Vous oublier ? J'oublierais plutôt la mer ! »

Puis vint le moment des adieux. Le retour d'Adeline à la société était déplorable, mais inévitable. Adroite à l'aiguille, elle s'était confectionné une jupe dans une tapisserie, un corsage avec des mouchoirs afin de présenter, non de feindre, une paire de seins opulents. Sur sa jupe, des vierges jouaient avec des licornes mais un satyre sournois, tapi dans un vallon, préparait un viol.

« Maintenant que j'ai retrouvé la ligne… Maintenant que j'ai accompli ma mission et réuni les amoureux séparés par les caprices du destin… » Elle eut son sourire d'entremetteuse et Dylan essuya une larme du dos de sa main… « Je dois retrouver la place qui me revient dans la société londonienne. Noblesse oblige. Qui sait ? Je me déciderai peut-être pour un duc. Ou bien… », ajouta-t-elle, mettant en valeur ses appas, « votre ami Squirrel, l'aéronaute. Il est très intelligent et je me suis bien rendu compte que je lui plaisais.

— Il faudra choisir, répliqua Dylan. Un duc *ou* Squirrel.

— Vraiment ? » demanda-t-elle, d'une voix légèrement empreinte de doute. « Vous rendez-vous compte que, en raison de cette orgie, je puis être considérée en quelque sorte comme une marchandise à solder ?

— Peu importe ! Les perles deviennent plus belles avec le temps. Il faut les porter pour qu'elles brillent. Tommy vous conduira. Pas vrai, Tommy ?

— Allez, Tantine, prenez ma main », dit le garçon, qui avait appris à aimer son nom. Le vide de ses yeux semblait être comblé.

« La conduiras-tu sans risques jusqu'à la route ?

— Il n'y a plus de risques, maintenant », dit-il avec fierté et avec cette solennité tendre, mi-petit garçon, mi homme – ne correspondant ni à la jeunesse ni à l'âge –, qu'il conservait de l'époque qu'il appelait son rêve. « Alexandre s'est chargé des Cavales de la Nuit et la petite Épona a appris à faire des poupées de boue. Les Genii ont repris leurs activités d'autrefois… meunier, tanneur, tailleur. Ils ont même déposé Telchin et choisi un roi. Hadreus, bien sûr. Ceridwen, quant à elle, porte des fruits. Des jumeaux, en fait. Suspendus par leur queue en forme de liane à ses plus hautes branches.

— Cher petit », dit Adeline, fière d'être une voyageuse. « Il nous faut, je le crains, embarquer. À Bristol, je connais une jeune fille tout à fait charmante, qui a exactement votre âge… »

Dylan et Deirdre, soumis à la caresse du feu, étaient assis près de la fenêtre du manoir, leur maison.

« Vous savez », dit-elle, bourrant la pipe de Dylan, « Arachne avait des imperfections. Elle était très méchante et pas jolie du tout sans sa perruque et ses mouchoirs. N'est-ce pas, chéri ?

— Un éléphant de mer, voilà ce que c'était.

De grosses
Fesses,
Rien
Où il faudrait.

— Pourtant, elle a dit au moins une chose intelligente : méfiez-vous des voyages. Vous pourriez découvrir qui vous êtes. Trop tard ! Mais j'apporterais une petite correction : osez voyager ! Et je n'ajouterais rien. »

Il souffla un nuage de fumée.

« La philosophie, c'est pour les belles dames. Les bas-bleus, comme on dit. Maintenant, ce n'est pas la dame que je veux. C'est l'autre.

— Elle est ici, Dylan.

— Allons, ma fille, embrassez-moi ! »

Épilogue

Les vieux frissonnent et font le signe de la croix.

« Les Cavales de la Nuit, se vautrant
dans la boue,
« Et les Drusii, aux yeux comme des braises
dans la nuit. »

Les jeunes acquiescent, mais sourient sous cape, puis rient lorsqu'ils quittent la maison. Il faut bien que les vieux aient leurs rêves, oui, et même leurs cauchemars. Les jeunes préfèrent la vérité.

Et quelle est donc la vérité, pour ces jeunes gens, dans l'ombre grandissante de Bristol, ville de clochers, de mâts, de ballons et d'usines crachant de la fumée et du feu ? La vérité, c'est de prendre un panier, avec du fromage, un peu de langue et une bouteille de bière mousseuse, d'aller à la limite des champs et de regarder le paysage vert du monde que leurs parents appellent Envers.

Écoutez !

Le bruit sec d'une flèche, le hurlement d'une

trompe de chasse, le bruissement d'une tunique dans la verdure.

Et le jeune homme se tournera vers la jeune fille :

« Robin est revenu.

— Et Marianne, vive comme une biche !

— Ainsi qu'un garçon, leur fils. »

NOTE DE L'AUTEUR

Les amoureux de la littérature anglaise auront peut-être reconnu en Thomas, esprit tutélaire d'Envers-Monde, une évocation de Thomas Chatterton, génie précoce de la fin du XVIIIe siècle, qui écrivit des poèmes sur le Moyen Âge mais qui, faute de public et par conséquent de nourriture, absorba de l'arsenic, à l'âge de dix-sept ans, dans un grenier de Londres.

Le mystère entourant sa mort (fut-il enterré dans la fosse commune, avec les autres suicidés, ou bien réclamé par sa mère, qui habitait Bristol, puis inhumé en terre bénite) m'a incité à proposer une autre explication.

Deirdre doit sa mauvaise santé et une bonne part de son courage à Elizabeth Barrett Browning, femme au grand cœur qui, comme mon héroïne, fit une chute de cheval et souffrit par la suite de ce que les psychologues d'aujourd'hui appelleraient une claudication psychosomatique, mais retrouva l'usage de ses jambes dans l'amour d'un homme hors du commun. Toutefois, elle doit sa beauté et une part tout aussi importante de son courage à Helen, femme incomparable de ma dédicace.

Les puristes me pardonneront, j'espère, d'avoir situé une ascension en ballon à hydrogène dix bonnes années avant les premiers récits mentionnant un tel vol. Mais il arrive que les archives disparaissent – ou qu'elles mentent. D'où ma *Catin céleste.*

En ce qui concerne les faits, je dois beaucoup à *A History of Everyday Things in England*, de Marjorie Quennell ; en ce qui concerne l'inspiration, à mon cinquième film préféré : *The African Queen*, l'amour désenchanté, drôle et finalement triomphant, d'un homme inculte et d'une femme sur-civilisée.

Les poèmes, à l'exception de deux airs médiévaux et de ceux qui sont spécifiquement attribués à Robert Herrick, sont de moi.

LES DIEUX DEMEURENT

À Pam,
Qui est Stella,
Enchantée parmi les déesses.

Prologue

Il regarda les petites ouvrières chargées de feuilles d'olivier qui, semblables à des coupes, contenaient une profusion de miel. Il rit, prit une feuille et tendit l'autre main pour attirer les abeilles et montrer sa reconnaissance.

« Pauvre petit géant ! » semblait dire leur bourdonnement. « Abandonné dans nos champs. Il compte sur nous pour ne pas mourir de faim. »

La fin de l'été pesait avec douceur sur la campagne : les vignes se chargaient de grappes semblables à des rayons de miel pourpres, attendant les esclaves qui les cueilleraient, les fouleraient, en chantant des airs de vendange. Des collines, seins de la Terre. Le serpent amical d'une rivière se tordait comme pour inonder les champs. Des oliviers, parure argentée et bruissante ; et, au sud, une toison dorée d'orge, de seigle et de blé, capable de séduire un Argonaute. Une maison d'été, toit de brique et porte au chambranle bleu, où les esclaves pouvaient manger et se reposer, où pour le moment ils s'abritaient du soleil de midi, ayant abandonné les champs aux abeilles… Et à lui.

Le nord ? Au-delà de la ville, les collines devenaient des montagnes de grès ; les buissons remplaçaient le blé. Le roux remplaçait le vert. Il n'aimait pas le nord.

Il sentit les visiteurs avant de les voir. Le bourdonnement des abeilles avait couvert le bruit de leurs pieds chaussés de sandales ; le blé, de la taille d'un homme, avait caché leur approche. Des robes, tels des draps enroulés, les protégeaient du soleil (ou du péché ?).

« Nu », fit l'homme en fronçant les sourcils. Il aurait aussi bien pu dire « barbare » ou « démoniaque ».

« Ce n'est qu'un bébé, dit la femme d'une voix à la fois douce et réprobatrice.

— Cinq ans et bien gras, à mon avis. Tu appelles cela un bébé ?

— Dodu, pas gras. » Puis, se détournant des sourcils froncés : « Quel est ton nom, petit ?

— No-do-tus », répondit-il, fier d'avoir assemblé les syllabes en un véritable nom et non en un babillage infantile. Il y a de la magie dans les noms comme dans la caverne de la Sibylle et l'arbre de la Dryade. (Même si la caverne est inoccupée, même s'il n'y a pas dans l'arbre de fille aux cheveux verts ; le sens du nom devient obscur ; néanmoins, la magie se dissimule derrière de nombreux masques.)

« Nodotus, murmura la femme. Celui qui fait grandir la tige. C'est le nom de l'esprit du blé d'un ancien culte. Ses cheveux, blonds comme les blés, conviennent à un esprit. Je m'appelle Marcia. Voici Marcus, mon mari.

— Ces esprits étaient phalliques, n'est-ce pas ? » persifla l'homme. « Eh bien, ils sont partis. Maintenant, c'est le Christ et Mithra.

— Et la douce Isis.

— Pour vous, les femmes. De toute manière, le nom ne conviendra pas. » Ses yeux contenaient de l'acier et son front portait plusieurs cicatrices. Il semblait avoir été fait pour la guerre ; il commandait des trirèmes pour l'empereur ; livrait bataille, gagnait et perdait ; parvenait cependant à survivre, préférait devenir dur que sage, portait ses blessures comme une couronne de lauriers symbolisant sa lutte.

Non pas que les petits garçons puissent noter de tels détails. Nodotus n'enregistra rien d'autre que la sévérité.

« Nous l'appellerons Nod, dit la femme. C'est plus court. Nod, quel âge as-tu ?

— Sais pas. » En fait, il ne savait même pas comment il était arrivé dans le champ. Il savait seulement qu'il aimait bien la femme et que l'homme lui déplaisait. Peut-être aimait-elle les feuilles trempées dans le miel. « Tiens ! » Elle prit son présent comme un plat digne de l'empereur, un pis de truie dans une sauce au thon, des escargots aux asperges, et lécha la surface sucrée du petit plat végétal.

« Quel âge as-tu, à peu près ?

— Cinq ans », répondit-il, se souvenant de l'estimation de Marcus.

Elle se tourna vers Marcus avec un sourire capable de faire fondre son acier.

« Tu vois ? On dirait qu'il en sait plus qu'il n'en

dit. Ou bien qu'il apprend plus vite que toi et moi. Comme s'il comprenait.

— Comprenait ? J'ai l'impression qu'il est à moitié endormi. Il n'a bougé que pour t'offrir la feuille. En tout cas, tu lui as trouvé un bon nom : Nod.

— Il n'est pas indolent, mon cher. Il économise ses gestes, voilà tout.

— Je ne connais pas de marmot plus économe.

— Marcus, il nous va falloir l'emmener chez nous. Il n'est pas de la ville, c'est une certitude. » La ville était Misna, construite par les Étrusques, ravagée par les Gaulois puis occupée, plus tard, par les Romains venus du sud. « Pas avec ces cheveux jaunes. Je crois... Je crois qu'il est peut-être ce que son nom implique.

— Un véritable *esprit* ? » Il prononça ces mots avec plus de dégoût que d'étonnement. De tels esprits s'ébattaient dans les forêts de l'Âge d'or. Enfants-dieux, demi-dieux, hommes-bêtes... Tous ces noms ne faisaient qu'un.

« Un enfant-dieu chargé de tâches mineures. Quel mauvais moment ils ont passé, eux et les dieux de la campagne ! Les chrétiens les maudissaient chaque fois qu'ils en avaient l'occasion et les prenaient pour des démons sortis de l'enfer. » (Avait-elle perdu son sourire, par un jour aussi ensoleillé, et après l'avoir trouvé, *lui* ?) « Personne, à l'exception des paysans, pour leur faire des offrandes de lait et de miel. Routes et villes obscurcissant leurs champs. Autels couverts de végétation. Images sacrées devenant des poupées que les petites filles jettent par terre et piétinent. »

Pensive, elle regarda l'essaim quitter le champ, à ses yeux nuage d'onyx, sans aucun doute ; nuage de safran pour Nod, qui ne regardait pas seulement avec les yeux. « Sauf peut-être les abeilles, qui ont toujours été leurs amies. Tu dis qu'ils sont partis, les esprits ?

— Ils se sont enfuis dans le nord lointain. Pour se cacher dans les cavernes et les bois, tant mieux pour nous !

— Est-il possible qu'ils aient oublié Nod, lorsqu'ils se sont enfuis ? Ou bien qu'il se soit caché dans un champ qu'il connaissait... Et y soit resté. Tu remarqueras le menton volontaire. Il semble savoir ce qu'il veut.

— S'il a été oublié, c'est délibérément. Je suis sûr que c'est un esprit malin, un hypocrite et un voleur.

— À *cinq ans* ?

— Tu as dit toi-même qu'il paraît plus âgé. Avec les esprits, comment savoir ? Toujours dans les ennuis, une calamité pour sa mère, une malédiction pour son père, et beaucoup plus à l'aise dans les champs. Et tu voudrais qu'il vienne chez nous ? Mais la maison a plusieurs siècles ; et qui sait quels esprits ou quels démons y habitent encore ? Tu en ajouterais un autre ? » Dans le passé, la place des démons se situait entre les dieux immortels et les hommes mortels. Avec le développement du culte du Christ, ce mot était réservé aux êtres mauvais, alliés à Satan et à sa soif d'âmes humaines.

« Si Nod est un esprit du blé, il nous portera chance. En tout cas, il en allait ainsi autrefois. Ils faisaient lever le blé et le protégeaient de la sécheresse, ainsi que du mildiou rouge. Parfois ils suivaient les gens pour qu'il ne leur arrive pas de mal, ou bien leur laissaient des petits présents de nourriture et de fleurs.

— Et si ce n'était qu'un petit être humain ?

— Eh bien, un enfant ne nous serait pas inutile. Il semble vigoureux. Il n'a ni pleuré ni fait la moue… Alors qu'il est abandonné et a certainement faim…

— Les abeilles lui ont donné à manger.

— Et que nous nous sommes arrêtés auprès de lui, nous qui devons lui apparaître comme des cyclopes gigantesques, gris et bruyants. Il a manifestement très bon caractère. Dans quelques années, il pourra nous aider à la maison.

— Nous avons trois esclaves.

— Mais auparavant nous en avions sept. Plus tard, il pourra superviser les champs. Ton contremaître mérite d'être surveillé. Surtout lorsque tu es en mer.

— Je suis parfaitement capable de surveiller mon contremaître sans l'aide d'un soi-disant esprit du blé. S'il est ce que tu prétends, il cueillera les plus belles pousses pour les manger comme des saucisses. En outre… », ajouta-t-il, comme pour mettre un terme à la conversation… Poings serrés, conversation brutalement interrompue, c'était bien lui…, « tu sais comment sont les enfants. Destructeurs. Il souillera notre couche. Il faudra que tu lui confectionnes des robes, des pagnes, enfin ce que portent les enfants. Et je suis persuadé qu'il n'a jamais vu de cabinets.

— Mon cher, je suis tout à fait capable de dresser un enfant et j'ai la très nette impression que celui-ci sait déjà se tenir dans une maison, ou dans un arbre, enfin, là où vivent les esprits du blé.

— *Sais*, fit Nod.

— S'il n'est pas destructeur, il sera coûteux. As-tu réfléchi à ce qu'il en coûtera de le nourrir ? Regarde ses joues grasses. » (Nod se dit que ce n'était pas le moment de donner des coups de pied ou de mordre, pas avec une mère comme enjeu.)

« Beaucoup moins qu'un esclave qui pioche ta vigne ! Et une chose est certaine : si nous le laissons ici, il mourra de faim... Ou pire.

— Les abeilles lui donneront à manger.

— Tu l'as déjà dit. Mais les abeilles meurent en hiver. »

Les abeilles meurent en hiver... Comme c'est cruel pour elles, se dit Nod. Et pour moi. (À cinq ans à peu près, il n'était pas facile de renoncer au « moi ».) Il s'efforça de paraître vif, constructif, propre et conscient de la nécessité des... Quel était donc le mot ?... cabinets, qu'il supposa être une sorte de cuve de stockage.

« Dodu, avec des joues comme des grenades », poursuivit Marcus, comme s'il eût énuméré les péchés susceptibles d'envoyer un individu en enfer. « Assez de cheveux pour plusieurs têtes. Et jaunes ! Tout ce miel, probablement. Je jurerais qu'il appelle les abeilles.

— Eh bien, les esprits du blé en sont capables. Mais ils ne peuvent rien contre les loups. C'est le Nord ici, tu sais. Il y a des loups et aussi des griffons.

— Il est probable que quelqu'un d'autre le trouvera. Les fermiers passent par là. Cette maison d'été...

— Et puis il y a aussi les Dusils, à défaut de loups. De petits démons à la chevelure rouge et à queue de renard. Phalliques ! »

Un grognement d'assentiment.

Elle le prit dans ses bras, qui semblaient faits tout exprès pour étreindre, caresser, protéger... Ses mains poisseuses ne parurent pas la gêner... Puis elle partit devant Marcus, en direction de la ville. Le gris qui la caractérisait semblait soudain s'être mis à luire.

« Oh, très bien », marmonna-t-il en la dépassant, réaffirmant son autorité (du moins le crut-il ; Nod vit le sourire de Marcia).

« Marcus, il m'a déjà fait un cadeau ! Un bouquet de violettes. Il devait le serrer dans la main.

— Elles sont écrasées.

— Je les aime malgré tout. » Elle écarta les fleurs déchiquetées dans le creux de sa main et les sentit amoureusement, comme s'il se fût agi de jacinthes espagnoles.

Pendant les années qui suivirent, il lui arriva de regretter de ne pas avoir été abandonné aux loups.

PREMIÈRE PARTIE

RENCONTRES

CHAPITRE 1

Il sommeillait au sein du cuir douillet des holothuries — lui, Dylan, fils des vagues —, la tête sur une méduse, l'eau glaciale au-dessus de lui comme un mur et non comme un poids, une cachette et non une immersion. Les courants étaient souvent rapides et tumultueux : les navires de guerre romains et les coracles celtiques ne contournaient cette côte de la Calédonie que rarement et à leurs risques et périls. Les plages étaient parsemées de coraux brisés et desséchés rejetés par la mer meurtrière ; une amère bruyère escaladait les collines dénudées, les *braes*, où un chêne dépourvu de feuilles, tordu par la foudre et le vent, faisait penser à un vieux lépreux bossu. Les pirates saxons eux-mêmes, de l'autre côté du bras de mer, évitaient ce pays situé au nord de la Bretagne, ce pays des Scots. Il n'y avait rien à voler.

Comme le dauphin, cependant, il ne dormait ni profondément ni longtemps ; comme le dauphin ou le phoque, il lui fallait se méfier des shelleycoats agressifs, qui trahissaient leur approche par le tintement des coquillages pris dans leurs nageoires puissantes, et des merrows silencieux venus d'Eire, toujours curieux, toujours prêts à tromper, à voler ou à tuer.

Il s'éveilla en sursaut ; un changement l'avait tiré du sommeil. Il perçut un mouvement des eaux qui n'était pas un courant naturel. Un objet était passé au-dessus de lui, cachant la lumière du soleil. Une baleine ? Ses narines frémirent, cherchant à identifier l'odeur de la graisse, et se plissèrent en reconnaissant celles du goudron et du bois. Un navire ? Il n'entendait pas le clapotement familier des trirèmes. Un marchand, alors, des voiles et non des rames ? Mais un marchand ne pouvait espérer trouver la moindre richesse dans ce pays. Toutefois, les Romains étaient toujours à la recherche d'étain. Il aurait pu leur dire qu'il fallait chercher plus au sud ; du moins le supposait-il, car le sud, pour lui, était un trésor : animaux, amis, forêts, dont il se souvenait confusément, comme si tout cela eût appartenu à une vie antérieure (réellement à une vie antérieure ?).

Pourquoi ne pas les avertir avant qu'ils gâchent un été ou s'échouent sur un haut-fond caché ? Leur parler, dans son latin approximatif, entrecoupé des mots dont il se souvenait d'une autre langue sans nom ? De tempêtes et de monstres, de pillards saxons, dont les vaisseaux s'appelaient Rennes de la Mer mais ressemblaient à des dragons hérissés de dents ? De Rome, lointaine ville de marbre, et de Londinium, proche cité de brique ? Juste pour parler et obtenir des réponses en mots au lieu de la mélancolique plainte des courlis et des grognements bienveillants mais incompréhensibles d'Angus, son ami à six pattes ! Juste pour rompre le pain et faire des libations de vin aux dieux de l'océan susceptibles de protéger le navigateur éloigné de son pays, ou bien le garçon qui ignorait où se trouvait sa patrie ! Combien d'étés s'étaient écoulés depuis qu'un navire romain s'était échoué sur la plage, qu'il s'était lié d'amitié avec l'équipage, qu'il l'avait aidé à réparer une coque déchirée et fragile ainsi qu'un mât cassé, et avait appris les rudiments de latin qui lui avaient permis de leur souhaiter : « Ave atque vale » ? Abandonné avant l'arrivée des Romains, avec un passé aussi vide qu'un palimpseste soigneusement gratté, il avait travaillé, appris et guetté un autre navire ; il avait survécu. Toutefois, il ne s'était pas lié d'amitié avec la solitude, cet épouvantail qui dormait le jour mais sortait la nuit pour le tenter avec des brumes de souvenirs et d'espoirs.

Se dégageant de son lit aquatique, il fila vers la surface, branchies immobiles et fermées, poumons avides d'air. Amphibie, il respirait avec autant d'aisance dans et hors de l'eau, mais les transitions rapides le faisaient parfois suffoquer ou lui donnaient le vertige. Dans le passé, les Romains avaient été ses amis. Il secoua la tête pour chasser les coquillages pris dans sa chevelure, agita la main et cria, faisant appel à ses souvenirs de latin :

« Ohé du bateau ! » (Ou bien était-ce Ého ?)

Son cœur bondit dans sa poitrine, comme un maquereau pris à l'hameçon. Étaient-ils revenus le voir, ses amis de ce doux été ? Une baleine ailée, se dit-il. Pégase fendant les vagues. Puis, retrouvant son sens pratique, il jaugea le navire d'un œil averti des choses de la mer.

Un gros navire marchand à la proue et à la poupe inclinées, toutes deux entourées d'une galerie basse ; une grand-voile et une voile de misaine, divisées en carrés et carguées ; une cabine de rotin, bombée à l'arrière, semblable à une ruche coupée en deux, dont le côté ouvert était protégé par des rideaux.

Ce n'était pas le même navire. Il n'était ni aussi gros, ni aussi propre, ni… Ici, le rêveur dépourvu de sens pratique qui sommeillait en lui lui fournit le mot : avenant. Ce n'était ni une baleine ailée, ni Pégase fendant les vagues. *On dirait plutôt un pélican guettant un poisson.*

Il regarda le bois, le goudron, la toile et les hommes sales vêtus de tenues tellement disparates — tuniques, capes, peaux de mouton — qu'il ne put distinguer le capitaine de ses officiers, ou encore les officiers des hommes. Si le navire n'avait pas arboré l'étendard de Rome, frappé d'une aigle, il aurait pu le prendre pour un vaisseau de pirate.

Le navire était passé exactement au-dessus de lui, se dirigeant vers la terre et un haut-fond qui se trouvait juste devant. Il le dépassa, criant aux hommes qui se tenaient sur le pont :

« Je m'appelle Dylan. Changez de direction. À tribord, vite ! »

Le pilote n'était guère rapide, mais ses réflexes permirent cependant au navire d'éviter ce que Dylan appelait la Mâchoire de la Mer.

Les marins se rassemblèrent sur le pont et le regardèrent avec un mélange de curiosité et de peur. Il savait que les Romains haïssaient la mer, surtout au-delà des Colonnes d'Hercule, à l'extérieur de leur Mare Nostrum, avec ses phares et ses forteresses. Ils se méfiaient continuellement des tempêtes et des sirènes carnivores, des shelley-coats et des merrows.

Il sortit complètement de l'eau pour montrer son corps.

« Regardez ! cria-t-il. La peau de phoque n'est pas à moi. Ni nageoires ni queue !

— Seigneur, c'est un jeune garçon tout nu ! » cria d'une voix puissante l'individu gras qui avait perdu une oreille et semblait être le capitaine. Il faisait un peu penser à un éléphant de mer : corps massif, absence de cou. Il empestait le poisson.

« Pour moi, c'est un triton », dit un individu de petite taille qui ressemblait à une fouine, à la chevelure blonde ébouriffée, celtique, aux cheveux cassants en raison du sel, des vents et de la crasse.

« Pas de queue.

— Qu'est-ce que je ferais d'une queue ? » cria Dylan avec impatience. Il avait cru que son absence de queue les rassurerait.

« Mais une cape en peau de phoque, observa Éléphant de mer. Pas un être humain. Ça c'est sûr. Ça doit être un Roane. Tu as vu comme il nous a rapidement dépassés ? Plus rapide qu'un dauphin. Et les branchies ? C'est ce qui lui permet de respirer sous l'eau. » Faisant fi de toute courtoisie, il montra des fentes minces et presque invisibles, sur les flancs de Dylan. « Et des pieds palmés ! Seigneur, on a dû déplaire à Neptune. Il nous a envoyé une tempête, ce vieux grognon. On devrait être dans le chenal. Il nous a poussés vers *lui.*

— Et tu es chrétien ? » grogna la Fouine, comme une mouette dévorant un poisson.

« Ceux d'autrefois sont toujours là, à faire le mal comme lui. Tu as dit que c'était quoi ? Un démon, sûr.

— Un Roane. Je n'en avais jamais vu. Mais j'en avais entendu parler. On dit que c'est une race accueillante. Avenante à l'égard des étrangers. Ils aiment les enfants… *bairns* dans leur langue. Toujours à construire. Ils habitent des coracles avec un toit de roseaux. Vivent de pêche. Ne s'éloignent pas de chez eux. Mais, si on les met en colère, *attention* ! Forts comme des cyclopes. Des dents comme un piège à ours.

— Allez-vous m'inviter à bord ? » Il n'avait pas froid ; il n'avait jamais froid. Mais il avait envie de *participer* à la conversation. Il aurait pu leur dire immédiatement qu'il était hospitalier, s'il n'avait pas été obligé de rester dans l'eau tandis que des étrangers l'examinaient, comme un esclave sur l'estrade d'un marché.

Une mince échelle de corde tomba dans l'eau. Comme un serpent malade, se dit-il.

« Je n'ai pas besoin de *ça* », dit Dylan, qui bondit sur le pont avec une élégance et une adresse consommées. (Ils ne tarderaient certainement pas à regretter de ne pas être des Roanes… Branchies, pieds palmés, peau de phoque ; en un mot : agilité.)

Le capitaine l'examina avec surprise et réprobation.

« Tu n'as donc pas de tunique, jeune homme ?

— Pas besoin. Je n'ai jamais froid.

— Et un pagne ?

— Il me gênerait, dans l'eau.

— Mais la peau que tu as sur les épaules ?

— Ce n'est pas pareil. Elle me soutient dans l'eau. Elle augmente ma vitesse, aussi.

— C'est bien un Roane, marmonna la Fouine. Une peau ensorcelée, ou je ne m'y connais pas. »

Effrontément, le capitaine tripota le bras de Dylan. Son geste fut curieux, non paternel.

« Lisse, dit-il.

« Comme un… Comment cela s'appelle-t-il… Un phoque », expliqua Dylan, conscient des limites de son latin. « Ça me fait glisser mieux dans l'eau. Je sèche au moindre coup de vent.

— Tu devrais mettre une tunique », déclara le capitaine. « Nu comme ça ! Un garçon de ton âge… Quatorze ans, à mon avis.

— Il pourrait faire un bon étalon, souffla la Fouine. Il a le matériel, si tu vois ce que je veux dire. »

Étalon ? Dylan ne connaissait pas ce mot. Nu ? Ils avaient certainement oublié son manteau.

« Mes épaules ne sont pas nues. Qu'est-ce que cela peut faire ? L'âge ? Je ne compte pas. Pourquoi pas quatorze ans ? »

Un haussement d'épaules et un grognement. Enfin, les Romains aimaient le décorum, mais en quoi était-il nécessaire de porter un vêtement autour de la taille ? Il ne prétendait pas le savoir.

Le capitaine lui pinça le bras et lui fit mal.

« De bons muscles. Toute cette natation, hein ? Il y a d'autres choses qu'on peut apprendre rapidement. »

Dylan recula avec brusquerie pour échapper à la main du capitaine et écarta les cheveux qui lui tombaient sur les yeux afin de pouvoir examiner le premier homme qu'il ait jamais eu envie de frapper. *Des yeux sournois et une grosse tête. Gras comme un éléphant de mer, moustaches comprises. Agit comme un merrow. Attention, Dylan. Il pourrait essayer de te voler ta peau.*

« Et bien tourné, avec ça », ajouta la Fouine, comme pour contrebalancer la brutalité du capitaine. Bien tourné ? Dylan n'avait jamais possédé de miroir. Il avait vu son reflet dans les flaques d'eau laissées par la mer en se retirant, et avait tenu pour acquis que ses cheveux soient d'un noir d'onyx et doux comme la fougère ; ses yeux étaient bleus comme les lapis-lazulis découverts dans une caverne sous-marine ; sa bouche continuellement prête à sourire ; ses dents étaient aussi blanches et parfaites que les perles extraites des huîtres par les sirènes pour les tresser dans leurs nattes argentées. De toute manière, il ne ressemblait ni à Éléphant de mer ni à la Fouine.

La seule rencontre de Dylan avec des Romains avait eu lieu lorsqu'un navire marchand s'était échoué au cours d'une tempête et que son équipage avait campé tout l'été sur la plage ; il lui avait apporté du poisson et des baies de sorbier, les hommes lui avaient appris le latin des marins et avaient enseigné à Angus le maniement de leurs outils. Il faisait confiance aux étrangers. Sauf à Éléphant de mer et à la Fouine.

Il eut honte de sa méfiance. Il éprouva les piqûres de méduse du remords. Ces hommes ne lui avaient fait aucun mal. Ils l'avaient invité sur leur navire. Il devait leur rendre la politesse et faire davantage. Tel était son code. C'était un des vestiges de son passé oublié.

« Voulez-vous passer la nuit chez moi, amis ? J'ai une cabine sur la plage.

— Cabine ? Nous avons ce qu'il faut sur le navire.

— Une *hutte*, si vous préférez.

— Et tu y caches une petite amie ?

— Une fille ? Non. » Il n'avais jamais vu de jeune fille. Les sirènes impudiques elles-mêmes préféraient des eaux moins froides.

« À quoi servent-elles ? avait-il demandé aux premiers Romains.

— Ta mère en était une.

— Ah ? Et c'est de là que je viens, n'est-ce pas ? » (Il ne voulait pas d'une mère qui abandonne son fils sur une plage désolée.) « Et à quoi d'autre ?

— À s'amuser.

— Comme de faire des courses à la nage, dans la mer ?

— Non.

— Le poisson ?

— Non.

— À tenir compagnie en disant des choses drôles ?

— Non.

— Elles ne servent pas à grand-chose, sauf pour les *non*, pas vrai ? »

Les Romains avaient souri d'un air entendu.

« Tu verras. »

Éléphant de mer et la Fouine échangèrent des regards que Dylan interpréta comme voulant dire : « Si tu n'as pas de fille, pouvons-nous emmener l'équipage ? »

« Pas la place », s'empressa-t-il d'ajouter. (Tous ces marins crasseux dans ma cabine ? Leur navire, leurs cabines étaient dans un désordre inacceptable. Le pont avait besoin d'être nettoyé, la coque goudronnée. Il n'avait jamais vu de bâtiment aussi sale. Le capitaine lui-même avait perdu la ceinture de sa tunique ; à moins que son gros estomac n'en eût fait sauter la boucle. *Qu'est-ce que ce navire n'est pas ? En bon état, voilà. Il est en mauvais état.*) « Ma cabine est un coracle échoué. C'est petit, comprenez-vous ? Autour de la table, il y a trois places. Pas beaucoup de visiteurs, ici. Demain, je donnerai du poisson aux hommes. »

Le capitaine prit un air mielleux, comme un éléphant de mer attendant son repas.

Dylan eut l'impression d'avoir avalé un crabe vivant. Quel était le nom de cette impression ? Une méfiance teintée de peur.

« Très bien », dit le capitaine. Il tendit une main

probablement amicale, mais Dylan se crispa en serrant la paume grasse.

« Pilote, dirige-toi sur la plage avec un gros rocher noir. Le chenal est dégagé. »

Le pilote bâilla et s'appuya paresseusement sur la barre…

La cabine de Dylan, son coracle, était définitivement échouée. C'était un domicile fixe (lorsque Dylan se déplaçait, il préférait nager) : un bateau rond, constitué de lattes entrecroisées recouvertes de grosse toile peinte, avec un toit de roseaux et de boue séchée. En fait, on aurait dit un nid de guêpes, sauf en ce qui concernait les touches de couleur et le confort. Dylan ne se souciait guère de son apparence propre, mais il était fier de la beauté de sa maison. Il avait découpé une porte dans la coque et l'avait peinte de la couleur dont les druides s'enduisent le corps. (Il avait appris la technique au cours de son été romain : couper une cornéole en morceaux, faire sécher, écraser et laisser fermenter la pâte jusqu'à ce qu'elle devienne bleue.) Le reste de la coque était rouge — les racines de garance, réduites en poudre, produisent une teinture rouge — et la voile, purement décorative, était d'un blanc laiteux et immaculé. Au-dessus de la porte étaient suspendues une cloche et une lanterne. Angus et lui avaient construit la cabine avec des outils romains ; les Romains, avant de partir, lui avaient donné la cloche et la lanterne.

Dylan frappa poliment, comme si la cabane ne lui appartenait pas. On entendit un grognement et un bruit de glissade, derrière la porte, qui pivota lentement, prudemment, sur ses gonds de cuir, comme si elle eût été méfiante. Une grosse antenne noire apparut dans l'ouverture.

« Par le bouclier sacré de Mars, c'est une tête d'hydre ! » s'écria la Fouine.

« Pas du tout, coupa sèchement Dylan. C'est Angus, et il n'aime pas tellement les étrangers.

— Par Jupiter, qu'est-ce que c'est que cet animal ? » On aurait dit qu'il parlait du Sphinx.

« Ce n'est pas un animal. C'est mon ami. Il n'a qu'un seul nom : Angus. »

Gros comme un chien de berger, il ressemblait par ailleurs à une fourmi : six pattes, des yeux à facettes, des antennes qui frémissaient comme des épis de blé dans la brise. Dylan caressa sa tête bulbeuse.

« Il entend avec des antennes, dit-il. Avec *ses* antennes », rectifia-t-il, se souvenant des leçons de latin des Romains précédents.

« Est-ce qu'il a faim ? » demanda la Fouine, qui semblait vouloir disparaître sous une colline.

« Bien sûr qu'il a faim. Il est allé à la pêche. Il va manger avec nous. Quittez vos sandales sales et entrons.

— Manger *avec* nous ?

— C'est ce que j'ai dit, non ?

— Je voulais seulement m'en assurer. »

L'intérieur du coracle ne comportait qu'une seule pièce, au sol couvert de bruyère fraîche. C'était une demeure propre et autonome, bien que celtique en ceci qu'elle alliait l'ordre à la spontanéité. Comme une conque géante, elle semblait tenir autant de

Neptune que de ses propres caprices. Au centre, une table de liège approximativement ronde. Trois chaises. Un broc de bronze, pour la toilette, posé sur un petit chariot. Sur le côté, un hamac aux mailles serrées, suspendu par des crochets métalliques au plafond bas. Sous le hamac, un épais coussin rond servait de lit à Angus.

La table était rouge et ses pieds représentaient des hippocampes. Les chaises à trois pieds étaient bleues, avec d'épais coussins d'algues séchées. Une lanterne — ou, plutôt, une lampe contenue dans une vessie de chèvre sauvage — était suspendue au-dessus de la table. Et Dylan avait peuplé la pièce de compagnons de bois. Une jeune femme nue. Un phoque aux longues moustaches et aux yeux rêveurs. Un Romain vêtu d'une tunique. Enfin le dieu personnel de Dylan, un jeune garçon de bronze tenant une patère et un épi de blé… Bonus Eventus, le dieu de la chance.

« Je suis chrétien », dit Éléphant de mer, les yeux fixés sur le bronze païen.

« Ce n'est pas grave, répondit Dylan. Cela ne le dérange pas.

— Cette fille nue. Où sont ses seins ? demanda la Fouine.

— Tu veux dire la poitrine ? Elle en a une exactement comme moi.

— C'est ce que je voulais dire. Elle ne devrait pas. Elle devrait être… euh… gonflée.

— Je n'ai jamais vu de vraie femme, reconnut Dylan. Mes amis romains m'en ont parlé. J'ai dû oublier quelque chose. Gonflée, tu dis ?

— En deux endroits.

— L'un au-dessus de l'autre ou côte à côte ?

— Côte à côte.

— Angus et moi, on va arranger ça. Il n'y a rien d'autre qui cloche ? C'est assez plat, en bas ?

— Passable. Elle n'a pas ce qu'elle ne doit pas avoir.

— Tant mieux. Gonflée, alors ? Ça doit faire une différence, non ? Un peu comme des fourmilières.

— Plutôt comme des melons.

— Il n'y en a pas, par ici.

— Rien d'étonnant.

— Qu'est-ce que tu en penses, Angus ? Crois-tu que nous pourrons faire deux fourmilières, pour ainsi dire, côte à côte ? »

En guise de réponse, Angus agita frénétiquement les antennes.

« Cette idée te plaît, pas vrai ? Moi aussi. Ça la rendra un peu bizarre.

— Y a-t-il des Scots, dans ces régions ? » s'enquit Éléphant de mer.

Dylan préférait parler de fourmilières.

« *Personne*, dans ces régions, répondit-il avec agacement. Sauf ce que tu vois.

— Par l'enfer, pourquoi restes-tu ? »

(Enfer, le mot chrétien correspondant à l'au-delà des païens. Mais en pire. Pas de champs Élysées. *Torride.*)

« J'sais pas. » C'était une réponse franche. Rien ne le retenait sur cette côte désolée, sauf la nécessité inexplicable et irrésistible d'attendre un événement qu'il ne pouvait imaginer, susceptible de se produire à une époque dont il ignorait tout. « Je prends mon temps, c'est tout. Maintenant, le dîner. Qu'allons-nous manger ? Des harengs crus et des œufs de pluvier ? Un pudding d'yeux de poisson ? Ça met de la chair sur les os. » Puis, se tournant vers Éléphant de mer : « Mais tu n'en as pas besoin.

— On n'a pas le temps », dit Éléphant de mer avec une brusquerie confinant à l'incorrection.

« Pas le temps de dîner ? » geignit Dylan. Bien sûr, il n'aimait ni Éléphant de mer (il aurait dû être plus poli) ni la Fouine (il devrait se laver). Ils n'avaient pas admiré sa maison. Et ils avaient l'intention de partir sans partager son repas. Il ne pouvait les laisser bafouer son hospitalité.

« Non. On a à faire.

— J'ai du vin de baies de sorbier. » Il leur laissait une dernière chance. La chauve-souris noire de la colère s'agitait nerveusement dans sa poitrine.

« Bonne idée », dit la Fouine, regardant Éléphant de mer. « Je me sens comme ton dieu, quand il était cloué sur la croix.

— *Fils* de Dieu.

— Ah ? Je croyais que c'était un personnage important.

— J'ai dit qu'on n'avait pas le temps.

— Très bien, fit Dylan. Comme vous voulez. Dînez avec Angus et moi ou bien partez sans manger. » *Ils me méprisent. Ils sont humains et romains.* « Mes Romains n'étaient pas si difficiles. »

Non seulement ils avaient dîné avec lui et lui avaient enseigné le latin (sans se préoccuper de la grammaire mais cela suffisait bien), mais ils avaient admiré la maison qu'il avait pu construire grâce à leurs outils. Et personne ne lui avait reproché son absence de mémoire qui, à l'exception de son nom, s'arrêtait brusquement aux environs de huit ans, comme s'il était sorti d'une plaque de brouillard calédonien, noir comme la nuit, pour entrer dans une tache de soleil estival. Lorsqu'ils l'avaient interrogé sur son passé, il avait reconnu franchement qu'il n'en avait pas.

« Je ne sais pas. Peut-être suis-je sorti d'un œuf, comme les tortues. Qui sait ? Qu'est-ce que ça peut faire ? Je suis peut-être… comment dit-on ?… une épave flottante.

— Angus aussi ?

— Angus aussi. »

Il avait réfléchi plusieurs jours, pesé le pour et le contre, dialogué avec le jeune homme dont il avait ensuite sculpté l'image dans le bois.

« Non », avait-il finalement dit, avec un soupir. « Il faut que je reste.

— Pourquoi ?

— Ce qui m'a laissé ici, dit-il, s'accrochant à un souvenir insaisissable, tortue ou autre, viendra peut-être me chercher. »

Au lieu de quoi un capitaine qui n'avait qu'une oreille et un gros estomac, accompagné d'un avorton qui avait besoin d'un bain, était venu dans un navire crasseux, avait ignoré sa maison, refusé son repas et insulté son ami.

Dylan prit dans un bac d'eau de mer un maquereau vivant et coupa la tête de ses dents puissantes.

« As-tu vu ses dents ? demanda Éléphant de mer à la Fouine.

— Il faut bien vivre. Je sais m'en servir, pas vrai ?

— Et cette créature…

— Ami.

— Un Telchin, à mon avis, dit la Fouine. Il y en avait dans le temps, en Italie. Il y a des dessins sur d'anciens murs étrusques. Il est adroit, n'est-ce pas ? Je veux dire, avec toutes ces pattes supplémentaires.

— Il ne sait pas parler mais, par l'Hadès, il comprend quand on dit du mal de lui. Tu devrais être prudent. Il peut être méchant. Et il mord.

— Que sait-il faire d'autre ?

— Il m'aide à entretenir la maison. Il balaie, pêche, ramasse des baies. Il sait faire un filet. Il me tient compagnie aussi. Il écoute bien, comprends-tu. Il ne répond jamais. Comme je l'ai dit : c'est mon ami. Tiens, Angus, mange un poisson. Il aime le hareng, mais préfère le maquereau.

— Laisse tomber, dit Éléphant de mer. Vous mangerez sur le navire.

— Je n'irai pas tant que vous n'aurez pas dîné avec moi. Ce ne serait pas juste.

— Suis-nous, mon gars. Ne nous oblige pas à casser tes jolies petites dents. Tu perdrais de la valeur. Nos amis attendent dehors.

— L'équipage ? »

Des marchands d'esclaves…

CHAPITRE 2

Nod était allé au marché pour trouver un cadeau (sa mère avait dit : « Des chrysanthèmes égaieraient cette vieille maison »). Les bras chargés de fleurs, il resta sur place, mais pas pour acheter. Car les fleurs vivantes étaient nettement au-dessus de ses moyens. Néanmoins, il resta et les regarda entrer en ville, rieuses, sur leur *pilentum* dodu à quatre roues, tiré par des mules vigoureuses. Une bâche orange surmontait le corps en bois du chariot ; les queues soigneusement tressées des mules battaient en arcs rapides afin de déloger les mouches ; d'innombrables clochettes d'argent tintaient, sous la bâche, et deux jeunes femmes faisaient signe aux passants, secouant leurs nattes comme des épis dans le vent.

« Des esprits du blé », dit une jeune fille, debout derrière un étalage chargé de plats en céramique, de gobelets de bronze, de perles d'ambre, de fibules d'améthyste et de sardoine. Ses yeux noircis au khôl, sa bouche rougie proposaient une marchandise plus rare que celles de son étalage. « Fuyant la vindicte des chrétiens, à mon avis. Maintenant que

Constantin est de leur côté, peut-être les chrétiens vont-ils nous jeter aux lions.

— Des filles de joie ! » ricana un homme, sans doute un berger à en juger par son odeur de poussière et de crotte. Le visage, au-dessus du manteau en peau de mouton, semblait plus dur qu'une hachette. « Chassées du Sud, cherchant un lit. Et du travail.

— Il y a peut-être des lits, sous la bâche », dit Nod, enthousiaste, imaginant le style du couvre-pieds, la couleur des coussins et, surtout, les passagères sans leurs robes ou *stolas*. Comme il était toujours païen, il espérait qu'Yeux de khôl savait reconnaître un esprit du blé. Comme il était toujours vierge… (murmurer ce mot détestable…) il espérait que Poussière et Crotte avait deviné la profession des jolies jeunes femmes. Était-ce pécher que d'espérer ?

« Il faut mépriser les plaisirs terrestres », aimait à dire son père, nouvellement baptisé. La conversion de Nod, pour sa part, demeurait très douteuse. À quinze ans, presque trop âgé pour être encore vierge, pas encore soumis aux dix commandements, il aurait aimé pécher avant de demander l'absolution et renoncer aux mauvaises pensées. Fornication, débauche, adultère… Mots interdits… Mots séduisants. (« Désir », aurait dit un païen, compliment pour une femme formée sur le modèle de Cérès, de Vénus ou d'Isis.)

« Je m'appelle Stella », déclara l'esprit du blé la plus mince, magnifique de douceur et de rire, plus mélodieuse que les clochettes à gorge d'argent (le genre de miracle qu'il préférait, de loin, à la multiplication des tranches de pain ou à la transformation de l'eau en vin). Sa chevelure aurait pu être tissée par une araignée, faisant jaillir la lumière de l'obscurité, comme pour dire : « J'ai donné ma beauté, non ma laideur. » Sa *stola* écarlate était assortie à sa bouche, et pourtant il aurait juré que ses lèvres ne devaient rien au pot de carmin, à la palette de la maquilleuse.

« Je suis Nod.

— Et voici Tutelina, mon amie bien-aimée. »

Tutelina sourit, jetant à Nod un regard enjôleur et chargé d'une vérité silencieuse : la virginité ne sied qu'aux laids et aux imbéciles. Ses cheveux, à l'exception de quelques boucles jaunes et rebelles, étaient coiffés en une natte qui s'agitait aussi librement que la queue courte d'un mouton ; et il lui sembla que son visage rond avait quelque chose de légèrement ovin. Bien en chair, oui. Opulente, non. Moyennement intelligente, terriblement consentante avec le bélier approprié. Une compagne de lit captivante pour un jeune garçon inexpérimenté.

Mais pas pour lui, puisque Stella emplissait ses yeux. Et son esprit. Et son cœur, cet organe formé par Vénus afin qu'il contienne sa volonté têtue, mystificatrice et délicieuse.

« Y a-t-il une auberge ? » demanda Tutelina, qui agitait un éventail en plumes de pivert. Sa voix lui rappela les petites filles quémandant un gâteau au miel ou une grappe de raisin. Elle posa la question comme si elle n'osait espérer un « oui », et battit des paupières comme pour rendre le ton de sa voix plus persuasif.

« Si l'on veut, répondit-il. Mais c'est un triste endroit, plein de puces et de chiens. Les rats eux-mêmes y sont maigres. Et le propriétaire vous volera, s'il le peut. Comme il est chrétien, il prétend donner ses bénéfices à la basilique, mais il habite la plus belle maison de la ville, possède de nombreux esclaves et les bat lorsqu'ils ne travaillent pas assez vite. » Autrefois, *basilica* signifiait salle de réunion ; dans la terminologie chrétienne, cela signifiait église.

« Nod ! » C'était sa mère, qui l'appelait depuis la cour de leur maison, de l'autre côté de la rue.

« Eh bien, nous dormirons dans notre *pilentum*.

— Ah ! Et vous y exercez votre profession, sans doute ? » Plein de la lumière de Stella, il avait oublié les gros nuages noirs, chargés d'orage, des chrétiens désapprobateurs de la foule. Il ne vit pas le nuage le plus noir, une vieille femme encapuchonnée dont les yeux rapprochés et luisants guettaient les péchés susceptibles d'être écrasés. Il connaissait — et bien — le prêtre, petit homme rond, tel un loir, qui prêchait à la basilique et se vantait d'avoir converti de nombreux fidèles de la foi dure et fière de Mithra et des Pouvoirs de la Lumière. Les conversions étaient innombrables, depuis que Constantin avait reconnu (sans toutefois l'épouser) la cause chrétienne. Le père de l'empereur, Constance, avait mis un terme aux persécutions ; le fils, selon les chrétiens — qui adoptent avec une aisance toute particulière les attributs d'une autre foi —, avait le privilège de voir en rêve le Seul Vrai Dieu.

« Vous feriez mieux de ne pas rester en ville, dit Nod.

— Pas en ville ? Mais il y a d'autres véhicules, et beaucoup moins propres. Chars, chariots, voitures… » La place du marché en était couverte, ainsi que de gens qui relevaient leur robe et allaient de pierre en pierre pour ne pas marcher dans la boue ; les femmes arboraient des parasols semblables à des volubilis aériens ; les esclaves suivaient leurs maîtresses.

« C'est justement la raison, dit-il. Il y a trop de monde. » Trop de chrétiens, se dit-il. Trop d'individus en quête de femmes, comme moi.

« Pourtant, c'est une jolie ville », dit-elle. Des yeux moins attentifs n'auraient discerné que des rues et de la boue, soulignées par des caniveaux ; des divisions rectangulaires : boutique, maison et salle de réunion… *insula* était le mot juste ; et, sur la colline qui se dressait au nord, une basilique grise, une poterie et des temples en terrasses qui semblaient désireux, telles les dames, d'éviter la boue. « Cela me donne envie de pleurer, dit-elle. Les douces collines. Les plus basses brunies par les boutiques et les maisons, comme du blé en rangées régulières. Les plus hautes avec les temples, semblables à un jardin planté par Vénus, mère impériale de Rome, mais, au fond, divinité sylvestre, amoureuse des fleurs. Frontons peints… rouges, orange et bleus, et toits ornés de dieux de terre cuite qui semblent jouer ; ils ressemblent à des crocus inversés. De loin, nous l'avons réellement prise pour du blé et des fleurs, ta ville, comme pendant l'Âge d'or. Même de près, elle est…

— C'est une jolie ville, dit-il, et presque aussi ancienne que Rome. Elle n'a pas servi durant des siècles, voyez-vous. Pas après le sac des Gaulois. Le temps, la pluie et le vent ont été compréhensifs. C'est pourquoi elle a été à nouveau occupée. De nouvelles maisons ont été construites, des temples, et…

— Et une basilique, soupira-t-elle. Où que je me tourne, je vois des chrétiens. Leurs robes ressemblent à des suaires. Leurs visages donnent l'impression que leurs propriétaires sont enterrés depuis au moins un mois.

— Je regrette les Étrusques d'autrefois et leurs coutumes insouciantes. Leurs chaussures pointues. Leurs chapeaux semblables à des pyramides arrondies.

— Des *tumuli*, précisa-t-elle. J'aime les mots du passé.

— Oui, des *tumuli*. Et des robes à faire pâlir de jalousie un arc-en-ciel. Orange, surtout. » (Mensonge habile, en raison de la bâche orange du chariot de Stella.) « Et la joie sur tous les visages. À cette époque, la mort elle-même n'était pas le chemin conduisant à des festins plus opulents et des flûtes plus douces. »

Bizarrement, elles n'évoquèrent pas ses cheveux jaunes, parmi le brun des Romains (ou la teinture safran des dames de l'ancienne foi). Elles paraissaient savoir ; il faillit leur demander ce qu'elles savaient.

« Quand il n'y avait que les Étrusques..., murmura Stella. Les dieux étrusques des bois, des rivières et des arbres. Et le petit Tages que l'on trouvait entre les sillons des champs. Le jeune garçon aux cheveux gris dont la sagesse permettait de construire une ville.

— Que l'on trouvait dans un champ, as-tu dit ?

— Comme toi. »

Comment pouvait-elle savoir ?

« L'Âge de bronze, sinon d'or. Le nôtre est l'Âge de l'étain. Enfin, Cérès sait qu'il ne sert à rien de regretter le passé.

— Les chrétiens semblent attendre l'avenir avec impatience.

— C'est une erreur plus grave encore. Aujourd'hui suffit. » Elle avait retrouvé le sourire.

« Les maux d'aujourd'hui suffisent à aujourd'hui. » Son père lui enseignait parfois des aphorismes chrétiens, volés le plus souvent aux philosophes d'autrefois.

« Les joies d'aujourd'hui suffisent à aujourd'hui.

— Je préfère ta version, confessa-t-il. Mais, en fait, c'est toi que je préfère. » Il lui prit la main, sans la moindre gêne. Il était trop jeune pour lui cacher son cœur.

« Je sais, mon petit », dit-elle. Sa main était une hirondelle de la chance dans le nid de ses doigts. « Je sais, mon beau Nod. Des joues comme des grenades et les cheveux comme du blé. Comment pourrait-il en être autrement ? »

Il lutta contre les larmes. (Son père prêchait souvent le stoïcisme, le courage, la fierté ; son père n'avait pas de larmes.) Était-ce sa beauté qui lui serrait le cœur ? La beauté de l'Antiquité. Oh, elle était jeune d'apparence, plus âgée qu'une jeune fille, plus jeune que la déesse mère ! Vingt-cinq ans, estima-t-il. Mais des éternités semblaient tournoyer dans ses yeux, le bleu tournant à l'améthyste puis au gris à mesure que l'obscurité tombait sur la ville aux toits bas. Peut-être avait-elle vu la fuite de Saturne et connu l'Âge d'or. Vu, connu et pleuré ; caché ses larmes et affiché un sourire, comme les acteurs mettent un masque ; appris à vivre l'instant, à rire sincèrement ; mais sans oublier que des oiseaux nichaient dans la barbe d'un roi aux cheveux blancs, qu'elle avait connu le poulain du centaure, le petit du satyre, les demi-dieux de peuples libres et bienveillants. Sa mère l'appelait « Nod le Joyeux ». « Fais de beaux rêves », aimait-elle à dire, comme si elle eût craint qu'un mauvais rêve, une malédiction de la mémoire, ne s'abatte sur son sommeil, son sourire, ombre sur un parterre de jonquilles. Stella était-elle la mémoire, la malédiction — ou bien les deux ?

« Vous pouvez vous installer dans les champs, au sud de la ville, dit-il. N'ayez pas peur des loups. Ils ont fui vers la Gaule. Ce n'est pas que les citoyens vous feraient du mal. Enfin, physiquement. Mais les regards des chrétiens pourraient vous gêner. Hypocrites, comprenez-vous ? Et puis il y a encore des païens — comme moi. Nous regardons aussi, mais pour une raison différente. » Effronté, se dit Nod. Mais comment lui mentir ?

« Des regards hypocrites. D'après ce que tu dis, je crois que nous ferions mieux de nous installer en dehors de la ville. C'est préférable pour les mules et pour nous. Elles aiment brouter dans les champs. Mais, Nod, à propos des loups… Avant d'arriver en ville, nous avons vu quelque chose… Un loup, ou bien un homme tapi, c'est difficile à dire. Poilu et attentif.

— Vous avez vu Cédalion ; enfin, c'est ainsi qu'on l'appelle. C'est un nom grec, je crois. Le Travailleur. Il ne vient pas en ville. On raconte qu'il habite un tombeau et exploite une ancienne mine. On raconte qu'il se fait aider par… » Inutile de les effrayer par des récits qui pourraient être des mythes. Personne n'avait *vu* les ouvriers à six pattes (mentionnés dans le récit), les têtes bulbeuses, les membres terminés par des crochets au lieu de pieds. On n'avait vu dans les champs que Cédalion ; on l'appelait la Bête humaine à cause de sa poitrine couverte de poils ; sur sa tête, la chevelure était tellement abondante qu'on la prenait pour de la fourrure. Les fermiers le fuyaient et évitaient sa caverne comme si elle eût été une des portes de l'au-delà.

« Il ne m'a pas véritablement effrayée, dit Stella. Malgré son apparence. C'est seulement qu'il paraissait… solitaire. Un animal sans compagnon. Un homme sans femme.

— Et nous ? » demanda Tutelina, pleine d'espoir mais sans insistance. « Les mules peuvent brouter, mais nous ne pouvons pas nous contenter d'oignons sauvages et de grappes volées.

— J'apporterai du pain et du fromage du garde-manger de ma mère.

— Et du vin, peut-être ? » Un clin d'œil reconnaissant.

« Bien sûr. Du muscat, la boisson des Étrusques d'autrefois. Les chrétiens eux-mêmes peuvent boire du vin, bien qu'il soit surprenant de ne pas les voir s'être mis au lait, du fait que le vin peut rendre un peu… gris. » (C'est du moins ce qu'il pensait, après avoir vu les fêtards revenant des rites d'Isis ; les chrétiens ne faisaient pas la fête, dans leur basilique.) « Mais le Christ a transformé l'eau en vin, alors je suppose que cela leur est permis. Maintenant, il faut que je parte. Ma mère m'appelle pour dîner. » Aucun autre appel n'aurait pu l'obliger à quitter Stella et son amie.

« Eh bien, à plus tard, dit Stella avec un sourire. Tutelina m'aidera à t'accueillir comme il faut.

— Oh, ce n'est pas la peine, tu n'as pas besoin d'aide. Je me sens déjà bien accueilli. Elle aura peut-être envie de visiter la ville pendant que tu rangeras l'intérieur de ton chariot et recevras ton premier visiteur. Je peux me contenter d'une seule hôtesse. Je doute qu'il y ait assez de place pour trois personnes en même temps. » Il se dit : un chariot éclairé par une bougie, occupé par une personne qui a beaucoup à enseigner, une autre qui a beaucoup à apprendre et une telle volonté que n'importe quel professeur serait fier d'elle.

« Deux maîtresses ne sont pas de trop pour une fête des moissons.

— Dans un *chariot* ?

— Dans les champs, bien sûr.

— Je dois reconnaître que je n'ai jamais vu de fête des moissons, ce qui n'a rien de surprenant avec Mithra, le Christ et Isis, qui préfèrent les temples aux champs. Les dieux des champs… Cérès et les autres… Ils ont disparu ou bien sont morts, n'est-ce pas ?

— Tout comme les moissons italiennes. Regarde les champs qui nous entourent. Du raisin mûr, du blé, des oliviers. Propres, bien ordonnés, agréables à l'œil. Mais pas…

— Abondants.

— Exactement. »

Comme toi, eut-il envie de dire.

« Ce que tu as en tête, c'est la fête comme autrefois. Sauter par-dessus un feu. Chanter des incantations. Purifier les champs en y répandant du soufre et des haricots ?

— Et, naturellement, les réjouissances.

— Tu veux parler du vin, des danses.

— Beaucoup de vin. Des danses comme tu n'en as jamais vu. Et…

— Et… ?

— Eh bien, le plus important. Le vin répandu sur la terre ou bien les pieds des danseurs, tassant le sol comme d'innombrables coups de râteau, ne font pas pousser les plantes. Du vin, de la danse et d'autres démonstrations de joie naît une ferveur qui fait pousser les plantes.

— La reconnaissance ? Les remerciements ?

— Nod, ce sont des propos de chrétien. Apparemment, tu ignores pratiquement tout des fêtes des moissons.

— Mes parents sont chrétiens, répondit-il, et servent un Dieu : le Roi du Désert. Mais, en secret, je prie plusieurs dieux, que je choisis moi-même. Des déesses aussi, ajouta-t-il. Surtout Vénus.

— Alors, tu ne seras pas choqué si je te dis que le point culminant de toute véritable fête est une orgie.

— Votre voyage vous a-t-il fatiguées ? Nous pourrions commencer à nous préparer tout de suite, vous savez. Il vaudrait mieux que je mette quelque chose qu'il me soit possible de retirer rapidement, n'est-ce pas ? Ensuite, je pourrais trouver un peu de soufre et de haricots, et il est facile de faire du feu.

— NOD ! »

Stella sourit.

« Rejoins ta mère, mais reviens ce soir. »

Il aimait sa mère, bien qu'il lui fût impossible d'aimer son dieu. Elle portait un crucifix et avait passé une petite croix autour de son cou nu alors que les jeunes païens — du moins ceux des vieilles familles, qui remontaient à la Rome de Romulus ou même à la Troie d'Énée — portaient des pendentifs en forme de phallus, en l'honneur de Mutunus, dieu de la fertilité et de la joie. (En secret, il portait un phallus en dessous de la croix ; il faut qu'un jeune garçon inexpérimenté tel que Nod cultive la virilité, et les dieux sans sexe n'étaient pas ses dieux ; il était vrai que, selon les chrétiens, leur Roi du Désert avait conçu un fils; mais on disait que ce dont il s'était servi pour planter sa graine était invisible et par conséquent, pour Nod du moins, sans intérêt.) Elle souriait souvent. Elle lui donnait souvent une pièce (lorsque le père n'était pas là) et l'envoyait au marché : « Tes sandales ont besoin d'une nouvelle boucle, et achète une anguille salée pour manger en attendant. »

Il aimait toucher ce qu'il aimait; un cheval, la statue d'une divinité tutélaire et, surtout, la dame qui l'avait trouvé dans les champs. Les années l'avaient voûtée, transformant le gris en blanc; néanmoins, elle semblait briller tout autant. Elle était à ses yeux le rouet, le pain, la toile tissée à la maison et la niche vide que Vesta, dame du foyer, avait autrefois partagée avec les pénates et les lares de la demeure. Si elle avait été la chrétienté, eh bien, il aurait rejoint le Christ. Mais, apparemment, les hommes, son père et ses amis, dictaient les règles de la loi, et les femmes les suivaient.

« Eh bien, mon petit... » Elle feignait d'être en colère. « Je t'ai appelé au moins dix fois... La patience de ton père est très mince, par les temps qui courent. » *Mince? Invisible!* « Viens, il est à table et attend son fils. Il a passé l'après-midi à ranger. La cave, tu sais. »

Comment aurait-il pu savoir? Son père en gardait la clef. Des crucifix... Des statues de poissons... Des présents pour acheter sa place en paradis à un dieu qui comptait les offrandes comme Crésus comptait les pièces d'or? « Ensuite il est allé au marché. Il est fatigué. Il veut manger. »

Les couchettes appartenaient à la Rome d'autrefois, les couchettes convenaient aux païens portés sur la débauche ; le Seigneur se contentait d'un simple banc de bois (c'est du moins ce que Nod entendait à chaque repas).

Leur banc était plus que simple ; ses échardes traversaient la laine épaisse et grossière de la toge, de la tunique, du pagne, multiples prisons de tissu destinées à cacher un corps fait pour le péché. Ils se recueillirent devant un repas qui aurait davantage convenu à un moineau qu'à un jeune garçon sur le point de participer à une fête des moissons à son paroxysme — fromage, galettes d'orge, soupe — et offrirent des prières à Dieu. (Dans les demeures païennes, on faisait une libation de vin en l'honneur de Lar, l'esprit de la maison.) Puis vinrent les reproches au fils arrivé en retard au repas.

Ensuite, la conversation ; non, le monologue…

« Des filles de joie ! dit-il. Deux. Venues tout droit de Babylone. Constantin a reconnu notre foi. Mais quand le proclamera-t-il ?

— Des filles de joie ? s'écria Nod. Je leur ai parlé. Ce sont de charmantes dames qui viennent du Sud.

— Les serviteurs du démon savent séduire. Sinon, comment attireraient-ils le peuple du Christ ?

— Tu nc les as pas vues, mon cher, dit sa mère. Comment peux-tu être sûr qu'elles sont ce que tu dis ?

— J'en ai entendu parler. Elles ont laissé une invitation, sur la place du marché. Les lèvres rougies et les cheveux teints. Les femmes étrusques se teignaient les cheveux. Et qu'étaient-elles ?

— Leurs hommes ont construit cette ville, dit Nod. Et même cette maison. Alors que Rome était jeune.

— Pour forniquer, boire et bâfrer. Mais, maintenant, l'usurpateur païen, Licinus, est mort, tué à Andrinople, et Constantin est empereur de Rome, d'Orient et d'Occident. Et on dit que Dieu lui a donné la victoire. Souviens-toi de mes paroles : l'empereur est juste et vertueux, en dépit de sa lenteur. Les dieux se soumettront sans doute à Dieu et Rome sera une immense basilique. »

Misnien de naissance, capitaine cherchant fortune sur les mers, Marcus avait reçu plus de blessures que de richesses. À la consternation de Nod, il lui arrivait d'échouer son navire — les Romains ne naviguaient ni en hiver ni en automne, parce que la mer est agitée — et supervisait l'exploitation de ses champs d'oliviers, de blé et de vigne.

— Ils ne sont pas teints.

— Quoi ?

— Ses cheveux. Les cheveux de Stella. Ceux de Tutelina.

— Comment le sais-tu, Boucles d'or ?

— J'ai regardé les racines.

— La chevelure d'une femme est un piège et une tentation. La tête de ta mère n'est jamais nue. Souviens-toi de Samson. Tu ne devrais pas regarder les nattes, encore moins les racines. Le Seigneur t'a maudit en raison de ta naissance étrangère ; ton ouverture d'esprit te conduira au péché, sauf si tu luttes perpétuellement contre le désir sans jamais cesser de prier. Les jeunes filles aiment les jolies mèches blondes comme les tiennes. J'ai vu leurs regards enamourés. » (Vraiment ? Nod les avait simplement trouvés pleins de curiosité. Des idées d'aventure agitèrent ses pensées.) « Es-tu *entré dans leur chariot* ?

— Elles ne m'y ont pas invité. Mais je suis invité à une… euh… fête.

— Tu peux quitter la table. Va immédiatement dans ta chambre. »

Cachant du pain et du fromage sous sa toge, il suivit le couloir et gravit l'échelle de bois conduisant à sa soupente. Une unique bougie éclairait la couche, le coffre et la niche dans laquelle se trouvait son dieu domestique. Il s'appelait Lordon ; c'était un dieu de la chance, des récoltes abondantes et de la fertilité masculine, qui avait ses fidèles à Rome malgré ses origines grecques. Le blé qu'il serrait dans ses mains tendues, la nudité que Nod cachait avec des feuilles de myrte chaque fois que les pères décidaient de rendre visite aux fils désobéissants évoquaient une époque révolue, antérieure à l'apparition de la fausse pudeur. Il était comme un frère venu de l'Âge d'or. Il portait chance à Nod, qui aurait frappé son père pour protéger son dieu d'argile cuite.

« Ami, dit-il, dois-je participer à la fête ? »

Les statues sont parfois indéchiffrables ; il faut connaître les signes. Il fit un clin d'œil approbateur et eut un sourire qui, de l'avis de Nod, n'avait jamais été aussi large. Comme pour dire : « Comme moi, débarrasse-toi de tes robes. La terre aime la nudité chez tous ses parents. Les arbres cachent-ils leur tronc brun et puissant ? Les ours ceignent-ils leur taille d'une peau de mouton ou de feuilles ? Toi, jeune garçon, comme moi sur le point de devenir homme, tu ne dois pas cacher la marque de ta virilité. Quitte tes robes et va à la fête. »

Nod échafauda des plans orgiaques. Au pain et au fromage, il lui fallait ajouter le vin.

Mais le vin se trouvait dans le labyrinthe de son père et Nod devait en trouver la clef.

Un jour, Pandore ouvrit une boîte redoutable.

CHAPITRE 3

C'était un vieux navire, c'était un navire qui avait beaucoup navigué ; il était construit pour la guerre, pas pour la paix, et Dylan ne pouvait supporter son éperon à trois pointes et ses deux yeux dépourvus de paupière qu'en humant, avec un plaisir toujours renouvelé, les parfums merveilleux de ses bois : le sapin de la coque, le pin du mât et des rames, le platane, le frêne et l'acacia des ponts… et en imaginant qu'il était un affranchi dans une forêt britannique et non un galérien à bord d'un navire de guerre romain venu subir quelques réparations dans le port d'Ancône, avant de repartir en patrouille le long des côtes britanniques, lutter contre les pirates saxons et les hauts-fonds inconnus, un galérien obligé de tirer sur sa rame si longtemps qu'il avait parfois l'impression que le bois et lui ne faisaient qu'un dans le travail et la douleur.

La nuit avait réduit au silence le tour du potier, les plaintes de l'épouse du pêcheur, le bavardage des marins, le marteau et la scie du charpentier, tous les bruits divers de la plus grande ville italienne de l'Adriatique. Les mâts de cent navires, voiles serrées ou abaissées et rangées sur le pont, étaient une forêt hivernale dépourvue de feuilles qui, si elle ne le protégeait pas, ne l'effrayait pas. L'air, en revanche, conservait les odeurs de la journée, la sueur, le goudron, le poisson ; mais sa fatigue était telle que ses narines sensibles ne s'en offusquaient pas. Les balustrades de son navire, la toile goudronnée tendue au-dessus de sa tête semblaient l'emprisonner et le plonger dans le sommeil. Les yeux de la proue eux-mêmes, se dit-il, auraient fermé les paupières, s'ils en avaient eu ; le pont de tempête, surélevé, était désert ; la cabine de rotin était obscure et vide, le capitaine étant allé visiter une maison de tolérance en ville.

Une unique lanterne, au sommet de l'échelle… Un seul garde, assoupi… Pour le reste : la nuit, la paix et le sommeil.

« S'il vous plaît, monsieur. Je m'appelle Mara. »

Il ouvrit les yeux, les sens en éveil. (Il avait habité la mer, avec les requins et les shelleycoats.)

« S'il vous plaît, je suis venue vous aider à fuir. »

Un esprit errant, se dit-il. Une lamie venue boire son sang. Des tourbillons semblèrent s'entrechoquer dans sa tête.

« As-tu perdu ta langue ? » s'emporta-t-elle. Ses ailes atrophiées trahissaient l'enfant d'une sirène.

« Je m'appelle Dylan », dit-il, méfiant. Les sirènes et les marins ne s'aiment guère. « Je ne sens pas mes chaînes. » Depuis un an (ou bien depuis cent ?), il était enchaîné, par les chevilles et la taille, au banc de nage, comme les autres esclaves, quarante au total. La liberté maintenant ne pouvait plus être qu'une illusion, une tromperie, un piège.

Hésitant à interrompre le rêve, il regarda les cercles noirs de ses poignets, puis le plancher. Réfléchissant la faible lumière de la lampe de l'échelle, ses chaînes gisaient à ses pieds comme autant de serpents désarticulés.

Les autres rameurs dormaient.

Le sourire de la petite fille exprimait l'espièglerie et une joie enfantine.

« J'ai emprunté la clef à *celui-là.* »

Un homme sans menottes, qui n'était pas esclave, dormait sur une paillasse, entre les bancs et le pont de tempête. Le maître du fouet. Son fouet avait souvent cinglé les épaules de Dylan. Un jour, il avait essayé de briser ses chaînes. Un autre, il avait traité le capitaine de brute parce qu'un rameur était mort de soif et d'épuisement. Grâce au maître du fouet, il avait un manteau de cicatrices, non plus de phoque.

« Je ne comprends pas. » La captivité avait amélioré son latin, sans pour autant supprimer les intonations traînantes de sa langue maternelle.

Elle rougit ; oui, il la vit rougir. Les joues lisses et pâles, sous la chevelure argentée, se colorèrent dans la faible lumière de la lampe.

« Monsieur, il faut que vous vous hâtiez. Et parlez bas, s'il vous plaît. Le garde de l'échelle pourrait s'éveiller et nous entendre. » La bouche de Mara formait correctement les syllabes ; elle parlait latin, pas la langue de sa race. Néanmoins, elle faisait penser à un enfant en quête de sa première aventure.

« Que veux-tu de moi ? » souffla-t-il. Depuis qu'Éléphant de mer et les marchands d'esclaves l'avaient capturé, en Calédonie, tout le monde voulait obtenir quelque chose de lui : la force, la liberté, la jeunesse… (Il n'avait pas été vendu comme étalon parce qu'il avait mordu au flanc son acheteuse potentielle et écrasé le pied de son mari.)

« Seulement vous libérer. Savez-vous toujours nager ? » L'audace de ses actes démentait sa voix enfantine ; elle avait l'habitude de n'en faire qu'à sa tête.

« Nager ? s'écria-t-il. Je ne peux pas oublier !

— Chut ! » À voix basse, mais péremptoirement.

Il baissa le ton.

« Aussi vite qu'autrefois, je suppose. Si seulement j'avais ma cape de peau de phoque !

— Tenez, dit-elle, lui tendant une sorte de couverture couverte de fourrure.

— Qu'est-ce que c'est ?

— La voile est bordée de fourrure.

— Je sais. De la hyène, du phoque et…

— J'ai pris soin de choisir du phoque. Les morceaux de hyène étaient troués. En outre, les hyènes ne nagent pas. Elles se contentent de manger.

— As-tu des ciseaux ? » Cela ne l'aurait pas étonné.

« Mes dents feront aussi bien l'affaire. » Elle ouvrit la bouche, découvrant une denture parfaite qu'un Roane lui-même n'eût pu qu'admirer. Il se souvint du plat préféré des sirènes, et de l'histoire racontée par ses camarades selon laquelle une partie de l'équipage d'Ulysse avait succombé au chant des sirènes.

Elle lui posa la fourrure sur les épaules et le dos, tendrement, les mains tremblantes, comme si elle avait imité les gestes d'une femme humaine, comme si ses cicatrices, presque effacées, eussent encore été des blessures ouvertes.

« Viens. » Elle grimpa sur la balustrade, entre les boucliers qui protégeaient les rameurs des projectiles ennemis, et plongea dans l'eau sans faire plus de bruit qu'une épinoche battant de la queue. Il la suivit dans leur élément naturel commun.

« Combien de temps pouvez-vous nager ? » demanda-t-elle tandis qu'ils se faufilaient dans le labyrinthe de navires.

« Un jour entier sans m'arrêter.

— Magnifique ! fit-elle. J'ignorais les capacités des Roanes. Cela ne sera pas aussi long. Il y a une caverne sous-marine juste au nord… »

« Tu vois, dit-elle, les sirènes elles-mêmes aiment avoir un nid. Nous ne passons pas tout notre temps dans la mer, sauf si nous y sommes obligées. La terre est préférable. » (Et pour dîner ? Sur de nombreuses plages, il avait vu les os éparpillés des festins des sirènes. Cette race avait du génie pour sentir les navires en détresse et les couler en perçant la coque à coups de dents puis en aidant les hommes à se noyer.)

« As-tu des parents, petite ? » demanda-t-il.

— Dévorés par des Cyclopes, répondit-elle. Ces monstres n'ont pas tous disparu, tu sais, dans les Îles brumeuses, et ils sont méchants comme… comme… » Bien qu'elle fût en général précise, elle hésita puis se tut. Il n'y avait rien de plus méchant qu'un Cyclope, sauf, disait-on, une sirène privée d'amour ou de repas.

« Et tu te débrouilles toute seule, n'est-ce pas ? » demanda-t-il, craignant d'apprendre la présence d'un troupeau dans les environs. (Oui, *troupeau* était le mot exact, pas *banc* ; car les sirènes regrettaient le temps où leurs ailes leur permettaient de survoler les terres et les mers ; elles avaient cependant, depuis que la Grande Mère les avait éternellement réduites aux mers à cause de leur mauvaise conduite, conservé leurs inutiles ailes.)

« Parfaitement. Mon peuple évite en général les côtes d'Italie. Les chrétiens nous prennent pour des démons, comprends-tu ? »

Pour une fois, ils marquent un point, ces chrétiens.

La rive était parsemée d'os et il se demanda d'où (et de qui) ils provenaient. Le plafond de la caverne était luminescent, coruscation de pierres colorées, et éclairait l'intérieur avec une netteté terrifiante ; non seulement les os, mais aussi les coquillages brisés, les débris de mâts, les ancres rouillées, ainsi que d'autres reliques aquatiques. Neptune soit loué, presque tous les os semblaient provenir de poissons. Le constructeur qui sommeillait en lui, le garçon qui avait voulu une maison bien rangée et construit un coracle éminemment habitable, plissa le nez, s'efforçant d'ignorer les ordures, mais admira la couche que Mara avait confectionnée avec des matériaux adaptés : goémon disposé en rectangle, bordé de murex et de conques, couvre-pieds de filaments de pégase (poisson-ange, pour les chrétiens) tissés, vasques de bois mort pleines de pierres précieuses : lapis-lazulis, coraux roses et blancs, aigues-marines, tourmaline, ambre. La caverne d'un homard, se dit-il. Des objets rassemblés sans autre raison que la quantité et la variété. Mais il discerna alors un indice qui révélait le goût, la personnalité en fait, de la collectionneuse ; les os et les coquillages brisés : sinistre, destructrice. Les pierres précieuses et la couche soigneusement ordonnée : casanière, aimant le confort, et même la beauté. Mara et sa caverne symbolisaient la mer.

Dylan commençait à la trouver sympathique et à apprécier sa caverne. Jusqu'au moment où elle prit la parole :

« Les festins que nous faisions, lorsque j'étais petite, me manquent beaucoup. Un jour, un navire marchand a coulé et nous avons festoyé pendant toute une semaine. Oh, les passagers étaient de mauvaises gens. Des femmes grasses et pomponnées, avec des bijoux voyants et des perruques de cheveux teints. Un équipage qui parlait le langage le plus ordurier que tu puisses imaginer. Un capitaine qui s'occupait davantage des femmes que de son navire. Finalement nous, les dames ailées, nous avons fini par avoir raison de lui.

— As-tu faim, maintenant, petite ?

— Si tu m'appelles encore petite, fit-elle sèchement, l'appétit pourrait bien me venir.

— Je ne voulais pas te vexer.

— Non ?

— Nenni. J'ai perdu mes bonnes manières, sur la galère. J'aurais dû te dire merci.

— N'y pense plus, dit-elle.

— Je ne peux pas m'en empêcher. J'ai l'impression d'être un rustaud.

— Tu veux dire un rustre.

— Je l'ai dit comme je le pensais. Rustaud. Comme une canaille, mais en moins méchant.

— Tu as un drôle d'accent. On dirait que tu as quelque chose sous la langue ; et les mots… Parfois, je ne comprends pas ce qu'ils signifient, mais je les aime bien tout de même. Tiens », dit-elle, le faisant asseoir sur un fût vide, « repose-toi. Ensuite, il faudra que tu partes.

— Partir ? » Depuis un an, il ne cessait d'errer. Il avait quitté la galère ; il voulait rester. « Où ?

— Où tu voudras.

— En Bretagne, dit-il. Des forêts partout… Des rivières aussi. Mais je n'y ai jamais débarqué.

— Alors, il faudra que tu construises un bateau pour y aller, ou bien que tu en voles un.

— Voler ? » Il n'avait jamais volé le moindre objet, pas même un morceau de nourriture à un autre galérien.

« Alors, construis-le. Mais tes oreilles ont des trous bizarres. Pour des boucles d'oreilles ?

— La marque des esclaves, aboya-t-il.

— Et les marques que tu as sur le dos », dit-elle

avec une compassion dont il n'aurait pas cru sa race capable. « Tu peux cacher tes épaules, mais pas tes oreilles. En Orient, les hommes portent des boucles d'oreilles, mais ici on verra que tu es un fugitif. Tu dois te cacher jusqu'à ce que ton bateau soit construit.

— Où ?

— Il y a des rivières souterraines qui coulent en direction du nord. Et des forêts. Et de la résine. Tout ce qu'il te faut.

— Veux-tu... Veux-tu m'accompagner ? » bégaya-t-il. Il s'agissait de la première jeune fille qu'il rencontrait. Oh, il en avait vu beaucoup, depuis son banc de galérien ! Des filles de joie aux lèvres proéminentes, comme celles d'un poisson sur la plage ; des esclaves qui n'osaient jamais lever la tête. Mais il n'avait parlé qu'avec elle. Elle n'avait ni poitrine ni hanches, faisait penser à un jeune garçon aux cheveux longs, à la voix douce et flûtée. Un... quel était le mot... un mignon. Mais la poitrine et les hanches ne suffisaient pas à faire une jeune fille. Il ignorait la nature du « reste ». Était-ce... une énigme ? Pour les hommes qui habitaient ses rivages, la mer était un dieu. Pour les marins, c'était une déesse qui avait de nombreux noms, mais tous ces noms ne pouvaient cacher le Nom. Mara était la fille de cette entité unique. Il ne voulait pas la perdre, son amie de la mer. Il voulait lui apprendre à pêcher (mais, bien entendu, elle savait déjà), à balayer un coracle (là, il faudrait qu'elle apprenne, car les sirènes sont souvent paresseuses), à chanter pour lui des mélodies douces, mais pas ensorcelantes. Il voulait qu'elle lui parle de navires coulés, de cavernes sous-marines, qu'elle lui apprenne à prévoir une tempête, à échapper à un raz de marée. Il voulait lui demander si ses ailes la gênaient, dans l'eau, où elle avait trouvé la fibule d'ambre qui retenait ses cheveux, pourquoi elle avait des jambes et non une queue ; et pourquoi, même sans cape, elle pouvait nager plus vite qu'un Roane.

« Tu ne peux pas m'accompagner ?

— Non », soupira-t-elle, véritablement enfantine, les yeux pleins de larmes. « Je dois rester dans la mer. Pour moi, l'eau est la vie. Je peux rester un petit peu sur la terre mais ensuite je me flétris et meurs.

— Je pourrais aller avec toi. »

Soudain, elle le serra dans ses bras, puis s'éloigna, gênée, lui ayant tout juste laissé le temps de l'étreindre à son tour.

Elle secoua la tête.

« Je peux nager d'ici jusqu'en Bretagne sans toucher terre. La terre t'est aussi nécessaire que la mer.

— Oui-da », reconnut-il, pensant aux coracles de Calédonie, abris contre les requins et les merrows (sinon contre les marchands d'esclaves). « Eh bien, dans ces conditions... »

« Eh bien, dans ces conditions... » Le désespoir perceptible dans sa voix ne correspondait pas à ses paroles.

« Pourquoi m'as-tu sauvé, Mara ?

— Parce que je devais.

— C'est pas une réponse.»

Elle lui tourna le dos; ses cheveux, retenus par une coquille Saint-Jacques percée, étaient nattés.

«Tu es un voleur.

— Un voleur ? protesta-t-il. Qu'ai-je volé ?

— Mes ailes.

— Elles sont toujours sur ton dos ! » Puis il comprit que l'accusation était fondée. Chez les sirènes, les ailes étaient le siège des émotions, comme le cœur chez l'homme et le Roane. («Mes ailes battent pour vous», disent les sirènes.)

«Je ne le voulais pas.

— Je t'ai observé, pendant que tu ramais. J'ai suivi ton navire depuis les Colonnes d'Hercule. J'ai vu cet horrible maître du fouet te cingler le dos. J'ai cru que tu allais perdre tout ton sang et mourir. Tu n'as pas poussé un seul cri. Tu étais tellement fort, tellement fier. Tu as volé mes ailes.

— Je ne peux pas te les rendre, je ne sais pas comment faire.

— Je grandirai, dit-elle. Et je volerai *tes* ailes.

— Je n'en ai pas.

— Enfin, ton cœur.

— Oui ?

— Acceptes-tu de me le réserver ?

— Prends-en un morceau tout de suite.» La proposition qu'il venait de faire le stupéfia. Il connaissait à peine la jeune fille et le cannibalisme n'était pas dans ses goûts. Il ignorait encore que l'amour et le temps ne marchent pas main dans la main.

«Je le veux en entier.» Ainsi trahit-elle sa race.

Sans hommes pour les protéger, se reproduisant, telles les araignées, grâce à des mâles qu'elles capturaient et dévoraient parfois, trahies selon elles par leur déesse elle-même, elles avaient appris à se débrouiller seules et se débrouillaient si bien qu'elles obtenaient généralement ce qu'elles voulaient. Bonus Eventus soit loué, elle voulait un amoureux et pas un repas ! Pour le moment du moins.

Pensif, il secoua la tête.

« Je ne peux pas promettre. » Il ne pouvait imaginer l'avenir, en dépit de la peau de phoque. Il ne pouvait imaginer… qu'un changement. Davantage de liberté que sur le banc de sa galère ? Un lien nouveau et plus étroit ? Un voleur irrésistible ? « Je ne peux pas promettre.

— Peu importe. Attends que j'aie grandi. N'oublie pas ce que mes ancêtres ont fait à Ulysse.

— Elles ont failli le manger.

— Ce n'est pas *ça*, ce que je voulais dire ! Elles l'ont séduit. Avec leurs tresses d'argent, étincelantes comme l'écume au soleil. Et leurs mélodies magiques. Écoute, je sais déjà chanter :

Celui qui vient pour rester
Veut déjà s'en aller ?
L'amour est parti,
L'amour, cet insoumis. »

Elle avait pénétré dans le nid de son cœur ; s'était installée, fragile petite mésange, dans le coin réservé à ses petites sœurs. Mais le centre, le saint des saints, restait inviolé, attendait la bien-aimée.

Et il commença à remonter la rivière.

CHAPITRE 4

Avec pour seule compagne une lampe vacillante et serrant la clef subtilisée dans le porte-monnaie de son père, il lui semblait être entré dans le royaume de Dis, dieu de la mort. (Stella, se dit-il, pour toi seule.) Au pied du long escalier tortueux, arraché à la terre, il n'avait pas trouvé de tonneaux de vin ; pourtant, son père revenait de ses mystérieuses expéditions avec du vin, et seulement du vin ; une outre avant sa conversion au christianisme ; un simple flacon de terre cuite depuis que le christianisme avait assombri son humeur et atténué son comportement.

S'il n'y a pas de vin, il doit bien y avoir des objets chrétiens, se dit Nod dans l'espoir de couvrir la voix qui murmurait : « Attention où tu mets les pieds, mon garçon ! » Un crucifix, macabre relique de la mort du fils d'un dieu. Une chapelle, peut-être, où les chrétiens communiaient avec Dieu, un dieu trop hautain pour une femme et un jeune garçon, le géant austère et barbu que l'on appelait Yahvé ou le Roi du Désert, jaloux et cruel, fléau des villes, dont les habitants préféraient la Dame aux multiples visages et son unique amour. Sodome et Gomorrhe… Jéricho…

Mais, à la flamme vacillante de sa lampe il aperçut un espace qui aurait pu être un tombeau avec plusieurs entrées, telles des bouches obscures s'ouvrant sur les profondeurs de la terre ; un tombeau semblable à ceux qu'à la fin creusaient les Étrusques désespérés alors que Rome menaçait leur pouvoir affaibli, qu'ils ne voyaient plus devant eux qu'une défaite de leur vivant et ne pouvaient plus espérer un au-delà serein. Finis les chasses, les jeux et les festins ; finis les cavaliers, les jeunes gens et les jeunes filles dansant au son de la flûte double ; les plongeurs nus, étincelant sous le soleil, jaillissant de la mer où les dauphins s'ébattaient comme une troupe de cirque.

Au lieu de cela, des urnes funéraires tels des crânes boursouflés, des peintures murales évoquant les dangers du chemin conduisant au trône de Pluton (Dis, disaient les Romains) et de la reine sévère qu'il avait enlevée : Proserpine. Cerbère, le chien à trois têtes, Charon, le passeur gris, et une multitude de démons… ovins, chevalins, lupins… queues semblables à des fouets destinés aux esclaves insoumis… cornes dignes du Minotaure, ce monstre né de l'accouplement contre nature d'une reine et d'un taureau… des sabots, mais pas pour danser sous la lune des moissons.

Des démons… cauchemars sortis de l'au-delà païen, ennemis des hommes qui adoraient les esprits de l'air. Ces êtres s'étaient enfuis avant l'arrivée du Christ (c'est du moins ce que disait son père) et s'étaient réfugiés dans le nord, ou bien avaient volé des navires, traversé les mers Inférieures et gagné la Calédonie.

Dans un tel endroit, peut-être y avait-il des crânes. Il renifla, cherchant à déceler des odeurs de champignons, de lichens, de racines, et surtout celle du vin, distillation du raisin généreux... celle de n'importe quelle entité vivante ; mais la mort régnait dans cette tombe. Il se tourna vers l'escalier. Tant pis pour le vin de Stella ! Peut-être pourrait-il en voler une bouteille à la cuisine...

Puis il aperçut dans la poussière des empreintes de sabots et perçut une faible odeur : chair décomposée et souffle fétide.

« Par Jupiter ! jura-t-il. Si seulement j'étais Gros Bras et non Boucles d'or ! » Il contracta les muscles, constata qu'ils étaient fermes mais menus, et souhaita être Hercule. Il perçut le retour imminent de... quelque chose, homme ou animal, et père d'aucun enfant, sauf d'une goule. De toute manière, rien ne l'obligeait à attendre le retour du propriétaire de la pièce. Les marches, tels des lapins pleins de bonnes intentions montés sur le dos l'un de l'autre, devinrent ses amies.

Mais...

Quelque chose se tenait entre lui et l'escalier, une porte vivante.

Un démon en chair et en os, davantage rat qu'homme, mais marchant sur deux pattes. Son visage était lisse et blanc et sa fourrure tellement courte que dans l'obscurité on aurait pu la prendre pour une peau blanche ; sa queue dépourvue de poils, dressée obliquement, faisait penser à l'amarre d'un navire abandonné. Des yeux rouges, sans paupières ; des poils noirs au-dessus des sourcils pour toute chevelure ; une bouche béante, ouverture découvrant une langue pourpre ainsi que de nombreuses dents pointues. Un rat monstrueux, sur le visage difforme duquel il eut l'impression de pouvoir lire le souvenir d'avoir été petit, chassé, pris au piège, détesté par l'homme, furtif en raison de sa petite taille ; puis soudain devenu gros, décidé à se venger.

Il chassa ces rêveries de son esprit. Ce n'était pas un rat. C'était un démon, démoniaque de naissance. Les cornes… les sabots… la queue fourchue… la personnification d'un des démons du mur. C'était un assassin d'âmes et de corps contenant des âmes ; jamais petit ; chasseur et non chassé.

« Monsieur », dit-il, tremblant sous ses lourdes robes. Il ne supplierait pas, même pour avoir la vie sauve. Il expliquerait, demanderait et, en cas de refus, tromperait. Il avait entendu dire que les démons sont forts comme le lion, mais intelligents comme l'oie. « Je suis seulement venu chercher un peu de vin. » (Si seulement il y avait une racine quelconque à portée de main !…)

Avec la vivacité de l'hydre, le démon bougea ; il saisit Nod par l'épaule en une douloureuse étreinte. Nod faillit lâcher sa lampe. Il s'accrocha obstinément à cette pauvre source de lumière.

Les antiques démons étrusques comprenaient-ils le latin ?

« Je-suis-seulement-venu... » dit-il, comme on parle à un enfant.

« Cet endroit est mon domicile. Tu es un voleur ou un espion. Ton odeur est aussi amère que celle de l'herbe. »

La perfection de son latin aurait plu à Cicéron. La voix était grave mais étrangement féminine. Nod examina la poitrine et découvrit des seins atrophiés, ainsi que des hanches larges. Il constata l'absence de ce qu'il possédait mais n'avait jamais utilisé. En vérité, elle ne correspondait pas aux femmes nues de tombes plus anciennes... danseuses, flûtistes, baigneuses... ses seuls aperçus de la nudité féminine. (Sa mère cachait son corps comme le lépreux sa chair ravagée.) Leurs mystères révélés ne perdaient pas de leur séduction. Empruntant aux poètes, il les imaginait en termes bucoliques : melons, baies, grappes, tranchées secrètes de menthe et de thym, un endroit capable de satisfaire une faim plus impérieuse que celle qui poussait à manger et, surtout, une moisson de cheveux blonds ou des richesses qui engagent un homme à s'allonger, à caresser, à ébouriffer et à enfouir le visage dans cette douce ondulation.

Mais ce jardin était un rat.

« Je comprends, maintenant. Mais ce n'était pas le cas au début. Ne pouvez-vous me considérer comme un visiteur inattendu mais digne d'être reçu ? Ma mère dit toujours que tout le monde est digne d'être reçu chez elle.

— Les visiteurs apportent des cadeaux. Que m'as-tu apporté, Boucles d'or ?

— Si vous voulez bien me laisser passer, j'irai vous chercher du fromage.

— Le fromage, c'est pour les rats. »

Il se mordit la langue pour ne pas dire : « Eh bien, cela te conviendrait parfaitement. » Mais il dit :

« Oh non, pas le fromage de ma mère. Vous ne connaissez pas la vache qui donne le lait.

— Du fromage, du lait, des vaches, pour qui me prends-tu, une crémière ? Je préfère un beau jeune homme à vingt livres de fromage. »

Par la poitrine sacrée de Junon ; elle voulait prendre son plaisir avec lui, et dans la tombe ! Il se souvint que les matrones étrusques aimaient les jeunes garçons.

« Je suis encore vierge », annonça-t-il, sans — pour une fois — avoir honte de l'avouer.

« C'était la digestion que j'avais en tête, pas la séduction. »

Il était persuadé qu'un jeune garçon plus expérimenté, le valet d'un empereur ou le chéri d'une grande dame, aurait su vanter ses qualités et écarter ses pensées de la nourriture. Mais comment détourner un démon d'un festin ? Séduire ou être séduit et, au moment propice, fuir en hâte ? Sa lecture furtive du *Satiricon* ne l'avait guère renseigné sur la réalité de telles confrontations. Étant un jeune garçon vierge, avec des parents chrétiens… Eh bien, il avait l'impression d'être Jonas avalé par la baleine ! Il pensa à David et à ses nombreuses épouses (sans parler des concubines). Il pensa à Samson, courant les filles à Philistia (avant d'avoir perdu sa chevelure). Mais il ignorait tout des épouses et des concubines. Il pensait que Stella lui enseignerait les subtilités de l'érotisme.

Nod, le moment d'improviser est arrivé. Détourne l'attention du démon ou deviens son repas. Ces beaux jeunes hommes savaient distraire les matrones avec des tours innombrables.

Il avait l'habitude de se parler ainsi. Sans amis, dans une ville où les autres garçons avaient les cheveux foncés et connaissaient leurs origines, il cherchait souvent la compagnie de ses rêves intimes.

Les gymnastes, les flûtistes, les acrobates sont tous des amuseurs. Les courses de chars. Les chevaux dansants tirés sur des plates-formes aux roues gigantesques. Il avait vu un cirque ambulant et avait envie de devenir acrobate.

« Voudriez-vous reconsidérer votre position ? » demanda-t-il. « À propos du repas, j'entends. C'est-à-dire si je faisais *quelque chose.* » L'imprécision de l'expression lui laissait une certaine latitude.

Elle parut rire. Enfin, elle émit une sorte de grognement et il put voir ses dents pointues.

« Cher petit, je préfère l'expérience à la jeunesse et les dîners au badinage.

— Je sais faire des acrobaties, dit-il. La roue, les sauts périlleux. J'ai vu les gymnastes d'un cirque, un soir, et j'ai appris leurs tours.

— Cru ou rôti, marmonna-t-elle. As-tu une préférence, Boucles d'or ?

— Je sais faire d'autres choses. J'ai des talents variés, comprenez-vous ?

— Cru, je crois. Embrocher, assaisonner, tourner… Trop de temps perdu. Les tâches domestiques n'ont jamais été mon fort.

— Vous êtes tout à fait décidée à… euh… me manger ?

— Il y a tellement longtemps, soupira-t-elle, que je n'ai pas dévoré de jeune homme bien en chair. Les Étrusques m'offraient des bébés… des douceurs… en paiement, comprends-tu, parce que je gardais leurs tombeaux. Mais ce n'étaient que des amuse-gueules. Les jeunes garçons juteux et robustes, il fallait que je les trouve par moi-même. Mais tu n'es pas tellement robuste… Juteux, toutefois, et tendre.

— Madame, j'ai de bons muscles, protesta-t-il. C'est seulement qu'ils sont sous la peau. Grecs, comprenez-vous, et pas gonflés, comme les Romains. Mais durs. Extrêmement durs.

— Eh bien, je vais festoyer sans être obligée de m'exposer à ce détestable soleil ! »

Elle l'emprisonna dans une accolade anguleuse. Il sentit sur son visage la puanteur brûlante de son souffle, regretta qu'elle n'eût pas de savon pour laver sa bouche antique, de myrrhe et d'encens pour verser sur des embryons de seins… et qu'elle n'ait pas perdu l'appétit.

« Je chante, vous savez, fit-il.

— Quoi donc ?

— Des hymnes chrétiens, d'abord.

— Ha ! » Elle rit et le repoussa. « Veux-tu chanter pour mon dîner ? Ah, Boucles d'or, tu m'as bien fait rire.

— Vous voyez, dit-il. Je suis amusant. Je vous ai fait rire. Lorsque j'aurai mon cirque à moi, je raconterai des histoires drôles et…

— Très bien, chante s'il le faut, danse et raconte des histoires salées. Toutefois, il faut auparavant que tu quittes ta toge. »

Il se retrouva donc uniquement vêtu de son pagne, coupon de mauvais lin tissé par sa mère elle-même. Elle le regarda sans dissimuler son dégoût.

« Bouh, tu es bronzé ! Personnellement, je préfère les peaux blanches. Enfin, je pourrai toujours t'écorcher.

— Je travaille dans les champs de mon père. On ne peut pas piocher en toge.

— Peu importe ; voyons la chanson et les histoires drôles. »

Rat stupide ! se dit-il. Crois-tu que les garçons savent danser lorsqu'ils ont des parents chrétiens ? Il évoqua les anciennes peintures étrusques représentant des jeunes gens et des jeunes filles qui dansaient au son d'instruments inconnus. Il imagina des flûtes, douces et mélancoliques… chant de rossignols enfermés, disaient les poètes. Il suivit le rythme de la musique de son imagination, bras tendus, ses boucles blondes tournoyant autour de sa tête (un nuage, pas l'auréole d'un saint).

« J'ai dit : danse ; je n'ai pas dit : balance-toi comme si tu étais sur le point de t'évanouir. Il ne faut pas risquer d'endommager la viande. »

Il imagina des tambours et tapa des pieds comme s'il partait en guerre.

« C'est mieux. Maintenant, laisse-toi aller. Fais claquer les doigts. Balance tes jolies boucles. »

Jésus, sauveur de mon âme,
Et moi, l'agneau…

« Le mouton, plutôt », persifla-t-elle.

Seigneur, ma prière entendez,
L'ours chapardeur au loin chassez,
Faites que ce glouton de rat
S'en prenne, plutôt qu'à moi, au chat.

Des animaux désagréables au goût, c'est le moins que l'on puisse dire, destinés à couper l'appétit, et avec une allusion probablement trop subtile, compte tenu de la lenteur de son intelligence, au fait qu'elle était à la fois chapardeuse et gloutonne.

« Je n'ai pas demandé de prière, et je n'ai pas demandé à être comparée à un ours et un rat. J'ai demandé *une histoire salée.* »

Il manquait d'expérience, mais son imagination compensait cela. Il avait eu largement sa part de pensées scabreuses : baisers furtifs volés à de jeunes chrétiennes, caresses échangées entre les prie-Dieu de la basilica. Il improvisa une chanson gaillarde et chanta d'une voix qui, bien que peu mélodieuse, convenait à un tel thème.

Le satyre et la séraphine
Lorsque la terre eut perdu son enfance ingénue,
Un satyre, dans un bois, trouva une séraphine.

Le satyre, séduit par ses ailes et sa mine,
La séraphine oubliant un instant sa mission,
Ils se firent présent d'une fleur de passion
Et péchèrent, fondant de mon clan le début.
Aujourd'hui, l'héritier frugal que je suis
Ne craint ni le faune, ni l'elfe, ni la nuit,
Mais le satyre y est peut-être encore caché.
Ah, séraphine, ne t'endors-tu donc jamais,
Pour que l'esprit de mon clan ne soit pas perdu ?

« J'espère que tu seras meilleur comme dîner que comme poète. Je n'ai jamais entendu un tel mélange de noms et de styles. Aurais-tu oublié tes alexandrins ? Que fait donc un satyre grec dans un poème latin ? Et, par la verge sacrée de Dis, qu'est-ce qu'un elfe ?

— Les poèmes ne s'expliquent pas, dit-il. Les poèmes sont. Il ne faut jamais demander à un poète ce qu'il a voulu dire. Il écoute sa muse et…

— Ta muse a probablement bu trop de vin de grenade. Quoi qu'il en soit, tu m'as fait rire. Mais maintenant, il est temps de dîner. » Ses bras se tendirent vers lui en une caricature d'amour.

Il avait épuisé les danses, les jeux et les chansons. Un compliment lui procurerait peut-être le temps de penser à de nouveaux stratagèmes.

« Vous savez », dit-il, souhaitant s'être coupé la langue, « je n'ai jamais vu de sein nu. Sauf en peinture, sur les murs. Je dois reconnaître que les vôtres sont tout à fait extraordinaires.

— C'est vrai, n'est-ce pas ? » Exposition de dents. « Remarque leur blancheur et leur délicatesse. »

(Invisibilité.) « Des pommes d'amour, pourrait-on dire. » (Les glands d'un chêne chétif.)

« Et ces sourcils noirs surmontés de cornes écarlates…

— Tu ne verras rien de tel à la surface », fit-elle, rayonnante. « Maintenant, approche, Boucles d'or. » (Son étreinte devint de bronze.) « Tu dois comprendre que je n'ai pas de mauvaises intentions. Une décapitation rapide et peu de douleur. Si tu m'avais contrariée, je t'aurais dévoré morceau par morceau. Maintenant, retire ton pagne. La croix et le pendentif aussi. Comme vous aimez vous attifer, vous les Romains ; il est plus facile de plumer une oie que de déshabiller un garçon.

— Bon, très bien. » Il se sépara à regret de sa lumière — sa lampe à huile d'olive — et la posa soigneusement à ses pieds. À contrecœur, il plia la toge bordée de rouge qu'il avait quittée quelques instants plus tôt, puis ouvrit l'agrafe de son pagne. Il s'attarda, traînant en fait sur l'agrafe, avec des pensées martiales.

« Pudique, n'est-ce pas, Boucles d'or ? Dépêche-toi ! J'ai une amie qui s'est étouffée avec un pagne.

— D'abord les sandales », dit-il, s'agenouillant près de la lampe comme pour détacher les lanières.

Se redressant soudain, il jeta l'huile au visage du démon.

Elle hurla de fureur et de colère, levant les mains pour protéger ses yeux blessés.

Les bouches obscures, celles des autres sorties que les marches de l'escalier… Il préférait une bouche de terre à une gueule de chair béante. Il préférait les pierres aux dents.

Il choisit la bouche la plus proche et disparut, vif comme Mercure, dans sa gorge.

Le tunnel noir s'étendait devant lui et la lumière de la pièce qu'il venait de quitter faiblit, avant de disparaître totalement. Il heurta des racines de la tête, trébucha, s'accroupit, courut plié en deux, fut renvoyé d'une paroi à l'autre, progressant sans tenir compte de la poussière et des bleus. Puis, tendant les mains devant lui pour éviter de se cogner à nouveau, il avança d'un pas rapide… Descendant… S'enfonçant toujours plus avant dans les labyrinthes de Dis, dieu de la mort, ou de Vulcain, dont la fureur volcanique avait enfoui sous la cendre Pompéi et Herculanum. L'Enfer, aurait dit un chrétien.

Il s'arrêta pour reprendre son souffle. L'odeur de la mort l'enveloppait, telle la brume malsaine de ces villes abandonnées qui, squelettiques, défiguraient la côte de la mer Tyrrhénienne. Il aimait les parfums de la terre, mais pas celui des os, des vers et des linceuls… Était-il sous une nécropole humaine ? Les Misniens, à son époque comme à celle des Étrusques, enterraient leurs morts dans l'enceinte de la ville. Pourtant, il avait parcouru au moins un mille. Quels tombeaux antiques, quels champs inconnus se trouvaient au-dessus de sa tête ?

Il ne percevait pas les pas du démon ; s'était-il lancé à sa poursuite ? De toute manière, elle n'aurait pas pu courir à cause de sa taille. Mais pourrait-il retrouver le soleil sans pénétrer à nouveau dans son repaire ? Il fallait qu'il rentre. Il lui fallait avertir sa mère de la présence d'un démon dans la cave. Son père… ?

Il comprit enfin. La clef qu'il gardait toujours sur lui. Ses séjours dans la cave, où il conservait son « vin ». Le surnom de « Boucles d'or ». Eh bien, il communiait avec les démons après avoir prié à la basilique ! Peut-être lui apportait-il de la nourriture. Peut-être aimait-il ses seins pâles, flétris, et se roulait-il par terre avec elle ! Tel était donc son christianisme…

« Mithra et Isis ! » commença à prier Nod. « Et Lordon, aussi, petit parmi les moins grands, mais important à mes yeux. Sauvez ma mère de l'appétit du démon. » Ce n'était pourtant guère le moment de prier.

Il était à bout de souffle. Ses jambes étaient insensibles. Il se demandait comment elles pouvaient encore supporter le poids de son corps. Il ne pouvait ralentir : s'il l'avait fait, il se fût arrêté et n'aurait plus eu alors qu'à attendre la mort, succombant à la voracité du démon.

Sous ses pieds douloureux, le tunnel s'éleva insensiblement. Une lumière, un espoir, puis une certitude… une pièce et des bras accueillants.

Il sentit les poils. Pas ceux de la démone, mais ceux de qui ? Il s'effondra dans ces bras inconnus et velus.

CHAPITRE 5

« Par Envers-Monde, qui es-tu ? » aboya Dylan.

Le jeune garçon paraissait inoffensif ; à demi inconscient en fait ; Dylan ressentit immédiatement l'envie d'en faire son hôte. Mais il sortait du labyrinthe de Mana. Peut-être était-il aussi innocent qu'il le paraissait, peut-être au contraire était-ce un démon, un marchand d'esclaves ; comment savoir ? Une année de chaînes avait appris à un Roane maltraité à se méfier de tout le monde, à l'exception cependant des jeunes sirènes.

« Monsieur », dit le jeune garçon d'une voix faible, mais prêt au combat. « Allez-vous me tuer ?

— Je ne sais pas encore. Tu es un démon ou pas ?

— Un orphelin. Romain d'adoption. Poursuivi par une démone… vieille, affamée et hideuse.

— Genita Mana, cette vieille vache ! Les Étrusques l'ont découverte lorsqu'ils sont venus de Lydie. Lui ont donné des bébés pour qu'elle ne mange pas leurs ancêtres. »

Son sabir de latin, de celte et d'argot de marin aurait poussé un grammairien à se taillader les poignets. Sa barbe sauvage, la peau de phoque en lambeaux qui couvrait les épaules, son pagne de fortune : *Ce garçon va me prendre pour un criminel*, se dit-il. *Enfin, je suppose que j'en suis un.*

« Comment un *bairn* comme toi a-t-il pu lui échapper ?

— Un quoi ? Cette vieille rate m'a volé mes habits.

— Un *bairn*. Un jeune homme.

— Je lui ai parlé. Ensuite je lui ai jeté ma lampe à la figure. » Il huma l'air. « Votre caverne sent les racines et l'herbe. Et n'est-ce pas là du goudron de marine ?

— Je construit un bateau », dit Dylan, renonçant à la férocité, mais peu disposé à dévoiler ses projets. « Eh bien, la conversation n'a jamais été le fort de cette vieille Mana.

— Comment vous appelez-vous déjà, monsieur ?

— Dylan, Fils des Vagues.

— Je m'appelle Nod.

— Nod ? Je ne sais pas ce que cela signifie. Mais ça sonne bien.

— Dylan, murmura Nod. Vous voulez dire Cédalion !

— Les paysans se trompent. C'est D-Y-L-A-N.

— Mais je croyais…

— Que Dylan était un animal, hein ? Poilu et sauvage. Je suis exactement comme toi, sauf pour les branchies et la cape. Je n'ai même pas de queue.

— Tout le monde a une queue. Sur quoi t'assieds-tu ?

— Je voulais dire queue de poisson.

— Je n'ai jamais cru que tu étais un animal.

— Si tu m'avais pris pour un vieux loup, je ne t'en aurais pas voulu. On ne peut pas être propre quand on vit sous terre. Des cheveux comme de la boue.

— Pas de la boue, protesta Nod. De l'onyx.

— Les mots aimables ne changent rien à l'affaire. De la poussière. » (Il parle comme un poète. Plus celte que romain.) « Tu veux boire un coup ?

— Du vin ?

— De la bière. Je l'ai faite moi-même, avec du houblon.

— Je n'ai jamais bu de bière.

— Il est temps d'essayer, surtout après avoir été poursuivi et presque dévoré. Tiens. »

Il tendit à Nod un calice de terre cuite en forme de sirène. Nod engloutit la bière d'une seule gorgée.

« Encore, s'il te plaît.

— Quel âge as-tu, petit ?

— Je suis assez âgé pour avoir une autre tasse de bière.

— Une chope. On ne le dirait pas ! Que tu es assez âgé, je veux dire.

— J'ai *quinze ans*.

— Et moi un an de plus que toi. Mais dans la flotte, quand on va sur dix-sept ans, on commence à se faire vieux. Je suis un voyageur. Je sais tout, et je n'ai pas appris dans les rouleaux. Je suis allé en Bretagne. À Corinthe, en Eire, à Alexandrie. Dis un nom, Dylan y est allé.

— Alors, tu es marin ?

— Non.

— Explorateur ?

— Galérien. »

Il aurait voulu cacher ses mains calleuses, ses biceps proéminents sous la cape, les marques que les chaînes d'airain avaient laissées sur ses chevilles. Il s'attendait à un regard méprisant, au moins dédaigneux, réaction que provoquaient en général les galériens.

Mais Nod se mit à pleurer.

Pas étonnant qu'il craque, ce pauvre petit ! Poursuivi par un démon. Sauvé par un Roane repoussant.

« Ce n'est rien, petit. Mana ne peut rien contre toi dans la demeure de Dylan.

— Je... je..., bégaya le jeune garçon, je pleure à cause de toi. Un esclave. Un *galérien*. Tu as certainement été fouetté... Subi toutes sortes de mauvais traitements.

— Tu pleures à cause de moi ? » Personne n'avait jamais pleuré à cause de lui, à l'exception d'une sirène. Les Romains retenaient leurs larmes, se vantaient de leur fierté et de leur virilité. Mais Nod, avec ses cheveux blonds, n'avait pas l'air romain. Et les larmes lui allaient bien.

Il serra, puis lâcha la main de Nod. La familiarité risquait de l'effrayer.

« Oh non, dit Nod, je n'ai pas peur de toi, même si tu aboies de temps en temps.

— Comment ça, j'aboie ? Ainsi ? » Il imita le grognement de l'éléphant de mer.

Nod lui serra la main et rit. Curieusement, bien qu'il sortît des catacombes, il sentait le pain, l'herbe et la propreté, et le contact de sa main était éloquent. (Dans le pays doré où Dylan avait vu le jour, le contact n'était-il pas plus éloquent que les paroles ? Ah, la mémoire était trompeuse !...)

Dylan avait trouvé un ami. Dylan savait que, le plus souvent, il faut mériter ses amis et cultiver leur amitié au fil des années. Nod ? Un cadeau, tout simplement. En lui, le Celte cria : « Fêtons l'événement !

— Veux-tu danser ? » demanda-t-il. (Il ignorait où il avait appris les pas.) Tirant le jeune garçon, il bondit, se baissa, s'accroupit, exécuta un saut périlleux. Les couleurs, les dessins, les meubles les entourèrent, les continrent, tel un animal protéen. La pièce restait bien entendu une tombe, mais elle n'avait rien de funèbre. Les Étrusques d'autrefois construisaient les tombeaux sur le modèle des maisons, demeures réconfortantes destinées aux âmes attendant le guide qui les conduirait dans l'au-delà. Les murs paraissaient frissonner de vie : dîneurs allongés sur leur couche, femmes en compagnie d'hommes, un chat tacheté, un lion à ailes de sphinx. Une débauche de peuples sylvestres sortis de l'Âge d'or de Saturne, tout en sabots, en cornes, en appendices étranges et sans nom.

« J'ai l'impression de rentrer chez moi ! s'écria Nod. Je vais t'emmener avec moi à la fête.

— Laquelle ? » La méfiance, telle une pieuvre géante.

« Celle de Stella.

— La Belle ?

— Oui. Elle a dit que tu l'avais observée, tandis qu'elle se dirigeait vers la ville.

— La *déesse*.

— Qui sait ? »

Tristement, il secoua la tête.

« Dylan est moche.

— Moche ?

— Argot de marin. Pas beau.

— Je t'ai déjà dit…

— Le Feu aime-t-il la Terre ?

— Stella t'aimera aussitôt. Enfin… si tu n'aboies pas. Peut être, toutefois, si tu vas à la fête, devrais-tu… Enfin, t'es-tu déjà rasé ?

— Pas depuis la Calédonie. » (En réalité, il ne s'était jamais rasé. En Calédonie, il était trop jeune. Aux galères, qui en avait le temps ?)

« Je vais t'apporter un rasoir. » On eût dit qu'il se rasait depuis des années, ou encore qu'il fréquentait les barbiers de la place du marché. Toutefois, ses joues ne pouvaient se vanter du moindre duvet.

« Je ne veux pas avoir l'air doux. Je pourrais me faire capturer. Tel que je suis, je fais peur aux gens.

— Mais sur la galère tu avais la barbe, n'est-ce pas ? Si on te poursuit, on cherchera une barbe. Rasé, tu seras un autre homme. Et Stella aime les joues bien lisses.

— En es-tu sûr ?

— Elle ne l'a pas dit. Mais c'est une fête des moissons ; les gens s'embrassent et font toutes sortes de choses. Qui aurait envie d'être embrassé par une barbe ? Ou d'en embrasser une ?

— Alors, mieux vaut que je me rase. » Sa connaissance des fêtes se limitait aux conversations entendues sur le navire ; la raison pour laquelle elles comportaient des baisers lui échappait. Néanmoins, il avait envie d'apprendre. « Vois-tu ce coffre de citronnier, sous les javelots croisés ? Les Étrusques l'ont rempli en prévision de leur voyage dans l'au-delà. Tuniques, sandales, rasoirs. Mais que vais-je mettre ? » Les robes du coffre étaient de petite taille. Sa peau de phoque, que Mara avait arrachée à la voile, ne semblait guère convenir à une fête.

« Un pagne suffira, dit Nod. Sauf si tu as quelque chose de plus, enfin… adapté.

— Et toi ? » fit Dylan avec un sourire, montrant le pathétique morceau de tissu que Mana n'était pas parvenue à dérober.

« J'avais une tunique et une toge. Peu importe ! Les fêtes sont créées pour se débarrasser des vêtements.

— Devant une *dame* ? » La perspective de montrer ses épaules nues à Stella le consterna.

— Stella n'est pas une dame. Elle est… bien plus, *davantage*. Eh oui, il faudra que tu les quittes. D'après elle, c'est le meilleur moment. Celui que préfèrent les champs. L'orgie.

— L'orgie », soupira Dylan, rougissant sous sa barbe. « Une orgie, cela signifie qu'on embrasse, qu'on serre dans ses bras, qu'on pince…

— Ne t'arrête pas en si bon chemin.

— Et plus. » (Plus signifiait : mieux.)

« Alors, tu es au courant ?

— Oh oui. Je faisais des orgies, dans mon pays. Au milieu des chênes. Avec des druidesses.

— Je n'ai jamais rien appris de tout cela. »

(*Honnête, ce petit. Ça me fait honte. Mais je suis*

plus âgé. Il faut que je sois digne de ma peau de phoque.)

« Je suppose que c'est comme d'apprendre à ramer ou à faire du feu, n'est-ce pas ?

— Un peu, mais en plus difficile.

— Cependant, Dylan, es-tu certain de n'avoir rien oublié ? Tu ne pourras pas tromper Stella, tu sais. Si tu as oublié, il vaudrait mieux le reconnaître et suivre ses conseils, ainsi que ses indications. À combien d'orgies as-tu participé ? »

Dylan contempla le mur. Une dîneuse aux seins nus semblait le fixer d'un air réprobateur.

« Une, avoua-t-il. Enfin, presque. Un soir, la femme du capitaine est venue me voir. "Le capitaine est à terre avec une fille", a-t-elle dit. "Les esclaves dorment. J'ai toujours aimé les jeunes garçons comme toi." Je ne pouvais rien faire. Difficile, avec toutes ces chaînes. Elle m'a traité de puceau ; vraiment. Et elle n'est jamais revenue.

— Ce n'était pas une orgie, c'était... Quel est le mot chrétien ? Une fornication. Presque. Ou bien un adultère ? J'ai oublié la différence. Quoi qu'il en soit, c'est un péché sans gravité, à moins que l'on ne soit une femme. Ensuite, on est alors lapidé, je crois. Du moins chez les chrétiens. Naturellement, je ne suis pas d'accord. »

(*Ce garçon est de plus en plus sympathique.*)

« Au moins, tu as un point de départ. Je suppose qu'il suffit de savoir ce que tu n'as pas fait correctement la première fois, et d'ajouter quelques fioritures avec chaque nouvelle femme.

— Je n'ai rien fait de travers. Ni correctement

non plus, d'ailleurs. Je n'en ai pas eu l'occasion. Il vaudrait mieux que tu m'apprennes, Nod. Tu dois avoir lu.

— Je ne puis rien t'enseigner, reconnut Nod. J'ai lu, mais n'ai pas compris les subtilités. Stella sera notre professeur à tous les deux.

— Tu admires beaucoup Stella, non ?

— Oui, je suppose. C'est trop tôt, n'est-ce pas ?

— Tôt signifie parfois pour toujours. Elle me plaît beaucoup aussi, et pourtant je ne lui ai jamais parlé.

— Oh, ça ne m'étonne pas. Elle est très attachante. »

Dylan éprouva la piqûre d'une fibule de jalousie. Stella préférerait sans doute Nod aux cheveux d'or à Dylan aux cheveux de crépuscule (même s'il se rasait). Car Nod était tendre alors que lui, Dylan, était rude… dans son corps, ses paroles et son comportement. Tendre au sens noble du terme. L'incarnation de Bonus Eventus, pas mielleux comme la Fouine, offrant des compliments comme un appât.

« Et elle a une amie. Tutelina. N'est-ce pas un joli nom ? Blonde comme un épi de blé et très accueillante. Peut-être la préféreras-tu à Stella elle-même. Après tout, tu n'as besoin que de réviser. Alors que ce sera mon premier cours. »

Dylan sourit.

« Repasser sa leçon, hein ? C'est comme de boire de la bière sans rouler sous la table. Juste l'ardeur et les plaisanteries. Pas même la migraine. » Il se souvint du premier navire romain, de la gentillesse de l'équipage. « C'est temps, pas vrai ?

— *Il est…*, Dylan. Lorsqu'on est à Rome…

— Il est quoi ?

— *C'est temps* n'est pas grammatical. »

Dylan lui assena une grande claque dans le dos et Nod s'écroula.

« Excuse-moi, petit. Mais il est temps qu'on s'y mette. » Puis, d'une voix tonitruante : « Angus, apporte un rasoir à Dylan. Et un pagne propre. Rouge. C'est la couleur qui convient à une orgie, pas vrai, Nod ?

— Parfaitement. »

Puis à Angus :

« Et un autre pour mon invité !

— Je ne savais pas que tu avais un domestique, Dylan.

— Je n'en ai pas. C'est un ami. Capturé par les marchands d'esclaves en Calédonie. Vendu à un cirque ambulant. Il s'est échappé et a suivi ma piste jusqu'ici. Ne me demande pas comment. »

Dressé sur ses six pattes, aussi gros qu'un chien de berger de Calédonie, le Telchin s'arrêta sur le seuil et examina l'hôte inattendu.

« Dylan, peux-tu jeter un poisson, ou quelque chose ? Il a l'air… d'attendre.

— Du froment et des baies. C'est ce qu'il préfère. »

Angus entra dans la pièce et s'offrit, aussi docilement qu'un phoque, à la caresse de son maître.

« Je n'aurais pas deviné. Il y a dans ses yeux une lueur carnivore. Je suppose qu'il a des amis ?

— Il en avait. Mais ils ont tous disparu.

— Va-t-il nous accompagner à la fête ?

— Non. Il me surveille de trop près. Comment dit-on ?

— Prude ?

— C'est ça. Il a peur que je me conduise mal. Stella n'aime pas les prudes, pas vrai ?

— Stella aime… Allons donc voir. »

Les invitations conduisent parfois à rencontrer de nouveaux amis… ou d'anciens ennemis.

CHAPITRE 6

Dylan se passa la main sur les joues, probablement rouges à cause de l'antique lame qui avait rasé le visage d'un seigneur étrusque, alors que Rome était un homoncule batailleur et non un Atlas portant le monde sur ses épaules ; et il soupira en regardant la barbe assassinée qui, à terre, semblait lui adresser d'amers reproches.

À son tour, Nod l'examina et admira ce qu'il découvrit alors : le grand frère de ses rêves. Au langage bizarre de Dylan, à sa force surnaturelle, à son séjour aux galères s'ajoutait une gentillesse qui rendait cet homme (car Nod ne pouvait le considérer comme un jeune garçon) cher à son cœur.

Il l'aimait également à cause de sa solitude.

« Je suis nu, soupira Dylan. J'étais habitué à la barbe. C'était un peu comme la peau de phoque.

— Elle te faisait ressembler à un ours, pas à un phoque », dit Nod, adressant un sourire encourageant à sa « victime » désormais glabre.

« Qu'est-ce que tu as contre les ours ? Je les aime bien.

— Moi aussi, mais les gens avaient peur de toi.

— C'était voulu. Ça les maintenait à distance. Un déguisement, tu comprends ? Je ne voulais pas me faire prendre.

— Cet homme qui t'a capturé, en Calédonie, comment s'appelait-il ?

— Sais pas. Je l'appelais Éléphant de mer. Ça lui allait bien.

— Il est probablement retourné aux îles de Brume, maintenant.

— Difficile à dire. Gras mais sournois. Il ressemblait vraiment à un éléphant de mer. Il te tombait dessus comme un requin.

— Stella te préférera sans barbe. »

Il se tourna vers Nod et lui adressa un large sourire.

« Vraiment ? Tant mieux. Mais ce n'est pas tellement beau à voir.

— Non ? » Il brandit devant le visage de Dylan un miroir, sorti du coffre funéraire où ils avaient trouvé le rasoir. Dylan ferma les yeux.

« Tu veux m'ensorceler, petit ?

— C'est un miroir.

— Je sais ce que c'est. Ça ne me plaît pas. C'est surnaturel. Un seul Dylan suffit.

— Accorde un regard à l'autre.

— Il ne me ressemble pas.

— Il est mieux.

— Impossible.

— Si.

— Mes branchies et mes palmes ont l'air gluant hors de l'eau.

— Différent, c'est tout. En outre, tu ne seras pas toujours hors de l'eau.

— Par Dis, quel entêté ! Tu m'as abusé, avec ta gentillesse. Mais tu es aussi coriace qu'une pince de homard, quand tu as décidé quelque chose. »

Nod tendit le miroir à Dylan :

« Eh bien, si je suis coriace, obéis. Regarde-toi encore une fois. »

Dylan battit des paupières et examina la surface inquiétante du miroir : poignée en forme de tige, ovale semblable à un lotus aplati de bronze poli.

« Regarde bien.

— C'est moi avant les galères, et pourtant ce n'est pas moi. Les mêmes yeux, les mêmes dents, mais…

— Combien de temps… y es-tu resté ?

— À peu près un an. Aux galères, on ne compte pas.

— Tu es plus âgé, c'est tout.

— Je suis vieux, Nod ?

— Tu es un jeune homme mais plus un garçon, c'est tout.

— C'est bien ou mal ?

— Bien, répondit Nod. Mais ce n'est pas fini. J'ai trouvé une paire de ciseaux.

— Je ne suis pas un mouton !

— Que sais-tu de la tonte des moutons ?

— Je l'ai vu faire depuis mon banc. » Les galères romaines ne s'éloignaient jamais des côtes, sauf lorsqu'il fallait éviter les hauts-fonds ou gagner une île.

« Les moutons meurent après la tonte, pas vrai ?

— Mais non ! Leur toison repousse. Ne bouge pas ! » Il poussa Dylan sur la couche, tourna autour de lui comme un bourreau gaulois qui examine sa victime afin de déterminer quelle trajectoire devra décrire sa hache et se mit aussitôt à couper. Snip, snip, snip, firent les ciseaux rouillés.

« Chauve ! » geignit Dylan en regardant tomber les boucles.

« À la mode. » Il emprisonna la chevelure réduite de Dylan dans un filet provenant du coffre. « Maintenant, tu ressembles à Mercure.

— Qui est-ce ? Un merrow ?

— Un dieu. Un bâton à la main. Des ailes aux talons.

— Moi, j'ai des palmes.

— C'est aussi bien. Il est coiffé comme toi. Les cheveux attachés sur la nuque, dans un filet cramoisi.

— Ah, ce dieu-*là* ! Dans la Flotte, j'ai entendu parler de lui. Il guide les navires dans la tempête. Il porte chance. Il plaît aux filles. Et il a les mains baladeuses. Un peu pirate, quoi !

— Oui, mais il ne vole jamais les pauvres.

— Si je suis Mercure, tu es son jumeau. Tu m'as enseigné tes tours. Le méchant, c'est toi. » Sans préambule, il serra brièvement son ami dans ses bras.

« On pourrait nous appeler Castor et Pollux.

— On dirait un nom de cataplasme. »

Dans le miroir, Dylan regarda son visage entouré — et non plus envahi — par sa chevelure d'obsidienne, puis eut un sourire de pirate.

« Je m'y ferai peut-être. Mais, tu sais, je ne vois toujours pas très bien ce qu'on fait à une fête. Avec Stella et son amie. Des esprits du blé. De belles dames.

— Il faut leur faire la cour.

— Qu'est-ce que c'est ?

— Tu sais bien. Les complimenter sur leur robe et leurs bijoux.

— Elles n'en auront pas, après la fête ?

— Ça, c'est quand tu les embrasseras.

— Sur la bouche ?

— Partout, je pense.

— Mmmmmm. J'ai toujours eu envie d'être embrassé sur l'oreille. Ensuite ?

— Et tu es marin ?

— Galérien. C'est pas pareil. Enchaîné, le plus souvent. On ne pouvait que parler. Sauf la nuit où l'épouse du maître est venue.

— Et qu'avez-vous fait au juste ?

— Pas grand-chose. Je n'ai pas envie d'en parler. Ce n'était pas une dame.

— Alors que disaient donc les autres rameurs ? Certains d'entre eux devaient bien avoir connu le plaisir avant de devenir galériens. » Il regarda Dylan d'un air interrogateur, espérant manifestement une réponse… mercuriale.

Dylan se gratta la tête. Lorsqu'il avait encore tous ses cheveux, se gratter était difficile, sinon impossible. Il prit soin de ne pas se gratter trop longtemps, de peur de perdre ceux qui lui restaient.

« Sûr. Ils en parlaient tout le temps, quand on n'était pas en train de ramer ou de se reposer.

L'un d'eux a dit… » Il s'interrompit. « Nod, tu ne te vexeras pas ?

— Dylan, je t'ai dit que je ne suis pas chrétien.

— Peu importe. Tu ne sais pas comme ils parlent, les galériens. Des voleurs, des ivrognes, des coureurs de jupons. *Salés.* Ça m'écorchait les oreilles. Et, la plupart du temps, je ne comprenais pas ce qu'ils voulaient dire.

— Je dis des gros mots, avec mes amis », avoua Nod (sans préciser qu'il n'avait pas d'amis). « Des gros mots, c'est la même chose qu'un langage salé, je suppose. Voyons les choses en face. Nous voulons tous deux courir le monde et le monde est plein de filles, comme une ruche est pleine d'abeilles ; c'est du moins ce que j'ai entendu dire… à chaque repas.

— Sûr que tu me plais, petit. Dans un cocon toute ta vie, mais prêt à hisser les voiles et à faire route vers les Colonnes d'Hercule.

— Petit ? J'ai quinze ans.

— Jeune homme ; tu préfères ?

— Quel âge a un jeune homme ?

— Jusqu'à vingt ans à peu près.

— Alors, très bien. » Un silence plein d'espoir. « Tu étais sur le point de me raconter ce que disaient les hommes.

— Quelqu'un a dit : l'homme et la femme sont faits pour s'emboîter. Comme la clef dans la serrure. C'est idiot, pas vrai, de comparer les gens à des clefs et à des serrures ?

— Je crois, dit Nod, que c'est quand on ferme à clef qu'on a du plaisir. N'as-tu jamais eu envie de… euh… d'ouvrir des portes ?

— Sûr. Et j'ai parfois eu l'impression d'être un vrai voleur. La porte ne voulait pas s'ouvrir et j'avais envie de l'enfoncer.

— À mon avis, tu ne seras pas obligé d'enfoncer la moindre porte. Pas à la fête de Stella.

— Il y a autre chose.

— Quoi donc ?

— C'est difficile à expliquer. Une femme comme Stella, par exemple. Elle donne envie de… de protéger, pas d'enfoncer. Mais j'ai tout de même envie de me servir de ma clef. Comprends-tu ?

— Tout à fait. Quand tu as construit ta maison et planté le dernier clou, qu'as-tu ressenti ?

— J'ai eu un peu l'impression d'être un dieu.

— Ce sera pareil avec Stella.

— Et l'autre sotte ?

— Je n'ai jamais dit qu'elle était sotte.

— Ce n'était pas la peine de le dire. À t'entendre, elle raisonne comme un mouton.

— Tutelina… On peut dire qu'elle n'est pas… finaude. Nous ne voulons pas la vexer, hein ? Mais elle n'est pas très futée. Je crois que n'importe quelle clef ferait l'affaire : elle n'y verrait pas la moindre différence.

— Elle est vieille ?

— Elle ne *fait* pas vieux.

— Eh bien, la clef est prête. Les galériens ne peuvent pas espérer choisir. Dans combien de temps ?

— Pas longtemps. Je crois que le soleil est couché. Il n'y a plus de lumière sous la porte.

— Et Angus a faim. » Il alluma une bougie aux

braises de son foyer et remplit de graines de coquelicot un bol. « Tiens, Angus, ton dîner. » Puis il se tourna vers Nod. « Quand il aura mangé, il ne nous suivra peut-être pas. Je ne veux pas qu'il voie son maître se conduire comme ce vieux Mercure.

— Très bien. Quitte ta cape et préparons-nous.

— On ne va pas sortir nus, tout de même ? Je l'ai été assez souvent, aux galères. J'en rougis encore quand j'y pense.

— Tu as toujours ton pagne.

— C'est pour le bas. C'est le haut qui m'inquiète.

— Dylan, je crois que tu as compris de travers. Enfin, Stella t'expliquera comme il faut. »

Dylan fronça les sourcils et porta la main à son oreille, maintenant visible.

« Crois-tu qu'elle veuille ? J'ai des trous dans les oreilles. Percées, tu comprends. La marque des esclaves. »

Nod fouilla derechef dans le coffre.

« Tiens.

— Des *boucles d'oreilles* ?

— En jade noir. Très précieuses. Et ce sont des boucles d'homme. On le voit à la taille des anneaux.

— J'ai l'impression d'être une poulette.

— Une poule ?

— C'est ce que je voulais dire. C'est un mot que j'ai appris dans la flotte. Une femme qui se maquille le visage et utilise le henné pour se teindre les cheveux, au lieu de peindre les murs de sa maison avec.

— Tu n'as pas l'air d'une poule, tu as l'air d'un prince étrusque. Tu seras le roi de la fête. »

Dylan, en proie à la lutte de l'esprit pratique romain contre l'imagination celtique, poussa un soupir empreint de tristesse.

« Sûr. Jusqu'au moment de prendre du plaisir. J'ai l'impression que ce sera un gros travail.

— Ne t'inquiète pas. Laisse faire Stella.

— Nous allons lui laisser toute l'initiative, pas vrai ? De toute manière, je ne crois pas qu'un Roane lui plaise.

— Il me semble, dit Nod sans enthousiasme apparent, que nous lui plairons certainement tous deux. Ça a l'air d'être la coutume de ces sortes de fêtes.

— Il vaudrait mieux que je cache mes épaules. Nod. Ça pourrait la gêner et m'avantager, après tout. »

Bras dessus, bras dessous, ils se rendirent à la fête.

CHAPITRE 7

Devant eux, le blé était de la taille d'un homme, bronze terni sous la lumière de la lune des moissons, et Dylan dut cligner des yeux pour voir les gens enfouis parmi les épis.

« Toute la ville est venue, marmonna-t-il. On pourrait me reconnaître. » Il regarda Nod, dont la chevelure, dépourvue de filet, tombait sur les oreilles (*dommage, il faudrait qu'on les voie*) et cascadait en boucles d'or sur son front, encadrant son visage, ses grands yeux verts, ses sourcils blonds aux extrémités malicieusement relevées, ses dents fortes et blanches (*sauf une, un peu tordue*). Cette imperfection mineure, bizarrement, lui plaisait. Bien qu'il fût imparfait, Dylan, dans un domaine au moins, dépassait son modèle. *Il n'est pas joli, ce jeune garçon, mais presque. Avenant, voilà le mot. À côté de lui, je dois ressembler à un Nubien rôti par le soleil. C'est lui qui aura Stella. J'aurai la myope.*

Soudain, il se rendit compte que le clair de lune dissimulait la couleur réelle des yeux et des cheveux. Déjà, semblait-il, les traits de Nod étaient inscrits dans sa mémoire ; il lui suffisait de regarder le jeune garçon dans une caverne, au clair de lune, dans l'obscurité totale, pour que les couleurs et la configuration des traits se mettent aussitôt en place.

Nod eut le rire heureux et sonore du jeune homme prêt à partir en expédition avec un ami.

« Dylan, souviens-toi du miroir. »

Nod, bronze au clair de lune. Plus qu'humain ?

« Il m'a rendu mon apparence d'autrefois, pas vrai ?

— Personne ne pensera que tu puisses être Cédalion, la Bête humaine. »

Elle vint à eux à travers champs, et Dylan eut envie de s'agenouiller à ses pieds afin d'embrasser les lacets de ses sandales. Venait-elle de la lune, dont les rayons généreux encourageaient le blé à monter jusqu'au visage lumineux ? Le soleil était souvent hostile, torride et impitoyable ; la lune était protectrice partout où elle brillait et, ce soir-là, elle brillait de toutes ses forces.

Et Stella, tissée de rayons de lune et d'air ? Non, elle était également de terre ; le vent dans les cheveux, mais les cheveux semblables à des épis de blé… doux, doux… comme s'ils avaient été tissés au lieu de pousser. Et la robe qu'elle portait… C'était moins une robe qu'une provocation. Dylan n'avait jamais contemplé les formes d'une belle femme. Il n'avait jamais vu la divinité vivante. Des fourmilières ? Des melons ? Divagations de marins ! Devant l'incomparable, les images lui faisaient défaut.

« Nod, s'écria-t-elle, j'étais inquiète pour toi.

— J'ai perdu le fromage et le pain. Une démone m'a poursuivi et je n'ai pas pu me procurer de vin.

— Mon pauvre ami ! T'es-tu blessé, dans ta fuite ?

— Non, et en fait je devrais la remercier, car elle m'a poursuivi jusqu'à *lui*. C'est mon ami. Cédalion. Mais en réalité il s'appelle Dylan. Tu l'as vu sur la colline, t'en souviens-tu ?

— Eh bien, ce soir tu ne rencontreras pas de démons, pas du genre hostile du moins. Les paysans m'ont apporté du vin, de la farine, du miel, de l'huile d'olive, et j'ai mélangé tout cela suivant le goût des dieux. »

Dylan prit conscience de son regard, examen presque tangible, semblable à la caresse d'un brin d'herbe. *Elle sait des choses mais ne les dit pas. D'abord d'où je viens. Pas de Calédonie. Avant. Connaît-elle ma mère ? Pourquoi elle m'a abandonné sans un mot ?*

Elle rit et lui prit la main.

« Cédalion ! Mais tu n'es qu'un enfant !

— J'ai voyagé, madame.

— Je sais », dit-elle, son rire faisant place à un sourire ; triste et compatissant, ce sourire. « J'entendais en années, pas en expérience. Je lis les voyages dans tes yeux, la douleur, le désespoir. Mais, ce soir, c'est un autre voyage, et pas dans la douleur. Puis-je être ton pilote ?

— P… pilote ? » bégaya-t-il, incapable de poursuivre.

« Ton guide, bien-aimé, si tu veux.

— Fais-lui la cour, souffla Nod, c'est ce qu'elle attend.

— Ce ne sont pas des fourmilières », bredouilla-t-il, les yeux fixés sur la transparence verte de sa robe. « C'est mieux.

— Voilà un compliment digne d'une princesse », dit-elle, transformant ses paroles maladroites en un péan. « Nod a trouvé un véritable ami. » Puis, donnant un bras à chaque garçon, elle les guida parmi les treilles chargées de grappes, les oliviers scintillant comme des cornes d'abondance pleines de pièces, jusqu'au blé qui recelait le cœur de la fête. Les grappes donnaient à l'air le parfum du muscat ; les oliviers et le blé évoquaient les festins d'ambroisie de la Terre. L'Olympe, se dit Dylan, se rappelant les histoires antiques racontées par les vieux galériens, récits de dieux et de héros, de courage et de ruse, de villes entourées de hautes murailles et de reines dont la beauté poussait les hommes à construire ces villes ou bien à les raser, de déesses amoureuses de mortels et mettant au monde des fils immortels. Il avait plongé dans le passé, qui appartenait aux dieux, non au dieu jaloux et cruel, né des déserts, et comme eux méprisant les femmes ainsi que la tendresse des femmes. Ce passé était Stella…

Le présent était Stella.

« Tutelina, appela-t-elle, j'ai un nouveau fidèle ! » Dylan s'immobilisa brusquement, reprenant sa main, aussi entêté et inébranlable qu'un ours. Après la déesse, le bouffon ? La description de Nod ne l'avait guère séduit.

Elle se déplaçait comme un navire évitant les hauts-fonds. Elle s'arrêta pour saluer une gerbe de blé, qu'elle avait prise pour des gens.

« Pardonnez-moi, messieurs, j'ai pris des engagements. Peut-être plus tard. » Puis, juste avant la collision, elle reconnut Nod. « Nod, mon ami, qui est ce séduisant jeune homme ?

— Dylan, de Calédonie.

— Dylan, sois le bienvenu à notre fête. »

Ravie, battant des paupières, elle forçait la sympathie. Bizarrement en fait, elle lui plut immédiatement : sa silhouette, ronde mais pas opulente, abondance au milieu des champs abondants. À ses yeux, elle était beaucoup plus qu'une belle jeune femme myope et trop désireuse de plaire. Elle était ce qui manquait à la Calédonie pour être hospitalière ; la luxuriance des palmiers du Sud qui auraient dû tenir compagnie au chêne solitaire. Stella et Tutelina appartenaient toutes deux à la terre, mais Stella était déesse, Tutelina était femme. Stella l'intimidait, Tutelina le mettait en confiance.

« Oh, Stella, Stella, quelle fête nous allons avoir ! Comme les champs seront prospères ! » Elle examina le visage de Dylan. « As-tu déjà vu de telles dents ? Et regarde ces bras puissants ! Tu as dû lancer le javelot dans la guerre contre les Gaulois.

— J'étais galérien, madame.

— Mon pauvre petit ! fit-elle. Les maîtres de ce pays sont parfois très cruels. Ils ont oublié la gentillesse d'autrefois. » Elle se pencha sur lui avec l'intention de l'embrasser sur la joue mais atteignit son oreille. « Oh pardon ! Puis-je faire un nouvel essai ?

— J'aime être embrassé sur l'oreille. Je ne connais pas de meilleur endroit. »

Espiègle, elle l'embrassa sur le nez.

« Je préférais la première fois. Veux-tu recommencer ?

— C'est son âge, souffla Stella. Mais ne le dis pas. Elle est terriblement sensible à ce genre de chose.

— Est-il temps de commencer l'orgie ? » s'enquit Nod, s'éloignant de Tutelina et regardant Stella avec l'intensité du navigateur fixant l'étoile polaire.

« Il nous faut d'abord accueillir nos invités », dit Stella, souriante mais intraitable. Dylan se dit soudain : elle est tissée de rayons de lune mais la terre, en elle, est de bronze.

Une centaine de païens de Misna ainsi que des fermes des alentours, et même une vingtaine de chrétiens — regardant furtivement autour d'eux, espérant ne pas être reconnus par leurs voisins —, étaient venus à la fête. Les hommes portaient un pagne ; jeunes, pour la plupart, musclés sans être trapus, car ils faisaient de la gymnastique, fiers de montrer leurs épaules et leur poitrine à une époque où les hommes avaient l'habitude de porter la toge ; quelques-uns — des paysans — avaient la peau brûlée par le soleil ; tous guignaient les femmes d'un air qui évoquait réellement une clef à la recherche d'une serrure.

Les dames ne portaient pas de cape sur leurs *stolas* ou leurs tuniques, qui descendaient jusqu'aux chevilles. C'était extraordinaire, car il était en général impensable qu'une Romaine pût laisser sa cape chez elle : mais l'air recelait un parfum particulier, une chaleur, une communion qui semblait dire : « Cette nuit, il faut oublier la pudeur nouvelle de l'Empire, de cette Rome de l'époque qui se tourne vers le Christ, et retrouver la liberté de l'époque où les faunes et les dryades s'ébattaient au clair de lune. » Des épingles d'or ou d'argent, en forme d'insectes : papillon, sphinx, sauterelle, retenaient leur *stola* sur leurs épaules, mais ces agrafes paraissaient éminemment fragiles : un papillon prêt à prendre son vol, une sauterelle sur le point de bondir. Une traction brusque, une torsion, un pas de danse complexe… Dylan, ignorant que les dames portaient un autre vêtement plus ajusté, s'imagina défaisant toutes les épingles : déluge de *stolas*, jardin de femmes nues offrant leurs melons et leurs taillis à l'adroit jardinier.

Il éprouva une sensation à la fois familière et impossible à identifier, une chaleur qui, née dans son ventre, se propagea dans tous ses membres. Il avait en fait ressenti cela lorsque les bons Romains lui avaient parlé de la nature des femmes. Étant roane et celte, il ne pouvait se contenter d'une seule image, pas dans un tel moment. Clefs et jardins tourbillonnant dans son esprit, un brasier consumant ses membres, cela suffit à peine à décrire la confusion de ses impressions, son impatience et son appréhension.

« Stella, dit-il, tu m'as choisi, n'est-ce pas ?

— Patience », dit-elle, davantage à la foule qu'à

lui-même. « Il faut que Dame Lune gravisse la montagne du ciel et assiste à notre fête. »

Il les entendit s'entretenir avec Stella, puis entre eux. Ses oreilles allongées lui permettaient de distinguer les voix.

Un élégant Romain à une jeune femme timide :

« Je vous ai vue sortir de la basilique pas plus tard qu'hier. Que faites-vous donc ici ? »

La jeune femme timide, vêtue d'une *stola* qui, même au clair de lune, révélait son corps dans toute sa splendeur :

« Je crois au Seul Vrai Dieu. Mais, avant lui, il y avait d'autres dieux : Cérès et Liber, Faunus Lupercus. S'il en reste quelques-uns, notre sacrifice leur fera peut-être plaisir.

— Vous ne m'abusez point, ma chère. Vous n'êtes pas venue prier.

— Chut ! Le blé a des oreilles. Il pourrait s'embraser. »

Un paysan vêtu d'un pagne minuscule :

« Le blé a des épis, pas des oreilles.

— Stella, dit Nod, crois-tu que nous pourrons nous passer de festin ? Je suis persuadé que Dame la Lune a déjà trouvé son Endymion. »

Endymion... le galopin paresseux. Ce qui n'empêchait pas la Lune de l'aimer. Ce Nod, les mots n'ont pas de secret pour lui. Il pourrait être celte. Et il a raison. Je suis. . une conflagration !

« Nod.

— Oui, Stella ?

— Écoute. Qu'entends-tu ?

— Des cris, répondit-il. Tout le monde crie. Et fort.

— Derrière les cris.

— Tu veux parler du vent dans les blés ?

— Plus faible encore.

— Tu veux dire… »

Soudain, Dylan se dit : Nod sait.

Quoi ?

La signification de la fête. Comment un jardin de jeunes femmes peut parfois être la même chose qu'un champ de blé. Qu'il a besoin de la même abondance de pluie et de soleil. Comment susciter une telle abondance ?

Nod savait. S'étant agenouillé, il prit entre ses bras les minces tiges terminées par des épis ronds et des filaments soyeux.

« As-tu le vertige, petit ? demanda Dylan.

— Non, souffla Nod. J'essaye de parler…

— Bien sûr. À Stella et à moi. » Il s'agenouilla près de son ami.

« Au blé. » Nod lui présenta un visage de dieu gorgé de prières : Bonus Eventus, argile transformée en chair.

Dylan secoua la tête.

« De quoi ?

— Oh, ce ne sont pas vraiment des mots. Le blé… se sent seul.

— Comme Angus, quand il a envie qu'on le caresse ?

— Différemment. Bientôt, on va le faucher puis le transformer en pain, et il voudrait savoir pourquoi.

— Je ne sais pas quoi dire.

— Moi non plus. » Bonus Eventus l'avait quitté, laissant un jeune garçon décontenancé.

« Pour les dieux, dit Stella, il arrive que le silence soit un présent aussi précieux que les paroles. Le blé n'est-il pas une déesse ? » Elle se pencha sur eux, ambre et or... Ambre et or. Engendrée par la Lune, mise au monde par la Terre. Divinité, femme, maîtresse. Tendant les mains comme pour une bénédiction, elle les fit lever avec une aisance égale, bien que Dylan fût plus lourd que Nod. « Tout d'abord, il nous faut manger le repas rituel. Tutelina, aide-moi... »

Stella et Tutelina passèrent parmi les invités, servant du vin dans de minuscules récipients en forme d'abeille, et des gâteaux au miel aussi dodus que des moineaux. Étant galérien, Dylan avait goûté le vin de nombreuses contrées, toujours le moins cher, le plus souvent vert et amer. De l'eau chaude, du pain rassis, du vin bon marché, telles étaient les bases de sa nourriture. Il regrettait le lait et le doux jus de raisin dont il se nourrissait dans sa grotte.

Jusqu'au moment où il goûta le vin.

Méfiant, il s'était attendu à retrouver les boissons rances des galères, d'un rouge boueux ou couvert de taches blanches, pleines de poussière et de morceaux de bouchon, avec parfois un ver sorti d'un morceau de pain pourri. Il goûta une seconde fois, fit claquer sa langue, perçut la chaleur agréable qui envahissait son estomac et vida le flacon d'une seule gorgée.

« Y en a-t-il encore, Stella ?

— Encore ? » fit Stella avec un sourire. « Tu seras ivre avant l'orgie. Mange des gâteaux au miel. »

Il avait seize ans ; pourtant, il n'avait jamais été ivre. Aux galères, on distribuait le vin en petites quantités et rarement, juste pour raviver les forces des rameurs.

« J'aime ça, dit-il.

— Vraiment, Dylan ?

— Je t'aime.

— C'est à cause du vin.

— Non ! » L'amour était à la fois une simplicité et une complexité nécessitant des précisions. Décrire signifiait proscrire, comme lorsqu'on construit un mur autour d'une acropole. Le mur excluait les amis, au même titre que les voleurs.

« Écoute, Dylan, dit Nod. Stella a commencé la cérémonie. »

Elle parlait, mais on aurait dit qu'elle chantait :

La Grande Mère replia ses ailes merveilleuses et se pencha sur le monde. Ses larmes tombèrent en pluie, mais elles ne mouillèrent pas les champs, ne grossirent pas les rivières asséchées par l'été, regrettant les neiges douces du printemps.

« Il m'a fait la cour, dit-elle. Il m'a demandé d'être sa reine. Mais il est cruel. Il a étendu sur le monde le linceul de sa cruauté. Les temples sont silencieux. L'eau et la cendre ont étouffé les feux sacrés, des vents étrangers ont emporté les rites antiques. »

Et Stella chanta :

Les dieux de jadis ne sont pas morts.
Les dieux demeurent,
Bien que chassés du ciel à l'unique œil d'or,
Dans le chêne et l'orme
(immobiles… souris sous la meule de paille) ;
Sous la montagne,
Privés de prêtres et de festins,
De temples embaumés de nard et de benjoin.
(Dieu est une vipère à cornes.
Cachez-vous,
Cachez-vous :)
Sous les prairies bleues de la mer
Le plus est le moins,
Les ailes sont repliées, la fuite est la mémoire.

Les dieux demeurent.

Dieu est une vipère à cornes. Quel dieu ? se demanda-t-il… Jupiter, Neptune, Mars ? Les habitants de l'Olympe obligés de se cacher dans la mer ou sous les montagnes ? Mercure repliant ses ailes ? Les temples et les prêtres abondaient, à Misna comme dans d'autres villes, et la fête de Stella était manifestement un rituel. Rien n'avait fui le monde, à sa connaissance, ni la lumière, ni la musique, ni la magie, ni les divinités. En fait, Nod savait parler au blé, et Stella était belle.

Peut-être le chant était-il une prophétie et un avertissement ?

Le silence s'étendait sur les champs telle une toge de lin. Tout le monde regardait Stella, les hommes de la ville, les jeunes femmes, les fermiers, Nod. Dylan ne vit tout d'abord qu'une foule sans visage ; puis les visages se séparèrent, telles les anémones des jardins sous-marins de Calédonie : le paysan, voûté et brun malgré sa jeunesse ; le patricien hautain, humble pour la durée de la nuit ; la jeune femme timide préférant pour une fois le plaisir à la mode. Il les vit tous, il vit chacun d'eux. Puis il les vit abandonner leurs robes et leur honte, s'immobiliser, couverts et grandis par une innocence primitive.

« Maintenant », cria Stella, rejetant la tête en arrière, secouant sa magnifique chevelure couverte de poussière de lune, « nous allons les conjurer hors de leur cachette ! »

Des présences archaïques murmurèrent dans les blés. Elles effrayèrent Dylan. Et elle aussi. Il voulut fermer les yeux ; ensorcelé, il lui fallut les couvrir de ses mains.

Nod les écarta.

« Dylan, un corps nu n'a rien de choquant.

— Pas en bas », dit Dylan, se souvenant de la Calédonie et de la mer froide, mouvante, autour de son ventre. « *En haut.*

— Seuls les chrétiens cachent la splendeur de la féminité. »

Dylan ôta son pagne avec un peu d'hésitation.

« La cape aussi.

— Il le faut ?

— Il le faut. »

Il frissonna, mais pas à cause de la fraîcheur de l'air. Il se cacha dans les blés, espérant que les tiges cacheraient ses épaules.

Nod ne tentait même pas de dissimuler sa nudité. Il se tenait dans l'ambre révélateur de la lune et Bonus Eventus avait repris place en lui.

« Je croyais que tu n'avais jamais participé à une fête ?

— Stella fait toute la différence, comprends-tu ? »

Elle se dirigea vers eux, arborant son sourire supranaturel.

« Prends Nod », supplia-t-il, désespéré dans sa nudité. « J'ai des branchies et les pieds palmés ! » Que savait-il des reines et des déesses ?

« Dylan, je suis venue pour toi.

— Pas pour moi ? » s'écria Nod. Il faisait penser à un petit garçon dont la carriole se serait renversée et aurait perdu une roue.

« Échangeons, souffla Dylan, Je prendrai Tutelina.

— Cher Nod ! dit Stella. Entre nous, il doit y avoir un autre amour. Car nous sommes du même sang. »

Du même sang ?

« Nés de la Terre, dit-elle, et non de la mer. Regarde ! Tutelina, notre cousine, vient à notre rencontre.

— Si nous sommes du même sang, dit Nod, elle est dans le même cas. Je ne veux pas d'elle. Elle a bon cœur, c'est vrai, mais elle est… un peu simple, n'est-ce pas ?

— Nod, tu es très jeune. Tutelina est timide.

— Oui, comme une harpie.

— Elle a besoin de ton amour.

— Et pas toi ?

— D'une autre façon. Rejoins-la, maintenant. »

Rose et délectable, jeune mouton tondu mais destiné à la table, pas à la couche, du moins le pensait-il, elle venait vers eux à travers champs, trébuchant de temps à autre.

« La repousserais-tu par une telle nuit ? »

Eh bien, il était agréable de se savoir désiré, même par un mouton.

« Comme tu voudras. Mais pourrai-je aussi avoir une fille de Misna ? Après Tutelina, je veux dire. Comme dessert. D'abord le devoir, et ensuite le plaisir. J'ai vraiment beaucoup de choses à apprendre. Quinze ans de chasteté ! Te rends-tu compte de ce que j'ai manqué ?

— Mon petit puceau ! Deviens Hercule, si tu le souhaites. Mais toujours de la tendresse… du respect. Confiance dans l'ordre des choses, dessein complexe, admirable, mystérieux, de la Grande Mère et du dieu à qui sont soumis les dieux.

— Eh bien, je vais mettre cette confiance en pratique. Je suppose que tu vas avoir confiance avec Dylan ?

— Sera-ce le cas, Dylan ? » En général, les déesses ne demandent pas ; mais, à ce moment-là, elle était moins divine que suppliante.

« Ouais », fit Dylan, surpris par la promptitude de sa réponse. « Mais je… je… j'ai des trous dans les oreilles. Ce n'est pas joli. La marque des esclaves, comprends-tu ?

— Les boucles d'oreilles les cachent.

— J'ai l'air d'une fille.

— D'un prince d'Étrurie.

— C'est ce que disait Nod.

— Nod est un ami loyal. Fais-lui confiance. Aime-le.

— Je crois que c'est déjà le cas. Mais l'amour à ta manière… plus difficile. Je ne sais pas par où commencer.

— Le mien, il faut l'apprendre, comme on apprend à semer le blé dans le champ ou à la saison qui conviennent. Mais je suis un professeur patient. » Elle lui prit la main et la posa sur sa joue.

« Votre parfum est celui d'une fleur, madame.

— Celui du narcisse. J'ai un sac de pétales entre les seins. Ils me portent chance.

— Tu n'en as pas besoin.

— Tout le monde en a besoin. Toi aussi, il me semble. Aurais-tu peur de me toucher ?

— Non ! » s'écria-t-il. Puis il l'étreignit et, malgré lui, l'embrassa violemment sur la bouche.

« Doucement ! L'amour est comme le vin. Il faut le boire petit à petit et le savourer. Tu as vidé ta coupe trop vite. Feras-tu de même avec l'amour ?

— Je suis sobre, maintenant. Je suis capable de savourer. »

Ses sens, troublés par le vin, devinrent soudain parfaitement clairs.

« Eh bien, suis-moi. »

Elle le fit danser, balancement lent parmi les blés, puis plus rapide, l'entraînant dans un tourbillon ; de sorte qu'il lui fut bientôt impossible de distinguer les blés des autres danseurs, car ils ne faisaient plus qu'un, elle, lui et la danse, les blés, les autre danseurs et la terre filant dans l'éther… Ivre, mais pas de vin, il piétinait la terre comme le vigneron son raisin ; pourtant, il ne sentait pas le sol, les racines, les blés abattus ; il piétinait l'air, avec les pieds ailés de Mercure.

Son ventre embrasé faisait de lui une torche bondissante.

« Stella ! » cria-t-il. Puis il s'accroupit à ses pieds lorsque le souvenir de l'enfant qu'il avait été s'abattit sur lui comme un filet tressé dont la lisière était le désespoir et les mailles la solitude.

« Cher Dylan ! dit-elle. As-tu peur de moi ?

— Ce n'est pas vous, madame. La danse m'a donné le vertige.

— Ce n'était pas la danse, Dylan, n'est-ce pas ? Il faut toujours me dire la vérité.

— Je ne la connais pas.

— Tu n'as pas connu beaucoup de femmes ?

— Aucune en Calédonie. Ce qui s'en rapprochait le plus était les phoques. Personnellement, je ne les ai jamais eus que comme amis. Puis les galères et quelque chose qui s'appelait une poufiasse. Puis la caverne. La démone. Pire qu'un shelleycoat !

— Alors cela doit être terrifiant, mon aimé. Ce doit être une menace au lieu d'un désir.

— Une menace ? Une merveille, voilà ce que tu

es ! Et moi un pauvre fils de pêcheur. C'est pour ça que j'ai peur.

— Écoute, bien-aimé. Le merveilleux c'est... l'éloignement, l'étrangeté, le mystère. C'est un autre royaume. Des sphinx gardent les frontières. Des tours se dressent sur l'horizon, apparemment impossibles à escalader. Des jardins de marguerites et d'hirondelles au clair de lune, mais protégés par des murs et des portes. Au début, il faut marcher sur la pointe des pieds, au début il faut murmurer. Sache toutefois que tu es beau. *Et la beauté ouvre les portes.*

— C'est grâce au rasoir. Une idée de Nod.

— Ton cœur parle par tes yeux. C'est l'amour que j'y lis. »

Doucement, doucement, elle bougeait et parlait, l'éloignant d'elle et l'enveloppant tout à la fois. (Qui lui avait appris cette gentillesse, les dauphins de la mer ou bien les moineaux des airs ?)

« Voulez-vous m'embrasser l'oreille, madame ?

— Tes oreilles semblent sorties de la mer. Circonvolutions exquises... Elles me font penser à des coquilles de murex.

— Et elles entendent bien.

— Pourquoi pas ?

— Une marguerite, murmura-t-il. Voilà ce que tu es, Stella. »

Il était parvenu à prononcer son nom sans gêne.

« Mais chaude comme un tournesol sous le soleil de midi.

— Aussi agréable que le froid ?

— Je n'aimerai plus jamais le froid.

— Eh bien, agenouille-toi près de moi, dit-elle. Pose l'oreille sur le sol. Qu'entends-tu ?

— Le bruit des pieds.

— Dessous.

— Des choses qui grandissent. Des racines qui se hissent vers le soleil.

— Que te disent-elles ?

— Il faut que je demande à Nod.

— Réponds toi-même.

— Dylan, Dylan, Dylan. Il me semble qu'elles disent mon nom. Qu'elles demandent.

— Quoi donc ? »

— Ce que tu peux me dire. »

Il ne reçut pas le baiser sur le lobe de l'oreille. Il le reçut dans le nid de son cœur, comme un moineau aux ailes repliées, doux, silencieux, s'installant pour dormir. Il espéra pouvoir le garder sans l'emprisonner, le protéger, le nourrir et ne jamais lui briser les ailes…

Tout d'abord, il renonça à la honte comme à sa cape de peau de phoque ; puis, l'esprit aussi nu que le corps, sur la pointe des pieds mais à grands pas, il franchit la frontière du royaume de l'amour.

« Dylan, Dylan, Dylan », chantaient les blés. (À moins que ce fût Stella ?) Repu. Reconnaissant. Paisible.

Il s'accroupit à l'écart et se mit à pleurer.

Elle le serra contre son sein, elle, la belle, la déesse.

« Ne crains rien, mon petit. Tu as donné ta semence.

— Partie, dit-il. Je n'ai plus de présent à t'offrir.

— Tel est souvent l'amour. Après la joie, la tristesse. Après la moisson, la neige. Mais les semailles suivent le gel… inexorablement.

— Je ne pleurais jamais quand on me fouettait. L'amour ne devrait pas me faire pleurer.

— Vraiment, Dylan ? Pleure, mon chéri. Pleure sur le sein de Stella, mais pas comme un petit garçon. Veux-tu que je chante pour toi ?

— Oui.

« Bête, ô bête,
La peur te rend cruelle,
L'amour t'éloigne d'elle ;
Pose la tête
Dans le lit de mes bras
Et dors sur moi.

— Tu vas aller en voir un autre, maintenant ?

— Je suis la reine de la fête.

— La reine peut faire ce qu'elle veut.

— L'amour partagé est comme les tranches de pain de la parabole chrétienne. Donne-les à ceux qui en ont besoin et elles se multiplieront.

— Je ne suis pas chrétien.

— Mais le Christ était le fils de Dieu, et ce qu'il enseignait était sage et vrai. Ce sont ses disciples, Paul et quelques autres, qui ont oublié la vérité. Ce sont eux qui défigurent la Mère.

— Je ne suis pas venu écouter un sermon.

— Plus de sermons, fit-elle en riant.

— Tu ne peux pas partir.

— Il le faut.

— En as-tu envie ? »

Elle le regarda avec étonnement et perplexité.

« Bien sûr. J'ai toujours agi ainsi.

— Je voudrais que nous ne nous soyons jamais rencontrés, aboya-t-il. Je ne veux pas que quelqu'un d'autre mange un morceau de ma tranche. »

C'est à ce moment-là qu'ils perçurent la fumée. C'est à ce moment-là qu'il sentit une chaleur qui n'appartenait pas à l'amour.

CHAPITRE 8

« On ne juge pas l'amour sur la vitesse d'exécution », dit Tutelina.

Il s'agissait de sa première réflexion intelligente depuis qu'ils avaient commencé à se faire confiance. En fait, ce fut sa première remarque. Jusque-là, elle avait tenu sa langue et n'avait pas donné le moindre conseil, de sorte que Nod s'était vu contraint d'improviser, tel un homme d'expérience. L'instinct ainsi que les anecdotes entendues sur la place du marché ou chez les barbiers de Misna lui servirent de guide. Il savait que, en théorie, la clef doit entrer dans la serrure ; la taille de sa clef lui était une source d'orgueil ; et la consommation, réalisée à son avis avec toute la rapidité requise, fut à la fois une libération et un plaisir qu'il supposa partagé par Tutelina. Ce ne fut pas exactement une exaltation ; et si ce fut en fait une légère déception, au terme d'une virginité longue et ardue, il en rendit responsables son inexpérience ainsi que l'indifférence de Tutelina, et resta convaincu que la pratique et le changement de partenaire amélioreraient les choses.

« J'ai oublié les douces paroles, n'est-ce pas ? » dit-il. « Mais nous avons gâché tellement de temps à manger et à boire. Le jour va se lever d'un moment à l'autre. » Autour de lui, les rares couples visibles ne semblaient pas sur le point de se séparer. « Allons-nous... ? »

Tutelina battit des paupières ; seul ce mouvement rappela à Nod la jeune femme un peu sotte que lui avait imposée son amie pleine de sollicitude. Mais elle parla avec bon sens.

« Bien sûr, tu aurais préféré Stella. Ou l'une de ces filles orgueilleuses de Misna. Tu m'as acceptée par charité. Tu avais l'intention de me prendre avec la rapidité du viol pour me remplacer aussitôt. Le viol a, bien entendu, sa raison d'être. Cassandre, par exemple. Elle a élevé la séduction au niveau d'un art et Ajax s'est moqué d'elle. Mais, dans les circonstances présentes... »

Tutelina ne déplaisait pas à Nod, malgré son allure un peu ovine (les moutons, après tout, donnent de la laine) ; mais il se mit soudain à la respecter. Il n'avait pas eu la moindre intention de la vexer.

« Mais j'ai offert un... enfin, un outil convenable, n'est-ce pas ? Mes amis l'appellent Lordon parce qu'il...

— Plus que convenable. Prodigieux, pour un garçon de ton âge. Naturellement, cela tient à ta race. »

Prodigieux... Ce mot avait des implications innombrables et délectables. Viril, phallique, priapique... termes qui, sacrilèges pour les chrétiens, étaient naturels et même enviables pour les païens, qui ornaient de statues de Priape leurs jardins et même leurs chambres. Il s'était souvent entraîné, nu, au gymnase et, à la manière des jeunes garçons, avait comparé ses attributs. Les garçons l'admiraient et avaient surnommé sa virilité « Lordon », comme sa divinité personnelle, le fils de Priape.

« Que veux-tu de plus ? protesta-t-il. Et je te l'ai demandé une deuxième fois.

— Après que je me fus révélée... satisfaisante la première fois. Après que tu eus constaté que personne ne pouvait me remplacer. Je n'ai rien contre Lordon. Mais tu dois apprendre à le mériter. » Elle cessa de battre des paupières, et il comprit que, à cette distance, elle le voyait très nettement et lisait même en lui. Elle ne ressemblait plus à un mouton rose. Sa rondeur la rendait généreuse et désirable. L'absence soudaine de son sourire lui révéla ce que leur première rencontre avait dissimulé... Quoi ? Blessures, peines, peut-être même désespoir ; surtout, du temps. « En bref, tu désirais Stella.

— Oui, reconnut-il. Elle m'a séduit dès le premier instant, j'ignore pourquoi. J'ai cru que c'était à cause de Lordon. Maintenant, je crois que c'est autre chose. Je sais seulement que j'ai immédiatement ressenti une... attirance.

— Je te remercie de m'avoir dit la vérité. » Son sourire réapparut et elle l'embrassa sur la joue ; c'était du moins son intention, mais elle atteignit le menton. Quoi qu'il en fût, la tendresse du geste ne lui échappa pas. « Je sais, mon doux Nod. Et je suis... eh bien, une vieille femme bavarde à... (les mots eurent du mal à sortir) à la vue basse.

— À mon avis, tu es parfaite », bredouilla-t-il, cherchant le sens exact de « vieille femme ». « Du moins pour les choses importantes.

— Vraiment, Nod ?

— Le myope, c'est moi. Mais comment suis-je apparenté à Stella ?

— Elle te le dira le moment venu.

— En attendant, veux-tu nous accorder une seconde chance, à Lordon et à moi ?

— Avec joie. Et ne te tourmente pas à cause de ta… euh… fougue de la première fois. L'amour est un don, mais les dons eux-mêmes doivent être cultivés. Et, de plus, tu es vierge. » (Elle fit penser à un chrétien prononçant : putain.) « Pour un début, c'est acceptable.

— Acceptable ? Recommençons. Et sois mon guide. Tu as déjà félicité mon ami. En d'autres termes, j'ai des moyens. Ce doit être l'utilisation qui est contestable.

— L'amour, mon cher, est prodigalité de l'âme, mais je dois reconnaître que les moyens ne sont pas dépourvus de charme. Dis-moi des mots doux.

— Tutelina, à mes yeux, tu es aussi délectable que le rayon de miel l'est à ceux de l'ours affamé.

— Excellent. J'aime les sucreries et les ours ne me déplaisent pas. En échange, puis-je dire que tes membres sont un mélange délicieux de douceur et de muscle ? Et quant à ton visage… Bonus Eventus lui-même pourrait envier tes incroyables yeux verts. Même au clair de lune, leur nuance est visible, tu sais. Comme l'émeraude, ils ne changent jamais de couleur. Et, en ce qui concerne Lordon, que puis-je dire ? Il fait honneur à son maître.

— J'ai les joues trop dodues.

— Pas pour un esprit du blé.

— En suis-je un ?

— N'as-tu pas dit que tu en étais un ? » fit-elle, évitant de répondre.

« Je l'espérais. Ils s'amusent tellement !

— *S'amusaient*. Maintenant, tu peux m'embrasser dans le cou. Non, non, Nod, je ne t'ai pas dit de mordre. Tu n'es pas un vampire suceur de sang. Maintenant, tu peux te servir de ta langue. Quel innocent ! Il ne faut pas lécher !

— Mais je suis un ours affamé.

— Tu as raison, les métamorphoses sont le piment de l'amour. Regarde Jupiter, par exemple : serpent, taureau, cygne. Mais jamais ours. Tout ce qui avait une chance de plaire à la dame.

— Et tromper son épouse ! » Comme Nod était devenu expérimenté ! Après cette nuit, Dylan et lui pourraient courir les filles et passer pour des maîtres.

« Pour le moment, tu es un manga fragile suçant le nectar. Parfait. Maintenant, tu peux descendre jusqu'aux montagnes. Imagine que tu es un bouc aux pieds sûrs. Et n'oublie pas les collines, derrière.

— Tutelina, dit-il en descendant, puis-je explorer ta géographie pendant toute la durée de la fête ?

— Es-tu assez vigoureux pour entreprendre un aussi long voyage ? » Puis, regardant Lordon : « Oui, bien sûr. J'oublie ta race. Je suis honorée, mon cher, et tu fais des progrès à chaque baiser.

Tu n'as pas fait couler une seule fois le sang. Mais les champs aiment… comment dire… l'abondance de fidèles. La quantité leur plaît autant que la qualité.

— Mais le blé est mûr ! Il sera bientôt moissonné. N'est-ce pas une fête des moissons ?

— Cette nuit, nous remercions la terre pour ce qu'elle nous a donné et nous nous assurons qu'elle le donnera encore. Elle reçoit les émanations de notre joie… et se réjouit. Elle boit le doux nectar de l'homme et le protège en prévision du sommeil de l'hiver ; elle imprime ses rides sur le corps de la femme, se pénètre de ses frissons de plaisir et d'amour. Il y a d'autres fêtes : une pour les labours, une pour les semailles, où nous la remercions pour ce qu'elle promet de donner.

— Crois-tu que j'en sais assez pour continuer ?

— Tu as conquis les montagnes. Pourquoi ne pas essayer la vallée ?

— Comme un bouc ?

— Comme un jeune taureau. »

Je suis devenu une vraie ménagerie, se dit-il. Mais tous les animaux furent nourris…

« Tutelina », dit-il avec un sourire, maître de la montagne et de la vallée, prodigue autant que prodigieux, « tu n'es pas stupide du tout.

— En général, les gens croient que je le suis, soupira-t-elle. Il m'arrive de gaffer. On pourrait croire que c'est l'âge, mais j'ai toujours gaffé. À onze ans, je suis entrée dans une caverne pleine de faunes, que j'ai prise pour un arbre de dryades. Je suis arrivée juste au moment du dessert.

— Je suis sûre que tu étais préférable aux viandes sucrées et aux gâteaux au miel.

— Pardonne ma vantardise, mais chaque faune a pris deux portions.

— Et tu n'es pas grasse ! Toutes les rondeurs sont à leur place, surtout les montagnes et les collines.

— Chut, mon petit, tu vas me faire rougir. »

Une grosse tête bulbeuse se balança au-dessus d'eux.

« Un Telchin, soupira Tutelina. Durs au travail, mais terriblement prudes. *Monogames*. Je croyais qu'ils avaient disparu.

— Celui-ci s'appelle Angus, expliqua Nod, et il est certainement à la recherche de Dylan. » Il secoua la tête d'un air réprobateur.

Angus disparut dans les blés, poursuivant ses recherches.

« Eh bien, il devrait se faire chrétien, dit Tutelina. Ces yeux désapprobateurs ! Leur taille ! Quelle question m'as-tu posée, avant cette interruption ?

— Je demandais comment… »

« *Debout, jeune homme !* »

La voix était dure et impérieuse ; l'individu, vêtu seulement d'une tunique et d'une toge, mais armé d'un bâton capable de faire fuir un sphinx, se dressait au-dessus d'eux, tel Moïse descendant du Sinaï.

« Monsieur, dit Tutelina, si vous voulez bien baisser la voix et quitter votre robe, je vais essayer d'arranger les choses.

— C'est mon père, soupira Nod, et il n'est pas arrangeant. »

Marcus et ses amis, une bonne centaine de chrétiens, avaient envahi les champs avec des torches et des bâtons, armés de l'arrogance du juste. Tout à leurs explorations, Tutelina et Nod ne les avaient pas entendus approcher. Ils perçurent alors le bruit sourd du bois contre les têtes, les cris des jeunes femmes arrachées aux bras de leurs amants, le hurlement d'un jeune élégant dépourvu d'armes et de vêtements, le juron ordurier d'un paysan, aussi salé que celui d'un marin. Privez l'homme de ses robes, se dit Nod, et il court vers l'amour, délaissant le commerce et la guerre ; en fait, il se cache. Cela faisait partie de la nouvelle pudeur ; les chrétiens lui avaient donné un nom plus précis : le Péché originel.

Le poing de Marcus, serré et inattendu, frappa Nod tandis qu'il se levait. Étendu à terre, il cessa peu à peu de percevoir les odeurs, les bruits, le spectacle ; il entendit toutefois le dernier ordre de son père :

« Quand tu reviendras à toi, rentre à la maison. Ou bien va en enfer. Ça m'est égal ! »

Indistinctement, il vit quelqu'un saisir Tutelina par le bras et l'éloigner de lui, puis il entendit la remarque ironique de son père :

« Quant à toi, putain de Babylone, te plairait-il d'être clouée en croix ?

— Laissez-la, hoqueta Nod. Laissez-la... »

Pauvre, pauvre Tutelina ! Il eut l'impression que sa langue était bloquée dans sa gorge. Je suffoque, se dit-il. Je chois en enfer.

Il tomba dans les rêves. Des démons dansèrent dans son cerveau (chrétiens), le piquèrent avec leur fourche, lui hurlèrent aux oreilles : « C'est parce que tu as dansé au clair de lune avec les putains de Babylone. » Une forêt de crucifix se dressait sur son horizon, une vipère à cornes glissait entre ses pieds, l'œil fixe du soleil le regardait avec fureur et désapprobation…

Il sentit qu'on le touchait doucement, mais avec insistance. Les fourches. Non… les antennes d'Angus… Il reprit connaissance et regarda stupidement autour de lui, chassant les cauchemars tout en s'éveillant à la douleur, puis constata que les champs étaient déserts.

Il n'aurait jamais cru qu'un jour il serrerait une fourmi dans ses bras.

« Angus, mon vieux, il faut que nous retrouvions Dylan et sauvions les dames. » Angus parut comprendre. Avec fermeté, les antennes le firent lever, le soutinrent tandis qu'il reprenait son équilibre, et le poussèrent à entreprendre leur quête commune.

Presque toutes les femmes avaient abandonné leur cape ; certaines avaient même laissé leur tunique, leurs sandales, leurs bijoux et leur chapeau. Le sol était couvert de pagnes, comme si un esclave avait mis la lessive à sécher dans le champ. Lorsque des amants nus sont surpris par un groupe de chrétiens militants, la victoire ne revient pas à Vénus mais à Mars. Toutefois, il ne rencontra aucun cadavre ; mais à Misna il y avait à peu près autant de chrétiens que de païens et, Constantin étant favorable à Dieu mais ne s'étant pas soumis à lui, ils ne pouvaient prendre le risque d'une ultime confrontation ; en outre, beaucoup étaient, comme sa mère, fidèles au Christ compatissant qui avait dit à Madeleine : « Lève-toi et ne pèche plus » ; méfiants vis-à-vis de Paul qui, inflexible, avait fait du mariage l'antidote de la luxure.

Mais la fête de Stella était un champ de bataille parmi les cris des corbeaux. Le blé était abattu et piétiné, la vigne arrachée et jetée aux oiseaux affamés ; les dieux avaient été outragés et non adorés (seule Cérès savait ce que donneraient ces champs ; probablement de l'ivraie). La lune elle-même s'était cachée derrière l'horizon, en compagnie d'Endymion, et une aube sinistre avait pris sa place (rouge, se dit-il, pas aux doigts de rose).

Seul…

Seul sur le champ de bataille, sans ses amis (où étaient-ils ? Avaient-ils fui ? Étaient-ils blessés ? Captifs ?).

Non, Angus était venu lui tenir compagnie. Il caressa son flanc dodu ; une antenne rassurante lui toucha l'oreille puis montra sans doute possible la direction de la maison d'été près de laquelle on l'avait découvert, lorsqu'il était petit. Ayant ramassé un pagne, il avança silencieusement parmi les blés piétinés et la vigne déracinée. Le pagne était mouillé et lui serrait la taille ; mais une tunique eût été aussi encombrante qu'une cuirasse. (Quelque chose avait quitté les champs libres et immenses ; quelque chose s'était réfugié à l'abri des murs de la ville. *Un jour, il avait vu un rossignol dans une cage de rotin. L'oiseau ne savait plus chanter.*)

Le vide qui succède à la surprise, à la douleur, à l'oubli avait laissé la place à des plans incertains.

Il ne pouvait retourner à Misna, c'était là chose certaine. Sa mère, étant chrétienne, ne risquait rien. En compagnie d'Angus, il allait sauver ses amis : Dylan, Stella et Tutelina, puis, dans le chariot à bâche orange, prendre la direction du nord, où n'était pas encore parvenu le mildiou chrétien, gâchant le paysage et rendant les gens malades. Ou bien gagner les îles de Brume avec le bateau de Dylan. Sa mère lui manquerait, lui manquerait terriblement... Son manque d'élégance, qui était une sorte de beauté, son courage qui lui donnait la volonté de défier son père, sa douceur, sa tendresse, sa gentillesse... Mais il préférait retrouver ses amis et partir avec eux que rentrer dans une maison qui abritait un individu tel que Marcus.

Retrouver ses amis et partir avec eux...

Il avait sous-estimé l'armement des chrétiens, défenseurs de la paix. Ou plutôt il avait sous-estimé son père, qui, avec le prêtre aux allures de loir, dressait une croix hâtivement construite derrière la maison d'été. Une bonne vingtaine d'hommes, tous chrétiens, bien entendu, surveillaient l'opération ou bien gardaient Tutelina. Nue à l'exception de sa chevelure en désordre, vêture qui bizarrement lui allait à ravir, elle semblait plus indignée qu'effrayée, et plus disposée à combattre qu'à protester.

« Allez chercher des clous, cria mon père.

— En fer », ajouta le prêtre lorsque Tutelina le mordit au bras.

C'est ma faute, se dit Nod. Dylan et Stella ont peut-être gagné le chariot mais Tutelina, échappant à mon père, a dû prendre les chrétiens pour des meules de paille et se jeter dans leurs bras.

Si Tutelina était furieuse, Nod pour sa part était vexé, autant à cause de lui-même qu'à cause des chrétiens. Au moment de sa capture, elle était sa femme, l'affirmation de sa virilité ; il ne l'avait pas défendue et, ironie des ironies, elle était tombée dans le piège tendu par son père.

Mais ce qu'il ressentait était plus complexe que la colère ; c'était également la peur de perdre une femme qu'il avait prise pour un clown, puis avait appris à respecter ; et, surtout, la peur qu'il éprouvait pour elle, l'indignité, la douleur, la perspective de la mort

La perspective de la mort… La colère lui serra la gorge, telles des racines d'ellébore.

Oubliant Angus, il se dressa de toute sa taille parmi les pieds de vigne arrachés ; il s'empara d'un morceau de bois, émergea de sa cachette et ouvrit la bouche dans l'intention de rappeler à ces soi-disant chrétiens que Paul lui-même, malgré son horreur des femmes, n'en avait jamais assassiné aucune (vraiment ?).

Une main se posa sur sa bouche et une autre tira sur son pagne : Dylan et Stella étaient près de lui. Il eut à la fois envie de crier et de rire. Il eut envie d'être un dauphin pour lutter avec Dylan sous les vagues. Il eut envie d'être une meule de paille pour sentir la bénédiction de la main caressante de Stella. Comment se faisait-il qu'il se fût aussi rapidement mis à aimer ces deux inconnus davantage que des amis ? Ils semblaient être frère et sœur : l'obscurité et l'or.

Il les serra contre lui en une accolade gigantesque, tandis qu'ils l'attiraient parmi les pieds de vigne ; il perçut la chaleur de leurs corps ; conserva cette chaleur en prévision du froid à venir. Dylan lui tira l'oreille ; Stella l'embrassa sur la joue. Amitié passionnée ; amour devenu sacrement.

« Angus, s'écria-t-il, nous les avons retrouvés ! Maintenant nous pouvons sauver Tutelina. »

Les antennes d'Angus luisaient comme des épées d'ébène. L'adoration scintillait dans ses yeux (adorations multiples ? Le maître, l'ami du maître et elle que, curieusement, il semblait connaître).

« Non », souffla Stella. Son murmure fut précieux. « Restez ici, vous deux et le Telchin. J'irai.

— Toi ! Toute seule ?

— Moins fort, Nod ! Oui. Je vais faire une diversion pendant que vous vous occuperez de Tutelina, toi et Dylan. » Il regretta sa douceur ; sa force, soudainement affirmée, lui fit peur. Elle semblait si déterminée… Indomptable convenait peut-être d'autant mieux qu'elle semblait armée d'un bouclier, telle une Amazone.

« La jeune fille s'en va t'en guerre, fit Dylan avec un sourire.

— Mais c'est une femme !

— Cette femme est un amiral, mon petit ! Il fallait la voir briser des crânes ! Devant elle, le grand cornu lui-même s'enfuirait la queue entre les pattes.

— Mais Stella, geignit Nod. Tu es nue ! Ils vont te crucifier, comme Tutelina, rester bouche bée devant tes montagnes et tes vallées. Ou bien ils vont t'arracher les membres. Ou bien les deux. Regarde-les se comporter avec Tutelina, alors qu'elle n'a pas la moitié de ce que tu possèdes.

— Les chrétiens ne sont que des hommes, déclara Stella. Même ton père. Et Vénus est toujours une déesse, quoi qu'ils en pensent.

— Mais c'est exactement ça ! Ta beauté va les rendre complètement fous.

— Les fous font de mauvais guerriers.

— Tu n'as pas d'arme.

— Tu as un bâton. Et Dylan aussi. Je n'ai pas besoin d'arme. Je suis l'appât. »

Elle se dirigea vers la maison d'été avec l'assurance d'une jeune amoureuse se rendant à un rendez-vous.

Dylan, qui avait trouvé un manteau, bien que le bas demeurât superbement nu, passa un bras protecteur autour des épaules de son ami.

« As-tu jamais rien vu de pareil, petit ? Ça donne des envies d'adoration. »

Apparemment, les chrétiens n'avaient pas envie d'adorer, ou même de crucifier. Tout d'abord, ils se figèrent. Puis ils ouvrirent la bouche. Ensuite ils se mirent à gronder, telle une bande de lions à la poursuite d'une antilope.

« Voulez-vous avoir la gentillesse de relâcher mon amie ? » demanda-t-elle d'une voix ferme mais très féminine.

« C'est l'autre esprit », dit Marcus à l'intention du prêtre, mais les yeux fixés sur la nudité de Stella. « Celle qui est dangereuse.

— On ne va pas la crucifier, *elle* », dit un individu de petite taille, aux oreilles en feuilles de chou et armé d'un bâton.

« Pourquoi ?

— Pense au gâchis. En outre, si elle fertilise les champs, où sera le mal ? Cela nous évite l'engrais et l'irrigation. En fait, on ferait peut-être mieux de l'aider.

— Fornicatrice ! dit Marcus à Stella.

— Adultère ! » Le prêtre quitta sa toge afin de pouvoir la poursuivre plus à l'aise.

« J'ai perdu mon bâton », dit le petit homme aux oreilles en feuilles de chou. « Quel gâchis ! »

Aussi dignes que des consuls marchant contre les Gaulois, le prêtre et Marcus se dirigèrent vers l'esprit ; puis, avant qu'ils fussent parvenus jusqu'à elle, elle fit demi-tour et, rapide comme Hippolyte, disparut parmi les arbustes.

« Poursuivons-la ! cria Marcus.

— Poursuivons-la ! » cria le prêtre ; mais Nod soupçonna qu'il ne pensait plus à la crucifixion. « Pas tous à la fois ! Toi, toi et toi, gardez l'autre ! »

La garde de Tutelina, composée à l'origine d'une armée de bourreaux, se trouva réduite à trois vieillards, qui regardèrent avec une jalousie évidente la poursuivie et ses poursuivants.

« Tu sais te servir d'un bâton ? souffla Dylan, s'adressant à Nod.

— Oui… Vise la tête la plus proche. »

On ne les découvrit qu'au moment où ils furent prêts à frapper. Tutelina, qui avait trouvé une pioche rouillée, se jeta dans la mêlée.

La bagarre fut foudroyante, la victoire prévisible. Tutelina, visant un barbu, atteignit un chauve ; Dylan toucha le barbu ; et Nod disposa du troisième adversaire, qui avait les joues aussi imberbes que la tête.

La déroute complète.

« Maintenant, retrouvons Stella et allons dans ma caverne, déclara Dylan.

— Ne vont-ils pas nous suivre ?

— Pas dans le repaire de Cédalion. Les gens se tiennent à l'écart de la bête poilue. Hé, petit, où est Angus ?

— Il a dû suivre Stella.

— Elle ne le connaît même pas.

— Je crois que si, Dylan. Je pense qu'il est allé l'aider.

— Et nous voilà ! » dit Stella en riant, s'arrêtant devant eux, moins Amazone qu'aurore aux doigts de rose.

« Mais une petite armée te poursuivait ! s'écria Nod.

— C'est ce qu'ils croyaient. Maintenant, ils se poursuivent les uns les autres dans une forêt de blé et un labyrinthe de pieds de vigne plein de fils de fer arrachés.

— Tu les as ensorcelés ?

— Si on veut. Dans la brume de l'aube, il est difficile d'identifier une silhouette en mouvement. J'ai envoyé ma voix tout autour de moi, comprends-tu, Angus m'a aidée à les désorienter et…

— Comme un montreur de curiosités ! s'écria

Nod. Tutelina s'est battue comme Minerve... ce qui ne l'empêche pas de ressembler à Vénus !

— Et Nod est mon meilleur élève, dit Tutelina, dont les yeux brillaient de fierté, entre les battements de paupières.

— Vraiment ? demanda Nod. Si seulement j'avais eu le temps...

— Le temps est un des autres noms de Protée, rappela Stella. Attention aux changements de forme !

— Nod, souffla Dylan, as-tu vu tous ces corps par terre ?

— Des fêtards, je suppose. Toujours inconscients à cause du vin et des coups.

— Vêtus de robes ? Des chrétiens, mon garçon ! Les poursuivants. Stella est *surnaturelle.*

— Et maintenant, à la caverne », dit simplement Stella avec un sourire empreint de bienveillance.

Ainsi, ils prirent la direction de la cachette de Cédalion, du bateau de Dylan et, qui sait, des chrétiens vindicatifs et des démons affamés de jeunes garçons.

Et ainsi entreprirent-ils le voyage de leur vie (ou bien, peut-être, leur voyage salvateur).

DEUXIÈME PARTIE

VOYAGES

CHAPITRE 1

« En désordre », dit Dylan, tendant le bras pour montrer l'ensemble de sa caverne, le tombeau emprunté, sa maison aux murs de roche. Il n'aurait pu définir l'endroit avec un qualificatif plus désagréable à ses yeux. En désordre. Peu avenant. Invivable.

« Bien rangé », rétorqua Stella sur un léger ton de reproche. « Les voûtes funéraires ne sont pas exactement des villas, quoi qu'aient prétendu les Étrusques. Elles sont en même temps le dedans et le dehors. » Le dedans et le dehors ; la beauté de Stella était métamorphosée mais n'était pas moindre, soleil éclatant quelques instants plus tôt, à présent douce luminosité qui engageait la main à caresser et la tête à s'abandonner.

« Vraiment ? » demanda Dylan, s'épanouissant comme s'il venait de harponner un succulent maquereau.

« Tu as si bien dépoussiéré les fresques que tous les convives semblent sur le point de… » Les convives, légèrement vêtus, hommes et femmes enlacés sur d'étroites couchettes ; esclaves : jeunes femmes nues à l'exception de sandales dorées, jeunes gens nus sans exception et manifestement destinés au dessert, semblaient plus enclins à copuler qu'à s'alimenter, en dépit des mets délicats étalés devant eux : loirs à la sauce au thon, grandes aunées en fleur, grives aux asperges. « Sur le point de prendre leur plaisir. » Une expression générale et sans danger. Stella n'avait rien d'une prude, mais elle semblait respecter le caractère récent de la présentation de Dylan à l'amour. « Ton coffre à vêtements embaume le cèdre. Tes casseroles sont vieilles, mais dépourvues de rouille. Ta patère est propre et magnifiquement décorée. » La patère de Dylan, sa création et non un présent des constructeurs du tombeau, était une coupe de cuivre dont la poignée représentait une jeune sirène. « Tes haricots sont frais…

— Je les ai ramassés avant la fête. Mais il me faut les faire sécher avant de les donner à Angus.

— Et ça ne sent pas le poisson », dit Tutelina, regardant les nageoires de Dylan, puis ajoutant aussitôt : « Mais il n'y a pas de raison. Les Tritons non plus ne sentent pas le poisson.

— Tu devrais le savoir », dit Stella, agacée par le manque de tact de son amie. « Je crois que tu as été la maîtresse de quelques-uns d'entre eux.

— Six seulement. Ou sept ? L'un dans l'autre, ils ne valent pas les Roanes, à mon avis du moins. Trop de queue.

— Et des écailles », ajouta Dylan, qui n'aimait guère les Tritons, race qui consacrait le plus clair de son temps à se gaver de nourriture, à poursuivre les sirènes et à provoquer les dauphins inoffensifs.

« Je crois, dit Nod, que nous devrions aller voir le bateau. » Dans la lumière rosée du feu, il paraissait étrangement pâle. Il caressa la reproduction de Lordon qu'il portait au cou ; la petite image de bronze portait chance en général et en amour en particulier.

Bien sûr ! pensa Dylan. *Il va quitter sa mère.* Dylan ignorait pratiquement tout des mères, qu'il trouvait par conséquent peu séduisantes et même dures. *Elles abandonnent les bairns sur des plages désolées.* Mais Nod avait été *trouvé* par une mère.

« Par ici, Nod, Stella, Tutelina », appela Dylan, savourant le plaisir de prononcer leurs noms, celui que lui procurait leur amitié nouvelle et la confiance qu'ils accordaient à un humble Roane. « Angus, surveille les arrières. » Il alluma la lampe du feu et déplaça son coffre, révélant un étroit escalier en spirale taillé dans le roc.

Il prit Stella par le bras et guida ses pas.

« Pas facile », dit-il. (En vérité, la descente était aisée ; après la fête, pourquoi lui fallait-il justifier son désir d'intimité ? Peut-être parce qu'elle avait menacé de le quitter pour un autre amant. *Et elle l'aurait fait, sans les chrétiens.*)

Elle était chaude et douce, sentait le chèvrefeuille, et ses cheveux défaits, ignorant le filet, caressaient ses épaules nues, embrassant son corps, de ses oreilles en forme de murex à ses pieds palmés. Pour une fois, il ne regrettait pas l'absence de peau de phoque. Il était nu, mais Stella avait vaincu sa pudeur.

« Cher Dylan, dit-elle, l'entourant de son bras,

c'est toi qui vas nous emporter loin de cette terre hostile des chrétiens. Connais-tu ta force ?

— Ma force ? » Pour combattre, nager, ramer ? Ses bras étaient puissants, ses cuisses étaient souples et fortes. Mais beaucoup d'hommes et de Roanes possédaient cela de naissance. Elle semblait suggérer un don plus exceptionnel. Lire l'avenir dans les entrailles d'un mouton, changer de forme, tel Protée, dieu de la mer, et... Mais les affirmations de Stella auraient décontenancé la Sibylle.

« Peu importe. Ce n'est pas le moment. Contentons-nous de te faire confiance et de te suivre. De... de... » bredouilla-t-elle avant de se taire et d'enlever timidement son bras. Sans une hésitation, il le ramena sur ses épaules. Était-ce présomptueux ? Non : elle serra si fort qu'il faillit lâcher la lampe ; elle, un esprit du blé, lui, un humble Roane !

L'odeur de l'homme et de ses diverses possessions fut remplacée par celle des poussières volcaniques. Ils avaient quitté le monde des hommes. Ils étaient entrés dans celui des démons. Il entendit le bruissement de la rivière souterraine, serpent se frayant un chemin entre les roches sèches et brunes. Il descendit la dernière marche, rassembla ses amis autour de lui, regarda l'eau rougeâtre s'écouler dans des crevasses semblables à des bouches de cyclopes féroces.

Puis ils arrivèrent au navire...

Un bateau, en fait plutôt une embarcation, petite mais assez grosse pour tenir la mer. Car Dylan, comme tout bon marin, savait que des quinquérèmes à cinq ponts avaient chaviré dans des eaux que les bateaux de pêche sillonnaient sans risque. Le capitaine et les marins faisaient la différence ; eux et les dieux protecteurs. (Leucothe, la déesse aux mains d'ivoire, n'avait-elle pas sauvé Ulysse de la noyade et ne l'avait-elle pas déposé sur un rivage hospitalier ?)

Le navire (le bateau) comportait un grand mât unique dont la voile était pliée, et une cabine de rotin arrondie semblable à une ruche, dont la porte était flanquée de deux statues : une de Bonus Eventus et une de Lordon, taillées suivant les indications de Nod. C'était un de ces bateaux courbes, dont la coque était constituée de tiges de papyrus tressées, ainsi que les construisaient les Égyptiens avant la fondation de Rome, avant l'arrivée des Étrusques en Italie, avant la chute de Troie. Il y avait du papyrus dans un marais proche de Misna. Les autres matériaux, Dylan les avait trouvés dans le tombeau.

Il s'appelait *Stella*.

« Pourra-t-il aller jusqu'en Bretagne ? demanda Nod. Les Égyptiens n'ont jamais maîtrisé la Grande Mer verte, et Océan les emplissait de terreur. C'est du moins ce que dit mon précepteur.

— Avec l'aide de Bonus Eventus. Les navires égyptiens n'avaient pas de quille. Ils éclataient comme un poisson-coffre dès qu'ils heurtaient un haut-fond. Celui-ci a une quille.

— Comment as-tu eu l'idée de le construire ? Il ne ressemble pas au coracle dont tu m'as parlé. » Nod n'était plus pâle ; la fierté empourprait son visage et son sourire aurait attendri le cœur de Méduse, Gorgone dont le regard transformait les hommes en pierre. *Il est fier de moi, ce petit. Parce que j'ai construit un bateau. Parce que je suis son ami.*

« Je me suis souvenu », répondit-il. D'où venaient ces souvenirs ? Comment ? Il l'ignorait. Le passé avait ouvert une trappe ; il avait regardé l'ouverture brumeuse, vu l'embarcation, puis l'avait reproduite afin de pouvoir s'échapper. Les brumes s'étaient épaissies et assombries, la trappe s'était hermétiquement refermée.

Une petite échelle de corde conduisait au pont. Dylan s'y engagea puis tendit la main à Stella... Elle n'avait pas besoin d'aide, mais prit la main avec un admirable mélange de force et de féminité. Nod tendit la main à Tutelina. Clignant des yeux, elle agita le bras dans le vide, comme une femme assaillie par des guêpes, mais finit par saisir ses doigts et les emprisonna dans une étreinte inextricable. Et finalement ils se retrouvèrent sur le pont, le mât attendant la voile comme le chrétien attend sa robe, la porte de la cabine les invitant à entrer. Angus était accroupi au pied de l'échelle, prêt à larguer les amarres sur un signe de son maître. Avec ses six pattes, il semblait être né pour cette tâche.

« Les dames peuvent se reposer dans la cabine, dit Dylan. La navigation est une affaire d'hommes. » Il ouvrit la porte mais retira vivement la tête. « *Il y a déjà quelque chose, là-dedans !*

— Ce n'est pas quelque chose, c'est ma mère », dit Nod, qui regardait par-dessus l'épaule de Dylan.

Drapée dans d'amples robes, elle quitta son tabouret à trois pieds et serra son fils contre elle en une étreinte généreuse et maternelle.

« Nod, Nod, aurais-tu abandonné ta mère sans lui dire au revoir ? »

Il la serra à son tour dans ses bras.

« Je ne pouvais pas prendre le risque de retourner en ville. Père est à notre poursuite.

— Je sais. Je voulais t'avertir, mais il ne m'a pas laissée sortir avant de partir pour les champs avec ses amis. Je l'appelle Argus. Tu sais, les yeux dans le dos.

— Je comprends, fit Nod avec un sourire. Les yeux d'Argus et le caractère de Polyphème, ce vieux Cyclope.

— Comment avez-vous trouvé le bateau ? » s'enquit Dylan. La démone elle-même, c'est du moins ce qu'il croyait, ne connaissait ni cette caverne, ni ses projets d'évasion, ni la rivière souterraine conduisant à la mer que lui avait montrée la jeune sirène.

« J'explore les cavernes depuis des années, répondit-elle. Du fait de la clef de mon mari, voyez-vous ? Plus de cent fois, je l'ai subtilisée dans sa bourse ! Ce n'était pas son vin qui m'intéressait, il n'est pas bon. Mais je me demandais ce qu'il faisait dans sa cave. » Il s'agissait une femme d'âge mûr, mais son abondante chevelure grise et ses mains ridées étaient merveilleusement belles. Elle sentait à la fois la cuisine et le jardin, elle faisait penser au soleil sur les volubilis, ou bien au pain tout juste sorti du four. C'était une femme magnifique, bien qu'il n'y eût en elle rien de lisse ou de jeune. La beauté jaillissait de ses yeux et illuminait son visage, comme les auréoles imaginées par les légions du Christ. *La mère adoptive de Nod ? Je me demande si elle adopterait un Roane.*

« Mais il y a une démone.

— Oui, je l'ai rencontrée, la première fois. Mais je connais les charmes capables de la maintenir à l'écart. J'ai du sang étrusque, comprends-tu ?

— Je l'ignorais, mère. Dans ce cas, tu peux nous protéger et nous pouvons te protéger. Il te suffit de partir avec nous. Nous ne pouvons pas te laisser avec *lui*.

— Il y a une vingtaine d'années que je vis avec lui », dit-elle, souriant et soupirant en même temps. « Ce fut une véritable aventure.

— Mais il a voulu crucifier Tutelina !

— Oui », dit Tutelina, battant des paupières et le souffle court. « Et il m'a mise la tête en bas. Et tous ces hommes lubriques… Oh, comme ils me reluquaient !

— La tentative de crucifixion éveille toute ma sympathie, bien qu'elle ne me surprenne pas, dit Marcia. En ce qui concerne les regards concupiscents, eh bien, il m'est arrivé de regretter de m'être faite chrétienne. C'est-à-dire, à l'époque où j'étais encore digne de concupiscence.

— Mère ! s'écria Nod. Tu n'as pas honte ? Tu es beaucoup trop… trop…

— Vieille pour parler ainsi ? Peut-être. Pour regretter, non. En vingt ans, ton père ne m'a fait qu'un seul cadeau : un voile que je porte à la basilique. Et d'occasion, en plus. Si mes pensées se sont écartées du droit chemin, eh bien, c'est que mon esprit faisait des cabrioles avec les anciens.

— Tu n'as jamais parlé ainsi. J'ai l'impression de m'entendre !

— *Il* n'était jamais loin. En outre, je suis sur le point de perdre mon fils. En de tels instants, il est très difficile de rester une chrétienne stoïque. » Elle ne tenta pas de cacher ses larmes.

Pourquoi en aurait-elle honte ? se dit Dylan. *Elle montre ce qu'elle ressent. C'est ce qui fait qu'on l'aime.*

« Que vaut un bonjour sans au revoir ? » demanda Stella, qui était jusque-là restée immobile, comme une voile sans vent. « Chère Marcia, je crois… je sais… que vous reverrez votre fils. » Les femmes échangèrent un regard indéchiffrable.

« Bientôt ?

— Bientôt. »

Une femme rayonnante, cette Marcia. Le genre de femme qu'on aimerait avoir pour mère (sauf si l'on souhaite être abandonné sur une plage de Calédonie). Il haïssait l'idée de la séparer de Nod, il haïssait l'idée de la laisser avec ce gâcheur de fêtes, ce crucificateur d'esprits en puissance, son mari (et il haïssait l'idée de renoncer à une adoption possible).

« Le bateau est prêt à partir, annonça-t-il. Mais il faut y charger des provisions. Et remplir les ballasts. Avec de l'eau. Ensuite, en route pour la Bretagne !

— Les ballasts sont déjà remplis, dit Marcia. Mon mari m'a appris les rudiments de l'art de naviguer. Il y a également des provisions. À propos, comment s'appelle le bateau ?

— *Stella.*

— *Stella.* L'étoile. Un nom propice, à mon avis. Personnellement, je n'ai rien d'une étoile, mais je vous ai apporté des fromages rectangulaires, faciles à entreposer dans un espace réduit, du pain de froment et des bouteilles de muscat. Et, Dylan, j'ai ajouté des haricots secs à l'intention de ton ami… » Elle sourit à Angus comme s'il eût été un membre de l'équipage et non une fourmi démesurée ayant le goût des outils… « Et vous pouvez hisser la voile… J'ai reprisé une petite déchirure.

— Mais quand as-tu fait tout cela ?

— La fête a duré très longtemps… Ce devait être très amusant.

— Oh, oui, répondit Nod, et j'ai appris toutes sortes d'amusements.

— Vraiment ? Raconte, mon petit. Ai-je été négligente, dans mon éducation ? Tu n'es plus tout à fait le même. Comme si tu venais de gagner une couronne de lauriers. Ton petit dieu t'a peut-être porté chance. Quels amusements as-tu appris ?

— Oh, comment faire pousser le blé, par exemple…

— Ce genre de chose est aussi utile que le plaisir, n'est-ce pas ?

— Hissez la voile ! cria Dylan.

— Il n'y a pas de vent, dit Nod. Pourquoi ne pas utiliser les rames ?

— Avec ou sans vent, c'est plus joli avec une voile. Le courant va nous porter.

— Dylan, dit Marcia. Prendras-tu soin de mon fils ?

— Ne vous inquiétez pas, madame. Comme de mon propre frère. »

Dylan jeta une peau sur ses épaules et sentit son pouvoir magique se répandre dans tout son corps.

Cavernes hantées par les démons.

Océan, aux vagues hautes comme le mât.

Forêts où les Romains eux-mêmes n'osaient pas construire leurs routes.

S'emparant du gouvernail, Dylan cria à Angus :

« Largue les amarres et grimpe à bord, mon vieux ! »

La rivière souterraine les saisit dans ses méandres.

CHAPITRE 2

Pour Dylan, la rivière demeurait tout à la fois étrange et cependant — bizarrement — familière. Guidé par Mara, la jeune sirène, il en avait remonté le cours à la nage depuis la mer, découvrant sa caverne et le tombeau étrusque qui était devenu sa maison. Au cours du trajet, il avait aperçu des horreurs et des merveilles sur les rives, mais ce qu'il avait vu l'avait moins surpris et effrayé que ce qu'il imaginait, tapi dans les ombres, hostile aux hommes… ou bien disposé à leur égard… depuis l'époque de héros tels qu'Ulysse et Énée. Le souvenir, tel un oiseau de proie, était perché sur son esprit, bec et serres prêts à déchiqueter (ou à construire un nid ?).

À présent, le retour à la mer…

Il contempla ses amis et les prit pour des dieux, pas des esprits : leur gentillesse, leur courage, leur grâce et leur orgueil (alors qu'il était lui-même maladroit et laid… qu'il avait les pieds palmés !). Stella portait une tunique d'un vert soyeux, serrée par une ceinture rougie à la teinture de murex ; elle avait les jambes nues et libres comme pour partir à la chasse, une épaule nue comme Diane poursuivant le daim (mais Stella était douce ; Diane avait tué Actéon parce qu'il l'avait aperçue nue). Les rondeurs roses de Tutelina semblaient sur le point de s'échapper de sa robe ; lorsqu'un sein sortait, elle le remettait tranquillement en place. Nod portait un pagne retenu par une agrafe en forme de sauterelle (ce n'était plus un jeune garçon mais pas encore un homme, Nod, qu'il fallait protéger tout en lui donnant l'impression qu'il protégeait).

« Dylan », dit Stella, apercevant qu'il la regardait et devinant ses pensées intimes. « Les cicatrices qui te viennent des galères… Est-ce à cause d'elles que tu portes cette fine cape ?

— C'est pour me porter chance. Pour remplacer la peau de phoque.

— Dans ce cas, parfait. Je voulais dire que tu n'as rien à cacher, Dylan, mon bel ami.

— Tu le penses vraiment, Stella ?

— J'ai vu beaucoup d'hommes… Oui, et des dieux. Mais toi, mon bien-aimé…

— Un jardin d'amour ! » s'écria Nod, montrant la végétation de la rive au moment où ils sortaient d'une courbe.

« On dirait un petit Envers-Monde », murmura Dylan, se souvenant de ce qu'il avait entendu dire d'une forêt de Bretagne, une contrée d'amour éternel, aux arbres couverts de lianes, aux rivières de bière, où les poissons se jetaient d'eux-mêmes dans les filets ou se prenaient seuls à la ligne, où hommes et femmes pouvaient choisir la diversité ou la fidélité et n'avaient jamais besoin de dormir (*l'endroit qui convient à Nod et Tutelina. Ils pourraient boire continuellement*).

Les fleurs étaient grosses comme des arbres. Quelques-unes, semblables à d'énormes seins, imitaient la couleur de la chair féminine. D'autres, telles des mains blanches de courtisanes proposant l'amour, se tendaient langoureusement vers le bateau, dans l'intention de donner ou de prendre. Des mandragores semblables à d'énormes phallus évoquaient des racines cachées en forme d'homme qui, dissoutes dans le lait de chèvre, assuraient la fertilité aux femmes : une grosse racine pour un garçon, une petite pour une fille. La mandragore réduite en poudre, mélangée à des gâteaux au miel, rendait la virilité aux impuissants et éveillait le désir des vierges frigides. L'endroit sentait la myrrhe et le musc, l'animal et le végétal ; son murmure faisait penser aux voix des amants intimement enlacés dans l'amour.

« Dylan, demanda Tutelina, crois-tu que nous pourrions jeter l'ancre et... euh... folâtrer parmi les fleurs, Nod et moi ? Nous pourrions peut-être leur apporter un peu de soleil et connaître un petit intermède...

— Stella et moi également », déclara Dylan. Ils me prennent pour un moine. *J'ai retenu la leçon aussi bien que Nod. Je parle moins, c'est tout.*

« Cet endroit est beaucoup trop triste pour qu'on s'y attarde, dit Stella. Il est rare de rencontrer ces plantes à l'air libre. Les chrétiens les arrachent parce qu'ils les considèrent comme des manifestations de leur esprit malin, Satan. Et pourtant, ils parlent de l'amour et de tout ce qui est naturel entre un homme et une femme. Ici, un tel jardin ne pourra jamais prospérer, bien que planté par des mains aimantes.

— Ma mère dit toujours que le Christ est amour, mais il arrive que ses fidèles l'oublient.

— C'est vrai. Il aimait Madeleine, et elle était un esprit du désert, égaré dans la ville, regrettant ses roches rouges, ses pavots noirs et ses fennecs, petits renards aux oreilles démesurées. Mais Paul a déformé ces vérités. Paul était vindicatif. Une femme s'est moquée de lui… Il ne l'a jamais oublié. »

Derrière eux, le jardin disparut dans une obscurité surnaturelle ; les mains tendues tombèrent, languides et vides, dans l'eau… Le murmure faisait penser au gémissement des esprits qui n'ont pas la pièce de monnaie nécessaire à la traversée du Styx. Puis il y eut des roches volcaniques et nues, des parois noires, la puanteur du soufre et de la vase… Et des empreintes de pas géantes.

« À chaque tournant, j'ai l'impression que nous allons nous trouver nez à nez avec Dis, dit Tutelina. Les yeux de flamme, la barbe hérissée…

— Il n'y a pas raison d'avoir peur de lui.

— Mais, Stella, il a enlevé Proserpine.

— Et il lui a donné un trône, l'a aimée comme une épouse. Lui, le solitaire. Roi du monde souterrain privé de reine. Il l'observa, alors qu'elle était encore vierge, tandis qu'elle tressait des guirlandes sur les pentes de l'Etna. Qu'aurait-il dû faire, sinon l'enlever et l'installer à ses côtés afin qu'elle l'aide à rendre la justice devant ses sujets, ombres de rois et d'esclaves ? Et, chaque année, il l'autorisa à passer dix mois à la surface, en compagnie de sa mère Cérès. » Stella haussa les épaules et mit aussitôt un terme à son récit, comme une mère dont les enfants se seraient endormis (mais, sur le bateau, personne ne dormait). « C'est du moins ce que l'on raconte. Cela se passait autrefois. Aujourd'hui, il a certainement fui devant la progression du Roi du Désert. Peut-être est-il mort.

— Mort ? s'écria Dylan. Mais les dieux sont immortels !

— Aussi longtemps qu'on les adore et qu'on a besoin d'eux. Les gens leur font des sacrifices de viande grillée et de vin. Mais c'est la piété qu'ils mangent et le besoin qu'ils boivent. Ce sont les chrétiens que nous devons craindre. Ou bien les démons antérieurs à Dis… » Sa voix était devenue un murmure. Elle, l'énigme, elle, l'indomptable, faisait penser à une petite fille perdue dans une forêt d'araignées et de chauves-souris.

« Allons, allons, petite », fit Dylan, rassurant, enveloppant dans ses bras sa douceur étrangement glacée et les couvrant tous deux de sa cape. « Nous avons un bateau qui nous protégera. Un équipage vigoureux. Et Angus vaut une armée tout entière, avec ses grosses antennes.

— Tu ignores tout des dangers, dit-elle. Tu n'es qu'un enfant.

— J'ai seize ans ! Je suis plus âgé que Nod. J'ai voyagé davantage qu'Ulysse. J'ai vu des géants comme des tours mobiles, des Pygmées à cheval sur des grues. J'ai peiné, je me suis battu…

— Il existe des dangers plus terribles que les géants.

— Es-tu déjà venue ici ? » demanda-t-il, étonné. Les esprits de la fertilité, du moins le supposait-il, restaient à la surface, avec le blé, les oliviers et l'abondance de soleil. À l'exception du jardin de Vénus, le monde qu'ils traversaient convenait aux roches nues et aux démons sans cœur.

« Oui. » On eût dit qu'elle avait aperçu la tête de Méduse. Un « quand » murmuré l'aurait transformée en pierre.

« Est-ce une forêt ? demanda Nod. Il y a des arbres, sur la rive. » Puis, incrédule . « Des cyprès sans soleil ?

— Des lichens, expliqua Dylan. Aussi gros que des arbres, en ces lieux. »

Leur feuillage tacheté, orange, noir et brun, dans un déchaînement de feuilles et de branches, ne contenait pas la moindre trace de vert, évocation de la surface et du soleil.

Tutelina soupira et croisa les bras sur sa poitrine. Son geste avait quelque chose de volontaire et de songeur à la fois, un Esprit du Blé, fécond et d'une beauté luxuriante, protégeant le symbole de sa fécondité dans une contrée désolée.

« Ils sont tordus et déchirés, telle la chevelure d'une femme lorsque, cédant au désespoir, elle s'est arraché les cheveux. Ou bien trompée en amour. »

Entre les bras de Dylan, Stella tremblait. Curieux comme il aimait sa beauté, son courage, son mystère !

Mais, surtout, il aimait la sentir frissonner dans ses bras.

Les tresses végétales de certains lichens traînaient dans l'eau, comme si elles n'avaient eu ni la force ni la volonté de rester dressées ; comme si le chagrin les eût courbées, telle une pleureuse ; elles sentaient la cendre et l'huile d'olive brûlée, parfums du deuil et non de l'aube. La lumière de la caverne filtrait entre leurs branches, faisant ressortir les couleurs, blanchies ou assombries ; évoquant des formes qui, dans l'imagination de Dylan, étaient presque humaines ; des femmes, oui, et tristes ; ou des bacchantes furieuses de trouver un homme à une fête de femmes.

« Il y a des seins sur le tronc de cet arbre, s'écria Nod. Et cette excroissance, à son pied… on dirait des bébés entassés les uns sur les autres. Et… Et… On dirait qu'ils bougent !

— Ils remuent. Parfois, l'un d'eux se détache, est emporté par la rivière et se noie. Ou bien il touche la rive et donne un nouveau Ziéba. J'en ai vu quelques-uns, en remontant la rivière. Mais ce ne sont pas des bébés. Ce sont seulement des fruits. Ne te prends pas d'affection pour eux, petit.

— La mer est-elle encore loin ? » demanda Tutelina, serrant Nod comme si elle était en train de le vampiriser (bien qu'il eût été une victime consentante). « Je donnerais cent ans de ma vie pour voir le soleil !

— Il m'a fallu quatre jours pour remonter à la nage. Dans le sens du courant, ça devrait être plus rapide. » Dylan passa en revue son équipage : totalement inexpérimenté, à l'exception de lui-même (c'est du moins ce qu'il supposait) ; il en était certain pour ce qui concernait Nod. Mais Stella ? Qu'est-ce qui la dépassait ? Il avait été témoin de sa détermination, face à une foule d'hommes armés de bâtons. À présent, elle était de marbre ; inaccessible ; cachée dans un secret, l'image sacrée du saint des saints. Il n'osait même pas lui prendre la main. Il craignait d'être frappé par la foudre ou changé en poussière.

Et pourtant, stupidement peut-être, il était certain de pouvoir les conduire jusqu'à la mer. Quelqu'un avait-il jamais eu le bonheur de posséder des amis aussi extraordinaires… dont une, lorsqu'elle le souhaitait, était sa maîtresse, bien qu'elle fût également celle d'autres garçons ?

« Amusons-nous un peu, se força-t-il à dire. Stella, chante-nous quelque chose.

— L'heure n'est pas aux chansons.

— À l'amour, alors ? » demanda Nod, regardant Tutelina avec convoitise.

« Je trouve la suggestion de Nod *excellente*. Deux d'entre nous peuvent manœuvrer le bateau, tandis que les deux autres profitent d'un petit intermède. Cérès sait que nous avons besoin de repos. La peur m'a complètement épuisée.

— Ne comprenez-vous pas ? Nous avons entrepris notre dernier voyage. » Son visage avait perdu toute couleur, tel un coquelicot privé de soleil.

« Les chansons font passer le temps, insista Dylan. Les marins chantent quand ils vont à la bataille. Nod, mon petit. Quelque chose de…

— Salé ?

— J'allais dire : gentil.

— Ne sois pas prude, Dylan. Tu es marin, non ? Les chansons de marins sont forcément salées. Pendant qu'ils sont en mer, les marins pensent aux femmes qui les attendent à terre. N'ai-je pas raison ?

— Non, petit. Ils pensent surtout à lever ces saloperies de rames, à baisser les voiles, à s'allonger…

— Dans les bras d'une jolie femme.

— Dans les bras de Morphée, comme dit le poète. »

Comment pouvaient-ils parler avec une telle insouciance en un moment pareil ? Dylan regarda Stella avec l'espoir qu'elle comprendrait. Les mots étaient préférables au silence, aux méandres reptiliens de la rivière, au chuintement de la proue contre un morceau de bois, une racine, une fleur en forme de tête humaine…

« Ah, dit Nod. J'ai l'impression que nous avons heurté un enfant.

— Il ne sent rien. C'est un fruit de Ziébra. »

La créature, rouge et ridée comme un bébé avorté, frémit et s'écarta. Peut-être toucherait-elle la rive et donnerait-elle naissance à un nouvel arbre, père de nombreux avortements.

Mère. Grande Mère. Cérès. Il n'y a pas de mères dans le monde souterrain. Le roi lui-même aban-

donne son trône. Qui voudrait gouverner un tel pays ?

Pas de mères, pas de roi, pas d'amis, seulement la *Stella*, qui se frayait courageusement un chemin vers la mer.

La rivière vira brusquement, serpent changeant d'avis. L'embarcation heurta la rive et s'immobilisa. Pas d'arbres : ni jardin d'amour ni lichens funéraires. Le plafond de la caverne semblait émettre de la lumière, luisant comme un immense linceul pâle prêt à s'abattre sur le navire, éclairant à peine la rivière, le pont et les navigateurs, laissant la rive dans une obscurité peuplée d'ombres. Près d'eux se trouvait une vieille embarcation dont la proue disparaissait presque complètement dans la terre et les lichens, et dont la poupe, en saillie dans la rivière, subissait les assauts du courant. Sur l'estrade de cyprès de la poupe, un passeur oublié… étrusque ? démoniaque ?… avait conduit ses amis ou ses prisonniers vers la liberté ou la prison.

« Avons-nous été capturés ? demanda Tutelina. Allons-nous être enlevés ?

— Nous sommes coincés, c'est tout. Je vais nous pousser avec la gaffe. » *Oh, les lichens ressemblent à des araignées ! Plus à des femmes, en mal d'amour ou pas.*

Il perçut le craquement de la gaffe avant de voir l'être crépusculaire qui l'avait saisie dans sa mâchoire — ou sentir la mâchoire envelopper sa tête.

Tout d'abord, il crut que sa tête avait été séparée de son corps. Celui-ci n'éprouvait aucune sensation ; seule sa tête était en mesure de percevoir, d'entendre, de sentir : une fourrure humide, une pression qui était presque un écrasement, une puanteur semblable aux racines pourries d'un lac celtique.

Non, son corps mou était suspendu à sa tête emprisonnée ; meurtri mais pas décapité, il avait été arraché au pont, s'était balancé comme un chat à neuf queues en raison de la violence du mouvement, puis avait été déposé dans un nid de lichens. Il cracha un liquide amer et se prépara à un nouvel assaut. Deux yeux jaunes le jugèrent et le condamnèrent ; une gueule ouverte se prépara à un festin imminent. Quatre yeux jaunes… Six… Huit…

Cerbère, le chien à six têtes qui gardait autrefois le monde souterrain. Un mythe… au pire, un souvenir… Maintenant, une confrontation.

Eh bien, s'il s'entendait avec une fourmi à six pattes, pourquoi pas avec un chien à six têtes ? Apparemment, seules des paroles amènes pourraient arrêter la descente de la gueule. *Nod, si seulement j'avais ton éloquence !*

« Allons, mon vieux. Je ne te veux pas de mal… »

La tête s'immobilisa, oscilla, contempla sa proie. Dans la faible lumière, il vit la fourrure, les dents, et toujours les yeux jaunes.

Il ouvrit la bouche avec l'intention d'appeler ses amis. Les marins endurcis eux-mêmes ont parfois besoin d'aide.

« Ohé ! »

Mais ses amis devaient faire face à un autre problème.

« Genita Mana ! » C'était la voix de Stella ; surprise se muant en résolution.

« Cette vieille garce ! cria Nod. Nous aurions dû prévoir qu'elle nous suivrait.

— Enfin, au moins elle n'est pas chrétienne, dit Tutelina. Bien qu'elle soit assez maigre pour faire un martyr, n'est-ce pas ? »

Et lui, Dylan, ignominieusement couché sur les lichens ? Personne ne semblait avoir remarqué sa disparition ou la présence de Cerbère, qui l'empêchait de regagner le bateau.

« Nous ne connaissons pas les charmes de ma mère, dit Nod. Comment allons-nous la chasser ? Dylan, qu'est-ce que tu… Dylan, où es-tu ?

— Dylan ! » Le cri de Stella fut comme une épée dans sa main.

« Ce n'est pas une vieille garce qui m'embête, dit Dylan, c'est un vieux chien. Ne vous inquiétez pas. J'ai vu pire. Scylla, par exemple. Parlez-moi de têtes… ! » Une tête s'abattit comme la hache d'un bourreau perse et le réduisit au silence. Apparemment, Cerbère ne supportait pas la concurrence.

À bord du bateau, il y eut une agitation frénétique, une confusion de voix. Nod, Tutelina, Stella.

« Dylan s'est fait prendre. On dirait une pieuvre. Non, un chien.

— Cerbère !

— Prends une autre gaffe et brise-lui le cou… les cous. »

Mais l'obscurité et la distance rendaient son sauvetage difficile, sinon impossible. Il lui fallait combattre seul. Stella pourrait chasser le démon — il l'espérait — grâce aux charmes et au mauvais œil, mais qui pourrait maîtriser un chien à six têtes ?

« Laisse-moi partir ! » hurla-t-il, s'adressant au chien, englobant les six têtes dans son meilleur rugissement maritime, une sorte de filet vocal. « J'ai dit que je ne te voulais pas de mal. » Mais la bête ne se laissa ni intimider ni prendre au piège.

Genita, agenouillée et souriante, entreprit d'amarrer le bateau à un pied de lichen.

« Imaginiez-vous que je m'attaquerais seule à quatre esprit du blé ? » demanda-t-elle dans son latin étrangement correct et archaïque. Il la voyait indistinctement et aurait souhaité qu'il fît plus noir. Si grande que sa tête frôlait le plafond rocheux, blanche comme le ventre d'un poisson-coffre, avec des seins qui étaient une évocation plutôt qu'une présence, elle souriait, exposant ses dents pourries. Dans l'ombre, sous le chien, Dylan était allongé, plaqué au sol par une tête chaque fois qu'il tentait de se relever. Cerbère semblait gros comme six lions, et chaque tête pouvait certainement se vanter d'une morsure proportionnelle.

« Une tête par individu, en comptant Angus, persifla Genita. Et un à partager. Je prendrai la moitié de la grosse.

— M'accusez-vous d'être grasse ? fit Tutelina. Il n'existe pas d'esprits du blé qui soient maigres.

— Elle voulait dire voluptueuse », affirma Nod pour la consoler.

Le bourdonnement des voix se mua en silence.

Personne ne sait ce qu'il faut faire. Ils ont peur de parler. Peu importe. Autant un chien qu'un requin. De toute manière, les marins ne vivent pas longtemps. Mais mes amis ? Il faut qu'ils arrivent à la mer. Peut-être auront-ils le temps de s'échapper pendant qu'il mangera. Je pourrais me débattre, lui casser une dent, lui écraser une patte…

« Genita », ordonna Stella, soleil s'adressant à la nuit, « nous appartenons toutes deux à la Terre, mais je suis du Soleil. »

Le rire de Genita résonna dans les collines obscures de lave, sur la rivière de sang, sur les lichens couleur d'araignée.

« Dans ce cas, je te conseille d'ordonner au Soleil de se lever immédiatement. Ou bien d'apparaître au zénith.

— J'ai apporté le Soleil avec moi. » Soigneusement, comme s'il se fût agi d'ambre ou d'améthyste, Stella sortit le sac qu'elle portait entre les seins et y prit une poignée de pétales secs écrasés.

« Des fleurs ? Des fleurs mortes ? Utiliser de tels charmes, c'est me faire injure. Cerbère, tu peux dévorer le Roane immédiatement. Puis le jeune garçon blond. Ne te presse pas. Déguste-le morceau par morceau. Après, les femmes. L'une d'elles sera un véritable festin.

— Cerbère ! cria Stella. Libère mon ami ! » Puis elle jeta les pétales au visage de Genita.

L'odeur des narcisses séchés emplit l'air, parfum pour les hommes, anathème pour les démons.

Genita lâcha sa corde et se couvrit les yeux, comme si les pétales eussent été les flammes d'un brasier. Le hurlement qu'elle poussa appartenait à un homme ; c'est du moins ainsi que le perçurent les oreilles de Dylan. *Mais cela ne le surprit guère. Elle a toujours eu l'air d'un homme, sauf les bouts de seins et ce qu'elle n'a pas, en bas.*

Il chercha les bouts de seins… en vain. Et ce qu'elle avait, en bas, était ordinaire, mais indéniable.

Genita Mana avait été remplacée par Marcus ; la femme pâle inhumainement grande par un homme nu et blanc, qui se cacha parmi les lichens afin de dissimuler sa nudité. Cerbère paraissait décontenancé par la disparition de sa maîtresse. Ses têtes, hésitantes, se balançaient entre son prisonnier et l'homme nu, examinaient les lichens, scrutaient le plafond crevassé. *Chien stupide, incapable de réfléchir par lui-même !*

« Stella, cria Nod. Jette encore des pétales. Fais quelque chose avant qu'il ait dévoré Dylan. L'homme ne constitue pas une menace. Il a peur de nous.

— Il nous faut trouver un autre moyen. Cerbère n'est pas un démon.

— Mais où est Genita ? demanda Tutelina. Ce vieillard est celui qui me lorgnait.

— Père ! s'écria Nod. J'aurais dû m'en douter. Cet horrible démon qui a voulu me manger est ton ami. C'est pourquoi tu te promènes dans les cavernes.

— Son ami ? fit Tutelina. Je suis sûre qu'ils couchent ensemble ! »

Couvrant ses parties intimes d'une poignée de

feuilles (chrétien en ceci au moins), Marcus reprit de l'assurance ; s'étant levé, il leur adressa un sourire languide et cependant arrogant. Son visage faisait penser à un bouclier de cuir, marqué par les coups d'épée et de hache, mais solide. Destiné à la survie et à la vengeance.

« Nod, mon garçon, tu as refusé de devenir chrétien. Tu as volé ma clef et envahi mes catacombes. Tu m'as échappé. Tu as participé à une orgie païenne. Je suis ton bateau depuis le début et, maintenant, tu vas servir de pâture à ma bête. Stella, il est inutile de préciser pourquoi tu dois subir le même sort. »

Les souvenirs parurent avoir vieilli le visage de Stella. Un bronze enterré durant d'innombrables siècles.

« Quel que soit le nom que tu te donnes, tu es l'ennemi de l'amour. Je t'ai puni une fois. Je…

— Suffit ! coupa-t-il.

— Je t'ai puni parce que…

— Suffit ! Je ne t'ai pas demandé de raconter mon humiliation. »

Le regard implacable de Stella l'immobilisa. Son sourire était le masque d'un comédien, mais ses yeux exprimaient la haine.

« La nuit où tes amis et toi avez voulu crucifier Tutelina, je t'ai suivi dans les champs et, comme en ce moment, mon regard t'a immobilisé.

— Le mauvais œil ? demanda Dylan.

— Il t'a figé sur place. Ensuite, avec ton propre couteau… »

Au prix d'un violent effort, il parvint à échapper à son regard.

« Tu m'as transformé en moine, femme infernale !

— Infernale ? Dans ce cas, nous nous valons.

— Stella, que veut dire mon père ?

— J'ai fait de lui un eunuque, comme les prêtres de Cybèle.

— Stella, comme tu as eu raison ! dit Tutelina. Ce misérable ne me lorgnera plus jamais. Et, même s'il le fait, ça s'arrêtera là. Mais personne ne m'a dit où tu as caché Genita.

— Eh bien, nulle part. Elle… Il… n'a pas bougé. Il n'est pas rare que les démons étrusques puissent prendre une apparence humaine, et même changer de sexe. Genita, reine des démons, peut se transformer en homme quand elle le veut. Jusqu'au moment où du fait que je l'ai brûlée avec les pétales, elle s'est trouvée contrainte à la transformation. Pour le moment du moins.

— Surnaturel ! » souffla Dylan.

« Absolument pas. La lamie change d'apparence. Femme le jour, chauve-souris suceuse de sang la nuit. Et, Dylan, tu connais certainement Protée, le dieu de la mer, qui peut se changer en poisson, en oiseau ou en requin.

— Mais comment un démon peut-il devenir chrétien ? demanda Nod.

— Les chrétiens détruisent les démons tels que moi », fit Marcus en haussant les épaules. « S'ils nous capturent. Il n'y a pas de meilleure cachette qu'en leur sein. Et leur foi est celle de demain. Qui sait, je deviendrai peut-être évêque ? Puisque Stella a réduit l'éventail de mes possibilités.

— Vu comme cela, fit remarquer Tutelina, il est vrai que tu n'auras aucune distraction. »

Nod :

« Et ma mère ? Elle connaît certainement ta nature.

— Marcia ? Pauvre folle, elle m'adore. Elle croit toutes ces stupidités à propos de tendre l'autre joue.

— Tu ne lui feras pas de mal ?

— Oh, il m'arrivera peut-être de la battre, quand elle se montrera plus stupide que de coutume. Il faut battre les femmes. Cela les oblige à rester à la maison et les empêche de pécher. Sinon, pourquoi lui ferais-je du mal ? C'est un alibi parfait. Qui soupçonnerait le mari d'une femme aussi exemplaire ?

— Et le Roi du Désert ? Ne crains-tu pas sa colère ? Après tout, tu es un *démon* ! Le Christ les a toujours chassés du sein du troupeau.

— C'était le Christ. Nous parlons du Roi du Désert. Je suis convaincu qu'il me préfère à ces chrétiens gnangnan qui tendent l'autre joue. Il a toujours aimé les épidémies et les villes rasées.

— Je veux rentrer, dit Nod. Je ne peux pas laisser ma mère aux prises avec une telle créature.

— Tu ne peux pas rentrer, mon cher, dit Stella. Nous avons entrepris le dernier voyage. Il faut aller jusqu'au bout, quelles que soient les conséquences. Aie confiance en moi. Ta mère ne risque rien.

— Vous n'êtes pas débarrassés de moi », dit Marcus. Une ancienne cicatrice, témoignage d'une blessure reçue pendant la guerre contre les Gaulois, barrait sa joue d'un trait rouge. Elle semblait brûler des feux de sa fureur inextinguible.

« Ou toi de nous, dit Stella. Détache l'amarre.

— Je vous suivrai sur la mer et au-delà de la mer ! Et ton regard ne m'immobilisera plus jamais.

— Détache cette amarre ! » aboya Dylan. Cerbère avait repris la pose (les têtes écartées ainsi que des pétales de pavot, comme pour se faire admirer) et attendait les ordres de sa maîtresse, devenue son maître. Furtivement, Dylan tenta de se redresser ; il s'accroupit puis se leva. Six têtes furieuses le firent tomber à genoux puis reculèrent, surprises et inquiètes.

Angus était venu défendre son maître. Le Telchin à six pattes affronta le géant aux gueules béantes, les antennes dressées comme autant d'épées... Les six têtes étonnées du géant examinèrent le Telchin. Quel adversaire méprisable ! semblaient-elles dire. Et pourtant, pourtant... chaque tête possédait bien une paire de mâchoires : les mâchoires mordaient, et leur morsure était aussi venimeuse que celle de la vipère. Angus tourna autour du géant ; les têtes le suivirent, jusqu'au moment où elles s'emmêlèrent et se mirent à aboyer. Le corps caché dans l'ombre — informe, canin ou non, il était impossible de s'en assurer — semblait curieusement rivé au sol.

Bien sûr ! Cerbère était une plante gigantesque, une rose-chien de l'Âge d'or, inoffensive à l'époque mais au caractère probablement aigri par le temps, ou bien entraînée à faire le mal par ses maîtres chtoniens. Seules les têtes étaient mobiles. La « fourrure » était en fait des feuilles.

Puis l'incroyable. Non, le prévisible. Après tout, Angus et Cerbère avaient tous deux un penchant pour le chiffre six.

Leur mouvement tournant se mua en danse sur place. Ils s'examinèrent, se jaugèrent, conclurent. Angus tendit une antenne circonspecte, caressa une tête, deux, trois…

Cerbère poussa un grognement de satisfaction semblable à celui d'un chien que l'on flatte (en fait un ensemble de grognements).

Amis !

Dylan se leva d'un bond, trébucha sur les lichens — par Protée, comme ils chatouillaient ses pieds palmés ! —, gagna le bord de l'eau puis — saisissant la main tendue de Nod — le pont du bateau. C'est à peine si Cerbère s'aperçut de son départ. Nod, Stella et Tutelina accueillirent son retour avec joie. Ils le serrèrent dans leurs bras ; Stella l'embrassa sur la joue, Nod lui pinça l'oreille. Il était chez lui, il était aimé, il pouvait combattre tout un monde souterrain de chiens et de démons !

Le capitaine reprit le commandement.

« Angus, il est temps de hisser les voiles ! »

À contrecœur, Angus monta à bord. Cerbère tendit les têtes vers son nouvel ami, suppliant mais non furieux.

« Reste, reste, reste ! » semblaient-elles dire.

« Détache cette amarre, cria Dylan à Marcus. Cerbère ne t'obéit plus. Il te mangera si je le lui ordonne. Il a faim, ce petit, c'est évident. Et Angus mord comme un barracuda. »

Marcus laissa tomber sa poignée de feuilles, se pencha et détacha l'amarre. Il se redressa, exposant sa nudité, sa peau blanche et terne, les blessures de guerre et celle du couteau de Stella. Mais c'était la honte qui le rendait hideux, pas l'âge. Un centaure antique, noueux comme le tronc d'un chêne, n'aurait pas eu honte de son corps et aurait été aussi beau que l'arbre

Après deux jours de voyage, le Styx se jeta paresseusement dans la mer, comme s'il eût souhaité économiser ses eaux boueuses ; la *Stella*, flottant sur la boue, sortit comme un albatros de son nid secret.

« Ce n'était là qu'un avant-goût », déclara Dylan, navigateur vaillant. « Maintenant, *le voyage* ! »

Puis ils découvrirent un nouveau passager : Angus tenait tendrement dans la gueule une graine de la taille d'une poire, le rejeton de Cerbère, palpitant de vie interne.

En vérité, le molosse redoutable avait été une femelle.

CHAPITRE 3

« Mer bleue, mer verte, mer d'améthyste… » Nod avait composé une chanson sur leur voyage, qui lui faisait penser aux Argonautes partis à la recherche de la Toison d'or.

« Tu sais, dit-il, j'ai l'impression que toutes ces couleurs m'enivrent un peu.

— Le mal de mer, sans doute, répliqua Dylan.

— Non, le *bien* de mer. À l'exception du jardin d'amour, la caverne était un endroit terrifiant. J'ai eu l'impression d'avoir à jamais perdu le soleil.

— Nous n'y sommes restés que deux jours », fit remarquer Dylan, très content de la rapidité de sa petite embarcation.

« Et maintenant, nous avons devant nous des semaines de sécurité et de soleil.

— Ce qui donnera à la graine de Cerbère le temps de pousser dans son pot. » (Angus avait planté la graine dans de la terre ramassée sur la rive, à l'embouchure du Styx.)

« Et d'interludes », ajouta Tutelina, entourant Nod aussi familièrement qu'une confortable cape. « Mer bleue, mer verte, mer d'améthyste, et moi. »

Seule Stella était silencieuse et paraissait tourmentée ; on eût presque pu dire triste. Lorsqu'elle parlait, il lui arrivait d'être gaie, joyeuse même, bénissant les dieux qui avaient favorisé leur fuite, interrogeant Dylan sur les humeurs de la mer et les côtes de Calédonie. Maintenant seule, assise à l'arrière, tassée sur elle-même, elle regardait s'estomper puis disparaître la côte d'Italie.

« Le mal du pays, petite ? » demanda Dylan, négligeant le gouvernail.

Aussitôt elle sourit, monta sur l'estrade et s'arrêta près de lui.

« Mon pays, c'est toi. Pourquoi regretterais-je un pays où mes amis sont morts ou obligés de se cacher ? Seuls les fous regrettent... »

Stella n'était pas folle. Que murmurait-elle... Une bénédiction ? Une incantation ? Un appel au passé ?

Ils ne suivirent pas la côte à la manière des navires romains (les ennemis de Rome prétendaient que la mer lui faisait peur) ; ils n'en avaient pas le temps. Ils contournèrent les îles et les itinéraires commerciaux, demeurèrent en pleine mer et, poussés par le vent, allié fidèle, se dirigèrent vers les Colonnes d'Hercule. L'instinct de Dylan était plus sûr que la position des étoiles.

« Un Roane n'oublie jamais un itinéraire. Et ce vieux Marcus ne pourra pas nous rejoindre, même avec sa trirème. Parce qu'il va suivre la côte. L'Italie, l'Espagne, un détour de plusieurs semaines.

— En es-tu sûr ? demanda Nod. Il semblait terriblement furieux d'avoir perdu ses moyens. Peut-être devinera-t-il notre plan. Son navire est un requin géant, selon ma mère. Grappins, éperon, trois voiles et soixante rames. S'il suit le même chemin que nous, il va nous rejoindre et nous couler.

— Stella a mis en lui la peur de Neptune. S'il nous suit effectivement, il suivra la côte.

— Très bien, répondit Nod. Profitons du voyage. Tutelina, que disais-tu ?

— Un int…

— Exactement. »

Ils gagnèrent la cabine et fermèrent la porte derrière eux. C'était une pièce faite pour l'amour : petite, intime, obscure ; elle sentait la mer et le cèdre. Le hamac aux mailles serrées étreignit leur étreinte.

« Sais-tu, dit Nod, que, en dehors de toi, je suis toujours vierge ?

— Pendant la fête, tu aurais choisi Stella. » Elle sentait la myrrhe, dont elle avait entre les seins un minuscule flacon. Dans l'obscurité de la cabine, elle était davantage un parfum qu'une présence.

« C'était avant. C'était à cause de Lordon. Maintenant, c'est une sœur pour moi.

— Alors, dirais-tu que je te suffis, mon aimé ?

— Amplement. Tu es une véritable moisson.

— S'il te plaît. Tu me donnes l'impression d'être plantureuse.

— Voluptueuse tout au plus.

— Fidèle Nod ! Seigneur de mes montagnes et de mes vallées.

— Mais il me semble que Dylan et Stella négligent leurs intermèdes.

— Stella, vois-tu, se souvient.

— De quoi au juste ?

— Avant notre rencontre, elle a été... aimée. Elle ne peut pas oublier.

— Eh bien, il faut que nous nous amusions pour eux. »

Les jours succédèrent aux jours sans le moindre navire en vue ; la chance succédait à la chance et leur apporta un rare dauphin blanc qui s'ébattit dans leur sillage.

« Delphus, expliqua Dylan. Un peu le dieu des poissons. Je le connais. Sa beauté l'a rendu célèbre. Regardez, il nous offre un présent ! »

Delphus leur tendit une conque pleine de palourdes. Puis, après avoir fait son offrande, il se dressa sur la queue, attendant un signe d'approbation et de reconnaissance. Car les dauphins, quoique généreux, aiment qu'on les remercie.

« Si c'est un dieu, un présent ne suffit pas, dit Nod. Nous devons lui faire un don. Crois-tu qu'une libation de vin lui plairait ?

— Du pain, affirma Dylan. C'est difficile à se procurer, au fond de l'eau. Et ça va bien avec le poisson. »

Ils sortirent une tranche de pain du panier de rotin tressé par la mère de Nod, cadeau princier compte tenu de leurs maigres provisions, puis joignirent les mains tandis que Stella récitait une prière :

« Tel est le présent de la Terre à la Mer : du pain de froment bénit par les esprits de la Terre.

— Et un Roane.

— Et un Roane, pour un des rois de la Mer. »

Puis il disparut.

« Il va partager avec ses amis, dit Dylan. Un peuple aimable, ces dauphins. Au travail, maintenant. Tout le monde. Fini de tirer au flanc. Il faut laver le pont. »

Mais Nod et Tutelina, peu disposés à gratter le pont, se réfugièrent à la proue et, un moment plus tard — long ou court, comment des amants pourraient-ils juger ? —, furent témoins d'un spectacle étrange.

Près du bateau, une tête apparut à la surface et une jeune fille pâle, grave, à la chevelure argentée, contempla fixement les amoureux avec une déception confinant à l'hostilité.

« Petite », dit Nod — car il était jeune homme et, comme elle avait plusieurs années de moins que lui, c'était à ses yeux une enfant —, « veux-tu monter à bord ?

— Je ne suis pas une petite fille, répliqua-t-elle. Je suis une jeune demoiselle et j'ai dévoré de jeunes godelureaux tels que toi en un seul repas. Où se trouve le capitaine de ce vaisseau ?

— À la barre ou bien en train de nettoyer.

— Très bien ; je ne veux pas le déranger, car il est possible que des ennemis soient sur ses traces. Mais avertis-le. » Après avoir dévisagé Nod une dernière fois, elle disparut comme le dauphin.

« Une petite fille ici ? fit Nod. Enfin, il n'y a

aucune côte en vue. Est-elle tombée à la mer pendant une tempête ?

— Une sirène. Delphus a dû lui demander de rechercher Dylan. C'est peut-être elle qui l'a conduit à l'embouchure du Styx.

— *Tenez* », fit Dylan, donnant un balai à Nod et un autre à Tutelina. « J'ai dit qu'il fallait laver.

— Mais, Dylan, nous venons de voir…

— Toujours à rêvasser, vous deux. Il est temps que vous appreniez à travailler comme des marins.

— Mais nous avons vu…

— La mer est trompeuse. LAVEZ ! »

Nod fut tenté de répliquer :

« Ce n'est pas parce que tu as seize ans que tu peux me donner des ordres ! » Mais ses intermèdes avec Stella manquaient certainement à Dylan, d'où son agressivité.

C'était l'été et, en cette saison, il n'y a pas de tempêtes. On appelait la mer *alcyon*, à cause de l'oiseau qui construit un nid flottant dans les endroits calmes et y dépose ses œufs tachetés.

Nod avait appris à laver.

Tutelina avait appris à faire la cuisine : œufs, huîtres, poisson…

Dylan avait perdu sa pâleur, était devenu aussi hâlé que ses amis et ne portait plus de cape.

La graine de Cerbère avait germé dans le pot d'Angus, et aucun père n'aurait pu être aussi fier.

« Dylan », demanda Nod, appuyé sur son balai, « crois-tu vraiment que nous allons atteindre la

Bretagne ? Il me semble que… Enfin, c'est trop *facile.*

— Nous y arriverons. Nous avons le bateau qui convient. » Presque tous les composants de la *Stella* venaient de la forêt ou du marais : papyrus pour le pont, chêne pour le mât, roseaux pour le toit de la cabine, orme pour les rames et le gouvernail… C'était moins un bateau qu'une forêt en miniature s'aventurant sur la mer, loin de son pays, et jusqu'ici avec succès. Apparemment, il n'avait pas besoin de dieu protecteur, ni de Bonus Eventus ni de Lordon, dont les statues jumelles encadraient la porte de la cabine. Les navigateurs portaient chance au bateau, pas les dieux ; Stella, Tutelina et Nod, esprits de la terre, et un esprit de la mer les guidant dans leur voyage liquide.

Mais la chance est un sablier. Tôt ou tard, il faut le retourner, sinon le sable cesse de s'écouler régulièrement.

Parvenus à proximité des détroits, ils suivirent la côte nord et espagnole des Colonnes d'Hercule. Le fils terrestre de Jupiter, à l'occasion d'un de ses célèbres travaux, avait emprunté le même itinéraire et donné son nom aux Colonnes, lorsqu'il avait envahi Océan et ses îles pour combattre le chien à deux têtes et voler le bétail rouge de Géryon, le Géant.

Mais Hercule était un demi-dieu qui, après sa mort, avait gagné l'Olympe. Comment d'humbles esprits de la terre, portés sur l'amour et non la guerre, dont un (Nod) n'était qu'un jeune provincial, pourraient-ils combattre des monstres ou des mers monstrueuses ?

« Le détroit a l'air calme, fit Dylan. En général il est plus agité.

— Bonus Eventus nous facilite la tâche, répliqua Nod.

— C'est un dieu de la terre. Maintenant, nous sommes entre les mains des dieux de la mer. Mais Marcus ne nous rattrapera jamais si nous franchissons le détroit. Océan est peut-être un immense Charybde mais personne, même avec tous les navires de Rome, ne pourra nous y retrouver.

— Dylan », dit Nod, regardant en arrière d'un air indécis, « on dirait que nous sommes suivis par un objet noir. Cela ressemble à une nageoire de requin.

— Si seulement c'en était un ! » fit Dylan. On aurait juré qu'il venait d'apercevoir un banc de shelleycoats.

« Pire ? Franchement, je ne vois qu'un petit triangle noir.

— Une trirème. Trois ponts de rameurs.

— Comment peux-tu en être sûr, à cette distance ?

— J'ai des yeux perçants.

— Leur guetteur ne nous verra peut-être pas.

— Elle vient sur nous.

— Mais tu ne peux pas en être sûr !

— Je vois Marcus, répliqua-t-il. Pas ses traits, bien sûr. Mais sa silhouette et sa cruauté. Il a suivi notre exemple et n'est pas resté près des côtes. Il nous rattrape.

— Dylan. » La voix de Stella recelait quelque chose de poignant.

« Stella ?

— Tu es un Roane, tu as des branchies. Tu peux fuir. La mer est ton élément. S'il devait y avoir affrontement…

— Et abandonner mes amis ? s'écria-t-il. Nous combattrons ensemble. »

Il tapa du pied sur le pont. Les palmes firent le même bruit qu'une botte romaine.

« Avec quoi ? Ils vont nous éperonner, jeter des grappins, nous aborder. Mon mauvais œil ne peut rien contre un navire et les pétales de narcisse ne chassent que les démons. Nous sommes perdus, Dylan.

— J'ai promis de conduire mes amis jusqu'en Bretagne. »

Oui, se dit Nod. Les dames enlevées et moi galérien. Mais il serra la main de son ami et s'efforça de mentir avec conviction.

« Tu réussiras, Dylan, tu réussiras. »

La trirème ressemblait étrangement à un requin. Des yeux bridés dépourvus de paupières étaient sculptés sur la proue ; la coque et le bastingage étaient noirs ; la grand-voile ressemblait à une nageoire gigantesque.

« Elle va deux fois plus vite que nous. Les voiles, les rames et beaucoup d'hommes.

— Que pouvons-nous faire ? » demanda Tutelina d'une voix blanche. « Je crains qu'ils n'aient l'intention de nous violer, avant de nous emmener en esclavage.

— Ça ne sert à rien, marmonna Dylan.

— Ce sont des hommes de la terre», dit Stella avec une hâte pleine de tact. «Ils connaissent bien la mer, mais sont originaires de la terre. Nous allons prier les dieux de la Terre.

— Prie autant que tu veux», fit Dylan, s'emparant du gouvernail et imprimant au bateau une trajectoire en zigzag semblable à celle de l'araignée d'eau. «La manœuvrabilité est notre unique avantage. Nod, prends une rame, au cas où ils nous rattraperaient. Tutelina, souviens-toi de ce que j'ai dit.»

Mais les requins se nourrissent de petits poissons…

Marcus se tenait près de la figure de proue. Il eût été difficile de dire qui semblait plus ridé et cruel, Marcus ou la statue de chêne représentant Moïse (probablement placée là après qu'il eut constaté l'adoration de ses marins pour le Veau d'or). Il avait son sourire narquois et cruel; la fureur rentrée avait fait rougir sa cicatrice. Ses lèvres formèrent un nom :

«Nod.»

Un autre :

«Stella.»

Whoosh, whoosh, whoosh, faisaient les longues rames de chêne, qui semblaient battre la mer afin d'obtenir sa soumission. Les rameurs apparurent presque complètement cachés derrière le bastingage protecteur, impassibles, ni compatissants ni impitoyables. La colère et l'exaltation de la poursuite… c'était pour les hommes libres; cela n'apparaissait jamais sur le visage des galériens. Ils ramaient. Ils ramaient parce qu'il le fallait.

« Lordon, appela Nod, sois avec nous ! » En ce qui concerne Tutelina, il ajouta à la prière la protection dérisoire de ses bras.

« Il est peut-être mort, souffla Tutelina, ou égaré dans un pays lointain. Nous devons nous protéger par nous-mêmes. Mais tu es mon bouclier et je n'ai pas peur. » Naguère, il l'avait sous-estimée ; il l'avait crue simple d'esprit. Naguère, c'était un enfant; maintenant, c'était un homme.

Moins d'une heure plus tard, leur sembla-t-il, un bec gigantesque… non, un grappin… plongea vers leur pont sans défense.

« Chérie, dit Nod. Nous avons été heureux.

— Je ne l'avais pas été autant depuis l'Âge d'or !

— Ce n'est pas encore fini », coupa Dylan.

Le bec s'accrocha au plat-bord; *Stella* frémit et parut mourir sur l'eau. Le vent gonflait la voile en vain. Le bateau demeurait immobile, prisonnier du gigantesque bec. *Comestible.* Un thon capturé par un requin.

Des rides apparurent sur l'eau, pas à cause du vent. La mer devint argentée, la mer devint verte.

L'argent et le vert étaient des têtes. Des hommes aux cheveux d'argent et aux cheveux verts. Des têtes… et des mains. Et des cris qui semblaient faits de vents et de vagues. Et des rires, enfantins et puérilement cruels. Et le craquement de nombreuses rames. À bord de la trirème, les galériens se tenaient tassés sur leurs bancs, prisonniers de leurs chaînes… et de leur apathie. Bien qu'un terrifiant malheur eût frappé leur navire, ils ne changèrent pas d'expression. Ils avaient appris à attendre. Oublié l'espoir. Face à la mort ou à la liberté, leurs yeux restaient morts.

« Idiots ! » cria Marcus. Pas aux esclaves — les esclaves sont là pour ramer — mais à ses officiers, qui restaient immobiles, les yeux fixes, oubliant le grappin, oubliant leurs javelots et leurs arcs, guerriers qui ne savaient plus se battre. « Ce ne sont pas les premiers Tritons que vous voyez. Ni les premières sirènes. *Ne les laissez pas monter sur le pont !* »

Des silhouettes, tels des crabes, escaladèrent la coque, envahirent le pont, grimpèrent même aux mâts. Les voiles furent déchirées, les rames brisées et jetées à la mer.

« Nod ! appela Dylan. Le bec. Aide-moi à le retirer. Jetons-le à l'eau. »

Stella, aussi forte qu'un homme, se joignit à eux. Tutelina, les encourageant de la voix, courba ses épaules généreuses en compagnie de ses amis.

Devant, le détroit… Derrière, un navire démantelé qui coulait.

L'espoir, tel un alcyon de turquoise, était leur pilote.

À moins que ce ne fût une sirène à la chevelure d'argent.

Le bateau frémit et s'immobilisa ; l'armature grinça, à la manière du papyrus et non comme le bois, les chuintements se mêlant aux craquements ; la voile claqua, mais pas à cause du vent ; et l'équipage effrayé, main dans la main, se tourna vers Dylan.

« Échoués ? s'enquit Nod.

— Non, répondit Dylan. Il n'y a pas de hauts-fonds ici. Les navires empruntent ce chenal depuis… depuis avant Stonehenge.

— Stonehenge ?

— Les doigts dressés vers le ciel. Avant l'arrivée des Romains, c'était un lieu de pèlerinage. Enfin, probablement…

— Dylan, mon cher, intervint Tutelina, tu termineras un autre jour le récit de Stonehenge. Il semble que le viol soit imminent. » Elle tendit un doigt tremblant vers le visage qui, au-dessus du plat-bord, les regardait en grimaçant. « Les pirates montent à l'abordage. Stella et moi faisons manifestement partie du butin. »

Ils ne s'étaient pas échoués, ils avaient heurté un obstacle flottant, un enchevêtrement de fibres emmêlées cachant des pierres, des coquillages, des morceaux de bois, de vieux casques, des rames cassées et des statues de dieux de la chance qui n'avaient plus de raison d'être. Un piège marin, adroitement construit et caché sous la surface opaque des eaux. Et un des chasseurs était venu voir le gibier.

Un Triton.

Ses cheveux avaient le vert des algues ; les mains qui serraient lc plat-bord étaient palmées et Nod imagina la queue verdâtre, couverte d'écailles translucides. Dans sa rusticité et son manque de grâce, il était presque séduisant, ses lèvres rouges et sensuelles contrastant nettement avec sa chevelure verte. Mais son visage ne recelait pas la moindre… tendresse. Il symbolisait la mer, qui tantôt accorde aux marins des voyages fructueux, tantôt détruit leur navire dans la tempête ou le typhon, contre Scylla, le monstre à six têtes ou encore Charybde.

« Vous n'êtes que quatre ? cria le Triton. Et vous êtes tous des esprits ?

— En effet, répondit Stella. Des esprits de la fertilité fuyant l'Italie devant les chrétiens. Nous ne vous avons fait nul tort et nous ne sommes pas vos ennemis.

— Je vois qu'il y a un Roane avec vous. Les Roanes ne sont pas nos amis. Et les esprits du blé… Qu'est-ce que la terre, à nos yeux ? Et que sont ses récoltes ?

— La terre et la mer sont sœurs.

— Il y a souvent des disputes, dans les familles. Pourquoi voulez-vous aller sur Océan ?

— Pour y trouver un refuge, répondit Dylan.

— Il n'y a pas de refuge. Il n'y a pas d'avenir. » Il était étrange qu'un Triton, fils de l'instant, parlât avec un tel pessimisme. Soudain, il se mit à rire et grimpa sur le pont. « Mais il y a aujourd'hui. Il y a là deux jolies femmes aux flancs généreux.

— As-tu entendu, Nod ? souffla Tutelina. *Généreux*. Lui, il n'aime pas les femmes maigres.

— Et des jeunes gens qui plairont à nos amies les sirènes. »

Dylan le pinça et lui siffla à l'oreille :

« Festoyer, voilà ce qu'ils veulent, pas faire l'amour. »

Soudain, des têtes grimaçantes apparurent à bâbord et à tribord, à la proue et à la poupe. Une sirène, secouant sa chevelure pour en faire tomber les algues, se hissa sur le pont. Ses mouvements n'étaient pas maladroits, sa démarche n'était pas pénible. Son attitude était toute de grâce ; la faim faisait briller ses yeux. Les Tritons la suivirent, leurs bras puissants les propulsant vers l'équipage, malgré leur queue qui les encombrait sur la terre ferme ; et la queue elle-même était capable de les pousser et de les guider.

Dylan leva une rame. Pas de queue de Triton pleine de boue pour sa Stella !

« Ils sont trop nombreux, dit-elle. Ils vont nous violer, Tutelina et moi, pour nous noyer ensuite. Toi et Nod allez servir de repas aux sirènes, et notre bateau ressemblera au *Requin*.

— Et tes charmes ? Fais comme pour Marcus et le prêtre.

— Ils étaient humains. Ceux-ci sont des Anciens. En outre, ce sont peut-être eux qui nous ont permis d'échapper à Marcus.

— On ne peut pas les laisser agir sans nous défendre !

— Les Tritons aiment marchander. Les sirènes aussi. Offrez-leur un cadeau et vous avez un nouvel ami. Provisoirement, du moins.

— Si nous leur proposions du pain et du fromage ?

— Tutelina », dit Stella sans répondre à Dylan, « as-tu compris ce que nous devons faire ?

— La Grande Mère m'a accordé un don », répondit Tutelina avec un sourire : « Plaire aux hommes, aux Tritons, aux faunes… à presque tout le monde… (Regard désapprobateur à l'intention de Dylan) sauf à un Roane.

— Ne te sous-estime pas », intervint Nod, lui serrant l'épaule. « Tes dons sont *innombrables*.

— Merci, mon doux ami. Si tu as raison et qu'ils puissent nous aider à traverser le détroit, je me dépenserai sans compter.

— Bel étranger », commença Stella, s'adressant au premier intrus, « comment t'appelles-tu ?

— Glaucus. » Il la dévisagea, plein d'admiration et de désir. Nod sentit l'odeur du musc qui s'exhalait par ses pores, âpre pour les hommes, irrésistible pour les femmes. Un homme ou un Roane aurait rougi ou transpiré sous l'effet du désir. Mais les Tritons, comme les poissons et les serpents, sont des êtres à sang froid, dépourvus de cœur, au propre comme au figuré, sauf en ce qui concerne les pulsions de la chair. Nod ne pouvait guère lui reprocher son regard ; c'est ainsi que lui-même regardait sa Tutelina. Mais regarder et prendre étaient deux actions aussi distinctes que les visages de Janus. Si le Triton la touchait sans son consentement… Eh bien, des hommes avaient été transformés en moines pour un tel affront.

Sa générosité était tout entière dans son sourire. « Glaucus, nous sommes prêts, mes amis et moi, à te proposer un marché. Tu peux facilement nous prendre contre notre volonté. Réfléchis avant, toutefois. Vos queues sont faites pour éclabousser, batifoler, chasser les requins ou la Gorgone. En bref, pour être utilisées dans la mer. Et elles y sont sans rivales. »

Ce compliment réjouit Glaucus. La vanité du Triton n'a d'égale que sa concupiscence, et il est déraisonnablement fier de sa queue courbe et vigoureuse ; colorée aussi, couverte d'écailles semblables à des coquillages translucides. Il est autant homme que poisson ; comme Dylan, il respire par des branchies. Contrairement au Roane, son sang est froid.

« Mais, pour faire l'amour sur le pont d'un bateau, elles constituent manifestement une gêne.

— Pour faire l'amour dans l'eau aussi », ajouta Tutelina, se souvenant probablement d'une expérience désagréable avec six… ou sept… Tritons.

Glaucus, tempête en miniature, ouvrit la bouche avec l'intention d'appeler ses compagnons.

« Nous pratiquons cet art, reprit vivement Stella, mon amie et moi, qui consiste à résoudre les difficultés mineures qui se présentent lorsque des créatures de la mer s'accouplent avec des dames de la terre. Enfin, si vous nous invitez au lieu de nous contraindre.

— Et nous alors », geignit une sirène aux dents un peu longues (elle aurait pu couper une chaîne d'ancre), aux cheveux d'une blancheur de neige ou d'écume, au visage usé comme une vieille pièce de monnaie.

Nod détourna les yeux et, prenant exemple sur Tutelina, se mit à battre des paupières.

« Et *nous* », dit encore une sirène plus jeune, dont la chevelure argentée évoquait le scintillement du soleil et non le sel de l'âge. Elle portait des bracelets incrustés de coquillages multicolores ; ses cheveux étaient emprisonnés dans un filet orné de perles d'ambre.

« Quoique jeune, je ne suis pas dépourvu de talent, dit Nod. On pourrait même dire en fait que je suis tout à fait digne d'être échangé. » Il aimait Tutelina, bien entendu, même pour la conversation. Mais l'heure était au marchandage.

« As-tu une bonne vue ? demanda la jeune femme.

— Excellente.

— Je n'en étais pas sûre. Tu clignes des yeux. Mais n'es-tu pas un peu jeune ?

— Peut-être. Mais j'apprends vite.

— Et as-tu des moyens ?

— Vois toi-même. Et Dylan, mon ami, est beau, vigoureux et admirablement expérimenté. » (Admirablement ? Passablement. Mais l'amitié exigeait la courtoisie de l'exagération.)

« Je ne veux pas », coupa Dylan, levant sa rame d'un air menaçant. « Toi non plus », ajouta-t-il à l'intention de Stella.

Elle leva son bras, qui ne s'ornait que d'un unique bracelet, or incrusté de perles noires, prit le poignet de Dylan et le força à baisser le bras. « Tu feras comme tu veux, mon aimé. Mais tous tes amis mourront si nous n'apaisons pas ces créatures. Ce sont des enfants, ces sirènes et ces Tritons, fiers et parfois cruels. Prompts à se mettre en colère, à blesser et même à tuer. Mais si facilement satisfaits !

— Je ne peux pas les laisser te prendre. » Mais Nod constata que la menace n'était pas si précise. Sinon, Stella mourrait.

« Dylan, dit Nod, tendrement réprobateur, crois-tu qu'une femme telle que Stella se dévalorise en se donnant ? À tes yeux, a-t-elle été déjà moins qu'une déesse ? Qu'elle soit Vénus au lieu de Minerve, le temps de sauver nos vies et le bateau.

— Ouais. » Tassé sur lui-même, vaincu, il évoquait un petit garçon qui vient de perdre aux osselets.

Nod le prit par le bras et le fit entrer dans la cabine en compagnie d'Angus.

« Tu vas coucher avec les sirènes, petit ?

— Je vais coucher avec toutes les sirènes de ce bateau ! Sauf la vieille, s'empressa-t-il d'ajouter. Ainsi pourrons-nous franchir le détroit. »

Dylan lui serra le bras.

« Tu me comprends, petit ? À propos de Stella ?

— Je te comprends, Dylan. Et tu dois la comprendre.

— Il le faut bien. Mais ça ne lui plaît pas, pas vrai ?

— Non. (Une supposition. Un mensonge, peut-être ?)

— Et toi ?

— Oh, une ou deux fois, je suppose. Apparemment, c'est un don que je possède. Et, Dylan, ne laisse pas Angus sortir de la cabine ; tu sais comme il est prude.

— Stella, il faut nous chanter une chanson », cria Tutelina. Et Stella chanta :

Alcyon

Mon amour est un alcyon
Qui sur la mer a niché,
Mais quand je me suis approchée
Mon amour s'est échappé.

Mon amour est un alcyon
Qui sur la mer a niché,
Mais quand les mains j'ai levé
Mon amour s'y est posé.

« C'est joli, dit Glaucus, mais dans nos cavernes sous-marines nous avons des chansons plus débridées.

— Salées ? » s'enquit Nod.

« En fait, intervint Tutelina, je connais quelques chansons gaillardes.

— Tutelina ! » s'écria Nod, feignant la surprise.

« As-tu oublié tes leçons, Nod ? Vilain garçon ! »

Et voici sa chanson :

La Queue

Un jour un Triton une sirène rencontra
Et, impudemment mâle, dit :
« Regarde ce corps digne d'envie
Et la puissante queue qu'il a. »

« Remercie Neptune, dit-elle, jeune Triton,
Pour tes écailles et tes mains palmées,
Et bénis-le, car divin il est,
Pour la queue dont il t'a fait don.

Queue admirablement formée,
Queue qui n'a que du bon. »

En ce qui concerne Nod, il évita adroitement la vieille sirène — ses doigts parcheminés ne firent qu'effleurer son pagne — et il se dirigea vers la jeune femme qu'il avait remarquée. Il constata avec surprise que les sirènes étaient novices dans l'art de l'amour : elles n'étaient habituées qu'aux Tritons maladroits, du fait que les mâles humains fuyaient leurs étreintes, de peur de devenir un dîner au lieu d'un amant. Grâce à l'enseignement de Tutelina, il fut en mesure de lui apprendre quelques tours difficiles et délicieux. Il aurait bien entendu préféré Tutelina, qui n'avait ni ailes atrophiées ni dents pointues. Mais pourquoi, à l'instar des chrétiens, se serait-il senti coupable d'utiliser les outils dont l'avait pourvu Jupiter ? Pour sauver sa vie et celle de ses amis. En fait, il s'amusa beaucoup avec la première fille, la deuxième, la troisième… Il y en eut au moins dix. Comme elles le laissaient ébouriffer leurs cheveux, elles semblaient partager son plaisir et admirer ses prouesses (la première se présenta à nouveau).

Oui, se dit-il, murmurant une prière à Lordon : *Dieu et gardien de la fertilité, je suis véritablement ton frère, et que doit faire un esprit du blé sinon répandre sa semence dans les champs désolés et les mers sans amour ? Les chrétiens parlent de péché et dressent des listes exhaustives, puis ils répertorient les châtiments appropriés. Mais il est facile de définir le péché : c'est faire gratuitement du mal aux hommes, aux animaux et aux plantes.*

« Tutelina, cria-t-il, combien ?

— Neuf, je crois, mon aimé.

— Dix pour moi.

— Chut ! Tu vas me rendre jalouse.

— Si Dylan est né pour naviguer, je suis né pour…

— Suffit ! cria Stella. Nous avons rempli notre contrat. Le vent se lève. Il nous faut partir. Car des chrétiens furieux nous poursuivent.

— Déjà, Stella ? gémit Tutelina. Je crois que j'en ai oublié un. Vois comme il a l'air triste.

— Tutelina, je t'en prie ! Il t'a prise au moins deux fois.

— Vraiment, Stella ? J'ai dû perdre le compte. Ma mémoire est comme ma vue, elle s'en va. »

D'excellente humeur, les sirènes et les Tritons regagnèrent la mer et levèrent le bateau sur les épaules pour l'aider à prendre de la vitesse.

« Méfiez-vous d'Océan, conseilla Glaucus, car c'est un dieu terrifiant dont nous craignons les colères, de sorte que nous préférons la mer Intérieure. »

Bizarrement, sans se faire remarquer, une sirène était parvenue à rester à bord. Non ; elle était arrivée après le départ de ses sœurs, car ce n'était pas une femme, mais une petite fille aux épaules maigres et aux cuisses masculines.

Nod ne l'avait pas regardée attentivement. Mais il remarqua ses ailes argentées et reconnut Mara lorsque, maladroitement (discrètement, pensait-elle sans doute), elle se glissa dans la cabine où Dylan et Angus étaient restés cachés pendant la fête.

CHAPITRE 4

« Quelles jolies forêts et prairies. Des chênes tellement gros qu'ils pourraient servir de maison à une dryade, et… quelle est cette plante pourpre ?

— De la bruyère.

— De la bruyère ? Et tu nous as conduits ici ? soupira Tutelina. Les arbres sont courbés comme Charon sur sa gaffe. Et comme ils sont rares ! On dirait la côte où les marchands d'esclaves t'ont capturé. La Calédonie, n'est-ce pas ?

— C'est cela », répondit Dylan avec une sécheresse péremptoire. Stella lui avait demandé de prendre la direction du lieu de sa capture. Stella lui avait demandé de n'en rien dire.

« Ça doit être notre secret, Dylan.

— Tu me caches beaucoup de choses, fillette. » Il avait eu envie d'ajouter : « Tu te tiens bien loin de moi, aussi. »

« Plus que je ne le souhaiterais.

— La Calédonie. C'est froid, pour un esprit du blé.

— Peu importe. En la voyant, je pourrai peut-être t'aider à retrouver tes souvenirs.

— Lesquels ?

— Disons : le commencement.

— Je pourrai te faire une peau de phoque.

— Non, mon aimé. Nous n'en aurons peut-être pas le temps.

— Mais les marchands d'esclaves t'ont déjà capturée une fois. Ils vont peut-être revenir. »

Stella s'empressa de répondre à la place de Dylan.

« Souviens-toi : Dylan nous a dit que ce n'était pas leur itinéraire habituel. Une tempête les a poussés vers le nord, à l'époque où ils l'ont capturé.

— Il y a moins de danger ici qu'au sud, ajouta-t-il. Il y a des Romains partout au sud : Londinium, Camulodunum. Des gens qui sont exactement comme nous. Ils adorent les dieux d'autrefois. Mais il y a aussi des chrétiens qui construisent des basiliques au lieu de temples. Et puis Angus nous aidera ; pas vrai, Angus ? » Le Telchin, qui avait fait sa part de travail pendant tout le voyage et, les jours sans vent, manœuvré simultanément six rames, frotta sa tête contre le genou de Dylan.

« Nous ne risquons peut-être rien, mais il fait froid, bien que l'été ne soit pas terminé », remarqua Tutelina, se réchauffant contre Nod dans un mouvement qui, aux yeux de Dylan, ressemblait davantage à une absorption qu'à une étreinte et était presque indécent ; sans doute parce que, tout récemment, sa Stella s'était montrée aussi parcimonieuse qu'une souris des champs avec sa réserve de grain pour l'hiver. Une peau de phoque lui réchaufferait peut-être le cœur…

« Enfin, Dylan, dit Nod, nous sommes des hommes, toi et moi. Mais tu n'as tout de même pas l'intention d'obliger les dames à vivre ici ? Le soleil est terriblement pâle. » Nod, lui, ne l'était pas. Il avait conservé le bronzage du soleil italien, et des muscles d'homme jouaient sous sa peau. Chaque matin, il examinait son visage dans le miroir de Tutelina, espérant y découvrir l'amorce d'une barbe.

Des voix, fragments de souvenirs, résonnaient dans le cerveau de Dylan.

« Non, petit. Nous allons seulement visiter mon coracle. Ensuite, nous nous installerons au sud de ce pays, mais au nord des Romains. Heureusement, la mer n'est pas grosse aujourd'hui. Nous allons gagner la côte et échouer *Stella*. »

Ils prirent la direction d'un promontoire dépourvu de végétation, mais couvert de détritus marins : coquillages brisés, morceaux de bois, fragments de granite, poissons décomposés.

« Le coracle est tout près.

— Si le vent ne l'a pas emporté », dit Tutelina. (Il n'était pas dans ses habitudes de se plaindre continuellement. En général, elle riait, souriait, au pire soupirait. Mais, ce jour-là, son humeur rappela à Dylan ce qu'il éprouvait lorsque Stella l'embrassait sur la joue et non sur la bouche.) « Stella, peux-tu faire changer d'avis ce mâle entêté ?

— Empêcherais-tu un homme de rentrer chez lui ? Dylan est notre capitaine. En outre, n'as-tu pas envie de voir son coracle ? Moi si. Cela nous rappellera l'Italie et notre chariot.

— Ah, oui, fit Tutelina. Te souviens-tu de ces couches moelleuses et de ces draps de soie ? On y dormait bien, on y…

— Je me souviens, coupa Stella. De beaucoup de choses. Car l'être humain n'est-il pas que souvenirs superposés comme autant de briques multicolores ?

— Et ceux qui ne possèdent pas de solides fondations ont de grandes chances de s'écrouler ?

— Pas toujours, Dylan. On peut mal construire au début, et néanmoins élever une tour puissante. Ou bien peut-être as-tu construit correctement et oublié. »

Il eut l'impression d'être une tour assiégée. Il ne se souvenait même pas de sa mère.

Stella lui prit la main. Il constata qu'elle frissonnait, dans la brise glacée, et l'attira dans le filet de son étreinte.

« Tu t'es montrée froide avec moi, plaisanta-t-il. Froide et distante. »

Elle se serra contre lui avec la chaude tendresse d'autrefois. Il sentit la fragilité de ses os délicats. Quelque part, sous la terre ou sur la mer, elle avait perdu quelque chose. Il n'osait pas lui donner de nom.

« Je sais, mon aimé. Mais ce n'est pas ta faute. J'ai des souvenirs coupants comme des éclats de verre. »

Le désir empourpra ses orteils palmés, et il la lâcha avant que l'envie de détruire le bateau fût devenue irrésistible.

« Le coracle est à l'abri du vent. Nous allons nous échouer, le chercher et faire du feu. Nod, dès que j'aurai sauté à terre, jette-moi une corde. Angus, viens. Le diable lui-même ne pourrait défaire tes nœuds. » Lamentable lapsus ! Il ne croyait pas au diable des chrétiens. Seulement aux chrétiens diaboliques.

Le spectacle qu'offrait son coracle lui donna envie de pleurer. La peinture de la coque s'en allait par plaques. Le mât, cassé par le vent, faisait penser à une aile d'albatros brisée et dépouillée de ses plumes.

« Peu importe, dit Stella. Les Roanes ont le secret des maisons bien rangées, et tu as des amis prêts à t'aider. Il sera bientôt aussi propre et douillet qu'un chariot neuf. »

À la première pression de la main de Dylan, les gonds de cuir de la porte se rompirent. Une brume glacée lui fouetta le visage. Sur le sol et les meubles, sur le coffre, la chaise et la table, les toiles d'araignées, la poussière et le sel étaient aussi épais que les palmes d'un pied. Il y avait encore sur la table une assiette de bois, une arête de poisson sèche, unique vestige du dernier repas de Dylan. L'air chargé de poussière les fit tousser.

Dylan ouvrit le placard et en sortit un balai.

« Un bâton et des genêts, dit-il. Je l'ai fabriqué moi-même. » Bientôt, il maniait le balai comme une épée et criait des ordres d'une voix impérieuse. « Nod, nettoie la table. Tutelina, va chercher des hamacs, sur le bateau.

— Mais qu'allons-nous manger ? gémit-elle. Une vieille arête ?

— Apporte du pain, du fromage et un ou deux

poissons. Il y a beaucoup de maquereaux dans ces eaux.

— Je n'ai jamais pêché, avoua-t-elle. En général, mes amants se chargent de ce problème.

— Je pêcherai », affirma Nod avec sa galanterie habituelle. « Repose-toi, Tutelina.

— Tu as déjà du travail, petit. Tutelina, non. Apprends, femme. On ne peut pas te cajoler, ici. C'est la Calédonie. »

Stella, sans qu'on lui eût rien demandé, entassait du bois mort dans la cheminée.

« Tutelina, dit-elle, rapporte aussi la lanterne. » (À bord de la *Stella*, une flamme brûlait continuellement dans une lampe de terre cuite, alimentée à l'huile et abritée des vents malicieux à l'intérieur d'une vessie de mouton séchée.)

« Franchement ! Des cavernes hantées par les démons. Des Romains à nos trousses. Le viol par des Tritons insatiables. Et, maintenant, cette *servitude*. Je suis sûre que j'ai perdu mes couleurs, sans parler de ma ligne. N'est-ce pas, Nod ?

— Tu n'as pas perdu une seule rondeur et tu as un teint de rose. En fait, l'air vif du nord fait du bien à ta peau. »

Rassurée, Tutelina se mit au travail, non sans ronchonner à voix basse :

« Du poisson, vraiment ! Je vais probablement marcher sur un crabe et me faire couper un orteil !

— Angus, accompagne-la, demanda Dylan. Tu sais pêcher. » *Il est toujours à l'aise avec les mots, ce Nod*, se dit-il. *Mais c'est vrai que son amie est jolie. On se chamaille comme frère et sœur, sûr. Mais je l'aime bien, et il y a beaucoup à aimer.*

Contrairement à Tutelina, Stella avait perdu de sa fraîcheur. Elle faisait penser à une Sainte Vierge privée de soleil. Sacrificatoire : ce mot inquiétant était une guêpe dans l'esprit de Dylan. Ses pommettes délicates tendaient sa peau translucide et lui conféraient la beauté douloureuse de Rahab, ou celle de ces êtres ailés du passé. (Au cours de l'Âge d'or, disait-on, l'air n'était qu'une musique d'ailes innombrables. L'idée de ces ailes, de la fuite, du départ ne lui plut guère. Quand il l'avait rencontrée, elle était les champs. À présent, elle était tissée de nuages et la place des nuages est dans le ciel.)

Ainsi, ils nettoyèrent l'embarcation, mangèrent leur pain, leur fromage et le poisson pêché par Angus, puis installèrent les hamacs de la *Stella*. Trois personnes harassées et un Telchin, réchauffés, rassasiés, confortablement installés, se couchèrent sur les jonquilles du sommeil.

Mais celui-ci apporta des épines à Dylan, non des fleurs. Au lieu de dormir il s'agita et se demanda pourquoi il s'agitait. Il était rentré chez lui. Ses amis étaient auprès de lui. Mais Stella avait laissé planer le mystère. (« Je pourrai peut-être t'aider à retrouver tes souvenirs… »)

Le sablier se renversa ; Dylan remonta le temps et retrouva son enfance. Le pays était semblable et cependant différent. Plus jeune, bizarrement. Froid, battu par les vents, mais véritablement son pays.

Des rangées de coracles, le long de la plage, au-dessus de la marque de la marée haute, protégées par un rempart de tourbe aussi haut que les mâts et surmontées d'épines acérées destinées à décourager les assaillants. Depuis la mer, la ville paraissait une colline naturelle. Derrière le mur, toutefois, un peuple heureux avait construit suivant sa fantaisie. Les coracles étaient des arcs-en-ciel après la tempête, bleu près du rouge-rhododendron, vert côtoyant le jaune-jonquille, tous surmontés d'un drapeau assorti à la coque.

D'étroites rues pavées séparaient les bateaux ; des géraniums fleurissaient dans des paniers suspendus aux hublots taillés dans les coques, et dans des parterres de bruyère les abeilles se donnaient rendez-vous, défis amicaux au vent, aux collines de basalte noir et à l'appel solitaire du courlis cherchant un nid. Passant sous le mur, un canal unissait le village à la mer, permettant aux Roanes d'aller à la pêche ou simplement d'aller nager, s'ébattre ou s'adonner à leurs jeux océaniques. Parfois, les Peuples de la Mer empruntaient le canal pour rendre visite au peuple à deux pattes et lui apporter la peau de leurs morts… peaux qui portaient chance, car les Roanes pouvaient tuer aussi bien les dauphins que les phoques. Parfois, les Peuples de la Mer se hissaient sur la terre ferme et se promenaient dans les ruelles ; les vieux Roanes comprenaient leur langue de jappements et d'aboiements (car ceux qui ont perdu la jeunesse se trouvent investis d'un pouvoir intermédiaire entre la sagesse et la magie). Une porte de corail, semblable à celle d'un casier à homards, fermait l'entrée du canal en cas de grande marée ou d'invasion de shelleycoats.

Joyeux, il suivait le mur en courant, allant à la rencontre de ses parents qui rentraient de la pêche. *Slap, slap, slap*, faisaient ses pieds palmés, et les battements de son cœur suivaient le même rythme. À huit ans, il était encore trop jeune pour porter une peau de phoque sur les épaules. Car la peau portait chance et l'on croyait que la chance sourit aux jeunes Roanes jusqu'au jour où ils deviennent des hommes et des femmes contraints de lutter contre les tempêtes, les requins et les shelleycoats qui rôdaient le long de la côte. Pieds-Palmés l'appelait sa mère, fière de la vigueur de ses orteils palmés qui lui permettaient de filer dans l'eau à la vitesse d'un phoque. Jolies palmes translucides, chacune avec son petit arc-en-ciel, au soleil (la ville en miniature) ; mais des palmes solides, résistant aux pierres et aux épines. Les pieds qu'il méritait, au dire de sa mère.

« Un gentil garçon, aussi fort que s'il avait douze ans.

— Maman, papa ! » appela-t-il. Sa mère et son père sortirent ensemble de la mer, le filet à la main, un filet plein de poissons, saluant leur fils d'un geste du bras. Ils portaient leur nudité avec l'élégance des plus belles robes : lui avait des cuisses minces et la poitrine large, parce qu'il respirait autant par ses branchies que par ses nageoires ; elle avait des seins hauts et fiers, ainsi qu'une chevelure qui faisait penser à une brume d'ébène.

Qu'auraient-ils dû cacher ? Leur cape ne leur couvrait que les épaules, et ce n'était pas par pudeur.

Son père lui adressa un beau sourire aux dents acérées. Un jour, il avait combattu un requin pour sauver sa femme et s'était cassé une dent en mordant la peau dure et coriace. Sa mère lui fit signe, et il pensa aux reines lointaines, ailées et magnifiques. Sa mère était magnifique, mais non lointaine ; elle était toute proche, aimait son père et lui-même (comme si, pour eux, elle eût renoncé à ses ailes). Ils habitaient un village d'amis ; seul le village qu'ils constituaient eux-mêmes leur était nécessaire.

« Pieds-Palmés, je t'ai apporté une conque, cria son père. Tu pourras siffler les dauphins pour qu'ils viennent manger dans ta main.

— Te faire traîner par eux dans la mer, et devenir leur ami, ajouta sa mère.

— Regarde, dit son père, dont le corps mouillé brillait au soleil, je vais faire sortir un ami des profondeurs. » Car les Roanes étaient un peuple affectueux. Les pères embrassaient souvent leur fils, qu'il fût enfant, jeune garçon ou adulte ; l'ami serrait souvent son ami dans ses bras. Lorsqu'un Roane donnait son cœur à une femme, il n'avait nul besoin de se lier par la loi ; aucune autre femme ne trouvait plus grâce à ses yeux. La fidélité signifiait : « Je veux » et non : « Je dois ». L'amour n'était qu'une seule poitrine et non un ensemble de petites boîtes serrées, portant toutes un nom différent et parfois fermées à clef. Personne ne pensait au péché, sauf en termes d'indifférence, de lâcheté et de cruauté. (À Rome, au contraire, les péchés répertoriés par les chrétiens emplissaient un rouleau ! « Tu ne… » Les Roanes ignoraient les « ne » et se cachaient lorsqu'un navire romain croisait dans leurs eaux. Le mur de tourbe dissimulait les coracles.)

Son père porta la conque à ses lèvres.

« Regarde », cria-t-il.

Et il souffla dans le coquillage.

Mais les dauphins ne répondirent pas à son appel.

Une créature se hissa maladroitement hors de l'eau, une procession de créatures dans une ondulation de vagues : vertes, fourrure frisée retenant dans ses boucles des coquillages, des os de poissons, de phoques et… d'hommes ? Des yeux d'araignée, dépourvus de paupière. Des nageoires à la place des pattes, battant le sable avec un bruit sourd mais visqueux.

Leur puanteur était plus désagréable encore que le spectacle qu'elles offraient. Il eut l'impression d'avoir avalé une méduse pourrie, ou un crabe qui lui pinçait les narines, le griffait, tombait dans sa gorge et s'installait finalement dans l'estomac. Par les trous de leur crâne ébouriffé, elles émettaient une sorte de rire strident et plaintif. Un rire à l'envers, se dit-il. Exprimant la haine, pas la joie.

Les shelleycoats.

« Regagne ton coracle, Pieds-Palmés », cria un Roane barbu qui s'appuyait sur une canne. Une palourde géante lui avait coupé un pied.

« Maman et papa…

— Tu ne peux plus rien pour eux », dit le Boiteux, dont le visage doux était déformé par la peur et l'inquiétude. « Ils attaquent le village. Je n'en ai jamais vu plus d'un à la fois. *On a dû les envoyer !* »

Semblables à un mur de vase, ils franchirent le rempart de tourbe, en dépit de sa hauteur et de la cruauté des épines. Les yeux. Leurs yeux jaunes, quoique presque complètement cachés par la fourrure, semblaient constamment fixer Dylan et lui parler.

« Nous avons pris tes parents. Maintenant, c'est ton tour. »

Ils engloutirent, aplatirent, écrasèrent la ville. Là où il y avait de la bruyère et des maisons, ils ne laissèrent qu'un tapis de vase. Et, tout en progressant, ils dévorèrent. *Il entendit le craquement des os.*

Dylan ne recula pas.

« Prenez-moi si vous le pouvez, charognes jaunes ! » cria-t-il. Il n'était plus temps de se cacher dans son coracle. Il n'y en avait plus ! Il resta avec les siens. Il resta pour venger ses parents. Personne ne cria ni ne s'enfuit ; les Roanes étaient un peuple pacifique mais courageux. Ils aimaient pêcher mais combattaient lorsqu'il le fallait, avec leurs outils, leurs pieds ou un morceau de mât. Ils combattirent la mer vivante ; mais comment auraient-ils pu vaincre ?

Dylan avait été le premier touché. Pourtant, il luttait encore…

Soudain, il tomba à plat ventre sur les pavés. Quelque chose — une nageoire ? — l'avait violemment frappé dans le dos. Puis, comme porté par les courants sous-marins, il sentit qu'on le soulevait et qu'on l'emportait, avant de plonger dans des rêves où il lutta contre des cauchemars et non plus contre des monstres réels.

Il s'éveilla sur la colline surplombant le village, derrière un buisson dont les branches torturées étaient tendues vers l'intérieur des terres, dont les fruits étaient éternellement pâles, durs et trop amers pour être consommés. Ils faisaient penser à une troupe de nains difformes et pétrifiés. À cause de sa présence, il ne pouvait voir ni les coracles ni les shelleycoats. Il connaissait l'endroit. Il venait souvent y jouer et ramasser les pointes de flèches d'un peuple ancien. Car la colline était un monticule funéraire.

« Ils sont partis, petit Pieds-Palmés. Tous partis. » Une dame au visage noyé de brume était agenouillée près de lui. Sa voix ne trahissait pas son âge. Elle était douée et tendre, mais aurait pu appartenir aussi bien à une femme âgée qu'à une jeune Roane en âge de se marier. Sa robe était verte, mais le tissu lui était inconnu.

« Les shelleycoats ?

— Oui. Ils ont regagné la mer. Ils n'étaient venus que pour voler et détruire.

— Maman et papa ?

— Retournés à la terre.

— Cela signifie qu'ils sont morts », corrigea-t-il. Les Roanes côtoyaient quotidiennement la vie et la mort. Ils racontaient à leurs enfants des histoires d'amour et de courage, de poètes et de rois ; ils leur parlaient également des shelleycoats qui sortaient de la mer, de tempêtes meurtrières, de marchands d'esclaves venus du Sud. Ils aimaient rêver, mais savaient distinguer le rêve de la réalité.

« Oui.

— Tout le monde ? Le Boiteux aussi ?

— Oui. »

Il se fichait des autres. Il se fichait de tout le monde, sauf de ses parents. Il lui fallait parler ou bien pleurer.

« Il faut que je sois brave, dit-il. Que je reconstruise la ville.

— Mon brave petit Pieds-Palmés lui-même ne pourra y parvenir seul. Il ne reste que des ruines, et le vent s'en chargera.

— Habitez-vous ce monticule funéraire ?

— Oui.

— Êtes-vous une Ombre ? » Pourquoi ne distinguait-il pas son visage ? Il perçut toutefois un sourire.

« Pas plus que toi. Tiens. Sens mes bras. »

Elle le serra contre elle ; ses bras étaient doux mais puissants. Elle sentait la bruyère et le thym.

« Allez-vous m'aider, belle dame ?

— Oui, mais pas comme tu le crois.

— Peu importe. Je ne veux plus construire. Je veux seulement... »

Que voulait-il ? Pleurer. (« Être un homme, c'est ne pas avoir honte des larmes », disait son père.)

Il répondit à son étreinte ; il se nicha dans ses bras et imagina qu'il était une souris des champs fuyant le faucon. Toutefois, il préférait le nid de sa mère et de son père. Il aurait presque préféré que le faucon le capture et l'envoie au Pays des Ombres.

« Je vais te faire un cadeau, dit-elle.

— Envoyez-moi rejoindre maman et papa.

— C'est moi qui choisis le cadeau. J'ai du travail pour toi, vois-tu. »

Elle l'installa dans une caverne et alla chercher un hamac dans la ville en ruine. Il savait pêcher : elle lui fit découvrir les baies sauvages qui poussaient dans le paysage apparemment désolé, ainsi qu'une racine, la camomille, qui — une fois bouillie — faisait une boisson.

« Vous partez ? » demanda-t-il, avec la connaissance qui vient aux enfants, aux fous et aux vieillards.

« Oui.

— Je crois que, maintenant, il me faut une peau de phoque, dit-il. La chance est partie, vous comprenez. »

Elle lui apporta donc une peau de phoque et lui fit un dernier cadeau :

L'oubli.

« Cher Dylan », dit Stella, l'embrassant sur la joue. « Faisais-tu un cauchemar ? Tu battais des bras et tu as les yeux pleins de larmes.

— Des souvenirs, répondit-il. Tu savais que cela arriverait, n'est-ce pas ?

— Ah ! soupira-t-elle. C'est parfois pire que les rêves.

— Tout n'était pas triste.

— Qu'est-ce qui ne l'était pas, Dylan ? » C'était Nod.

« Je te raconterai plus tard, Nod. » Sa voix était sèche.

Nod lui tourna le dos et se tassa dans son hamac.

« Nod ! Je ne peux pas raconter. » L'avait-il blessé ?

« Tout n'était pas triste parce que c'était un pont. Mais je ne peux pas raconter grand-chose. Je ne vois pas la fin. Tu comprends ?

— Pas vraiment, Dylan, mais tu n'es pas obligé de raconter.

— Je ne peux pas. Le pont n'est pas encore terminé. Je t'ai rencontré. J'ai rencontré Stella. Je suppose que je suis au milieu, pour le moment. » Il prit Nod par la main, rapprocha leurs hamacs et, par jeu, pinça l'oreille de son ami.

Et Stella ?

Sa main était froide.

Comme si elle s'en était allée.

Il ne supporterait pas un nouvel adieu. Il quitta son hamac d'un bond et tenta de la retenir.

« Je suis là, Dylan.

— Vraiment ? Et tu vas rester ?

— Aussi longtemps que ce sera possible.

— Longtemps ?

— Un peu.

— Comme le vent ?

— Oui. »

Et elle chanta une chanson cruelle :

L'anémone aime le vent
Comme l'albatros l'océan,
Le souci le soleil,
La bergamote l'abeille.

Le vent qui emporte ses boutons
Sur son chemin de vagabond
Et la berce quand vient la nuit
Sur le pollen de son lit.

L'anémone aime le vent
Mais le vagabond s'en va passant,
Même si d'amour il gémit,
Son cœur d'air est rempli.

« Je n'aime pas le vent. Il est inconstant.

— Il n'y peut rien.

— Et toi, Stella ?

— Son problème est qu'il oublie trop vite. Le mien, que je me souviens trop longtemps. Toutefois nous sommes tous deux des vagabonds. Il passe parce qu'il le veut. Je pars parce qu'il le faut.

— Je crois comprendre ce que tu veux dire. Presque.

— Vraiment ? Tu es un garçon intelligent.

— Un *garçon* ?

— J'aurais dû dire un homme.

— Oui, tu aurais dû. Crois-tu qu'un garçon pourrait… pourrait… t'aimer comme je t'aime ?

— Je devrais souhaiter que tu m'aimes moins. J'ai dit : devrais.

— Non ! Aime-moi davantage et sois-en fière. Qu'as-tu dit à la mère de Nod ? Sans au revoir, il n'y a pas de bonjour. »

Il la posa dans son hamac, puis ils restèrent main dans la main et joue contre joue, mais Stella était belle et Dylan était fier.

Néanmoins, il n'aimait pas le vent.

CHAPITRE 5

Nod était triste.

Les monts dénudés de Calédonie s'estompèrent et disparurent, tel un banc de baleines s'éloignant avec noblesse. Un pays désolé, bien sûr ; mais il avait été heureux, dans le coracle de Dylan, et aurait dû être heureux de hisser la voile. Un pont solide, un capitaine vigoureux, des amis et une amoureuse : l'Élysée sur terre. N'était-il pas « Nod le Joyeux », prêt à profiter du soleil, des intermèdes ou des aventures ?

Néanmoins, il était triste.

« Trop tard, soupira-t-il.

— Que dis-tu, petit ? demanda Dylan.

— Je suis né trop tard. Peu importe que je sois un esprit du blé. Je ne peux pas être continuellement heureux, n'est-ce pas, Dylan ? Pas à cette époque. Ce n'est pas vraiment l'Âge d'or.

— Il n'y a pas de meilleur poisson que le maquereau, répondit Dylan, songeur. Mais du poulpe, de temps à autre, ça change. Comprends-tu, Nod ?

— Les Roanes aiment les fruits de mer.

— Tu n'as pas saisi, petit. Tu n'as pas l'imagination développée des Celtes.

— Ah, je comprends ! Il faut que nous mangions du poulpe pendant quelque temps. Bien sûr, je vois.

— Ce n'est pas toujours le cas, fit Dylan sans arrière-pensée.

— Je sais, mais ça ne m'empêche pas de t'aimer.

— Il a raison, Nod, n'est-ce pas ? » dit Stella, qui semblait tellement désincarnée que la moindre brise paraissait capable de lui ravir son âme. « Dylan possède en toi un ami exceptionnel. Aimer ceux que nous comprenons est un bienfait. Aimer sans comprendre est un miracle.

— Les chrétiens ne nous aiment pas. Et je ne les aime pas, déclara Dylan. En fait, je les déteste. Du moins Éléphant de Mer est-il le père de Nod.

— Bien sûr, mon aimé. Tu dois poser de nouvelles briques, et moi aussi.

— Où nous conduis-tu, Stella ? demanda Nod. Où allons-nous poser toutes ces briques ?

— Dans un pays chaud, j'espère », déclara Tutelina, qui se protégeait du vent contre la statue de Lordon, ses appas dissimulés sous une cape en peau de phoque.

« Dans Envers-Monde, bien sûr.

— Dylan m'en a parlé, dit Nod. Mais il n'y est jamais allé. Crois-tu que ce soit un endroit où l'on peut être heureux ?

— Ne recherche jamais le bonheur, Nod. Sois simplement comme un coracle chauffé par le feu de la cheminée, avec un festin sur la table et les hamacs suspendus tout autour. Un jour elle frappera à ta porte, cette inconnue qui deviendra peut-être ton amie. Quand elle le souhaitera.

— Des tours, des coracles ! Stella, ma chère, je préférerais que tu sois moins philosophe, objecta Tutelina. Tu sais bien que ces subtilités m'échappent.

— Tu n'imagines pas comme sont rares les choses qui t'échappent.

— Où est Angus ? » s'enquit Nod. Angus n'était ni un animal domestique ni un serviteur ; c'était un ami. Sans élégance, certes. Repoussant, non. Il aurait dû être avec l'équipage.

« Dans la cabine, fit Dylan. Il s'occupe du chiot de Cerbère. Il a mis un poisson vivant dans le pot. » Un pot décoré : terre cuite noire, avec des faunes rouges poursuivant des nymphes séduisantes jusqu'à l'inévitable conclusion. « De la nourriture, comprends-tu. Les cultivateurs utilisent de la potasse. Angus utilise du poisson. Le petit a déjà six têtes. Par Jupiter, et comme elles mangent ! À propos, il s'appelle Argus. Angus lui a donné le nom du chien d'Ulysse. Celui qui l'a reconnu quand il est revenu de Troie habillé en mendiant.

— Angus ne parle pas, dit Nod. Comment aurait-il pu donner un nom à une plante ?

— Il a épelé Argus avec ses antennes. » Discuter avec Dylan lorsqu'il était à la barre équivalait à demander aux rochers de Charybde de ne pas se heurter.

« Mais ce n'est pas *vraiment* un chien », insista Nod, se souvenant avec inquiétude du moment où

Cerbère avait presque dévoré son ami. « C'est une plante carnivore à six têtes.

— Un *chien* », répliqua Dylan sur un ton qui ne souffrait pas la contradiction. « En plus, il ne dévorera quelqu'un que si nous le lui ordonnons, Angus et moi.

— Dylan, je t'en prie, ne me regarde pas ainsi », fit Tutelina, dont la vue cessait parfois d'être basse — fort à propos.

« Quand il sera grand, il faudra bien le nourrir. Tu constituerais un plat de choix, Tutelina. Toutes ces collines et ces vallées ! Un gros dessert. Stella est devenue trop maigre. Et Nod est trop dur.

— Ma géographie », répliqua Tutelina avec humeur, « est réservée à Nod. Sauf, bien entendu, lorsque mon devoir l'exige, comme lorsque je me suis sacrifiée (comme disent les chrétiens) pour apaiser la rapacité des Tritons.

— Et je ne désire plus que Tutelina, dit Nod. Sauf, bien entendu, si nous étions abordés par des sirènes en mal d'amour. »

Dylan semblait songeur. Ses yeux recelaient des mers hospitalières. Pensait-il à Mara, la petite sirène qui avait sans doute convaincu les Tritons et les sirènes de porter secours à la *Stella* ?

Ayant prié les Tempestates, déesses du vent, ils suivirent la côte occidentale de la Calédonie, gagnant des climats moins rudes. Les arbustes martyrisés par le vent cédèrent la place aux chênes et aux ormes, les courlis mélancoliques aux macareux joueurs, qui se posaient parfois sur le pont et picoraient des miettes de pain dans la main de Tutelina.

« Ils sont dodus, ces petits, remarqua Dylan. Qui se ressemble s'assemble. »

Argus, grâce aux soins de son père adoptif, Angus, grandit à une vitesse inquiétante, de sorte que ses innombrables racines firent éclater le pot et qu'il fallut le planter dans un fût, sur le pont, sous une bâche, et l'arroser avec du vin. Heureusement, ses cous étaient devenus tellement longs qu'il pouvait pêcher par lui-même, plongeant une tête dans l'eau avec la rapidité d'un harpon de pêcheur et la redressant avec un esturgeon ou un thon, qu'il partageait soigneusement entre toutes ses têtes, gardant les meilleurs morceaux pour Angus et même quelques restes — une nageoire, un œil — pour le reste de l'équipage. Sinon, il eût consommé à lui seul toutes les provisions du bateau.

« À quoi ressemble Envers-Monde ? demanda Nod.

— Oh, fit Dylan, c'est un endroit féerique.

— Un de tes mots celtes, sans doute. Réponds-moi en bon latin.

— Je ne sais pas le dire.

— Stella ?

— L'impatience est trompeuse. La vérité est toujours meilleure… ou pire. »

Pour Nod, cette réponse n'était pas révélatrice. Il tenta de déchiffrer son visage. Il eût été aussi facile de trouver la réponse dans l'écume qui entourait le bateau, argentée mais évanescente.

Ils se dirigèrent vers une plage étroite de sable gris et de cailloux ronds… La Bretagne, pas la Calédonie. Au sud se dressait l'Exeter romaine, ville de temples et d'églises, de dieux nouveaux et anciens, ville dangereuse pour un Roane et trois esprits. Les chrétiens et les marchands d'esclaves présentaient les mêmes risques.

Il y avait dans la baie des hauts-fonds dangereux. Des rochers crevaient la surface, semblables à des corps de pieuvres. Mais les collines boisées, dans la luxuriance de l'été, regorgeaient d'abondantes chutes d'eau qui dans le vent produisaient un bruissement liquide et semblaient murmurer : « Plongez dans mes torrents de feuilles. Découvrez des secrets, plus profonds que les cavernes des murex.

— Mûriers, fougères, aubépine, commença Dylan. Sorbier et…

— Comment peux-tu reconnaître quoi que ce soit à cette distance ? » demanda Tutelina. « Je ne vois que des monticules d'un vert luxuriant. Et je suis un esprit de la fertilité, encore que j'aie la vue un peu basse, comme tu le sais.

— Je vois et je sens, expliqua-t-il. Des animaux, aussi. Cerfs. Sangliers. Je ne connais pas le nom du troisième. Une seule corne sur la tête au lieu de deux.

— Une licorne ? » demanda Nod, qui n'en avait jamais vu. « Je croyais qu'elles avaient disparu.

— Pas ici, petit.

— Vraiment ! fit Tutelina. On dit que les licornes

ont un penchant pour les femmes comme moi. Elles posent la tête sur les genoux des dames.

— Trop tard, Tutelina. Il faut être vierge !

— Ensuite, elles les protègent au risque de leur vie et les servent jusqu'à la mort. »

Elle avait remplacé sa cape par une robe translucide, brume matinale sur ses collines et ses vallées. Et cette brume semblait continuellement sur le point de se lever.

« Nous sommes en sécurité, dit Stella avec un sourire étrange, secret, comme si, hésitante d'abord, indécise, puis finalement résignée, elle eût retrouvé une contrée familière. Pas un seul Romain en vue. Pas un seul chrétien. Nous allons échouer notre bateau et… »

Soudain, un rocher parut se diviser en deux et projeter vers le large sa partie la plus sombre.

Un secret démoniaque.

Un navire semblable à un requin de bois, commandé par deux hommes vêtus de bronze.

Côte à côte, deux capitaines. Deux bourreaux.

Marcus et Éléphant de Mer !

Ils n'atteignirent pas la plage. Le navire aux yeux de requin était aussi rapide que la créature dont il portait le nom. C'était le moment des questions, pas celui des réponses. Comment Marcus avait-ıl échappé à la noyade, après que les Tritons et les sirènes eurent coulé son navire ? Comment avait-il rencontré Éléphant de Mer et su où se cacher et attendre ? Eh bien, les desseins du Roi du Désert étaient aussi flous que son apparence.

Maintenant, la fuite !

Angus, manœuvrant furieusement une rame avec chacune de ses six pattes, Dylan à la barre, Tutelina s'emparant d'une septième rame avec l'intention de casser les dents du *Requin*, et bizarrement réconfortant Stella qui, stupéfaite, hypnotisée, demeurait immobile, inutile, au milieu des défenseurs du bateau.

« Protège les dames, Nod. Il n'y a aucun endroit où se cacher… »

Pas d'endroit où se cacher… Peu de vent… Pas assez de rameurs pour égaler la vitesse du *Requin*.

Qu'est donc le papyrus face à un bec d'acier ? Un festin, pas une protection. Une coque éventrée… Le grondement de l'eau… Nod sur le pont, Nod à la mer…

La *Stella* avait coulé, et son mât se dressait au-dessus de la surface, tel un drapeau de reddition.

L'eau était froide, mais pas glacée ; contrairement à nombre de jeunes Romains, Nod savait nager. Il ne prit pas la direction de la plage ; pas sur-le-champ. Il partit à la recherche de son amie. Une rame passa près de lui, une robe translucide… Hélas sans Tutelina.

« Tutelina ! » cria-t-il. *Elle s'est déjà noyée, se dit-il. Son élément, ce sont les champs, pas la mer. Ses courbes généreuses seront un banquet pour les crabes.* Des morceaux de bois passèrent près de lui, la statue de Lordon… Bonus Eventus avec un bras cassé.

« Je suis là, Nod », cria-t-elle, se dirigeant vers lui à brasses puissantes et souples. « Oh, mon aimé, j'ai eu si peur pour toi ! J'ignorais si tu savais nager.

— Tu as perdu ta robe », s'écria-t-il, manquant de mots capables d'exprimer l'inexprimable. La vérité était évidente : son amoureuse était devenue sa bien-aimée.

« Je ne l'ai pas perdue. Je m'en suis débarrassée pour nager plus aisément jusqu'à *toi.* »

Cette explication était indiscutable, admirable. Vénus sortant de l'écume, se dit-il. Rubiconde et délectable. (En d'autres circonstances, rêva-t-il…)

« Où as-tu appris à nager ? demanda-t-elle.

— Dans la rivière proche de Misna », fit-il, crachant de l'eau et des algues. « Enfin, un peu. Dylan ne risque rien. C'est un Roane et un marin. Mais Stella ? S'en tirera-t-elle ?

— Stella sait tout faire. Ou presque.

— Dans l'état où elle est ? Elle n'a pas pu empêcher l'éperon de nous couler. Et, à ce moment-là, elle paraissait tellement… éperdue.

— Ne t'inquiète pas, ce n'était qu'une saute d'humeur. Elle sait ce qu'elle fait, comprends-tu ? »

Il lui semblait que Stella ne sût plus très bien. Toutefois, Dylan s'occuperait d'elle ; quant à Angus, il était dépourvu d'élégance mais insubmersible.

« Si nous pouvions gagner la plage, rejoindre les autres et gravir la colline, ils ne nous trouveraient pas. Es-tu sûre que ça va, mon aimée ?

— Je ne coulerais pas même si je le voulais, avoua-t-elle. On peut dire que mes montagnes sont des flotteurs. Viens, aimé ! Nous leur avons déjà échappé. Nod. NOD ! Je crois qu'une pieuvre a saisi mes extrémités. Par Cérès ! Elle me sort de l'eau !

— Un filet, grogna Nod. Nous y sommes tous deux. Nous avons été *pêchés.* »

Prisonniers des implacables mailles du filet, ils se débattirent en vain, s'emmêlèrent, mais furent irrésistiblement hissés sur le pont du *Requin.*

Ils se dégagèrent cependant et, s'aidant mutuellement, se relevèrent péniblement.

« Les marins me lorgnent, Nod. Fais quelque chose, mon aimé ! Je lis le viol dans leurs yeux. »

Il n'y avait pas que le viol dans les yeux des marins, séparés depuis longtemps de leurs femmes, et dans les yeux de leurs officiers, armés de lances et d'épées. L'esclavage, la mort attendaient les victimes. Le navire des marchands d'esclaves était devenu un navire de guerre.

Stella et Dylan furent déposés près de leurs amis. Nod n'eut pas le cœur de se réjouir de ces retrouvailles. Il eût préféré les voir tous quatre dans l'eau.

« Eh bien, nous avons pris un Roane et trois esprits du blé », persifla Éléphant de Mer. « Bizarre, dans ces eaux. Mais nous allons en tirer un bon prix ! »

Marcus arborait un sourire arrogant. Nod l'eût préféré furieux.

« Je te salue, mon fils. Nous nous retrouvons. Et sans doute pour la dernière fois. » Sa cicatrice lui faisait un regard torve. Il portait une cuirasse et des jambières ; l'air d'un homme amoureux de la guerre, pas à cause de ses gains, mais en raison de ses morts.

« Je te croyais noyé, cracha Nod.

— Est-ce là la notoire piété filiale romaine ?

— J'ai une mère. Je n'ai pas de père.

— C'est vrai, j'oubliais ! Douce et simple Marcia. Mais, comme je le disais, je me suis accroché au mât jusqu'au moment où Bibulus... inconnu alors, ami maintenant, est venu à mon secours avec son *Requin*. (Je crois que vous l'avez surnommé Éléphant de Mer. Inexcusable, pour le moins.) Il ne pourrait guère expliquer comment il m'a retrouvé. Une voix. La réponse à mes prières, j'imagine. C'est un bon chrétien, bien entendu. Puis nous sommes partis à votre recherche et, cette fois, nous avons suivi une traînée d'écume le jour, une colonne de feu la nuit. Quoi qu'il en soit, nous voilà. Nous ne sommes pas loin d'Exeter, où les esclaves sont déshabillés puis...

— Débauché ! gémit Tutelina.

— Exposés sur l'estrade et vendus aux galères.

— Ou aux bordels », ajouta Éléphant de Mer. Il découvrit ses dents jaunies. Ses moustaches frémirent d'impatience. On eût dit qu'il s'était fait remettre en place.

« Libertin ! pleurnicha Tutelina.

— Bien sûr, ton ami a déjà été rameur. Cependant, tu apprends vite. Et je constate que tu as pris du muscle, depuis notre rencontre dans la cave. Aux galères, tu tiendras peut-être un ou deux ans. Tiens, le filet nous apporte une nouvelle trouvaille ! »

C'était un tel enchevêtrement de membres humains et de cous végétaux que Nod le prit tout d'abord pour un morceau du fond de l'océan.

« C'est Angus accroché à Argus », dit Tutelina sans battre des paupières. « Il n'a plus son tonneau. Mais, regardez ! Ses têtes s'agitent avec vigueur.

— Eh bien, cela ressemble tout à fait au petit de mon vieil ami Cerbère, dit Marcus. Il va falloir que nous te plantions, mon enfant ; je suis convaincu que tu deviendras aussi gros que ta mère et me serviras aussi bien. En fait, tu es déjà presque adulte. » Puis, se tournant vers Angus, sa bonne humeur devenant fureur : « Mais ce… cet animal à six pattes. Ce Telchin ! Il m'a mordu la cheville, dans la caverne de Dis. Cela me fait encore mal de temps à autre. Personne ne voudrait d'un tel monstre, pas même un cirque de province. »

Angus était étalé sur le pont, pattes étendues, antennes pendantes comme autant de fleurs privées d'eau. Il ne tenta pas de se lever. Il avait sauvé son ami et n'avait plus de force. Il regarda alternativement Dylan et Argus, comme pour dire : « Je n'ai plus rien à donner. »

Marcus leva son épée et la brandit d'un air railleur, sarcastique, au-dessus du cou du Telchin.

« Un seul coup à la tête ? marmonna-t-il. Elle roulerait comme une noix de coco. Ou bien patte par patte ? La manière lente est préférable, ce me semble. Il faut qu'il ait tout le temps de se repentir. »

L'épée s'éleva, puis tomba sur le pont. Marcus suivit l'épée. Étalé sur le pont, il leva le bras à la recherche d'un soutien, rencontra une mâchoire qui le souleva et le jeta à la mer, avec la délicatesse d'une élégante se débarrassant d'une souris.

À cause de son armure, il coula aussitôt. Avec de nombreuses bulles et un seul gémissement.

« Repêchez-le ! cria Éléphant de Mer. Toi, et toi… »

Ce fut son dernier ordre. Dans le même mouvement, six têtes se jetèrent sur lui.

Il ressemblait à un gros jambon prisonnier d'une armure bosselée. « Sautez ! » cria Dylan.

Ils atteignirent la plage avant que l'équipage ait eu l'idée de lancer un seul javelot. S'aidant les uns les autres, Angus portant Argus sur le dos, ils gravirent la colline.

« Dylan, dit Nod, avons-nous vraiment réussi ?

— Je l'espère, petit. »

— Stella ? »

Stella demeurait muette. Elle regardait par-dessus ses épaules, comme… Comment s'appelait-elle ? Nod aurait dû se souvenir des leçons de Marcus… La femme de Loth, regrettant Sodome. Elle ressemblait à une colonne de sel.

« Je ne sais pas, dit-elle. Je sais seulement que nous sommes *entre*…

— Entre quoi ? » Mara, sortie de la mer, les avait rejoints à flanc de colline. Elle prit Dylan par la main. « Je vous ai suivis, expliqua-t-elle. Tu m'en veux ?

— Tu ne peux pas quitter la mer, petite, s'écria-t-il. Tu l'as dit toi-même.

— Je trouverai toujours des rivières et des lacs. Avec toi pour guide, je crois que je pourrais escalader l'Olympe.

— C'est Stella notre guide.

— Vraiment ? demanda-t-elle. Oui, bien sûr. Dans ce cas, venez. Nous sommes attendus. »

CHAPITRE 6

« Crois-tu que les hommes de Marcus nous suivent de près ? demanda Tutelina.

— Ne t'inquiète pas, répondit Dylan. Nous marchons d'un bon pas. Je suis fier de toi, Tutelina. Avec toute ta… euh… géographie, je croyais que tu nous ralentirais.

— Si quelque chose nous ralentit, ce sont tes pieds palmés », répliqua-t-elle, accélérant le pas et négociant les courbes du chemin avec l'aisance d'une sirène dans l'eau.

Dylan retint un sourire. Il avait appris à aimer leurs escarmouches. Il supposait que c'était ainsi que frères et sœurs se chamaillaient, se fâchaient, s'aimaient sans jamais admettre l'existence de leur amour.

« Et toi, Mara ? »

L'enfant ne s'était pas plainte durant la longue montée rapide qui les avait éloignés de la mer, bien que les sirènes marchassent rarement sur la terre ferme et que l'absence des pressions rassurantes de l'eau la fît buter et vaciller. Dans les passages abrupts, il l'aida en silence, la poussant ou lui prenant la main.

« Ne me confonds pas avec les Tritons, dit-elle. Moi, j'ai des pieds. Parfois, je marche plusieurs kilomètres au fond de l'océan.

— As-tu le mal du pays, petite ?

— Je suis avec mon ami », répondit-elle avec une simplicité tranquille.

« Tes amis, tu veux dire.

— J'ai dit ce que je voulais dire. » Depuis l'époque où elle l'avait aidé à quitter la galère, puis conduit jusqu'au Styx, elle n'avait guère grandi ; mais sa croissance était manifeste dans sa manière de marcher, assurée bien que maladroite ; elle n'écartait plus les bras comme un enfant, mais les balançait au rythme de son corps qui, à l'exception de ses jambes, était un mouvement homogène et harmonieux, jusqu'au balancement de ses cheveux d'argent sur ses épaules laiteuses. Dylan n'avait d'yeux que pour elle ; pour lui, elle restait une enfant ; néanmoins, il perçut le changement.

Enfin, ils atteignirent le pied de la plus haute colline, et d'innombrables rhododendrons barrèrent le chemin.

« Quelles couleurs ! s'écria Tutelina. Eh bien, elles feraient mourir de honte les pavots d'Italie !

— Ils tiennent leurs couleurs de Ceridwen, expliqua Stella. Une antique déesse celtique. Le rouge tirant sur le pourpre vient de ses cheveux. Le blanc, de sa peau sans défaut. Elle vivait dans une fontaine, comprenez-vous, de sorte qu'elle voyait rarement le soleil.

— Ce n'est pas véritablement une colline, n'est-ce pas ? » demanda Nod sans se préoccuper des fleurs et de la déesse. « C'est une falaise cachée sous la végétation. Des fougères de la taille d'une femme. De la mousse douce comme des cheveux de femme. Tout cela dissimule et tempère la dureté.

— La Falaise des Fougères. Le chemin la contourne.

— Et conduit… ?

— À Envers-Monde. »

C'est alors qu'ils entendirent le chant.

« Stella ! s'écria Dylan. On dirait Orphée jouant du luth. De nombreux luths, en fait. Je n'ai jamais entendu chant plus doux et plus tendre.

— Tes luths sont des oiseaux, répondit-elle. Des rossignols celtiques. Ceridwen a été changée en oiseau lorsque son bien-aimé a été tué par un sanglier. Je chanterai mon chagrin, a-t-elle dit, mais pas sans espoir. Car tout finit par revenir. Et les oiseaux que tu entends descendent d'elle.

— Ils restent dans Envers-Monde, pas vrai ?

— À l'extérieur, ils se croient laids, petites choses ennuyeuses et dépourvues de talent. Dans Envers-Monde, ils savent que leur chant leur confère la beauté.

— Prenons un peu de repos, fit Dylan. Bientôt, nous ne pourrons plus ni nous arrêter ni rebrousser chemin ; n'est-ce pas, Stella ?

— Non, mon aimé. Nous ne pourrons plus rebrousser chemin. Ici, Orphée lui-même ne pourrait regarder par-dessus son épaule.

— As-tu froid, Stella ? » Il faisait chaud, mais

Stella frissonnait, semblait dépérir, se fermer comme une fleur touchée par un pied maladroit.

« Puis-je être ta cape ? » demanda Dylan.

Elle lui prit la main, l'attira entre ses bras et lui souffla à l'oreille :

« Tu es ma cape et tu es mon épée. J'ai vu en toi un jeune garçon. J'aurais dû voir un dieu.

— Stella, Stella ! » fit-il d'un ton de douce réprimande. « Il ne faut pas parler ainsi ! Je ne suis pas un dieu. Appelle-moi Tournesol et sois mon soleil. Non, le tournesol est trop élégant… Chardon, plutôt.

— Si je pouvais te laisser un présent, ce serait ta sincérité, ton courage, ta beauté, ta fidélité. Mais je t'aime peut-être d'autant plus que tu n'as pas bonne opinion de toi. »

Lui laisser un présent ? Ce « laisser » le glaça, bien qu'il fût en général insensible au froid.

« Reposez-vous », répéta-t-il plus fort à l'intention de ses amis. « J'ai à faire. » Il serra la main de Stella avec une tendresse désespérée. Il ne se laisserait pas abandonner avec pour tout présent des mots dérisoires. Il s'accrocherait à elle comme un chardon (mais qui peut retenir le soleil ?).

« Et c'est presque le moment, soupira Tutelina. La perspective d'une couche est irrésistible.

— Que dirais-tu de rhododendrons ? » demanda Nod, la renversant sur les fleurs, jouant avec ses cheveux, lui chatouillant l'oreille avec un brin d'herbe. Angus, qui portait Argus — un lourd fardeau, même pour lui —, se laissa tomber à terre, se dégagea tendrement de sous son ami puis explora la végétation à la recherche d'un merle ou d'un faisan, car les têtes multiples avaient faim ; en vérité, il lui en aurait fallu un troupeau.

Ils ne se reposèrent pas longtemps.

Une dame vint à eux parmi les fleurs. Sa robe était hérissée de xantiums ; des vents tumultueux semblaient jouer dans sa chevelure. Venait-elle de la falaise ou du chemin ? Dylan avait le soleil dans les yeux ; et, tout d'abord, il ne distingua pas ses traits, à l'exception de son sourire. Pourtant, il ne fut ni surpris ni inquiet. Elle appartenait à cet endroit.

« Êtes-vous l'esprit tutélaire ? s'enquit-il.

— Dylan, ne te souviens-tu donc pas de moi ?

— Marcia !

— Mère ! » s'écria Nod, se levant d'un bond (et projetant Tutelina dans les rhododendrons). Il la serra dans une étreinte généreuse et l'embrassa sur les deux joues.

« Comme tu as grandi, mon fils ! Mon petit garçon est devenu un homme !

— Je suis toujours ton petit garçon.

— Et ma fille bien-aimée.

— Ta fille ? » Il regarda sa mère sans comprendre, si prompte à l'abandonner pour… qui ?

Stella échappa à l'étreinte de Dylan, elle qui avait à peine salué Marcia dans la caverne de Misna, puis s'agenouilla aux pieds de Marcia.

« Mon enfant, mon enfant, quand t'ai-je demandé de m'adorer ? » Elle prit Stella par la main et la serra sur sa poitrine. « Tu les as conduits jusqu'à moi, comme je l'espérais, dit-elle. Mais tu leur as donné ton cœur, ma fille.

— Le cœur est un alcyon, répondit Stella. Ai-je le droit de construire des cages ? C'est toi qui m'as appris cela. Mais je t'ai obéi et j'ai rempli la mission que tu m'as confiée. Pas seule. Avec l'aide de mes amis.

— Et t'ai-je trop demandé ?

— Autrefois, tu m'as cherchée dans le monde entier. Je ne peux pas l'oublier.

— Je ne demande aucune reconnaissance.

— J'ai servi par amour.

— Eh bien ! Maintenant, nous sommes réunies. »

Dylan regardait fixement Marcia. Ce qu'il voyait et entendait ne lui plaisait guère. Une légère brume… L'avait-elle apportée des collines ?… Un rayon oblique de soleil… Cela semblait lui rendre sa jeunesse. Il la préférait âgée et maternelle, vêtue d'une robe simple confectionnée de ses mains, et avec ses cheveux gris. C'était la mère de Nod, pas celle de Stella. Stella lui appartenait.

Et maintenant nous sommes réunies… Il avait entendu cette voix dans la caverne de Misna…

En Calédonie…

Lui, un petit garçon…

« Dylan, tu te souviens, n'est-ce pas ? De tout.

— C'était vous, répondit-il. Vous m'avez soustrait aux shelleycoats. Vous m'avez apporté de la nourriture. Vous m'avez fait oublier. Vous ne m'avez pas laissé voir votre image.

— C'était moi.

— Qui êtes-vous, belle dame ?

— Je suis la mère de Stella.

— Celle de Nod aussi ? » Il ne voulait pas priver Nod de sa mère.

« Nod, je l'ai trouvé dans les champs et aimé comme un fils. Mais Stella est la chair de ma chair. Pour toi, c'est *Stella*, parce qu'elle t'a guidé comme une étoile. Pour moi, elle porte le nom que je lui ai donné : Proserpine.

— Je ne vous crois pas ! s'écria-t-il. Proserpine était une déesse. Sa mère était Cérès, la Grande Mère. Ce vieux Dis… Pluton selon certains… l'a enlevée et entraînée dans le Monde Souterrain. Cérès l'a cherchée, a pleuré, le printemps a disparu et les récoltes n'ont pas poussé. Jupiter lui-même a retrouvé la jeune fille, l'a reprise à son frère pour la moitié d'une année, et le printemps est revenu.

— Mon cher, espérais-tu me voir arriver dans un chariot de feu ou sur une colonne d'or ? Telle était la manière d'être de Jupiter, mon frère. Il avait bon cœur, mais était un peu… comment dire… olympien. Et cela impressionnait les mortelles. J'ai oublié le nombre et les noms. Mais j'appartiens à la Terre. Je suis une vieille dame qui a connu beaucoup de joies et de peines. Ne fallait-il pas que j'apparaisse sous la forme de Marcia, drapée dans sa simplicité et cherchant ses enfants bien-aimés ? »

Nod pleurait. Des larmes silencieuses, de celles qui brûlent sans soulager. Il faisait penser à un petit garçon confronté à une douleur d'homme.

« Tu vas partir, dit-il. Pour toujours. Tu n'es

venue que pour Stella. Et il faut que je perde ma mère... Et Dylan... Pourquoi ne penses-tu pas à lui ? Stella est son amie !

— Je sais, mon fils. Je le sais. Mais les déesses elles-mêmes ne font pas ce qu'elles veulent. Car le dieu au-delà des dieux a conçu un dessein dont je ne suis qu'une petite partie, tout comme toi, et dont l'ensemble est un mystère dissimulé par la brume. Souviens-toi, Nod : partir n'est pas oublier. Tu me verras dans le printemps, qui dans cette région vient avec un souffle glacé, mais vient néanmoins. Tu me verras dans la plus humble des pâquerettes, le plus petit des champs.

— C'est toi que je veux. Que m'importent le printemps et les pâquerettes !

— J'ai eu mon heure de gloire. Je suis arrivée avec l'Âge d'or. L'Âge de l'étain appartient au Roi du Désert. Mais je demeurerai. Et vous, mes enfants... vous aussi, à votre manière. Car je vous ai réunis ici pour que vous échappiez à sa colère. Bientôt, vous serez les derniers survivants de votre race. Esprits du blé, Roane, Telchin, sirène, le petit de Cerbère, fruits de ma terre bien-aimée. Le Roi du Désert est impitoyable, car il connaît mon pouvoir. Il a massacré mes enfants et est resté sourd à leurs cris. C'est lui, Dylan, qui a jeté les shelleycoats sur ton village de Calédonie, qui a lancé Marcus à vos trousses. Ses fidèles croient que les esprits sont des démons, et il a appelé ses propres hordes démoniaques... Les anges, comme on dit, êtres magnifiques mais impitoyables, avec la lance et l'épée... pour chasser mes enfants de la face de la terre. Ils ont tiré vos frères et vos sœurs de leurs cavernes, les ont sortis du fond de l'Océan. Mais ici, dans Envers-Monde, vous ne risquerez rien. Car les anciennes déesses celtiques, Ceridwen et les autres, protègent cette contrée contre tous ceux qui leur veulent du mal. Et, ainsi, vous pourrez vivre votre existence d'esprits, supérieurs aux hommes mais inférieurs aux dieux, doués d'une longévité exceptionnelle mais non immortels. Vous mourrez, le moment venu, mais reviendrez, peut-être sous d'autres noms. Vous mourrez et vivrez, mourrez et vivrez encore ; puis, enfin… Qui peut prédire le terme du dessein ? Le Roi du Désert lui-même n'est pas omniscient.

— Pourquoi s'acharne-t-il contre toi, mère ?

— Il m'aimait autrefois, à sa manière, ce dieu insolent et orgueilleux. (À cette époque, les hommes m'appelaient Ashtoreth.) Solitaire, dans ses collines sans arbres, il m'envoya des présents de figues, de miel et de lait ; il m'ordonna de partager sa couche. Et je… J'avais pitié de lui, mais je refusai. Car il était dur. Jéricho, Sodome, Gomorrhe, leurs habitants n'étaient ni meilleurs ni pires que les Romains, les Celtes ou les Saxons. Mais il leur envoya la foudre lorsqu'ils me préférèrent à lui.

« Il lui fallait arriver à ses fins. Il lui fallait une épouse ; comme la déesse se refusait à lui, il choisit une mortelle, une nommée Marie, une vierge de Bethléem.

« Elle portera le fils qui établira mon royaume terrestre, dit-il. Mais le Christ devint homme, m'écouta, et son père lui tourna le dos, laissant une foule ignorante s'emparer de son fils, puis le crucifier. Et le Christ, sur sa croix, pleura : “Mon père, pourquoi m'as-tu abandonné ?” Et l'amour qu'il avait enseigné fut transformé en loi par Paul, cet adversaire des femmes, de la douceur des femmes, et ceux qui adorèrent le Christ oublièrent l'homme. Ils tournèrent leurs regards vers le Ciel et oublièrent la Terre. Ils adorèrent la Croix au lieu de la corne d'abondance. Bientôt, ils gouverneront la Terre... la soumettront sans l'apprivoiser... et ils perdront une part d'eux-mêmes, car ils sont nés de la Terre et de moi, la Mère.

— Démons ! cracha Dylan.

— Quelques-uns sont comme Marcus. La majorité est simplement désemparée. Vagabonds dans un marais, avec quelques bougies vacillantes. Confondant caprice et loi inflexible.

— Mais tu es une déesse, s'écria Nod. Et Stella aussi ! Comment une déesse peut-elle vivre sans temples et sans prêtres ?

— Les hommes peuvent-ils oublier leur mère ? Ils construiront des églises pour Marie, mais c'est moi qu'ils adoreront. Ils construiront des chapelles pour les saintes... Cécile, Thérèse, jeunes filles innombrables... Mais c'est ma fille qu'ils adoreront.

— Mais qui suis-je ?

— Lorsque le pouvoir du Roi du Désert s'est étendu sur Rome, je me suis mêlée à mon peuple afin de voir son dieu. Je fus de nombreuses femmes : mère et jeune fille, fille de joie et épouse. Enfin, je fus Marcia, femme de Marcus, le pire chrétien qui soit, démon à l'apparence d'homme, homme à l'apparence de démon. J'explorais les champs pendant que Marcus était en mer, cherchant mes enfants menacés afin de leur trouver un foyer. J'ai découvert Tutelina, une de Ceux d'Autrefois. Sais-tu qu'elle a connu Énée ?

— Marcia, je vous en prie ! À vous entendre je suis une vieille femme !

— Les années sont ce que l'on apprend. Sois fière de tes années, et Nod ne t'en aimera que davantage !

— C'est déjà le cas, dit Nod. J'ai toujours aimé les femmes plus âgées. Mais enfin, qui suis-je ?

— Un jour... Le soleil, je me souviens, ressemblait à une citrouille... J'ai découvert un trou où un chariot romain, chargé de produits de la terre, s'était renversé, labourant la terre, et la terre avait caché ta demeure, une caverne souterraine. Tes parents étaient morts ; mais toi, dans une pièce minuscule, dans un berceau fait d'une carapace de tortue, tu dormais et étais indemne. Le berceau s'était retourné et t'avait protégé. Chaque jour je t'ai apporté de la nourriture et du lait, je t'ai parlé dans la langue sans mots de l'amour. Tu riais et tu me faisais rire, en cette période sombre, et je t'ai appelé Nod, Nod le Joyeux.

« Puis Marcus est rentré surveiller les moissons. Je t'ai porté dans les champs, je l'ai conduit jusqu'à toi et lui ai demandé de faire de toi son fils. Il a cru que tu lui apporterais des bénéfices supplémentaires. Il t'a autorisé à vivre avec nous. Je l'aurais tué s'il t'avait menacé. Le reste, tu le connais.

— Mais le moment est venu ! »

Elle leva la tête et se tourna vers la falaise, où était apparue une saillie, une ouverture dans le cœur de la roche. Un homme noir et mince, vêtu d'une robe en peau de loup, sans barbe mais ni jeune ni vieux, aux cheveux d'obsidienne, leva lentement le bras. Il semblait empreint de l'immobilité des dieux et de ce pouvoir qui, même dans la débâcle, est un orgueil et une exaltation.

Stella leva les bras, dans le geste éternel de la prière.

« C'est mon Seigneur, dit-elle.

— Le Seigneur des Ténèbres ? Celui qui t'a enlevée ?

— M'a emportée dans l'Hadès, a fait de moi sa reine, a gagné mon amour.

— Tu l'aimes, n'est-ce pas, Stella ?

— Oui. Comme tu aimes la mer.

— Plus que moi ?

— Comment pourrais-je choisir, mon aimé ? On a choisi à ma place.

— Il mourra, petite, dans cette colline. Qui l'adorera, ici ?

— Les hommes l'appelleront Satan et le prieront la nuit, sans jamais comprendre son cœur.

— Est-il cruel, Stella ?

— Non. Il ne rit jamais. Mais il est juste. Et solitaire.

— Je ne peux pas te laisser partir !

— Il le faut.

— Non !

— Ma mère peut te donner l'oubli, comme elle l'a déjà fait. »

Il secoua tristement la tête.

« Je n'en veux plus. Je préfère me souvenir de la douleur qu'oublier le meilleur de moi-même.

— Une contrée agréable, dit la Mère, cet Envers-Monde des Celtes. Tu construiras des palais de bois et de mousse, tu passeras tes journées à t'amuser et tes nuits à aimer. Des rivières pour un Roane et une sirène. Des champs pour des esprits de la fertilité. Des forêts où la licorne côtoie le daim.

— Des nuits d'amour ? Nod peut-être. Tutelina. Les journées aussi. Pas moi. » Le désespoir, comme le Vieil Homme de la Mer, pesait sur ses épaules.

« Le cœur est une coquille de murex. Nombreux sont ses compartiments. Et qui peut connaître toutes ses circonvolutions ?

— Dylan ! » Il avait oublié l'enfant qui se tenait à son côté. « Je suis là.

— Mara, tu n'es qu'une petite fille.

— J'ai presque quatorze ans, dit-elle. Je pourrais être ta femme !

— Sans Stella, je préfère mourir.

— Donne-moi la main, dit Stella.

— Elle est froide. Il doit faire froid, dans la colline.

— Imagine que ton crâne est une cassette pleine de joyaux… ou de secrets. Taillée dans l'ivoire pour contenir de l'ébène. Et voici mon secret : nous nous rencontrerons à nouveau.

— Quand, Stella ? Quand ?

— Dans un an, ou dans mille ans. »

Il resta silencieux, cherchant les mots capables de l'emprisonner, comme autant de chaînes de tendresse.

« Eh bien j'attendrai. Veux-tu Argus et Angus ? Tu as connu la mère d'Argus, Cerbère, n'est-ce pas ?

— Autrefois, elle gardait le Styx pour mon compte.

— Eh bien, prends-les tous deux. Ils sont inséparables.

— Comme tu l'es d'eux. Ce sont mes derniers présents.

— Je ne veux pas de présents. Je l'ai déjà dit. Je veux ma Stella.

— Je t'ai offert la moitié de mon cœur.

— Une moitié ne vaut pas mieux qu'une ombre.

— Le temps est un ami fidèle, si tu sais gagner sa confiance. Et, n'oublie pas, qu'est-ce qu'un bonjour sans au revoir ? »

Et Tutelina, inconsciente et myope, imprégnée de la sagesse de l'Âge d'or, chanta.

« Je vais probablement me tromper », dit-elle.

Mais elle chanta comme un rossignol celtique :

Le temps des Ombres
Est venu. Elles arrivent,
Sans clamer
Leur chagrin, sans taire
Leur solitude,
Mais s'exprimant

Par le battement de leurs ailes
Et les couleurs
Qui m'enveloppent :
Bleu du martin-pêcheur,
Rouge du rouge-gorge.
(Le rouge, c'est toi.)
Le temps des Ombres
Est venu, et je
Lève les bras,
Comme pour voler
Jusqu'à ce que le battement
Rouge et bleu
Se soit tu.
(Et toi, et toi.)

NOTE DE L'AUTEUR

Les dieux demeurent est un roman, et non un pamphlet contre le christianisme de l'époque de Constantin. Racontée du point de vue des derniers demi-dieux, mon histoire présente naturellement les chrétiens sous un jour défavorable. Toutefois, il est historiquement vrai que certains chrétiens, après avoir conquis le pouvoir, traitèrent les païens avec une cruauté digne de Josué rasant Jéricho. On trouvera des exemples dans *Hypatia*, de Charles Kingsley.

Il me faut confesser un détournement impardonnable de la mythologie celtique. Dans le mythe original, Ceridwen se transforme en poule. Toutefois, désirant que ma référence à cette légende soit poétique et non culinaire, j'ai réalisé une transformation supplémentaire : de poule en rossignol. Puissent mes dieux romains me protéger de l'ire celtique !

Je dois beaucoup à l'ouvrage de Charles Leland : *Etruscan Magic and Occult Remedies* qui, assez documenté pour séduire les universitaires et suffisamment vivant pour plaire aux rêveurs, traite des survivances païennes dans l'Italie contemporaine (Nodotus et Tutelina y occupent une place de choix).

En ce qui concerne la géographie, la flore et la faune de l'Angleterre et de l'Écosse… la Bretagne et la Calédonie de mon histoire… j'ai savouré les textes et les photographies de *This England*, ouvrage publié par la National Geographic Society.

Les poèmes sont de moi, soit écrits spécialement pour l'occasion, soit reproduits avec l'aimable permission de *Lyrie* et d'Achille St Onge, son rédacteur en chef.

LE PEINTRE

Ils l'appelaient le peintre joyeux. Avec ses huiles et ses encres, ses toiles et ses panneaux, Jérôme Bosch avait plus vite brossé une bacchanale qu'un jugement dernier. Ils l'aimaient, savait-il fort bien, comme l'on apprécie des animaux intelligents et charmants ; ils l'aimaient parce qu'il était en représentation pour eux. Mais à vingt-trois ans, il n'avait aucune envie d'imiter ses six frères plus âgés et de devenir un important bourgeois d'Hertogenbosch. Ses parents étaient morts ; ses frères aînés le toléraient dans la maison familiale parce que ses dessins contribuaient au budget du foyer. Lors des mariages, par exemple, il pouvait croquer la mariée et son époux avec un réalisme remarquable, quoiqu'il fût également susceptible ensuite de s'écrouler ivre mort, en grommelant que lui, au moins, ne s'encombrerait jamais d'une femme. C'était une chose que de dessiner un marié, et tout à fait une autre que de se marier lui-même et de renoncer à sa liberté. Après sa rencontre avec les démons, bien sûr, il changea d'opinion sur de nombreux sujets. Après cette nuit dans la grange, lorsque le grand poisson bleu dégorgea son abominable compagnie.

Il avait amené son jeune frère Jan, qui l'adulait, au mariage des Vandermeer. Tandis que Jan contemplait son travail avec admiration par-dessus son épaule, il avait esquissé un portrait de la mariée, une pâle colombe aux cheveux remontés haut sur son front, portant une grande coiffe et un voile accroché à l'aide d'une de ces nouvelles épingles à la mode en forme de papillon.

Jérôme tapa dans le dos de Jan : « Encore quelques années et je peindrai ta mariée. »

Jan répondit avec un haussement d'épaules : « Les mariées sont pour les marchands. Je veux devenir un artiste comme toi. » À quinze ans, ce garçon mince et presque éthéré, aux cheveux d'ambre, ne ressemblait que fort peu au frère rouquin qu'il adorait. Peu accoutumé à de grandes quantités de vin mais ne voulant pas se laisser distancer par Jérôme, il vacillait, éméché.

Jérôme, lui-même un peu incertain dans sa démarche, mena son frère à un cercle d'invités en pleine conversation. La demeure qui était la plus gaie, la pièce qui était la plus animée, le groupe qui faisait le plus de bruit l'attiraient comme une pomme attire une abeille. Les gens le nommaient joyeux pour sa personne aussi bien que pour ses manières. Il refusait de cacher ses cheveux sous le haut chapeau d'un bourgeois mais les laissait couler librement sur ses épaules, à la mode des jeunes Florentins peints par Botticelli (dont les graves déesses et les madones sensuelles faisaient les délices de toute l'Europe).

Le fermier Terburg était en train de décrire un poisson qu'il avait vu, de taille immense et, très curieusement, dans le ciel.

« Je vous dit que je l'ai vu », dit-il, dédaignant le vin qu'on lui offrait comme s'il désirait prouver qu'il ne se trouvait pas sous son influence. « Un poisson aussi grand que cette maison, avec des écailles bleues et la queue fumante.

— Un poisson dans le ciel ! » protesta Jérôme, qui détestait que l'on raconte des histoires plus invraisemblables que les siennes. « Et une canne à pêche, aussi, je suppose. Les anges font un peu de sport. »

Le fermier Terburg ajusta ses lunettes bleutées. Elles venaient de Bruxelles et il en était très fier. « Vos histoires à vous commencent dans une bouteille. Mon poisson ne vient pas de là ! » affirma-t-il.

Toujours prompt à défendre son frère, Jan s'écria : « Jérôme tient bien le vin, le pouvez-vous, fermier Terburg ? »

Le fermier, absurdement enroulé dans une cape noire de courtisan, lança un regard noir à son accusateur et ouvrit la bouche pour parler. Jérôme le devança :

« Avec des poissons dans le ciel, nous devrions tous boire, ainsi ils ne nous perturberaient pas. »

Le groupe éclata de rire et se dispersa, le vin leur montait à la tête et ne les rendait pas très attentifs à des fantaisies supplémentaires. Il se faisait tard et la ville était loin. Certains avaient emprunté un chariot, d'autres comme Jérôme et Jan étaient venus à pied.

« Un dernier verre pour chacun de nous et on rentre à la maison », déclara Jérôme. Mais le dernier verre en devint quatre, et les deux frères se retrouvèrent à être les derniers invités, abandonnés même par leur hôte qui, de l'avis de Jérôme, devait s'attendre à ce qu'ils s'écroulent sur les carreaux rouges et crème du sol et dorment jusqu'au matin. Il contempla le cabinet en cyprès qui se tenait contre le mur du fond, avec ces vases bleus délicats venus du nouvel atelier italien de verre des Flandres. Il regarda la lueur du feu mourant osciller sur les dalles encaustiquées. La pièce était confortable, le sol chaud devant le foyer. Il en voulait cependant à leur hôte pour sa désertion. Le vieux fermier pompeux ! Il souleva le panier d'osier rectangulaire qui contenait son matériel à dessin — de l'encre, un stylet de roseau et un petit panneau blanc comme celui qu'il avait utilisé pour la mariée et son époux — et le passa à son épaule. Poussant son frère à travers la porte et vers les champs, il essaya vaillamment de garder son équilibre — et celui de Jan.

Leur route les fit passer au travers d'un verger dont les pommes étincelaient comme des gobelets vénitiens, tordant leurs sphères délicatement soufflées afin de capturer la lumière lunaire. Mais Jérôme, loin d'être dégrisé par l'air vif de la nuit, se sentait de plus en plus engourdi et Jan titubait à son côté, à demi endormi lui aussi, en souriant : « Est-ce encore loin ? »

Sur deux kilomètres au moins, les prés s'étendaient sans que des maisons viennent briser leur étendue — des vergers se mêlaient aux prairies ouvertes et aux buissons de mûres — mais une vieille grange, un entrepôt pour les pommes, qui appartenait au père de la mariée, offrait son hospitalité devant eux et suggérait le repos d'une sieste. Jérôme craignait sinon qu'ils ne tombent dans les champs et n'attrapent froid. Il dirigea son frère vers la grange, une structure arrondie aux allures de champignon sans pied, avec une tour à l'arrière et un bosquet d'ajoncs et de genévriers. Des flots de pommes recouvraient la terre battue du sol.

Jérôme enleva sa veste, alla creuser un nid au fond de la grange. Le dos contre la terre, ils se recouvrirent le corps de pommes afin de trouver un peu de chaleur. L'endroit était parfumé par les fruits et, en dépit de leur poids, les pommes n'étaient pas malvenues sur le corps abruti de vin de Jérôme. Quelques pensées vacillèrent dans son esprit : le croquis qu'il avait fait de la jolie et insipide mariée (que Dieu le protège d'une telle épouse !) ; l'histoire du fermier Terburg sur le poisson dans le ciel, qu'il aurait aimé imaginer lui-même ; et finalement, la proximité adorable de son frère, qu'il aimait plus que toute autre personne. L'épaule étroite de Jan pesait contre la sienne et Jérôme se sentit chaud, solide, protecteur, avec le feu de ses cheveux et la rougeur de sa peau comme un bouclier entre le garçon vulnérable et la froidure nocturne.

Il se réveilla avec l'impression d'avoir entendu — ou d'avoir rêvé — le bruit produit par un grand objet s'arrêtant brusquement, d'abord une sorte de souffle, puis un choc. Lorsqu'une lumière oscilla entre les murs en bois et les clayonnages de la grange, il sut qu'il n'avait pas rêvé. Il repensa au poisson du fermier Terburg. Si un énorme poisson devait se poser au-dehors de la grange, il ferait le même genre de bruit. Sa première impulsion fut de se lever et d'aller voir. Mais son cerveau s'était éclairci et une deuxième impulsion lui dit de rester où il était, tout au fond dans les pommes et hors de vue avec Jan. Un poisson aussi gros que celui du fermier Terburg pêchait peut-être les hommes.

Il eut bientôt de la compagnie. Tout d'abord, il les prit pour des individus de tailles incroyablement différentes — certains tels les nains qui divertissent les grands châteaux, d'autres tels les géants de l'Est périlleux. Il y avait six d'entre eux, et le premier portait un objet rond qui projetait une luminescence verdâtre à l'intérieur de la grange. Puis il comprit qu'il ne s'agissait pas d'hommes. Ils lui rappelèrent les démons du dessus de la porte de la cathédrale d'Autun, ces diableries inspirées du sculpteur Gislebertus. Mais ils surpassaient en horreur les cauchemars du sculpteur. Bien que marchant debout, ils avaient des visages bestiaux et déformés comme par une lèpre. Il pensa d'abord à courir vers la porte. Mais comment aurait-il pu réveiller Jan sans être découvert ? Mieux valait qu'il reste où il se trouvait, en espérant que Jan n'allait pas brusquement se réveiller et les trahir.

Les créatures commencèrent à jacasser sur un ton dur et métallique. Il semblait s'agir des membres de trois races, assemblées pour des raisons diaboliques. Les dieux de trois pays païens, peut-être réduits au dénominateur commun des diableries. Deux étaient grands, minces, le corps roussâtre avec une queue dénudée ; ils portaient une capuche sur leur tête mais rien ne couvrait leur corps à part des ceintures portant des instruments inconnus en métal bleu. Ils étaient des serpents avec des membres. Un troisième, également nu, avait la tête d'un bleu humide d'un rat. Et les trois derniers avançaient d'énormes estomacs hérissés de perles, marchaient sur des pieds palmés et jetaient des regards noyés dans une broussaille de cheveux aux apparences d'algues desséchées. Ils ressemblaient à de vieux bonshommes, transformés en bêtes du fait de leur lubricité.

La respiration de Jan était normale et régulière, mais aux oreilles de Jérôme sensibilisées par la peur, il rugissait comme les bourrasques de vent sur les digues. Les démons vont certainement entendre le garçon, pensa-t-il. Il se tint aussi immobile que possible et regretta ses péchés — les filles qu'il avait embrassées dans les vergers sans jamais un mot de mariage, le vin qu'il avait bu, le vicieux manque de sérieux de son existence. Les démons avaient-ils été envoyés pour le punir ? Certainement pas, décida-t-il, puisqu'ils mettaient également son innocent frère en danger. Sans nul doute étaient-ils venus d'eux-mêmes, en dépit du Christ et de Notre Dame, pas à cause d'eux. Tout le monde savait que les démons aimaient grimper hors de terre et venir voir ce qu'ils manquaient. D'ailleurs, ceux-là semblaient venir du haut, pas du bas. Peut-être avaient-ils été déformés et jetés hors du paradis comme Lucifer. Ou peut-être venaient-ils d'explorer le ciel dans leur poisson.

L'un des démons désigna les pommes. Il gesticulait et les autres riaient (du moins Jérôme interpréta-t-il ainsi leurs râles métalliques). En colère, il se pencha — ou plutôt, il se voûta, car c'était l'un des gros — vers le sol et jeta une grosse pomme dans sa large bouche. Se relevant, il claqua ses lèvres bruyamment et prit une pose d'autosatisfaction. La vanité semblait être une des caractéristiques de ces créatures. Pourtant, la peau verte de ses joues se plissa, les cheveux s'agitèrent au-dessus de ses yeux et des morceaux de pomme explosèrent hors de sa bouche. Les autres rugirent à l'unisson, et Jérôme vit avec soulagement qu'ils se préparaient à partir. Leur chef apparent, le rat, avança vers la porte.

Puis Jan se réveilla et prononça le nom de Jérôme. Les créatures s'arrêtèrent, se retournèrent et le considérèrent avec une curiosité de goule. Le rat fit un geste de ses griffes : ils devaient s'avancer. Jérôme se plaça devant Jan.

« Ce n'est pas votre grange, déclara-t-il avec fermeté. Elle appartient au fermier Valk. »

Le rat le regarda comme s'il cherchait à comprendre ses paroles. Il parla très lentement, avec un accent métallique comme le raclement d'un fer à cheval sur la pierre, mais de toute évidence en flamand. Il avait une curieuse manière de substituer un « n » à la place des « m » au début d'un mot :

« Tu questionnes non droit à être ici, le rougeaud ? » Les autres hurlèrent de rire.

« Pas si vous partez tout de suite », dit Jérôme en retenant d'une main Jan qui essayait de passer devant lui. Il murmura une prière à la Vierge. Enrôlé l'année passée dans la fraternité de Notre Dame, il lui avait toujours semblé qu'elle tolérait beaucoup mieux ses errances que son fils. La prière terminée, il se demanda comment les démons avaient appris le flamand. Peut-être y avait-il en enfer des Hollandais pour le leur apprendre. Ou peut-être, en croisière à bord de leur poisson, avaient-ils découvert un moyen d'espionner les conversations de la terre, pour apprendre les langues et ainsi orienter leurs machinations pour Satan.

Le rat tira de sa ceinture un petit instrument allongé. Il le pointa vers l'un des coins du mur. Une fine ligne rouge cingla à travers la grange et mordit un trou dans le mur aussi large que la tête d'un homme. Les bras de Jan, derrière Jérôme, se serrèrent autour de sa taille. Ce n'était pas le moment de jouer les bravaches. Avec une telle arme, les démons n'avaient rien à craindre.

« Laissez-nous partir. Nous ne vous voulons aucun mal.

— Vous ne pourriez pas nous en faire même si vous le vouliez. Nais… nous avons fait un long voyage. Nous sommes fatigués et avons faim. » Une langue rouge pointa hors de ses lèvres, se figea dans l'air puis rentra de nouveau dans la sombre caverne de sa bouche.

« Vous n'aimez pas les pommes ? » demanda Jérôme, faute de trouver des mots moins évidents et sans avoir d'intention ironique.

« Nous n'aimons pas les fruits. Nous aimons la *viande.*

— Peut-être pourriez-vous trouver des poulets à la ferme, de l'autre côté du verger.

— Peut-être », fit le rat avec un regard appuyé vers ses amis. « Mais il y a de la viande à portée de main. »

Comme l'eau submergeant un nageur, l'horreur noya son corps. De la viande à portée de main : Jan démembré, ses membres pâles et fins dérobés de leur chair par ces créatures de l'enfer. Je le tuerai plutôt moi-même d'abord, pensa-t-il. Je l'étoufferai de mes propres mains. Notre Dame me pardonnera. Elle sait ce que cela signifie pour un enfant d'être menacé.

Silencieux, il attendit. Le garçon se tenait à son côté maintenant, son corps tremblant mais défiant. Jérôme lui serra l'épaule.

Le rat désigna Jan. « Il est bien calme. N'a-t-il rien à dire ? »

Jérôme essaya de parler mais Jan le devança :

« Seulement ça, démon à face de rat ! Va en enfer ! » Puis, comme stupéfait par sa propre témérité, il demeura bouche bée. Les autres rirent, le rat se renfrogna. Aucun d'entre eux ne pouvait tolérer une telle blessure de sa dignité. Il se retourna vers un serpent et lui donna des ordres dans sa langue étrangère. La main du serpent fouetta l'air comme un nœud coulant et vint enserrer la gorge du garçon. Jan laissa échapper un bref sanglot étouffé. Au même instant, Jérôme frappa le serpent au visage de toute la force de son poing serré. Une substance comme de la chair et des cartilages, sans le moindre os, s'écrasa de manière écœurante sous le coup. Le serpent hurla et tomba au sol, se tenant son visage détruit. Jérôme attendit la riposte. Le rat ne les ayant pas désintégrés avec son rayon, il s'assit à côté de son frère tombé au sol et prit dans ses bras le jeune garçon presque garrotté. Le corps de Jan frissonnait contre lui. Il n'avait plus qu'une envie, le préserver de ces monstres. Il leva le regard, en se demandant ce qui retardait leur destruction.

Les démons se tenaient autour de leur camarade tombé au sol et ils riaient, silencieusement au début, puis avec une joie de plus en plus grande, jusqu'à ce que la grange tremble sous leurs rires et que de petites particules de poussière se mettent à danser dans la lumière de la lanterne verte. Vraiment, ils étaient diaboliques, pensa Jérôme. Ils se réjouissent de la douleur de leur ami.

Le rat se retourna enfin dans sa direction. « Tu es drôle, dit-il. Le rire nous repose de notre voyage. C'est presque aussi bon que de la nourriture. Presque. » Il regarda Jan toujours inconscient et sa langue rouge darda de sa bouche. Un filet d'épaisse salive tomba dans la poussière et siffla comme l'eau dans un four.

« Que puis-je vous donner pour que vous le laissiez partir ? » demanda Jérôme sans grand espoir. Si, confronté au rayon, il se jetait sur le rat, resterait-il assez de lui pour blesser ou, du moins, faire perdre son équilibre à la créature ? Mais Jan était toujours inconscient, il ne pouvait pas en profiter pour s'échapper.

« Qu'as-tu à me donner ? » demanda le rat avec un rictus moqueur.

« Ce que je porte. »

Le rat indiqua la bague en lapis-lazuli, importée d'Italie, qu'il portait à la main gauche. Il l'enleva juste pour la voir arrachée de ses doigts et jetée au sol. Le rat désigna sa cape turquoise, qui subit le même traitement dédaigneux. Puis ses chaussures en bois à bout pointu. Puis son pantalon à rayures verticales rouges et noires. Chaque fois, la réponse était identique. Bientôt, Jérôme se tint nu, frissonnant dans l'air froid de la nuit. Il se joue de moi, se dit le peintre. Il savait depuis le début que je ne possédais rien qui puisse lui plaire. Si ç'avait été le cas, il se serait servi sans demander. Un homme courageux peut faire face à tout s'il est habillé. Mais combien le courage diminue avec les vêtements ! Nu, un homme est fait Adam et écrasé par le péché originel — et la peur originelle.

Les créatures ne purent se retenir. Elles se mirent à désigner sa chair rougeaude dénudée et il supposa qu'elles établissaient une comparaison désavantageuse avec leur propre cuir bleu, vert ou roux. Pour un homme, la peau d'un rat semble grise et détestable, celle d'un serpent encore pire. Pour les démons, la peau de Jérôme n'avait visiblement rien d'enviable. L'une des créatures rondes, après avoir jeté un coup d'œil à l'arme du rat afin de vérifier qu'il était bien couvert, enfonça un doigt dans le flanc de Jérôme, comme pour tâter ses côtes, qui définissaient légèrement les contours de son torse musclé. Apparemment, les créatures n'étaient guère constituées que d'une colonne vertébrale augmentée d'un peu de cartilage, et la structure osseuse de Jérôme les stupéfiait. Son premier coup n'ayant pas éveillé de réponse, la créature poussa de nouveau, beaucoup plus fort, mais le rat lui interdit d'expérimenter plus avant. Le prisonnier était à lui et il n'en avait pas terminé avec ses tourments.

« Qu'as-tu à me donner d'autre ? »

Jérôme haussa les épaules avec lassitude. « Je n'ai rien. »

Le rat désigna son panier d'osier, qu'il avait oublié au milieu des pommes. Le peintre le récupéra et en montra le contenu — un panneau blanc, de l'encre dans un pot de verre rouge, un stylet de roseau : les outils de sa profession, qu'il avait apportés au mariage.

Le rat les examina vaguement. Il commençait à s'ennuyer. « Sans intérêt », déclara-t-il, sur le point de les jeter sur le tas de vêtements. Jerôme arrêta sa main. Le rat brandit son rayon.

« Attendez », dit Jérôme. Il venait de se souvenir de la vanité de ces créatures. « Ils ne sont pas sans intérêt. Laissez-moi vous dessiner.

— Avec ça ? » se moqua le rat en prenant le stylet. « Où sont tes pinceaux, où est ton canevas ?

— Je n'en ai pas besoin. »

Le rat regarda ses compagnons. Impassibles, ils attendaient sa décision. Le serpent blessé, négligé par les siens, avait suffisamment récupéré pour se traîner contre la porte.

« Dessine-moi. Mais fais vite », ordonna le rat.

Jérôme s'agenouilla, trempa son stylet dans l'encre et commença à dessiner, en faisant attention à se ménager assez d'espace pour six portraits. La faible lumière donnait un aspect étrange au panneau et les figures qui commencèrent à s'y matérialiser semblaient naître de cette lueur. Jamais auparavant Jérôme n'avait peint aussi rapidement et avec autant d'assurance. Sa peur pour Jan conférait du pouvoir et de la sûreté à son bras. C'en était fini des fêtards, des amoureux, des enfants en train de jouer qui avaient jusqu'alors paradé dans ses dessins. Ligne après ligne s'insérèrent avec fluidité dans le portrait (car la monstruosité du rat paraissait brûler à travers son bras). Les détails qui le faisaient frémir devaient justement être, supposait-il, ceux qui étaient les plus précieux pour son modèle. Il les dévoila dans toute leur laideur. Il s'appliqua même à les exagérer. Une horreur grimaçait depuis le panneau, la bouche comme celle d'un poisson, une peau moite et visqueuse, une queue tout en nœuds. Un cauchemar devenu vrai. Le rat le regardait avec une excitation grandissante. Dans un geste colérique, il fit signe aux autres de laisser plus de place à l'artiste.

Jérôme reposa son stylet. « C'est terminé », annonça-t-il Le rat saisit le panneau dans ses griffes et le transporta sous la lampe. Sa démarche avait le ressort coquet de quelqu'un qui vient d'être superbement complimenté.

« Nous, nous », crièrent les autres, parlant en flamand pour la première fois mais sans l'aisance de leur ami. « Temps pour nous. »

Jérôme désigna Jan, enfin conscient, qui se tenait accroupi au-delà du cercle des observateurs. « Vous devez tout d'abord le laisser partir. Alors je vous peindrai. Si mon frère revenait avec des amis, il sait que vous me tueriez. De plus, votre arme est mortelle. Vous n'avez rien à craindre. »

Le rat secoua la tête mais les autres s'agglutinèrent autour de lui, secouant leurs poings et criant, sans nul doute, que c'était maintenant leur tour. Il souleva son arme mais ils la lui firent lâcher et revinrent avec le panneau pour plaider auprès du peintre.

Jérôme, les ignorant, aida Jan à se remettre sur pieds. « Peux-tu marcher, mon frère ?

— Oui », fit le garçon en haletant douloureusement. « Mais je ne veux pas te laisser. »

Jérôme le serra contre lui avec une tendresse nerveuse. « Tu le dois. Et ne reviens pas avant que le poisson ne soit parti. Je te suivrai quand je le pourrai.

— Non, pleura Jan avec désespoir. Je veux rester ici. » Mais Jérôme le guida à travers les créatures, qui ne bougèrent pas, jusqu'à la porte. Jan, accoutumé à l'obéissance, lui obéit une fois encore. Ce n'est que lorsque le garçon eut disparu dans le verger que Jérôme se retourna vers ses ravisseurs. Maintenant que Jan leur avait échappé, il ressentait un curieux entrain. Ils ne pouvaient plus rien lui faire qui lui fasse peur. Pourtant, il avait vraiment envie de vivre et de rejoindre son frère.

« Maintenant, je vais tous vous peindre », annonça-t-il. Le rat se tenait de côté, boudeur. Il n'avait pas envie de partager son panneau. Ce fut d'abord le tour du serpent, pendant que les autres attendaient, impatients. Puis, un par un, les autres, jusqu'à ce que le panneau grouille d'horreurs, de formes distordues et de queues reptiliennes, de yeux sans paupières et de peaux visqueuses, de tous les attributs abominables des plus infâmes animaux. Les modèles contemplaient avec fierté la vérité naissant d'eux-mêmes sous l'action de l'encre. Quand le panneau fut hérissé comme la page d'un bestiaire, ils le lui arrachèrent des mains et se battirent pour le tenir et suivre le contour de ses traits. Jérôme réunit ses outils et ses vêtements (il n'osa pas prendre le temps de se rhabiller) et prit conscience que le froid et la fatigue avaient engourdi ses membres. Il se décida à bouger, s'attendant à ce qu'ils l'arrêtent, à ce qu'avant qu'il ait pu quitter la grange ils lui percent le dos d'un rayon fatal. Mais le panneau retenait toute leur attention, il les captivait. Ce n'était pas qu'ils lui étaient assez reconnaissants pour le laisser partir. Il leur avait simplement donné un jouet plus plaisant que la torture. Ils s'en fatigueraient vite, mais pour le moment cela suffisait. Leurs esprits étaient vifs. Ils avaient construit, ou du moins l'avaient-ils conduit, le grand poisson bleu qui reposait, olympien, dans l'aube hésitante. Mais ils n'avaient pas de cœur. C'est pour cela qu'ils étaient démoniaques, pas du fait de leur laideur…

Durant les années qui suivirent, lorsque Jérôme (mariée à une grasse fille française) eut cessé de peindre ses mariages et ses noceurs, quand il eut commencé à peindre des grotesqueries qui n'étaient pas de cette terre et gagné une célébrité qui s'étendait même jusqu'à la cour d'Espagne, les gens lui demandèrent souvent où il avait appris de telles horreurs. Jérôme souriait alors et ne répondait pas. Les personnes se tournaient vers Jan qui, lançant un regard à son frère, rétorquait : « En enfer, bien entendu. »

DU MÊME AUTEUR

Aux Éditions du Bélial'

LA TRILOGIE DU MINOTAURE (Folio Science-Fiction n° 204)

Aux Moutons Électriques

LE PHÉNIX VERT

LA DAME DES ABEILLES

Composition IGS.
Impression Société Nouvelle Firmin-Didot
à Mesnil-sur-l'Estrée, le 2 juin 2006.
Dépôt légal : juin 2006.
Numéro d'imprimeur : 79865.

ISBN 2-07-033651-4/Imprimé en France.

140990